KALTFRONT

Psychothriller

Für Marianne

Manfred Koch

KALTFRONT

Psychothriller

molden verlag

Obwohl diese Geschichte von tatsächlichen Ereignissen inspiriert wurde, ist sie ein reines Produkt der Phantasie. Aber lässt sich das nicht über den größten Teil der Wirklichkeit sagen?

M.K.

Jeder Mensch ist ein Abgrund;
es schwindelt einem,
wenn man hinabsieht.

Georg Büchner „Woyzeck"

Nichts hält die Seele so gefangen,
wie die Aussicht auf den Tod.

Samuel Johnson

1

Ich hätte weiterschlafen sollen, mir die Decke über den Kopf ziehen und einfach weiterschlafen, nachdem mich mein Bruder kurz vor drei Uhr früh mit seinem Anruf geweckt hatte, um mir mitzuteilen, dass Tanja nach einem Selbstmordversuch in die Notfallambulanz gebracht worden sei, wo die Ärzte um ihr Leben kämpften.

Fast zwei Jahre lang hatte ich nichts mehr von Thomas und seiner Frau gehört, wenige Wochen nach ihrer Hochzeit hatten sie den Kontakt zu mir abgebrochen, wollten nichts mehr mit mir zu tun haben, obwohl wir in derselben Stadt lebten. Ich hatte ihre Entscheidung akzeptiert, mich aus ihrem Leben auszuschließen. Warum sollte ich mich also ausgerechnet jetzt dafür interessieren?

Keine Ahnung, was mich davon abhielt, Thomas zu erklären, er solle mich mit seinen Problemen gefälligst in Ruhe lassen und dass ich nicht einmal im Traum daran dächte, mitten in der Nacht zu ihm in die Unfallchirurgie zu kommen, sondern jetzt sofort wieder genau das machen würde, was jeder vernünftige Mensch um diese Zeit tut, nämlich schlafen.

Es wäre besser gewesen, wirklich besser für uns alle, wenn ich ihm gesagt hätte, dass er sich zum Teufel scheren solle und dass sie mir völlig egal seien, er und Tanja, und dass er mich nie wieder anrufen solle, nie wieder. Wenn ich das Gespräch wenigstens abgebrochen und wortlos aufgelegt hätte, auch das wäre besser gewesen. Ich weiß nicht, warum ich es nicht getan habe, ich weiß nur, dass meine Entscheidung falsch war.

Ich bin sicher, wenn ich mich anders entschieden hätte, gäbe es einen Toten weniger. Wenigstens ein Mensch wäre nicht Opfer des Irrsinns geworden, der mich mehr als mein halbes Leben lang begleitet hat. Ein Toter weniger. Einer, der verschont geblieben wäre. Gleichgültig, ob er es verdient hätte oder nicht.

Aber damals konnte ich einfach nicht anders. Vielleicht lag es daran, dass Thomas in meinen Augen eben immer noch der kleine Bruder war, fast zehn Jahre jünger als ich, und dass sich seine Stimme am Telefon angehört hatte, als würde ihm jemand den Hals zudrücken oder als wäre er völlig besoffen, während er mir irgendwas über einen Medikamentencocktail, haufenweise leere Pillenpackungen, aufgeschnittene Pulsadern und blutgetränkte Bettwäsche erzählte. Anders kann ich es mir nicht erklären, dass ich den Fehler beging, sofort aufzustehen, mich anzuziehen, ins Auto zu setzen und loszufahren, statt mein Handy auszuschalten und weiterzuschlafen, notfalls mit einer Schlaftablette und einem Schluck Weinbrand.

Am Abend zuvor war in der Wettervorhersage von einer arktischen Kaltfront die Rede gewesen, von nächtlichen Regenschauern und einem unmittelbar darauf folgenden Temperatursturz. Doch als ich mich daran erinnerte, war es bereits zu spät. Jetzt waren die Straßen spiegelglatt, und schon in der ersten, leicht abschüssigen Kurve ein paar hundert Meter nach unserer Garagenausfahrt machte mein Wagen nicht mehr, was ich von ihm wollte. Er reagierte auf nichts, alle meine Lenkmanöver, Brems- und Beschleunigungsversuche waren vergeblich. Andere Kräfte hatten das Kommando übernommen und bestimmten, was geschah.

Ich hatte immer gedacht, in so einer Situation würde mich Angst überfallen, Entsetzen oder Panik. Aber es war ein ganz anderes Gefühl, das sich wie in einer lautlosen Explosion in mir ausbreitete. Eine Mischung aus Fremdheit und Neugier, die mich in einen Zustand hellster Wachheit katapultierte und zum ungerührten Beobachter werden ließ. Als hätte ich alles, was in einem Zeitraum von wenigen Sekunden geschah, präzise protokollieren und auf einer Checklist Punkt für Punkt abhaken müssen:

Das Blockieren der Räder. Das immer schneller werdende Seitwärtsgleiten über das Eis. Das Ausbrechen des Hecks, zuerst nach rechts, dann nach links, dann wieder nach rechts. Das ruckartige Anschlagen an der Gehsteigkante, den Rückstoß und die halbe Drehung um die eigene Achse. Das kurze Aufjaulen des Motors. Die rasende Rückwärtsbewegung, als säße ich verkehrt herum in einer Hochschaubahn. Den dumpfen Aufprall an der Reihe von Mülltonnen am Straßenrand. Den Schlag auf meinen Hinterkopf, der meinen Oberkörper nach vorn schleuderte. Den Rückspiegel, der immer größer und größer wurde. Die schneidende Kälte von Glas und Metall auf meiner Stirn. Und dann die Stille.

Möglich, dass ich für kurze Zeit das Bewusstsein verlor. Ich weiß es nicht. Dafür erinnere ich mich umso genauer an den ersten Gedanken, der mir durch den Kopf schoss: Gut, dass ich nicht den Lexus genommen habe.

Es klingt verrückt, aber genau so war es. Ich saß da und war erleichtert, dass mein wunderbarer, mitternachtsblauer Lexus unversehrt in der Garage stand. Nicht darüber, dass ich offenbar unverletzt geblieben war, weil ich keine Schmerzen spürte, empfand ich Erleichterung. Auch nicht darüber, dass ich kein anderes Fahrzeug gerammt hatte und von den Mülltonnen davor bewahrt worden war, ungebremst und mit voller Wucht gegen eine Betonmauer zu prallen. Und schon gar nicht über das Glück, dass um diese Zeit kein Fußgänger unterwegs gewesen war, den ich über den Haufen hätte fahren können, oder sogar töten. All diese Gedanken stellten sich erst viel später ein. Jetzt drehte sich alles nur um meinen Lexus, meine geliebte, nagelneue Limousine, die ich mir vor ein paar Wochen selber zu Weihnachten geschenkt hatte.

Wie klug es doch von mir gewesen war, den alten VW-Käfer zu nehmen, dachte ich. Wie unglaublich überlegt ich gehandelt hatte, als ich mich für den Käfer entschied, das weiße Cabrio mit dem Stoffdach und den chromglänzenden Stoßstangen, das mir mein Vater hinterlassen hatte und mit dem ich sonst nur an heißen Sommertagen zu irgendeinem See fuhr. Das Spaßauto aus den Sechzigerjahren, in dem es noch keine Airbags gab und keine Warnanlage, die einen mit nervtötenden Signalen zwang, Sicherheitsgurte anzulegen. Und bei dem ich ein paar Blechbeulen oder Kratzer im Lack problemlos selber reparieren konnte. Beim Lexus hingegen hätte mich das ein Vermögen gekostet. Wirklich gut, dass ich nicht den Lexus genommen habe.

Ich war richtiggehend stolz auf mich. Als hätte ich bereits beim Einsteigen gewusst, dass es zu diesem Unfall kommen würde. Als hätte ich einen Plan gehabt, der exakt so aufgegangen war, wie ich es mir vorgenommen hatte. Und auf einmal fühlte ich mich unglaublich stark. Mir konnte nichts passieren. Ich war überlegen, hatte alles im Griff. Ich war unverwundbar.

Der Motor tuckerte immer noch vor sich hin. Ich legte den Rückwärtsgang ein und manövrierte den Wagen vorsichtig retour auf die Straße. Zwei Mülltonen waren umgekippt, ihr Inhalt war über die halbe Fahrbahn verstreut, und die aufgeplatzten Plastiksäcke, halbleeren Verpackungen und verfaulenden Speisereste waren jetzt eine ideale, griffige Unterlage für die Reifen und verhinderten, dass die Räder auf dem Eis durchdrehten. Es knirschte und schmatzte und rumpelte, während ich langsam zurücksetzte. Vom linken Vorderrad kam ein schleifendes, kreischendes Geräusch, vermutlich war der Kotflügel eingedrückt, auch der Kofferraumdeckel war irgendwie verzogen, aber davon abgesehen war der Käfer offensichtlich fahrtüchtig. Ein Grund mehr für meinen Adrenalinspiegel, noch ein bisschen höher zu steigen.

Jetzt wäre die beste Gelegenheit gewesen, doch noch umzukehren und den Wagen zurück in die Garage zu stellen. Niemand hätte mir einen Vorwurf machen können, wenn ich mich wieder ins Bett gelegt hätte. Aber das kam mir überhaupt nicht in den Sinn. Es fiel mir ja nicht einmal ein, auszusteigen und nachzuschauen, wie groß der Schaden tatsächlich war, den ich angerichtet hatte. In meinem Gefühl von Allmacht scherte ich mich um nichts, verließ einfach die Unfallstelle und setzte meine Fahrt fort.

Ich fuhr im Schritttempo. Nicht, weil mich eine plötzliche

Anwandlung von Vernunft und Vorsicht übermannt hätte, sondern weil irgendwas mit der Gangschaltung nicht stimmte. Außer dem Rückwärtsgang konnte ich nur noch den ersten Gang einlegen. Und so schlich ich durch die Stadt, mit einem jammernden Vorderrad, das ans eingebeulte Blech schlug, mit nur einem Scheinwerfer, in dessen Lichtkegel die Eisschicht auf dem schwarzen Asphalt aufblitzte, beide Hände ums Lenkrad geklammert, weil der Wagen beharrlich nach links zog, aber mit einer beinahe festlichen Hochstimmung im Kopf, leicht und perlend wie Champagner.

Im Gegensatz zu den meisten Menschen, mit denen ich damals zu tun hatte, war ich nie an irgendwelchen Drogen interessiert. Abgesehen von ein paar Joints, die ich in meiner Jugend geraucht hatte und von denen mir nur übel geworden war. Dabei hätte ich oft genug Gelegenheit gehabt, problemlos an die wirklich harten Sachen heranzukommen. Im Hinterzimmer der Galerie, die meine Frau und ich im Kaiviertel betrieben, wurde manchmal gekokst, dass es nur so eine Freude war. Das scheint in der Kunstszene so üblich zu sein, bei den Künstlern und noch viel mehr bei der reichen Kulturschickeria, für die das offenbar zum Lifestyle gehört. Mir war schon immer ein guter, alter Rotwein lieber. Oder ein edler Calvados. Aber ich vermute, so, wie ich mich fühlte, während ich im Schneckentempo durch die Stadt fuhr, genau so muss es sein, wenn man high ist.

Ich fand alles großartig. Die weiße Festung vor dem tiefschwarzen Nachthimmel und zu ihren Füßen die Altstadthäuser und Kirchtürme und Kuppeln, die sich an den Mönchsberg drängen wie die Ferkel an die Muttersau, diese weltberühmte Kulisse, deren Anblick mich sonst schon seit Jahrzehnten nur noch langweilte, entlockte mir plötzlich Begeisterungsschreie. Wow! Oh, wow! Ein alter Mann, der sich an einer Hauswand abstützte, ängstlich einen Fuß vor den anderen setzte und schließlich doch ausglitt und rücklings hart auf dem Eis aufschlug, war einfach nur zum Brüllen komisch. Die zwei ineinander verkeilten Taxis und die aufgeregt gestikulierenden Fahrer waren der Witz des Jahrhunderts. Und als das Folgetonhorngeplärr der Rettungsfahrzeuge immer öfter zu hören war, plärrte und jaulte ich jedes Mal voll Vergnügen mit.

Alles war wunderbar. Ich war wunderbar. Das ganze Leben war wunderbar. Völlig unverständlich, dass irgendwer irgendwelche Probleme haben konnte. Kein Problem, dass die letzte Ausstellung in unserer Galerie ein Flop war, es war doch nicht der erste. Kein Problem, dass Claudia und ich uns deswegen vor zwei Tagen heftig gestritten hatten und sie es vorzog, im Gästezimmer zu schlafen, das kommt schließlich in den besten Ehen vor. Probleme existieren nicht, und wenn jemand meint, sich trotzdem unbedingt umbringen zu müssen, bitte schön, nur zu.

Es war, als befände ich mich in einer riesigen, bunt schillernden Blase. Wohlbehagen, nichts als Wohlbehagen. Daran änderte sich auch nichts, als ich irgendwann bemerkte, dass mir etwas Warmes von der Stirn über die Nase rann. Es fühlte sich klebrig an und schmeckte nach Blut.

Und da musste ich erst recht lachen, weil mir einfiel, wie ich meinen Bruder einmal fast zu Tode erschreckt hatte. Er muss damals vier gewesen sein, höchstens fünf, und ich hatte mir im Garten ein paar Himbeeren auf meiner Stirn zerquetscht, so dass es ausgesehen hatte wie eine große, klaffende Wunde, und dann hatte ich mich auf die Wiese gelegt und gestöhnt und geflüstert, ich würde verbluten, und Thomas war prompt darauf hereingefallen, hatte mich zuerst entsetzt angesehen und war dann erbärmlich heulend zu unserer Mutter gerannt. Mammi! Mammi! Mammiiii!

Und jetzt würde ich ihn wieder erschrecken, weil er mich aus dem Schlaf gerissen hatte, Strafe muss sein. Und hinterher auf ein Bier, ein Bier unter Brüdern, oder zwei oder drei, und dann würde alles prima sein zwischen uns, alles wieder bestens, alles paletti, und keine Probleme, weit und breit keine Probleme, und scheiß auf Tanja. Shit happens.

Heute weiß ich, in einem Punkt, aber auch nur einem einzigen, war es sogar die Realität, die mir von der bunten Blase vorgegaukelt wurde: Meine wirklichen Probleme hatten noch gar nicht begonnen.

Unter normalen Umständen benötigt man für die Fahrt zum Krankenhaus nicht mehr als zwanzig Minuten, ich musste mindestens zwei Stunden unterwegs gewesen sein. Jedenfalls begann der Himmel schon hell zu werden, als ich meinen Wagen einfach vor dem Schranken an der Einfahrt ins Krankenhausgelände abstellte und ausstieg. Der Mann, der mich durch die Scheibe der Portierloge giftig anstarrte und brüllte, mein Wagen würde die Zufahrt behindern und ich solle mit diesem Schrotthaufen gefälligst woandershin fahren, und zwar augenblicklich, sonst würde er die Polizei rufen, kümmerte mich nicht im Geringsten. Ich fand ihn sogar amüsant und wollte noch zu ihm sagen: „Ein bisschen viel Stress heute, wie? Jede Menge Kundschaft!“ Ich wollte ihn freundlich anlächeln, ihm aufmunternd zuwinken, wollte ihm –

In dieser Sekunde fiel die Blase in sich zusammen. Platzte nicht, zerriss nicht mit einem Knall in tausend Teilchen, sondern fiel einfach in sich zusammen. Kraftlos und mit einem leisen, klagenden Ton, einem erstickten, kaum hörbaren Seufzen. Schrumpfte, presste sich an meinen Körper, klebte wie feuchter Latex auf meiner Haut, verlor ihre bunt schillernden Farben und wurde hart, schwarz und eiskalt.

Wie ich mich fühlte, als ich wieder zu mir kam, dafür gibt es eigentlich nur ein Wort: wie ausgekotzt.

Ich lag flach ausgestreckt auf dem Rücken und bewegte mich trotzdem vorwärts, mit den Beinen voraus. Auf meiner Stirn türmte sich etwas Weißes, Weiches, Wattiges, das auch meine Augen fast zur Gänze bedeckte, so dass ich die Lichtflecken, die weit über mir wie eine endlose Kette kleiner Sonnen dahinzogen, nur durch einen milchig trüben Schleier wahrnehmen konnte.

Es dauerte eine Weile, bis ich begriff: Ich wurde auf einer Transportliege durch einen Krankenhausgang geschoben und schließlich irgendwo abgestellt. Und dann sagte jemand, dass alles in Ordnung sei und dass sich gleich ein Arzt um mich kümmern werde, aber dass ich mich ein wenig gedulden müsse.

Es brannte und pochte ein bisschen unter dem weißen, flauschigen Berg auf meiner Stirn, doch es war auszuhalten. Wenn ich meinen Kopf bewegte, wurden die Schmerzen stärker, also blieb ich lieber ganz ruhig liegen, hielt die Augen geschlossen und versuchte, mich auf die Geräusche rund um mich herum zu konzentrieren.

Aus dem gedämpft auf- und abschwellenden Stimmengewirr schloss ich, dass ich mich mit ziemlich vielen Menschen gemeinsam in einem Raum befinden musste. Türen wurden aufgestoßen, Schritte kamen näher und entfernten sich wieder, immer häufiger hörte ich die leise quietschenden Räder von Liegen, die an mir vorbeigeschoben wurden, jemand hüstelte und stöhnte, ein Kind weinte und rief nach seiner Mama.

All das hörte ich und hörte es gleichzeitig auch nicht. Alles war ganz weit weg. Unwirklich. Als hätte ich einen Radiosender falsch eingestellt gehabt, so dass nur noch verzerrte Tonfetzen und verstümmelte Sätze zu vernehmen waren, überlagert von lautem Rauschen.

Vielleicht war es mein Kreislauf, oder man hatte mir irgendeine Spritze gegeben zur Beruhigung oder gegen die Schmerzen, was weiß ich, jedenfalls war da dauernd dieses Rauschen in meinen Ohren, wie ein akustisches Sperrfeuer. Außerdem war mir kalt, eiskalt, obwohl man eine Decke über mich gebreitet hatte. Aber vor allem war ich müde. Unendlich müde.

Wenn bloß das Kind aufhören würde zu weinen und nach seiner Mama zu rufen, dann könnte ich schlafen, dachte ich. Bitte sagt diesem Kind doch, dass es endlich still sein soll.

Jemand hob kurz den Berg von meiner Stirn und sagte: „Muss genäht werden." Jemand anderer sagte: „Eispatient. Unter Schock selber hierher gefahren." Jemand berührte mich an der Schulter und sagte: „Dauert nicht mehr lang." Das Kind weinte. Mama Mama Mama.

Ich wusste jetzt, wo ich mich befand. Ich wusste, dass ich verletzt war. Aber wie es dazu gekommen war, wusste ich nicht. Ich versuchte, mich durch das Rauschen rückwärts zu bewegen, irgendeine Spur zu finden. Woher kam diese Kälte? Warum wollte ich nur schlafen, einfach nichts als schlafen? Und wieso lag ich nicht zuhause in meinem Bett?

Mama Mama Mama. Am liebsten hätte ich dieses Kind umgebracht. Immer heulten Kinder. Immer riefen sie nach Mama, wenn sie nicht mehr weiterwussten. Oder nach Papa. Oder nach dem großen Bruder.

Nicht einmal hier ließen sie einen in Ruhe. Nicht einmal, wenn man halb tot war, nahmen sie Rücksicht. Es reichte gerade einmal für ein: „Scheiße, Markus, was ist denn mit dir passiert?"

Die Stimme meines Bruders. Ganz nah an meinem Ohr. Diese hohe, schrille Stimme, die immer viel zu laut war.

Verzieh dich, Thomas, dachte ich. Lass mich in Frieden.

Aber wenn ich meinte, die Stimme meines Bruders würde ebenso plötzlich wieder verschwinden, wie sie aufgetaucht war, irrte ich mich gewaltig.

„Tanja liegt jetzt im ersten Stock in der Intensiv", sagte er, und das Rauschen wurde lauter und lauter, aber nicht laut genug, um die Worte zu übertönen.

„Man weiß nicht, ob sie durchkommt."

Mama Mama Mama.

„Vielleicht stirbt sie."

Mama Mama Mama.

„Alles nur wegen diesem Scheißtyp, der ihr das angetan hat."

Mama Mama Mama.

„Ich finde ihn, hörst du, ich finde dieses Dreckschwein, das sie damals vergewaltigt hat. Und dann muss er dafür bezahlen. Aber du musst mir dabei helfen, Markus. Du hilfst mir, ja? Bitte hilf mir, Markus."

Mama Mama Mama.

Haltet endlich das Maul, dachte ich. Haltet endlich ein für alle Mal eure verdammten Fressen, alle beide. Ich will das alles nicht hören, versteht ihr? Lasst mich in Ruhe, lasst mich endlich schlafen.

Und in diesem Moment erinnerte ich mich, dass mich mein Bruder doch erst kürzlich schon einmal am Schlafen gehindert hatte mit seiner Tanjageschichte, die mich nicht im Geringsten interessierte: Mitten in der Nacht hatte er mich wegen ihr geweckt, und ich war beinahe sicher, dass ich nur deshalb hier gelandet war, und ich war stinksauer auf ihn.

Doch dann kam Gott sei Dank jemand und sagte, jetzt sei gleich alles überstanden, und ich wurde in einen anderen Raum geschoben und spürte einen Stich in den Unterarm, und dann wurde mir endlich ein bisschen warm und das Rauschen hörte auf, und jemand sagte, ich solle von zehn rückwärts zählen, aber ich glaube, bei acht war ich schon eingeschlafen.

2

Eines will ich gleich einmal klarstellen: Ich erzähle diese Geschichte nicht, um mein Gewissen zu erleichtern oder damit man mir vergibt. Wer könnte mir schon vergeben, wer hätte das Recht, über Schuld oder Unschuld ein Urteil zu fällen? Ganz bestimmt nicht die junge Psychotherapeutin, die jeden Tag eine Stunde lang an meinem Bett sitzt, mir aufmerksam zuhört und sich gewissenhaft in ein kleines Buch Notizen macht, während ich rede und rede und rede.

Frau Doktor Freud – so nenne ich sie für mich, weil ich mir ihren richtigen Namen einfach nicht merken kann – wird vom Krankenhaus bezahlt, sie gehört sozusagen zum All-inclusive-Angebot für Krebspatienten, die in der Sonderklasse liegen. Aber was ich zu sagen habe, scheint sie wirklich zu interessieren, denn seit einiger Zeit besucht sie mich öfter, als sie müsste, manchmal am Wochenende, manchmal spätabends nach ihrem Dienstschluss. Ich finde das gut, weil es mir einfach leichterfällt, über all das nachzudenken, was vor ein paar Jahren geschehen ist, wenn ich es jemandem erzählen kann.

Es ist dann jedes Mal so, als würde ich das Ende des Fadens in die Finger bekommen, der mich aus meinem Labyrinth herausführt. Und hinterher, wenn sie wieder gegangen ist, tippe ich alles in meinen Laptop. Alles, was ich erzählt habe, alles, was mir noch dazu einfällt, und manches, was ich vielleicht lieber nicht erzählen möchte und deshalb vermutlich irgendwann wieder löschen werde. Spule den Gedankenfaden weiter auf, immer weiter, ohne zu wissen, wohin er mich bringen wird. Es ist schließlich das Einzige, was ich noch tun kann.

So denke und rede und schreibe ich, um nicht ständig die Infusionsflaschen und Plastikbeutel anstarren zu müssen, aus denen beinahe rund um die Uhr dieser Giftcocktail durch dünne Schläuche in meine Venen rinnt, diese wohldosierte Chemiemixtur, die endlich meine Krebszellen umbringen soll. Denke, rede und schreibe gegen die Übelkeit an, die mich in regelmäßig wiederkehrenden Wellen überfällt, gegen den Gestank, den ich auszudünsten vermeine, gegen den Drang, ständig erbrechen zu müssen, und vor allem gegen die unerklärliche Kälte, die durch meine Adern strömt, als hätten sich meine Blutkörperchen in Eiskristalle verwandelt. Sogar die Ärzte wissen nicht, was diese Kälte verursacht. Mein Blutdruck sei völlig in Ordnung, sagen sie, und die Anzahl meiner Leukozyten ebenso. Doch ich bilde mir das nicht bloß ein, ich friere wirklich.

Statistisch betrachtet ist mein Krebs nicht lebensgefährlich. Ein typisches, häufig vorkommendes Leiden von Männern im fortgeschrittenen Alter, mit einer Heilungschance von fünfundneunzig Prozent. Ich habe mir deshalb auch keine allzu großen Sorgen gemacht. Bis ich vor einer Woche aus dem Zimmer neben dem meinen die halbe Nacht hindurch leises Jammern und Stöhnen vernahm. Aber nachdem ich meine Schlaftablette genommen hatte, schlief ich schließlich doch ein, und am nächsten Morgen war von nebenan nichts mehr zu hören. Ich wusste, dass mein Zimmernachbar den gleichen Krebs hatte wie ich und sich auch im selben Behandlungsstadium befand, und dachte, es ginge ihm wieder besser. Doch als ich mich bei der Nachtschwester nach ihm erkundigte, erklärte sie mir – gleich darauf verlegen und erschrocken, denn sie hätte es mir eigentlich gar nicht sagen dürfen –, dass er in den Morgenstunden gestorben sei. Seither weiß ich, niemand kann mir garantieren, dass nicht auch ich zu den restlichen fünf Prozent gehöre, die es trifft.

Ich hatte übrigens die Wahl: entweder die Psychotante oder einen Pfarrer. Gott kann warten, dachte ich damals, bis dahin habe ich noch jede Menge Zeit. Heute bin ich mir da nicht mehr so sicher.

Trotzdem, Frau Doktor Freud ist jetzt genau richtig für mich. Vielleicht, weil sie vom Alter her meine Tochter sein könnte, das

Kind, das ich nie hatte, und dem ich jetzt erzählen kann, woraus das Leben in Wirklichkeit besteht. Nämlich aus viel mehr Fragen, als es Antworten gibt. Shit happens. So einfach, so banal.

Ein paar Antworten möchte ich allerdings schon noch bekommen. Nur Antworten, keine großen Wahrheiten oder Erklärungen, was richtig ist und was falsch, oder gar, was gut und was böse. Einfach Antworten. Also vermutlich das, was ich ohnehin weiß, aber bloß nicht zu denken wage, geschweige denn auszusprechen. Noch nicht.

Ich denke, im Grunde mache ich das Gegenteil dessen, was der Krebs in meinem Körper macht: Ich fange bei den Metastasen an und versuche dorthin zu gelangen, wo sie zu wuchern begonnen haben. Eigentlich völliger Unsinn, denn das, was geschehen ist, ändert sich dadurch auch nicht mehr. Leben lässt sich nicht rückgängig machen, und selbst wenn ich es könnte, würde ich es gar nicht wollen. Aber vielleicht ist es ja genau das, was mich frösteln lässt.

3

Die Nacht, in der sich ein dünner Eispanzer über die ganze Stadt gelegt hatte, war tagelang das alles beherrschende Gesprächsthema. Die Krankenschwestern, die Pfleger und die Ärzte in der Unfallchirurgie redeten über nichts anderes und nannten sie nur „Eisnacht" und Patienten wie mich „Eispatienten". Später erfuhr ich, dass sie es als kälteste Nacht seit Beginn der regionalen Wetteraufzeichnungen sogar auf die Titelseiten der Zeitungen geschafft hatte. Wobei weniger der Kälterekord für Aufregung sorgte, sondern die fast ebenso rekordverdächtige Zahl von Verkehrsunfällen und Verletzten. Die Stadtregierung wurde mit Vorwürfen überhäuft, Bürgerinnen und Bürger, die genau Buch geführt hatten, wann und wo die Streufahrzeuge und Streutrupps des Magistrats im Einsatz waren, empörten sich darüber, dass ausgerechnet ihr Stadtteil, ihr Straßenzug, ihr Gehsteig viel zu spät oder sogar überhaupt nicht an die Reihe gekommen waren, Unfallopfer und Versicherungen drohten mit Schadensersatzklagen, dem zuständigen Stadtrat und dem Bürgermeister wurde völlige Unfähigkeit attestiert, und alles mündete schließlich in eine heftige politische Diskussion über die offenbar katastrophalen Zustände, die sich hinter der schönen Fassade unserer Stadt verbergen würden.

Mag ja sein, dass wir einem Haufen Unfähiger ausgeliefert sind. Ich habe mir darüber nie Gedanken gemacht, aber im Grunde glaube ich es nicht. Und Leute, die so tun, als hätten sie den großen Durchblick, kann ich einfach nicht ernst nehmen. Leute, die hinter allem und jedem eine Verschwörung von Idioten oder finsteren Mächten wittern. Leute, die davon überzeugt sind, dass die ganze Menschheit nur eines im Sinn hat, nämlich ihnen ganz persönlich Schaden zuzufügen. Leute wie meinen Bruder.

Ich will ja nicht schlecht über ihn reden, aber Thomas gehört zu den Menschen, die meinen, die Welt sei nichts als böse und habe es nur auf sie abgesehen. Von dieser Opferrolle konnte ich ihn nie abbringen. Im Gegenteil, wenn ich ihn davon zu überzeugen versuchte, dass er nicht nur von Ignoranten, miesen Schweinen und kompletten Arschlöchern umzingelt sei, wie er es auszudrücken pflegte, wurde er nur noch verbissener in seiner wütenden Verzweiflung und warf mir vor, sogar ich würde ihn nicht mehr verstehen und mich gegen ihn wenden. „Mein Bruder, mein Feind“, sagte er dann jedes Mal. „Mein Bruder, der mich hasst.“ Doch ich hasste ihn nicht. Er ging mir ganz gewaltig auf die Nerven mit seinem abstrusen Weltbild, aber ich hasste ihn nicht. Und deshalb gab ich zu guter Letzt immer klein bei und spielte mit. Das alte Bruderspiel: Großer Bruder und kleiner Bruder, Verbündete im Kampf gegen den Rest der Welt.

Das funktionierte bestens, solange es nicht um große Sachen ging. Was war dabei, wenn ich Thomas' Bilder hin und wieder in unserer Galerie ausstellte? Diese riesigen Leinwände, auf denen er mit Acrylfarben seine Frustration abreagiert hatte, Scheußlichkeiten, die er für bedeutende Kunstwerke hielt, für die sich aber kein Mensch interessierte. Und was außer ein paar hundert Euro kostete es mich schon, sein angeschlagenes Selbstbewusstsein immer wieder aufzubauen, indem ich manchmal zwei oder drei seiner Bilder kaufte, im Keller unseres Hauses versteckte und Thomas dann irgendwelche Geschichten über ausländische Kunstsammler erzählte, die überraschend in der Galerie aufgetaucht und von seinen Arbeiten ganz begeistert gewesen seien?

Hätte ich ihm die Wahrheit sagen sollen? Ihm an den Kopf werfen, dass seine Pinselhiebe und Farbspritzer wertloser Mist seien, epigonales Geschmiere, schon tausendmal so oder so ähnlich gesehen und auch nicht besser, wenn er behauptete, es handle sich um transzendentale Seelenräume, kosmische Explosionen oder die Verwandlung von Geist in Materie? Hätte ich ihm erklären sollen, dass die Galeristen, Kritiker und Jurymitglieder, die seine Bilder ignorierten, keineswegs verständnislose Banausen, vertrottelte Beamte oder Drahtzieher einer internationalen Kunstmafia seien? Was hätte es gebracht, ihn mit der Realität zu konfrontieren? Ihn, den Traumtänzer, der mit seinen Hirngespinsten niemandem Schaden zufügen konnte, im Gegensatz zu manch knallhartem Realisten.

Es erstaunte mich immer wieder, wie einfach es war, Thomas aus seinen moralischen Tiefs herauszuholen, ihn zu befreien aus dem Gefängnis seiner finsteren Gedanken. Ich musste ihn nur geschickt täuschen, dann wechselte er mit fliegenden Fahnen von der feindlichen Welt, die ihn betrog, zur freundlichen Welt, die ihn belog. Die Wahrheit empfand er als Angriff, sie erschreckte ihn, also musste ich eben seine Lügen mit meinen Lügen ausstechen, entscheidend war einzig und allein, dass ich im System blieb.

Unglaublich, wie glücklich er jedes Mal war, wenn ich ihn zur Vernissage eines Prominenten einlud und im Laufe des Abends den Gästen als jungen Maler vorstellte, dessen internationaler Durchbruch unmittelbar bevorstehe, als fantastisches Talent und absoluten Geheimtipp. Und wenn sich der Berühmte dann sogar noch freundlich gemeinsam mit dem jungen Kollegen fotografieren ließ, schwamm Thomas regelrecht in einem Meer von Seligkeit und registrierte überhaupt nicht, dass man hinter seinem Rücken über ihn lächelte und ihn für vieles hielt, für ein schräges Original, für einen kompletten Spinner, für das sympathisch überdrehte Galerie-Faktotum, für alles, nur nicht für einen Künstler. Und obwohl er nie lange anhielt, manchmal nur bis zum nächsten Morgen, vergönnte ich ihm diesen Rausch. Denn, verflucht noch einmal, Thomas war mein kleiner Bruder, und das wird er immer bleiben, auch dann, wenn ich vor ihm sterbe.

Claudia fand es immer falsch, dass ich mich so für Thomas einsetzte. Sie meinte, er würde bloß meine Gutmütigkeit ausnutzen, weil das für ihn klarerweise viel bequemer sei, als zu lernen, endlich auf eigenen Beinen zu stehen und erwachsen zu werden. Aber vor allem würde er dem Ansehen der Galerie schaden.

Natürlich hatte sie Recht. Natürlich wusste ich, dass Thomas ein Versager war, der sich hinter einer Mauer aus absonderlichen Gedanken verschanzt hatte und im Leben nur mit meiner Hilfe halbwegs zurechtkam. Aber ich wusste, oder besser, ich ahnte eben auch, warum er so geworden war. Doch jeder Erklärungsversuch prallte an Claudia ab. Ich versuchte es immer und immer wieder. Keine Chance. Für Claudia blieb Thomas nichts als ein kleiner Schmarotzer. Und vor allem ein Freak, ein verrückter Freak.

Claudia konnte sich einfach nicht vorstellen, wie es ist, ein Dreizehnjähriger zu sein. Ein durchschnittlich intelligenter, durchschnittlich verwöhnter, durchschnittlich glücklicher Dreizehnjähriger, dessen einzige Auffälligkeit bisher darin bestand, dass er mit elf Jahren auf einmal zu wachsen aufgehört hatte. Ein eins fünfundvierzig großer Dreizehnjähriger, bei dem man annahm, seine Wachstumshormone würden im Laufe der Jahre ganz von selbst wieder aktiv werden und ihn dann in einem plötzlichen Schub emporschießen lassen. Ein Dreizehnjähriger, dem es zunächst nichts auszumachen schien, dass er im Vergleich zu seinen Altersgenossen ein Zwerg war. Ein Dreizehnjähriger, dessen durchschnittliches Leben in einer durchschnittlichen Familie sich dann aber von einer Sekunde auf die andere in nichts auflöste.

Ich war dabei, als es passierte. Nicht, dass ich es in diesem Augenblick schon begriffen hätte, dafür war ich selber noch viel zu verstört. Erst eine Stunde zuvor hatten zwei Polizeibeamte an unserer Wohnungstür geläutet und mir mitgeteilt, dass unsere Eltern bei einem Verkehrsunfall ums Leben gekommen seien. Hatten mir etwas über ein riskantes Überholmanöver unseres Vaters erzählt, über einen Sattelschlepper, der nicht mehr rechtzeitig bremsen konnte, über einen Frontalzusammenstoß und über ein völlig ausgebranntes Wrack.

Und weil ich mich zunächst geweigert hatte, diese Nachricht

zu glauben – denn wie konnte man mit solcher Sicherheit behaupten, dass es sich bei dem Unfallauto tatsächlich um den BMW unseres Vaters und bei den beiden fast bis zur Unkenntlichkeit verbrannten Toten um unsere Eltern handelte –, waren die Beamten noch mit mir im Wohnzimmer gesessen und hatten ein paar der Details geschildert, anhand deren die Toten mit an Sicherheit grenzender Wahrscheinlichkeit als Margot und Josef Steinfelder identifiziert worden waren, eindeutige Indizien, auch wenn die endgültigen gerichtsmedizinischen Untersuchungsergebnisse noch ausstanden. Und ausgerechnet während dieser schonungslosen Konfrontation mit der ganzen grausamen Wahrheit war Thomas von der Schule nachhause gekommen.

Keiner von uns hatte ihn bemerkt. Er musste eine geraume Zeit hinter der halb geöffneten Tür gestanden sein und hatte unser Gespräch belauscht. Hatte all die schrecklichen Dinge gehört, die nicht für seine Ohren bestimmt gewesen waren. Und als er dann plötzlich ins Zimmer kam, war es zu spät, um ihm möglichst behutsam zu erklären, was geschehen war.

Ich werde nie den Ausdruck seines Gesichtes vergessen. Wie soll ich es beschreiben? Etwas unglaublich Erschrockenes, Verletztes, zutiefst Empörtes lag in seinen Zügen, als hätte ihn jemand ins Gesicht geschlagen. Er stand stumm in der Tür. Er sah mich an. Er sah die Polizisten an. Er sah wieder mich an. Wir blickten ihn an. Wir schwiegen. Vier, fünf Sekunden, vielleicht zehn. Unendlich lange Sekunden, erfüllt von Atemlosigkeit, Anspannung und Entsetzen, als würden wir auf Tretminen stehen. Und dann nickte Thomas nur, sagte kein Wort, drehte sich um und verschwand in sein Zimmer.

Den Polizisten stand die Erleichterung ins Gesicht geschrieben, als ich ihnen versprach, ich würde selber mit meinem Bruder reden und alles tun, um seinen Schock zu mildern. Aber versuchen Sie einmal, mit jemandem zu sprechen, der sich in seinem Zimmer eingesperrt und die Stereoanlage auf volle Lautstärke aufgedreht hat. Dröhnende Bässe, den ganzen Nachmittag nichts als hämmernde, dröhnende Bässe. Ich ließ ihn gewähren, denn, um ehrlich zu sein, der Sound war genau richtig, um auch in meinem Kopf das Chaos zu betäuben. Bloß gegen meine Verzweiflung konnte er nichts ausrichten und gegen den Schmerz, der von Minute zu Minute stärker wurde und mir die Tränen in die Augen trieb, bis ich schließlich nur noch hilflos auf dem Sofa lag und Rotz und Wasser heulte.

Von mir aus hätte das Hämmern der Bässe ewig so weitergehen können. Nur nicht denken müssen, nur nicht realisieren müssen, dass ich unsere Eltern nie wieder sehen würde, dass sie einfach verschwunden waren. Aber irgendwann schaltete Thomas die Anlage ab und dann stand er auf einmal vor mir, blass und verschwitzt, und flüsterte in einem fort drei Sätze, als hätte er sie auswendig gelernt:

„Versprich mir, dass ich nicht in ein Heim muss. Versprich mir, dass wir zusammenbleiben. Versprich mir, dass du mich nicht auch noch verlässt."

Immer wieder nur diese drei Sätze. Wie eine Zauberformel. Wie eine Beschwörung.

„Klar", sagte ich. „Versprochen. Verlass dich drauf. Großes Indianerehrenwort."

Mehr als dieser dumme Spruch fiel mir nicht ein in meinem Zustand. Auch später nicht, in den folgenden Tagen und Wochen. Noch nie hatte ich mich so abgrundtief elend gefühlt, noch nie so ausgehöhlt, noch nie so unfähig, auch nur einen einzigen vernünftigen Gedanken zu fassen. Und deshalb war ich in Wirklichkeit auch gar nicht in der Lage, mich um Thomas zu kümmern. Ich war wie betäubt, erstarrt unter einer Kruste aus Fassungslosigkeit, Trauer und Wut.

Auf die anderen Menschen machte ich aber offenbar den Eindruck, alles im Griff zu haben. Niemand schien zu bemerken, dass ich in Wahrheit wie ferngesteuert agierte. Ich hätte auch überhaupt keine Chance gehabt, zur Besinnung zu kommen. Auf einmal waren unglaublich viele Leute da, die auf mich einredeten und sich um alles kümmerten, was getan und geregelt werden musste. Ständig tauchten Verwandte und Freunde unserer Eltern auf, um die Dinge in die Hand zu nehmen, wie sie erklärten. Dauernd kamen Vertreter irgendwelcher Behörden und Gerichte, die plötzlich für unsere Zukunft zuständig waren, besonders für die meines Bruders.

Mich hat das alles nicht interessiert. Das ganze Mitleidsgefasel, der Begräbniszirkus, die Erbschaftsscheiße und all die Wichtigtuer mit ihren amtlichen Dokumenten, die sie mir unter die Nase hielten. Ich habe einfach zu allem ja gesagt, habe alles unterschrieben, egal, was es war. Alles unwichtig. Meine Eltern hat es nicht wieder lebendig gemacht. Und auch nicht die Bilder vertrieben, die in meinem Kopf entstanden waren und sich dort festgekrallt hatten. Den Feuerball und die beiden zusammengekrümmten, verkohlten Toten, die mich bis in den Schlaf verfolgten, eine fiebrige Bewusstlosigkeit, in die ich zwischendurch immer wieder fiel, erschöpft von Weinkrämpfen und lähmender Trauer.

Und eines Morgens wachte ich auf und alles war vorbei. Etwas in mir hatte den Tod meiner Eltern akzeptiert, hatte von ihnen Abschied genommen, hatte sich mit den Tatsachen abgefunden. Es war, als hätte ich in diesen Wochen mein ganzes Reservoir an Trauer restlos ausgeschöpft. Jedenfalls habe ich seither nie wieder geweint. Um nichts und niemanden.

(Ich denke, meine Frau Doktor Freud hat dafür vermutlich eine ganz andere, komplizierte, hochwissenschaftliche Erklärung. Aber die kann sie sich sonst wohin stecken.)

Schön langsam begann ich mich mit der Situation anzufreunden, in der ich mich nun befand. Ich muss sagen, sie war gar nicht so schlecht. Unsere Eltern waren mit ihrer Unternehmens- und Wirtschaftsberatungskanzlei äußerst erfolgreich gewesen, hatten einen Haufen Geld verdient und Thomas und mir ein kleines Vermögen hinterlassen. Dazu zwei hohe Lebensversicherungen, Vaters geliebtes VW-Cabrio und außerdem die riesige Eigentumswohnung in bester Lage am Stadtrand. Selbst nach Abzug der Erbschaftssteuer mussten wir uns für viele Jahre nicht die geringsten finanziellen Sorgen machen. Deshalb war mir auch vom Gericht ohne Bedenken die Obsorge für meinen Bruder übertragen worden, so dass ich ohne mein Zutun das Versprechen halten konnte, das ich ihm im Zustand völliger Verwirrung gegeben hatte: Wir blieben zusammen und konnten weiter in unserer Wohnung leben. Thomas würde weiterhin zur Schule gehen. Und ich würde mein Jusstudium fortsetzen, und zwar ganz bequem und ohne den Leistungsdruck, unter den mich mein Vater bisher gesetzt hatte. Alles bestens, dachte ich.

Wie hätte ich wissen können, dass Thomas zu diesem Zeitpunkt längst begonnen hatte, in seine persönliche Hölle abzudriften?

Ich hatte ja auch kein Problem damit, wie er sich verhielt. Dass er sich geweigert hatte, zum Begräbnis mitzukommen. Dass er oft stundenlang in seinem Zimmer saß und nur stumm vor sich hinstarrte, bis er plötzlich aufsprang, durch die Wohnung rannte und wütend gegen Türen und Möbel trat, als hätten sie ihm etwas getan. Selbst als ich entdeckte, dass er aus unseren Fotoalben alle Bilder, die ihn zusammen mit unseren Eltern zeigten, herausgerissen und in kleine Stücke zerfetzt hatte, selbst da machte ich mir keine großen Gedanken. Ich hielt das einfach für seine verzweifelte und unbeholfene Art, mit dem Tod von Vater und Mutter fertig zu werden.

Ein paar seiner Aktionen waren natürlich schon extrem. Einmal hatte er sämtliche Kleidungsstücke unserer Eltern auf der Terrasse auf einen Haufen geworfen, und ich konnte ihn nur davon abhalten, sie anzuzünden, indem ich ihm versprach, ich würde sie demnächst von der Altkleidersammlung abholen lassen. Ein anderes Mal ertappte ich ihn dabei, wie er mit einem Küchenmesser auf einen Hinterreifen von Vaters Cabrio einstach. Und er hört erst damit auf, als ich erklärte, dass das jetzt nicht mehr Vaters, sondern mein Auto sei.

Aber was hätte ich tun sollen? Ihm Vorwürfe machen? Im Grunde tat mir Thomas nur leid. Und ich meinte sogar zu verstehen, dass er auf seinen Verlust wohl nicht anders reagieren konnte als mit Aggression. Irgendwann würde er sich schon wieder beruhigen, dachte ich. Ein Dreizehnjähriger braucht eben mehr Zeit, um damit klarzukommen, was geschehen ist. Erst viel später wurde mir bewusst, dass ich die Situation völlig falsch eingeschätzt hatte.

Heute weiß ich, es hatte einen Moment gegeben, in dem ich durchaus hätte erkennen können, was in Thomas wirklich vorging. Einen Augenblick, in dem ich anders reagieren hätte müssen als mit meinem verständnisvollen Lächeln, hinter dem ich mich damals aus Unfähigkeit und Bequemlichkeit verschanzt hatte. Meinem blöden, brüderlich solidarischen Grinsen, das Thomas immer nur als Zeichen meiner Zustimmung interpretiert hatte.

Wir saßen im Auto. Ich brachte Thomas zur Schule und wir waren spät dran. Verkehrsstau, ständig rote Ampeln. Ich war genervt und hatte einfach keinen Kopf dafür, was Thomas vor sich hinmurmelte. Irgendwas über einen Lehrer, der ihn hassen und deshalb immer viel zu streng prüfen würde. Die übliche faule Schülerausrede, die ich schon aus meiner eigenen Schulzeit kannte. Doch im gleichen Atemzug fügte er dann hinzu, dass er sich ohnehin schon längst daran gewöhnt hätte, gehasst zu werden.

„Ma und Pa haben mich auch gehasst", sagte er.

„Du spinnst", sagte ich.

„Ich war nur eine Belastung für sie", fuhr er fort. „ Eine außergewöhnliche Belastung, weil ich nicht so bin, wie sie es sich gewünscht haben."

Ein Radfahrer zwängte sich vor mein Auto.

„Verzieh dich, du Arschloch!"

„Ich weiß genau, dass sie mich so genannt haben."

„Jetzt fahr endlich, Idiot!"

„Unsere kleine außergewöhnliche Belastung. Unser Minuswachstum. Und dann haben sie gelacht."

„Soll ich dich über die Kreuzung tragen, oder was?"

„Ich war für sie einfach eine Enttäuschung. Und deshalb haben sie mich gehasst."

„Du spinnst wirklich“, wiederholte ich. „Unsere Eltern haben dich geliebt!“

„Und warum sind sie dann abgehauen?“

„Abgehauen?“

„Ja, abgehauen.“

„Sie sind nicht abgehauen, Tommi. Sie sind tot. Es war ein Unfall. Ein ganz, ganz schrecklicher Unfall.“

Thomas schüttelte den Kopf.

„Abgehauen, einfach abgehauen sind sie. Damit sie mich los sind. Weil sie mich gehasst haben.“

„In Ordnung. Wenn du ohnehin alles besser weißt.“

Ich musste scharf bremsen, ein Taxi hatte mir die Vorfahrt genommen.

„Sind denn heute nur Volltrottel unterwegs?“

Thomas öffnete die Tür und stieg aus.

„Ich glaub, zu Fuß bin ich schneller. Also dann.“

Ich winkte ihm zu und lächelte wie üblich.

„Alles klar, Tommi. Und lass dich nicht unterkriegen von den bösen Menschen. Am besten, du hasst sie auch!“

Das sollte ein Scherz sein. So, wie es natürlich auch immer nur ein Scherz gewesen war, wenn unsere Eltern den Nachzügler, das Kind, das sie noch im reiferen Alter völlig unerwartet bekommen hatten, überglücklich mit Bezeichnungen aus ihrem Finanzberatungsfachchinesisch bedachten. Als überraschenden Bilanzgewinn oder kleine Extradividende. Und in letzter Zeit eben manchmal auch besorgt als außergewöhnliche Belastung oder Minuswachstum. Wie hätten sie auch nur ahnen können, was sie damit in Thomas auslösten, der diese Worte nicht so verstand, wie sie gemeint waren, nämlich einfach als Kosenamen, vielleicht unüblich und unpassend, doch deshalb nicht weniger liebevoll und zärtlich.

Aber Thomas redete nie mehr über dieses Thema, und so sah auch ich keine Veranlassung, es jemals wieder zur Sprache zu bringen.

Um ehrlich zu sein, ich tat auch sonst kaum etwas von dem,

was man von mir in meiner neuen Rolle als Elternersatz vermutlich erwartet hatte. Einfach ausgedrückt, beschränkte ich meine Sorgepflicht darauf, dafür zu sorgen, dass immer genügend Fertigpizza und Cola im Kühlschrank war. Und dass Thomas morgens rechtzeitig aufstand und zur Schule ging. Alles andere regelte ich mit großzügig bemessenem Taschengeld. Das war's. Und das schien auch prima zu passen.

Wer wollte mir daraus einen Strick drehen? Bitte, ich war damals gerade einmal dreiundzwanzig! Da interessierte mich das Seelenleben eines kleinen Spinners herzlich wenig. Solange er mir damit nicht auf die Nerven ging, sollte er doch denken, was er wollte.

Thomas machte auch keinen Ärger mehr. Gut, in der Schule gab es einmal ein Problem, weil er sich geweigert hatte, in einem Aufsatz den Beruf seiner Eltern zu beschreiben und stattdessen nur ein leeres Blatt abgegeben hatte, auf dem ein einziger Satz stand: Ich hasse meine Eltern. Da wurde ich zum Direktor gebeten, aber nachdem ich erklärt hatte, dass Tomas einfach den Tod unserer Eltern noch nicht verarbeitet habe, war die Geschichte erledigt. Man versprach sogar, Thomas besonders viel Verständnis und Nachsicht entgegenzubringen. So lief dann lange Zeit auch wirklich alles ganz passabel.

Und dann kam Roswitha. Ungefähr ein Jahr später. Die schöne, wunderbare, eigenwillige, vielleicht ein bisschen verrückte Roswitha. Und mit ihr kam eine Zeit, in der es sogar ganz phantastisch lief.

Ich hatte Roswitha auf einem Studentenfest kennengelernt. Sie war Südtirolerin, studierte im vierten Semester Kunstgeschichte, und ich verliebte mich sofort in ihr hinreißendes Lachen. Roswitha war das faszinierendste weibliche Wesen, das mir bis dahin in meinem Leben begegnet war. Spontan, herzlich, gescheit, impulsiv. Einfach irgendwie anders. Und nicht nur wegen ihrer dunklen, feurigen Augen und ihrer unglaublich roten, unglaublich langen, unglaublich gelockten Haarpracht eine Frau, die man nur als Superweib bezeichnen konnte. Ein echter Glücksfall, dass auch sie sich sofort in mich verliebt hatte, wie sie mir schon nach ein paar Tagen gestand.

Wir waren noch keine vier Wochen zusammen, da machte ich ihr schon den Vorschlag, zusammenzuziehen. Ohne lang zu überlegen, sagte sie ja, zog aus ihrem überteuerten WG-Zimmer aus und mit Sack und Pack in meine Wohnung ein. Fairerweise hatte ich sie mit ein paar Andeutungen vor meinem Bruder und seinen möglichen Macken gewarnt, aber das hatte sie nur mit einem Schulterzucken abgetan: „Wer einmal in einer Wohngemeinschaft gelebt hat, hält alles aus."

Meine Sorge war unbegründet. Thomas war von Roswitha begeistert. Vor allem, weil sie mich schon nach wenigen Tagen dazu überredete, die Wohnung komplett neu einzurichten. Mir hatten die pseudobarocken Möbel und die grüngoldenen Biedermeierblümchentapeten ohnehin nie gefallen, und so schmissen wir den ganzen Krempel kurzerhand raus, ließen sämtliche Wände weiß streichen und füllten dann einen Raum nach dem anderen mit den Objekten, die zu der Zeit als modernes Wohndesign galten. Eine Orgie aus gebogenem Stahlrohr, naturweißem Leinen, hellem Leder und rauchfarbenem Acrylglas. Ich konnte es mir ja leisten. Und Thomas fand es ganz einfach „unheimlich cool" und strahlte übers ganze Gesicht. Ich bezweifle allerdings, dass es ihm wirklich gefallen hat. Er war wohl eher nur glücklich darüber, dass nun in der ganzen Wohnung wirklich überhaupt nichts mehr an unsere Eltern erinnerte.

Als Roswitha dann auch noch mit dem Vorschlag kam, die Wände doch ein bisschen bunter, kreativer, origineller zu gestalten, und gleich mit einem Dutzend Farbspraydosen anrückte, war Thomas völlig aus dem Häuschen. Ich war anfangs zwar etwas skeptisch, aber weil ich in meiner Verliebtheit letzten Endes alles großartig fand, was Roswitha tat, sah ich grinsend zu, wie sie und mein Bruder sich an den Wänden austobten und sie mit knallbunten Graffitis überzogen. Zuerst etwas ungeschickt, doch bald immer perfekter, wobei vor allem Roswitha ganz erstaunliche Kompositionen aus Farben und Formen zustande brachte.

Mein Talent hielt sich eher in Grenzen, wie ich nach ein paar kümmerlichen Versuchen feststellen musste. Und Thomas war meiner Meinung nach völlig unbegabt. Aber er war mit Feuereifer bei der Sache und fabrizierte wie in Trance einen hässlichen Farbfleck und einen wirren Krakel nach dem anderen. Also tat ich so, als würden mir seine Klecksereien gefallen, und Roswitha nannte ihn sogar „unser kleiner Henri Toulouse-Lautrec" und erzählte Thomas von dem Franzosen, der trotz seiner Kleinwüchsigkeit eines der größten Malergenies gewesen war. (Ich bin übrigens davon überzeugt, das waren die Wurzeln von Thomas' späterem Hirngespinst, ein großer Künstler zu sein.)

Doch nicht nur Thomas und Roswitha waren offensichtlich unheimlich happy, vor allem ich hatte das Gefühl, vor Glück fast platzen zu müssen. Mag sein, dass ich es mir nur einbildete, weil ich dachte, nach der ganzen Scheiße, die hinter mir lag, hätte ich eine Glückssträhne wirklich verdient. Oder dass ich bloß ausgehungert war nach Liebe, Unbeschwertheit und hemmungslosem Sex und deshalb nichts anderes im Sinn hatte, als all das mit Roswitha zu genießen, ungezügelt und blind vor Gier. Gut, vielleicht war ich ein Narr. Aber dann war ich ein glücklicher Narr.

Es war ja auch der reine Wahnsinn. Die Graffitis wucherten über die Wände, in der Wohnung hing ständig der Geruch von Farbspray, auf dem Küchenboden türmten sich die Schachteln vom Pizza-Express und vom Chinesen neben Coladosen und Rotweinflaschen, überall hingen oder lagen irgendwelche Kleidungsstücke herum, Roswithas Kunstgeschichtebücher und Skripten stapelten sich rund um unser Bett, und mitten in diesem laut Roswitha „herrlichen süditalienischen Chaos" lebten wir auf Teufel komm raus. Das heißt, wir vögelten uns die Seele aus dem Leib, wann immer es ging.

Und wenn sie auf mir saß und sich wand und ihren Kopf vor- und zurückwarf und ihre rote Löwenmähne im Gegenlicht aussah, als würde sie brennen, dachte ich, die ganze Liebe und die ganze Lust, die es auf der Welt gibt, wären in diesem Augenblick nur für uns allein entflammt. In diesem Rot, diesem Vulkan von Rot, in dem ich am liebsten verglüht wäre. Gott, war ich verrückt nach diesem Haar!

Ich war regelrecht süchtig nach Roswitha und konnte es kaum erwarten, dass sie von der Uni nachhause kam oder eine Pause einlegte, wenn sie über einer Seminararbeit saß. Um wenigstens in ihrer Nähe zu sein, wenn ich nicht mit ihr schlafen konnte, ließ ich sogar das Jusstudium sausen, inskribierte Kunstgeschichte und hing mit Roswitha in Vorlesungen herum, von denen ich höchstens ein Zehntel verstand. Oder ich assistierte bereitwillig, indem ich ihr die Spraydosen reichte, wenn sie sich wieder einmal gemeinsam mit Thomas an einer Zimmerwand künstlerisch verwirklichte. Und ich fand alles witzig, was sie witzig fand, und bog mich vor Lachen, wenn sie sich vor Lachen krümmte. Noch nie in meinem Leben hatte ich so viel gelacht.

Wir lachten über alles. Über unsere ungesunden Essensgewohnheiten und dass keiner von uns imstande war, in unserer Luxusküche etwas Vernünftiges zu kochen. Über zerbrochene Gläser und in der Waschmaschine verfärbte Wäschestücke. Über jede neue Stellung, die wir im Bett ausprobierten. Und sogar als wir bemerkten, dass sich Thomas mit seinen inzwischen fünfzehn Jahren offenbar ebenfalls in Roswitha verknallt hatte, fanden wir das nur unglaublich amüsant. (Diese hilflose Verliebtheit war übrigens neben der kicksenden Stimme und der unreinen Haut das einzige Zeichen seiner beginnenden Pubertät, die Wachstumshormone hingegen streikten nach wie vor.)

Es war fast rührend, als er einmal verträumt zu uns sagte: „Ihr seid vollgeil." Und sich nach kurzem Nachdenken verbesserte: „Wir sind vollgeil!" Und gleich darauf verlegen: „Ich meine, unser Leben und so."

Doch ein anderes Mal beobachteten wir ihn, wie er sich ins Badezimmer schlich, von einem Haufen Schmutzwäsche einen von Roswithas Slips klaute, verzückt an ihm schnüffelte, ihn an sein pickeliges Gesicht drückte und dann schnell damit in sein Zimmer verschwand.

Und mehr als einmal verriet uns sein kaum unterdrücktes Stöhnen, dass er in der Nacht vor unserer Schlafzimmertür stand und uns belauschte. Auf meine Frage, ob sie das stören würde, meinte Roswitha nur: „Was soll der Kleine denn sonst machen? Irgendwie muss er sich ja abreagieren." Dazu kicherte sie und machte eine eindeutige Handbewegung. „Lass ihm doch seinen Spaß!" Und dann lachten wir und probierten wieder eine neue Stellung aus, und obwohl Roswitha meilenweit von einem Orgasmus entfernt war, stieß sie ganz besonders laute Lustschreie aus.

Am Morgen darauf, wenn Thomas wieder blass und unausgeschlafen am Frühstückstisch saß und lustlos an einem kalten Stück Pizza vom Vortag kaute, wuschelte ihm Roswitha einfach grinsend die Haare, fragte scheinheilig „Na, was Schönes geträumt heut Nacht?" – und schon strahlte er übers ganze Gesicht.

Es gab aber auch Zeiten, in denen wir getrennt waren. Wenn Roswitha an einer kunsthistorischen Exkursion teilnahm oder auf eigene Faust irgendwelche Tizians, Tintorettos und Archimboldos im Original studieren wollte. Doch da war sie dann immer nur ein paar Tage weg, das war auszuhalten.

Schlimmer waren die Weihnachts- und Sommerferien. Die verbrachte Roswitha regelmäßig bei ihrer Familie in Südtirol und wollte partout nicht, dass ich sie begleitete. „Das bisschen Abstand tut uns nur gut", sagte sie. „Das hält die Beziehung frisch."

Es war zwar jedes Mal eine echte Durststrecke, aber Roswitha hatte Recht: Immer wenn sie wiederkam, liebte ich sie ein bisschen mehr. Das galt auch für Thomas, der während Roswithas Abwesenheit stets noch missmutiger und gelangweilter als ich in der Wohnung herumgesessen war, stundenlang zwischen den Fernsehkanälen herumgezappt oder die Zeit totgeschlagen hatte, indem er an die Wände seines Zimmers mit Filzstift Zeichnungen und Sprüche kritzelte, die man sonst nur in öffentlichen Toiletten findet. Irgendwann gekrönt von einem riesigen, knallbunten, gar nicht so ungeschickt gesprayten FUCK! über seinem Bett. Und Roswitha fand es großartig und lachte.

Fuck! Fuck! Fuck!

Auf den Tag genau drei Jahre, nachdem ich Roswitha auf dem Studentenfest kennengelernt hatte, hätte auch ich dieses Wort am liebsten auf alle Wände geschmiert. Fassungslos, empört, wütend.

Fuck! Fuck! Fuck!

Mir war das Lachen vergangen. Auf einen Schlag.

Ein paar Tage zuvor hatte Roswitha mir strahlend mitgeteilt, dass sie ihr letztes großes Examen bestanden habe. Und zwar mit Bravour! (Ich muss zugeben, ich hatte von ihrem Prüfungstermin überhaupt nicht gewusst, entweder hatte ich ihn vergessen, oder Roswitha hatte ihn vor mir aus irgendeinem Grund geheim gehalten.)

Ihr Erfolg und unser dritter Jahrestag – gleich zwei Anlässe zum Feiern, hatte ich gedacht und wollte sie mit einem richtig schönen Festessen überraschen. Zur Abwechslung einmal kein Chinesenfutter, keinen Italienerfraß. Sondern Kaviar, Lachs, Wachteleier und was es sonst noch so an Köstlichkeiten gibt. Und natürlich kam nur Champagner in Frage. Also hatte ich den halben Tag sämtliche Delikatessenläden der Stadt abgegrast und alles eingekauft, was gut und teuer war. Je teurer desto besser, denn schließlich sollte es ja die perfekte Überraschung werden.

Doch als ich mit Einkaufstüten bepackt nachhause kam, war ich es, der eine Überraschung erlebte. Eine Überraschung der anderen Art. Eine Überraschung, die mir das Blut in den Kopf trieb, mir die Kehle zuschnürte und meine Knie schwach werden ließ: Roswitha war fort.

Zuerst spürte ich es. Dann sah ich es. Schließlich begriff ich es. Alle ihre Sachen waren weg. Ihre Kleider, ihre Bücher, ihre Skripten, ihr Kosmetikzeug, alles. Roswitha hatte die Wohnung verlassen. Roswitha hatte mich verlassen.

Ich wusste es und wollte es trotzdem nicht glauben. Sie kommt wieder, redete ich mir ein. Sie will bloß ihre alten Sachen loswerden, radikal mit allem aufräumen, was mit ihrem Studentenleben zusammenhängt, sich völlig neu stylen, neue Frisur, neues Outfit, neues Lebensgefühl. Und demnächst wird sie zur Tür hereinkommen, sich vor mir wie ein Model auf dem Laufsteg um die eigene Achse drehen, lachen und rufen: „Na, wie gefällt dir deine neue Roswitha?“ Genau so wird es sein, ganz sicher, so und nicht anders.

Dann fand ich den Zettel auf meinem Bett. Ein kleines, kariertes, aus einem Notizheft gerissenes Blatt Papier. Und darauf ein paar Zeilen in Roswithas typischer, leicht nach links geneigter Schrift.

War eine nette Zeit mit dir in deiner tollen Wohnung, Markus. Kein Vergleich mit den Löchern, in denen man sonst so hausen muss, wenn man studiert und wenig Geld hat. Da hat es bei dir schon mehr Spaß gemacht. Und du hast ja auch was davon gehabt, oder? Aber das war's jetzt. Und ich mach's lieber schnell und schmerzlos. Nimm es nicht zu schwer. Am besten, du lachst drüber, weil mit Lachen hält man auch die größte Scheiße aus. Mach's gut und ein schönes Leben noch.
Ciao, R.

P.S.: Ich denke, den Schmuck hab ich mir in den vergangenen drei Jahren verdient. Allein schon damit, dass ich Tommi ertragen hab. Aber sag das dem kleinen Spinner lieber nicht, der dreht sonst bestimmt durch.

Das war alles. Das war Roswithas Abschied. Genau diese Sätze. Ich weiß sie noch heute. Wort für Wort. Solche Sätze vergisst du nicht, wenn du sie hundertmal lesen musst, um sie zu kapieren.

Es wollte mir einfach nicht in den Kopf. Hatte ich mich so in Roswitha getäuscht? Hatte sie mir jahrelang mit eiskalter

Berechnung Liebe vorgespielt? Hatte sie bloß gratis bei mir wohnen wollen und sich von mir aushalten lassen, hatte sie auf meine Kosten ein sorgloses Leben geführt und teure Kunstreisen gemacht und mir dafür ihre Fotze hingehalten? Waren diese Kunstreisen, war das ganze Kunststudium vielleicht sogar nur Show gewesen, nichts als Tarnung, perfekt durchgezogen, und Roswitha hatte sich bloß mit meinem Geld vergnügt? War ich tatsächlich so ein Idiot, der auf eine ganz raffinierte Hure hereingefallen war? Eine Edelhure, die einfach ihr Geschäft erstklassig verstand? War ich ein Volltrottel, dem sie zu guter Letzt auch noch aus seiner Schreibtischschublade die Schatulle mit dem Schmuck seiner Mutter geklaut hatte, das Collier mit dem Schmetterling aus Rubinen und Brillanten, den Ringen mit den Zweikarätern und den Platinarmreifen? War ich wirklich nichts als ein verliebter, blinder Depp gewesen, der jetzt für seine Geilheit bezahlen musste?

Fuck! Fuck! Fuck!

Etwas war vollkommen klar: Das war keine spontane, unüberlegte Aktion gewesen, nur so aus irgendeinem plötzlichen Frust heraus. Nein, Roswitha musste das schon lange gut vorbereitet und organisiert haben, anders hätte sie es nicht geschafft, innerhalb weniger Stunden ihr ganzes Zeug zusammenzupacken und damit zu verschwinden. Irgendwer musste ihr dabei geholfen haben, egal, ob es nun der Taxifahrer war oder eine gute Freundin oder ein Freund, von denen ich keine Ahnung hatte. So, wie ich offensichtlich überhaupt nur wenig Ahnung hatte von allem, was Roswitha betraf. Keine Ahnung, wo genau in Südtirol ihre Familie lebte. Keine Ahnung, ob diese Familie vielleicht auch nur erlogen war. Keine Ahnung, wo sich Roswitha aufhalten, keine Ahnung, wen ich nach ihr fragen, keine Ahnung, wo ich nach ihr suchen könnte.

Und keine Ahnung, wie ich das alles jetzt Thomas beibringen sollte.

Es war wie vor vier Jahren. Nur dass jetzt die schlechte Nachricht nicht von zwei Polizeibeamten überbracht wurde, sondern bloß auf einem kleinen Notizzettel stand, einem schäbigen Stück Papier, das ich rasch zusammenknüllte und in meine Hosentasche steckte, als ich Thomas nachhause kommen hörte. Und dass Thomas jetzt siebzehn war, ein Siebzehnjähriger, der so aussah, als würde er im Körper eines Elfjährigen stecken. Aber er war eben kein Kind mehr und auch nicht dumm. Er bemerkte sofort, dass etwas nicht stimmte, lief durch die Wohnung, sah, dass Roswithas Sachen nicht mehr da waren – und dann reagierte er wie damals: Er blickte mich mit versteinertem Gesicht an, nickte ein paar Mal schweigend, verschwand in sein Zimmer und drehte die Stereoanlage bis zum Anschlag auf.

Diesmal konnte ich es nicht ertragen. Ich hielt das Stampfen und Dröhnen der Bässe nicht aus. Es war, als würde ein Hammer auf meinen Kopf schlagen. Bam-bam-bam-Arsch-loch-blö-des-bam-bam-bam-Arsch-loch-blö-des-bam-bam-bam ... pausenlos, stupid und voll Hohn.

Ich musste raus aus der Wohnung, nichts wie raus. Rannte ziellos durch die Stadt. Falsch. Nicht ziellos, sondern wie ein Hund, ein Spürhund, ein Jagdhund auf der Fährte eines flüchtenden Tieres. Wieder falsch. Wie ein Jagdhund, der die Fährte verloren hat und jetzt verzweifelt versucht, wieder Witterung aufzunehmen. Ich suchte Roswitha. Etwas sagte mir, dass sie noch in der Stadt sein musste.

Niemand hatte auch nur die geringste Ahnung, wo ich Roswitha finden könnte. Ihre ehemaligen Studienkollegen zuckten bloß ratlos mit den Schultern. In ihrer früheren WG wohnten andere Leute. In der Evidenzstelle der Uni wollte man mir keine Auskunft geben.

Mein Kopf wusste, dass diese Suche sinnlos war, aber mein Bauchgefühl war stärker und trieb mich durch die Gassen und Lokale der Altstadt. Hetzte mich weiter und weiter mit einer Mischung aus Zorn und Enttäuschung, jagte mich kreuz und quer und im Kreis, immer und immer wieder, stundenlang, bis spät in die Nacht. Dabei war mir nicht einmal klar, was ich eigentlich von Roswitha wollte. Sie zur Rede stellen? Sie anflehen, wieder zu mir zurückzukommen? Ihr meine Wut und meine Verachtung ins Gesicht schleudern?

Es war lange nach Mitternacht, als ich nachhause kam und in mein Bett kroch, erschöpft und aufgewühlt zugleich. Jetzt war es mein Herz, das Schlagzeug spielte und hart und unerbittlich hämmerte, als schlüge jemand mit der Faust gegen eine Tür, und in meinen Schläfen pochte das Blut: bambam-bambam-du-Arsch-du-Arsch-bambam-bambam-du-Arsch-du-Arsch ... Und erst eine Schlaftablette ließ mich in eine bleierne Bewusstlosigkeit fallen.

Für die Magenschmerzen und das Gefühl der Leere, mit denen ich am späten Vormittag aufwachte, gab es allerdings noch einen ganz anderen Grund: Ich hatte seit bald sechsunddreißig Stunden nichts gegessen. Nicht den kleinsten Bissen hatte ich zu mir genommen, während in der Küche die Delikatessen in den Einkaufstüten vergammelten. Doch schon allein vom Gedanken an Essen wurde mir speiübel. Mein Magen krampfte sich zusammen, und Sekunden später kniete ich vor der Kloschüssel und erbrach einen scharfen, säuerlich riechenden, gelbgrünen Schleim. Immer wieder würgte ich dieses undefinierbare Etwas aus mir heraus, ich konnte kaum mehr atmen, und der Schweiß trat mir aus sämtlichen Poren. Als wollte mich mein Körper mit aller Macht dazu zwingen, alles auszukotzen: den vergangenen Tag, die letzte Nacht, alles, was geschehen war, und vor allem Roswitha. Auskotzen, loswerden und dann nie mehr daran denken müssen!

Als ob es so leicht wäre, sich von der Scheiße zu trennen, die passiert ist. Sich hinterher den Mund ausspülen, und dann ist alles so, als wäre nichts gewesen – was für ein verführerischer Gedanke. Nur, so funktioniert es nicht. Die Taktik des Körpers, sich zu entgiften, ist nicht die Taktik der Seele, stimmt's, Frau Doktor Freud?

(Übrigens, die Übelkeit und die Brechattacken waren damals geradezu harmlos im Vergleich zu heute. Ob das nur an der Chemotherapie liegt? Oder auch daran, dass sich im Lauf meines

Lebens noch viel mehr Scheiße angesammelt hat? Nein, jetzt kommt nicht der unsinnige Satz: Wenn ich das vorher gewusst hätte, hätte ich vieles anders gemacht. Denn das würde ja bedeuten, dass man immer nur vernünftig handelt und nie gedankenlos oder in der Hoffnung, es würde schon gut gehen.)

Außerdem ist das Vernünftige durchaus nicht automatisch auch das Richtige. Was nicht heißt, dass ich über den Unterschied zwischen vernünftig und richtig nachgedacht hätte, als ich nach meinem Brechanfall schweißgebadet und zittrig in die Küche schlich, um mit einer Tasse Kaffee wenigstens meinen Kreislauf wieder in Schwung zu bringen. Im Gegenteil, ich war überhaupt nicht fähig, über irgendetwas nachzudenken. Deshalb war es mir auch völlig egal, dass Thomas in der Küche saß, obwohl er um diese Zeit eigentlich in der Schule sein sollte. Und es war mir auch egal, dass er mich mit angeekeltem Gesicht betrachtete und sich nach ein paar Minuten mit den Worten: „Entschuldige, aber du stinkst", in sein Zimmer verzog. Alles war mir egal, weil ich aus nichts anderem bestand als aus meinem Magen, der nun schon wieder zu revoltieren begann und mich auf die Toilette trieb.

Kotzen, schlafen, kotzen, schlafen. Damit verbrachte ich den Rest des Tages. Am Abend meldete sich dann endlich mein Verstand wieder zurück. Gerade rechtzeitig, denn auf einmal stand Thomas neben meinem Bett und sagte: „Nur damit du es weißt: Ich schmeiß' die Schule."

„Du spinnst wohl", sagte ich. „Das ist nicht dein Ernst."

„Hat doch alles keinen Sinn", sagte er. „Ohne Roswitha."

„Was hat denn Roswitha mit der Schule zu tun", fragte ich.

„Darum geht's nicht."

„Um was dann?"

„Dass man mir immer alles kaputt macht. Alles, was gut ist. Alles nimmt man mir weg."

„Was zum Beispiel?"

„Roswitha", flüsterte Thomas. „Die hat uns doch irgend so ein Arsch weggenommen, oder?"

„Weggenommen?“

„Ja, ausgespannt, überredet, uns zu verlassen, obwohl sie uns liebt, was weiß ich. Nur um zu zeigen, wer der Stärkere ist. Der Größere. Ich kenn’ das.“

Das hatte mir gerade noch gefehlt. Zuerst der Irrsinn mit Roswitha, und jetzt bildete sich Thomas auch noch ein, irgendein Typ sei schuld an ihrem Verschwinden. Irgendein bösartiger Unmensch, der ihm damit persönlich Schaden zufügen wollte.

Was hätte ich tun sollen? Thomas die Wahrheit sagen? Ihm den Zettel zu lesen geben, der noch immer in meiner Hosentasche steckte? Seine Illusionen in Bezug auf Roswitha brutal zerstören? Oder lügen, um ihn wenigstens davon abzubringen, sich seine Zukunft zu versauen, wenn er ein Jahr vor der Reifeprüfung die Schule abbrach? Vernünftig oder richtig?

„Red’ keinen Schwachsinn“, sagte ich. „Roswitha ist nicht weg. Sie musste bloß ganz überraschend zu ihrer Familie. Ihr Vater liegt im Sterben.“

Thomas sah mich ungläubig an. „Und warum hat sie dann ihre ganzen Sachen mitgenommen?“

„Weil sie nicht weiß, wie lang sie bleiben muss, ist doch klar. Aber in ein paar Wochen ist sie wieder da.“

„Sicher?“

„Ganz sicher, Tommi. Verlass dich drauf.“

„Okay“, sagte Thomas. „Okay. Wenn du das sagst ...“

Weiß der Teufel, wieso, aber Thomas glaubte mir wieder jedes Wort, vertraute mir blind. Ich belog ihn ein ganzes Jahr lang. Behauptete immer wieder, Roswitha habe angerufen und freue sich schon darauf, bald wieder bei uns zu sein. Erfand ständig neue Familientragödien, Krankheiten und Unfälle, die Roswithas Rückkehr verzögerten. Und ich machte erst damit Schluss, als Thomas alle Prüfungen geschafft hatte, zwar nur mit Ach und Krach, aber immerhin. Da erzählte ich ihm dann, dass Roswitha und ich vereinbart hätten, ihn mit ihrer Rückkehr zu überraschen. Und darum sei sie vor zwei Tagen in den Nachtzug nach

Salzburg gestiegen, doch als ich am Bahnsteig gestanden sei, um sie abzuholen, hätte ich mir vergeblich nach ihr die Augen ausgeschaut. Roswitha sei einfach nicht dagewesen, sei nie in Salzburg angekommen, niemand wisse, wo sie sein könnte, es sei unerklärlich, aber sie sei verschwunden, keine Spur, kein Kontakt, kein Lebenszeichen, unauffindbar, einfach verloren gegangen.

Natürlich war das eine haarsträubende Geschichte, aber eine bessere war mir nicht eingefallen. Irgendwie musste ich Roswitha endlich loswerden, und zwar endgültig. Und weil ich Thomas nach der Tragödie mit unseren Eltern nicht auch noch eine tote Roswitha zumuten wollte, schien es mir die beste Lösung zu sein, Roswitha einfach verschwinden zu lassen.

Wieder verzog sich Thomas in sein Zimmer, wieder dröhnten die Bässe. Aber diesmal höchstens eine halbe Stunde lang. Auf einmal stand er vor mir und schrie: „Niemand nimmt mir Roswitha weg! Nicht Roswitha! Hörst du? Nicht Roswitha!“ Dabei wirkte er verzweifelt und gleichzeitig zu allem entschlossen.

Um den Schein zu wahren, spielte auch ich den Verzweifelten, Wütenden, Ratlosen. Das fiel mir leicht, ich musste mich dafür nur an den Zustand erinnern, in dem ich tatsächlich in der Nacht gewesen war, nachdem mich Roswitha verlassen hatte. Es dauerte nicht lang, bis Thomas mit völlig abstrusen Entführungstheorien ankam (jeden Tag eine neue, was ihn zum Glück davon abhielt, tatsächlich etwas zu unternehmen und nach Roswitha zu suchen, und irgendwann hörte er ganz von selber wieder damit auf). Und natürlich hütete ich mich, ihm zu widersprechen. Hauptsache, ich war aus der ganzen Sache endlich heraus.

Das alles habe ich Claudia erzählt, weil ich hoffte, dadurch würde sie wenigstens ein bisschen verstehen, was meinen Bruder zu dem Menschen gemacht hatte, der in ihren Augen nichts als ein Freak war, ein Spinner, ein Versager, ein Schmarotzer und der deshalb in unserer Galerie nichts verloren hatte. Dass sie ihn anders sehen, ihn milder beurteilen würde, wenn ich ihr erklärte, wie alles angefangen hatte.

Doch Claudia blieb bei ihrer ablehnenden Haltung. „Andere Kinder verlieren auch ihre Eltern und bleiben trotzdem normal", sagte sie. „Andere Kleinwüchsige entwickeln gerade deshalb ein besonders ausgeprägtes Selbstbewusstsein, statt ihr Leben lang den hilfsbedürftigen kleinen Bruder zu spielen oder sich in eine Märchenwelt aus Gut und Böse zu flüchten. Und wenn alle Menschen auf ihre hoffnungslose erste Liebe fixiert bleiben würden, die ihnen in ihrer Pubertät feuchte Träume beschert hat, dann wäre die Menschheit schon ausgestorben. Thomas muss endlich erwachsen werden und allein klarkommen. Euer Großer-Bruder-Kleiner-Bruder-Spiel ist absolute Scheiße, sag ich dir!"

Aber irgendwann gab sie auf und sagte gar nichts mehr.

Lang, viel zu lang, wollte ich einfach nicht wahrhaben, dass Claudia Recht hatte. Wäre ich auch einer von denen, die davon überzeugt sind, dass sich die Welt nur um sie dreht, würde ich jetzt behaupten: Das Universum hat sich ganz gewaltig angestrengt, um mich endlich zur Einsicht zu zwingen. Immerhin hat es dafür auf einen Schlag Tanjas Selbstmordversuch, die arktische Kaltfront und das nächtliche Eis-Chaos auf den Straßen aufgeboten, die mich zuerst ins Schleudern, danach in die Notaufnahme, dann auf den Operationstisch und schließlich ins Krankenbett in der Unfallchirurgie gebracht hatten. Das Bett, an dem nun schon wieder mein Bruder saß und auf mich einredete, sein Gesicht ganz nah an meinem, so dass ich seinen Atem riechen musste, einen scharfen, säuerlichen, weingeschwängerten Gestank, der jedes Wort begleitete, während er mir mit weinerlicher Stimme die Ohren volljammerte wie ein kleines Kind. Mama Mama Mama.

Hört das denn niemals auf, dachte ich. Bin ich dazu verdammt, für den Rest meines Lebens in einem Krankenzimmer zu liegen, mit einer pochenden, brennenden Naht auf meiner

Stirn, mit einem Kopfverband, der meine Augen fast zur Gänze bedeckt, mit Menschen, die mich „Eispatient zweihundertvier" nennen und das wohl für einen guten Witz halten, und mit der nervtötenden Stimme meines Bruders? Meines Bruders, dem es völlig gleichgültig zu sein scheint, wie ich mich fühle, und der pausenlos nur über sich und Tanja redet und über das Schwein, das ihr Leben zerstört hat, die Sau, die schuld ist an Tanjas Depressionen und daran, dass sie sich umbringen wollte.

In einem fort die gleiche Leier, die gleiche Geschichte, immer und immer wieder. Wie es ihn wie der Blitz getroffen hatte, als er Tanja in der Galerie zum ersten Mal sah. Wie glücklich sie waren bis zu dieser Nacht zwei Wochen nach ihrer Hochzeit. Wie großartig ihr Leben war bis zu dieser Nacht – dieser schicksalhaften Nacht, in der Tanja nicht nachhause kam. Wie schrecklich sie aussah, als sie am frühen Morgen endlich wieder auftauchte. Wie verändert sie war, wie verstört, wie verletzt. Wie beharrlich sie sich weigerte zu erzählen, was passiert sei. Wie sie sich ihm auf einmal jedes Mal entzog, wenn er sie in die Arme nehmen wollte, und immer stiller wurde, immer abweisender, immer fremder, immer kälter. Wie sie sich völlig in sich verkroch, mit allen anderen Menschen nichts mehr zu tun haben wollte und jeden Kontakt zu ihnen abbrach. Wie sie langsam in eine tiefe Traurigkeit fiel, eine stumme, lähmende Verzweiflung. Und wie er Tanja schließlich doch überredete, zu einem Arzt zu gehen, der aber auch keinen anderen Rat wusste, als ihr Tabletten zu verschreiben, haufenweise Tabletten, die sie wahllos schluckte, um Ruhe zu finden. Und nun sogar, um sich umzubringen.

Und dann, wie das Amen im Gebet, die große Schuldzuweisung, das unausweichliche Lamento über das Böse, das wieder zugeschlagen hat, die Geschichte über das Dreckschwein, das für dieses Unglück verantwortlich war: Die brutale Sau, der Verbrecher, der unbekannte Triebtäter, der in dieser verhängnisvollen Nacht über Tanja hergefallen und sie vergewaltigt haben musste. Es konnte gar nicht anders gewesen sein, auch wenn Tanja es stets abstritt, so tat, als sei nichts gewesen, weil offenbar der Schock ihre Erinnerung an die Vergewaltigung durch ein schwarzes Loch ersetzt hatte oder weil sie betäubt worden war oder ganz einfach nur, weil sie sich dafür schämte. Aber die Vergewaltigung war wirklich geschehen und der Dreckskerl existierte, das war ja wohl völlig klar, und jetzt sollte er endlich bezahlen für das, was er Tanja angetan hat.

„Ich muss dieses Schwein finden, Markus. Unbedingt. Aber allein schaff ich es nicht. Du musst mir helfen. Bitte, hilf mir, Markus. Bitte, hilf mir. Sag, dass du mir hilfst."

Ich sagte nichts.

Großer Bruder, kleiner Bruder, was für ein Scheißspiel, dachte ich, Scheißspiel Nummer eins. Böser Unbekannter, der schuld am Unglück ist, weil immer irgendwer am Unglück schuld sein muss, Scheißspiel Nummer zwei. Mein halbes Leben habe ich mitgespielt, Tommi, aber nun reicht es. Ein ganzes Jahr lang habe ich für dich eine Roswitha am Leben erhalten, die es zu dieser Zeit in Wirklichkeit gar nicht mehr gegeben hat. Später habe ich ständig Kunstsammler erfunden, die von deinen Bildern begeistert waren. Aber jetzt auch noch einen Vergewaltiger aus dem Hut zaubern, bloß weil du ihn dir einbildest, einen wirklichen Menschen aus Fleisch und Blut finden, nur damit du jemanden hast, den du beschuldigen, anzeigen, anspucken, ihm die Autoreifen aufschlitzen oder weiß der Teufel was sonst noch antun kannst, das, mein kleiner Bruder, das ist eindeutig zu viel verlangt. Bei allem Mitgefühl für dich und deine Tanja, da mach ich nicht mit. Und jetzt sei um Himmels Willen endlich still und verschwinde.

„Halt den Mund", flüsterte ich. „Lass mich in Ruhe mit deiner Scheiße."

Aber Thomas redete und redete, und ich wünschte mir, Claudia wäre hier und würde den jämmerlichen Zwerg am Kragen packen und aus dem Zimmer schmeißen.

4

Es gibt da allerdings etwas, das ich Claudia nicht gesagt habe. Ihr nicht, und auch sonst keinem Menschen. Niemand sollte jemals davon wissen, schon gar nicht Thomas. Und auch jetzt bin ich nicht sicher, ob es richtig ist, dass ich es niederschreibe. Ich riskiere es auch nur, weil ich weiß, dass mein Laptop großzügiger ist als die Wirklichkeit, verständnisvoller als jeder menschliche Zuhörer und barmherziger als mein eigenes Gewissen: Er gewährt die Gnade der Löschtaste. Denn wenn ich könnte, würde ich alles sofort ungeschehen machen.

Aber wie soll man etwas beschreiben, das einem bereits in dem Augenblick, als es passierte, völlig unwirklich vorkam? Das man erst zu realisieren begann, als das Gehirn schon auf Autopilot geschaltet hatte, sich Gedanken und Bilder mit der Wirklichkeit vermischten und daraus eine Geschichte machten, die man irgendwann gelesen oder in einem Film gesehen hatte? Wäre ich damals von der Polizei vernommen worden, stünde dann die Wahrheit im Vernehmungsprotokoll?

> ... auf die Frage, ob seine bisherige Schilderung der Ereignisse vollständig sei und der Wahrheit entspräche, erklärte Herr Markus Steinfelder nach langem Zögern, er wolle seine Aussage in einem entscheidenden Punkt korrigieren. Bis jetzt habe er behauptet, er sei bei seiner stundenlangen Suche nach Roswitha Brunnhofer erfolglos gewesen und habe sie nach ihrem plötzlichen Verschwinden aus seiner Wohnung nicht mehr gesehen. Nun aber müsse er zugeben, dass diese Behauptung eine Lüge gewesen sei. In Wahrheit sei es nämlich in der fraglichen Nacht sehr wohl zu einer letzten Begegnung zwischen ihm und

Roswitha Brunnhofer gekommen. Dies sei irgendwann zwischen ein und zwei Uhr früh geschehen, jedenfalls zu einem Zeitpunkt, an dem er nicht mehr damit gerechnet habe. Er sei völlig überrascht gewesen, als er Roswitha Brunnhofer plötzlich am Rudolfskai aus dem Szenelokal Harry's Pub herauskommen gesehen habe. Sie sei in Begleitung eines ihm unbekannten, etwa gleichaltrigen Mannes gewesen, weswegen er zunächst in einiger Entfernung stehen geblieben sei und die beiden beobachtet habe. Nach einigen Minuten sei der Mann wieder ins Lokal gegangen und habe Roswitha Brunnhofer allein gelassen. Diesen Moment habe er nutzen wollen, um sie wegen ihres Verhaltens zur Rede zu stellen. Er sei mit wenigen Schritten bei ihr gewesen, und als sie versucht habe, vor ihm in Harry's Pub zu flüchten, habe er sie am Arm gepackt und über die Straße zur Mauer an der Salzachböschung gezerrt. Dort sei es ihr gelungen, sich von ihm loszureißen, sie habe ihm wütend ins Gesicht geschlagen und zwischen die Beine getreten, worauf er sie reflexartig zurückgestoßen habe. Dann habe er nur noch einen kurzen Schrei gehört, und sie sei auf einmal nicht mehr da gewesen, einfach verschwunden, wie vom Erdboden verschluckt. Es habe einige Augenblicke gedauert, bis ihm bewusst worden sei, was passiert sein musste. Durch seinen Abwehrstoß habe Roswitha Brunnhofer offenbar das Gleichgewicht verloren, sei nach hinten getaumelt, über die an dieser Stelle kaum hüfthohe Mauer gefallen und über die steile, felsige Böschung gut zehn Meter in die Tiefe gestürzt. In der Dunkelheit habe er ihren Körper unten am Flussufer zunächst gar nicht richtig sehen können, und als dann von der verrenkten Gestalt zwischen den Steinen auch kein einziger Laut, kein Hilferuf, kein Stöhnen zu ihm nach oben gedrungen sei, habe nur ein einziger Gedanke schlagartig von ihm Besitz ergriffen, eine Gewissheit, die stärker gewesen sei als der Impuls, zu helfen oder wenigstens Hilfe zu holen, und mächtiger als jede Vernunft: die Überzeugung, dass Roswitha Brunnhofer tot sei und dass er sie umgebracht habe. Daraufhin sei er in Panik weggerannt und habe gehofft, die Polizei würde nie auf seine Spur kommen ...

So oder so ähnlich. Was weiß ich, wie ein richtiges Vernehmungsprotokoll ausschaut, ich habe noch nie eines zu Gesicht bekommen, bin nie von der Polizei befragt, vernommen, verhört worden, musste nie eine Aussage machen, ein Geständnis unterschreiben. Aber darum geht es jetzt auch gar nicht. Die Frage ist, ob es sich wirklich so abgespielt hat. Sind ein paar logisch aneinandergereihte Erinnerungsfetzen schon die ganze Geschichte?

Habe ich Roswitha tatsächlich über die Mauer gestoßen oder habe ich sie in Wirklichkeit gar nicht berührt und ihr Sturz war nichts als ein schreckliches Unglück? Welche Rolle hat mein Hass auf Roswitha gespielt, in den ich mich während meiner vergeblichen Suche nach ihr hineingesteigert hatte? Hat er mir diese Variante der Geschichte diktiert, weil in meinem Kopf schon die längste Zeit nur ein einziger Satz im Kreis gelaufen war, sich ununterbrochen wiederholt hatte wie ein Mantra: „Wenn ich dich finde, bringe ich dich um!"? Habe ich mich in die Rolle des Mörders versetzt, nur weil ich in dieser Nacht Roswithas Mörder sein wollte? (Aber wenn es bloß eine verheerende Vorstellung war, die nach Entsprechung in der Wirklichkeit verlangte, war ich dann nicht auch nur ein Narr wie mein kleiner Bruder?)

Meine Überzeugung, Roswitha getötet zu haben, war so groß, dass ich keine Sekunde daran dachte, über die Böschung zu ihr hinunterzuklettern. Vielleicht war sie ja gar nicht tot, sondern nur bewusstlos, und ich hätte sie retten können. Aber dann? Mord, Mordversuch, Totschlag, versuchter Totschlag, schwere Körperverletzung, Unfall mit Todesfolge ... mein Autopilot kannte da keinen Unterschied, sondern schaltete augenblicklich auf Flucht.

Dabei wusste ich nichts, absolut nichts. Die Bilder, die mein

Gehirn generierte, hatten ihren Ursprung ausschließlich in zahllosen Fernsehkrimis, die ich gesehen hatte. Bilder von Mordopfern, aus Hochhausfenstern oder von Klippen gestoßen. Nahaufnahmen von Menschen, die aussahen wie zerbrochene Gliederpuppen. Von verzerrten Gesichtern mit vor Entsetzen weit aufgerissenen, toten Augen. Und immer wieder von dunklen Blutlachen, die sich unter zerschmetterten Schädeln ausbreiteten.

Und genau so sah ich Roswitha vor mir: ein lebloses Porzellangesicht mit Augen aus Glas. Und rund um ihren Kopf, wie ein Strahlenkranz über die Steine am Flussufer ausgebreitet, ihr Haar. Ihre rote Mähne, die immer länger wurde und immer röter. Dunkelrot. Blutrot. Ihre Haare, die in dicken, feuchten Strähnen aus ihrem Hinterkopf hervorquollen und nicht aufhören wollten zu wachsen und sich über den Ufersand, die Kiesel und Felsbrocken zu ergießen. Die Rinnsale bildeten, Bäche, Ströme. Haarströme, Bluthaarströme, Blutströme, mit denen alles Leben aus Roswitha herausfloss, um zwischen Steinen und Grasbüscheln und Dreck zu versickern, zu vertrocknen, zu verschwinden.

Absoluter Schwachsinn, ich weiß. Aber das ist ja das Problem: Vorstellung schlägt Realität. Und zwar um Längen.

Ich war so sicher, dass ich Roswitha umgebracht hatte. Deshalb blendete ich völlig aus, was ich tatsächlich wahrgenommen hatte: Roswithas Knie, das sie mir in den Schritt rammte, und fast gleichzeitig meine Faust, die wie von selbst nach vorn schnellte, die zustoßen, abwehren wollte, ehe ich mich vor Schmerz zusammenkrümmte. Dann diesen Schrei, diesen kurzen, hellen Laut, der sich anhörte, als hätte Roswitha gelacht, einfach nur gelacht über diesen Idioten, der da vor ihr in die Knie ging und nach Luft rang. Danach, als ich mich wieder vorsichtig aufrichtete und tief durchatmete und schon die nächsten Tritte oder Schläge befürchtete, meine Verblüffung und Ratlosigkeit, weil ich Roswitha plötzlich nirgends mehr sehen konnte. Und schließlich, bei einem zufälligen Blick hinunter ans Flussufer, die reglose menschliche Gestalt zwischen den Steinen, kaum zu erkennen im Dunkel der Nacht. Das war alles. Das war die Wirklichkeit.

Aber da übernahmen schon die Bilder in meinem Kopf das Kommando. Diese beschissenen, gottverdammten Bilder, die mich zum Mörder machten.

Bei ihrem Sturz hätte sich Roswitha ebenso gut sämtliche Knochen brechen können, das Rückgrat, das Genick. Auch tödliche Verletzungen innerer Organe wären denkbar gewesen. Oder ein letaler Schock. Es gibt so viele Ursachen, die zum Tod führen und die danach keinen derart grausamen, blutigen Anblick bieten. Ganz abgesehen von der Möglichkeit, dass sie, wie durch ein Wunder, nur mit ein paar Schrammen hätte davonkommen können. Aber nein, es musste unbedingt das Bild von Roswithas zerschmettertem Schädel sein und ihrer roten Haare, ihrer blutroten, blutgetränkten Haare in einer Blutlache, das meinen Kopf okkupierte.

Dieses Bild ließ mich nicht mehr los. Ich konnte nicht vor ihm davonrennen. Ich konnte es nicht mit Schlaftabletten vertreiben. Ich konnte es nicht auskotzen. Es fraß sich in mein Gehirn, setze sich fest, kapselte sich ein. Ein mieser, hässlicher Parasit.

Ich rechnete ständig mit meiner Verhaftung. Es war schließlich nicht schwer, eine Verbindung zwischen dem Mordopfer und mir herzustellen. Und wenn jemand wusste, dass sich Roswitha erst ein paar Stunden vor ihrer Ermordung Hals über Kopf von mir getrennt hatte und diese Information an die Kripobeamten weitergab, brauchten die nur mehr eins und eins zusammenzuzählen. Gut, ich konnte dann noch immer alles abstreiten. Aber was, wenn es einen Zeugen gab? Wenn irgendwer von der anderen Straßenseite aus den stillen Kampf zwischen mir und Roswitha beobachtet hatte?

Da war doch dieser Mann, mit dem Roswitha Harry's Pub verlassen hatte. Er war zwar nach wenigen Augenblicken wieder zurück ins Lokal gegangen, aber konnte ich sicher sein, dass er nicht kurz darauf noch einmal herausgekommen war und alles gesehen hatte? Vielleicht nur zu spät, um einzugreifen und mich von meiner Tat abzuhalten? Zu erschrocken, zu fassungslos, um meine Flucht zu verhindern oder mich zu verfolgen? Aber trotz allem ein Augenzeuge, der mir mit einer genauen Täterbeschreibung bei der Polizei gefährlich werden konnte?

Doch nichts geschah. Keine Polizei, keine Befragung, keine Festnahme. Auch in den Zeitungen nicht eine Zeile. Kein einziges Wort über eine tote junge Frau, ein Verbrechen oder einen tragischen Unfall. Es war mir ein Rätsel. Kam die Polizei aus irgendeinem Grund mit ihren Ermittlungen doch nicht weiter? Hielt sie deshalb Informationen zurück? Dass man Roswithas Leiche mittlerweile noch nicht entdeckt hatte, war ja wohl höchst unwahrscheinlich.

Unwahrscheinlich, aber nicht unmöglich.

Ich war so in meinen Vorstellungen gefangen, dass für mich alles andere bedeutungslos geworden war. Es fiel mir schon schwer genug, mir für Thomas eine plausibel klingende Lügengeschichte einfallen zu lassen. Dass ich das schaffte, erstaunt mich heute noch. Doch etwas anderes wundert mich überhaupt nicht: Das Unwetter, das über die Stadt hereingebrochen war, hatte ich völlig verdrängt.

Bereits während meiner Flucht hatten die ersten Blitze die Nacht erhellt. Und dann hatte der Himmel mit einem ohrenbetäubenden Donnerschlag seine Schleusen geöffnet, und ich war vom Regen völlig durchnässt gewesen, als ich endlich meine Wohnung erreicht hatte. Aber die Bilderflut und das Gewitter in meinem Kopf müssen noch heftiger gewesen sein, anders kann ich es mir nicht erklären, dass ich an den folgenden Tagen nie an die Wassermassen dachte, die in dieser Nacht stundenlang auf die Stadt niedergegangen waren.

Es war wie ein Befreiungsschlag, als ich mich endlich daran erinnerte. Klar, dachte ich, man hatte Roswithas Leiche tatsächlich noch nicht entdeckt. Durch das Unwetter war der Wasserstand der Salzach in kürzester Zeit um viele Meter gestiegen. Der friedliche Fluss hatte sich in einen breiten, reißenden Strom verwandelt und, wie schon so oft, alles mitgerissen, was an seinen Ufern nicht niet- und nagelfest verankert gewesen war.

Unglaublich, was bei Hochwasser so alles in den schlammig braunen Fluten treibt. Unmengen von Abfall. Plastiksäcke, Fahrradteile, Gummibälle, Kleidungsstücke. Manchmal tote Tiere. Vor allem aber alle Arten von Holz. Bretter, Pflöcke, entwurzelte Sträucher, Zweige, Äste, Baumstämme, sogar ganze Bäume, die mit ihren riesigen Wurzelstöcken aussehen wie vorsintflutliche Ungeheuer. Da war es doch nur logisch, dass sich der wild gewordene Strom auch Roswithas Leiche geholt hatte. Zuerst hatte er das Blut von den Steinen gespült, dann hatte er nach ihren Haaren gegriffen, schließlich war sie fortgerissen worden von der dreckigen Flut. War eine Zeit lang auf dem Wasser dahingetrieben, Treibgut zwischen anderem Treibgut, hatte sich in totem Geäst verfangen oder war von einem Strudel in die Tiefe gezogen worden. Und jetzt lag sie wohl auf dem Grund des Flusses, irgendwo weit weg, eingeklemmt, zusammengedrückt zwischen Baumstämmen, vielleicht verstümmelt bis zur Unkenntlichkeit.

Nicht, dass ich Roswitha so ein Ende gewünscht hätte. Mein Hass auf sie hatte rasch in Wut auf mich selbst umgeschlagen. Ich war wütend über die Situation, in die ich mich selber gebracht hatte. Wütend über meine unfassbare Unvernunft, angefangen bei meiner idiotischen blinden Liebe zu Roswitha bis hin zum völligen Wahnsinn, einen Mord zu begehen. Mein Herz hatte schon gewusst, was es tat, als es mich in jener Nacht nicht einschlafen ließ mit seinen wütenden Trommelschlägen: bambambambam-du-Arsch-du-Arsch!

Trotzdem muss ich zugeben, der Gedanke, oder vielmehr die Hoffnung, dass man Roswitha erst nach Wochen, Monaten oder möglicherweise überhaupt nie finden würde, erleichterte mich. Und irgendwann wurde aus der Hoffnung Gewissheit. So gesehen stimmte die Geschichte sogar, die ich später Thomas auftischte: Roswitha war spurlos verschwunden.

Aber die Bilder in meinem Kopf, die verschwanden nicht. Immer wieder tauchten sie unvermutet auf und quälten mich. Schon beim Anblick der Kaimauer begann ich zu zittern, mein Magen krampfte sich zusammen, kalter Schweiß lief mir übers

Gesicht. Wann immer ich konnte, mied ich die Gegend und zwang mich zu Umwegen. Es dauerte lang, bis die Bilder ihre Wirkung verloren, bis sie verblassten wie alte Fotos. Und erst ein paar Jahre später, den Verkehrsplänen der Stadt und den Baumaschinen sei Dank, erinnerte mich am Kai endlich fast nichts mehr an den Unglücksort: keine viel zu niedrige Ufermauer mehr, an ihrer Stelle ein breiter Radweg den Fluss entlang, gut gesichert durch ein hohes Geländer. Harry's Pub längst geschlossen. Dafür ein Lokal neben dem anderen und jede Nacht die Hölle los. Hunderte von Jugendlichen, Betrunkene, Randalierer, Polizei. Nein, so ein einsamer Kampf wie damals zwischen Roswitha und mir wäre gar nicht mehr möglich. Nur die Felsen, diese verfluchten schwarzen Felsen unten am Wasser, die liegen immer noch da.

Ich bin ein Mörder, der davongekommen ist, dachte ich. Nicht durch einen perfekt geplanten Mord, sondern einfach durch Zufall. Ich hatte Schwein gehabt.

Bis auf ein Kleinigkeit: Wer war der Mann, mit dem ich Roswitha gesehen hatte? Hatte er etwas gegen mich in der Hand, war er eine Gefahr für mich? Und wenn es so war, warum schwieg er, was hatte er vor? Auf welche Gelegenheit wartete er, wann würde er zuschlagen?

Doch je länger nichts passierte, desto sicherer wurde ich, dass meine Sorgen unbegründet waren. Alles war gut. Ich war schließlich kein Irrer wie Thomas, der überall nur Feinde sah. Ich musste nur noch lernen, mit meiner Schuld zu leben.

Und das gelang mir hervorragend.

Ich verfrachtete die tote Roswitha in den Keller meiner Seele. In den großen Tresor, in dem ich bereits meine toten Eltern abgelegt hatte, sicher verwahrt hinter einer Tür aus schwerem Panzerstahl. Niemand würde die Tote dort jemals finden, davon war ich überzeugt. Niemals würde sie mir gefährlich werden können. Nie wieder würde mich ihr Anblick erschrecken, wenn ich so klug war, den Tresor geschlossen zu halten. Kein Schuldgefühl, kein Pesthauch des Todes würden meine Erinnerung ans Leben vergiften. Ans Glück, das ich empfunden hatte, wenn Roswitha auf mir saß und vor Lust schrie und ihr Haar in der Morgensonne brannte. Was tot war, würde für immer bei den Toten bleiben, ich musste nur noch den Zifferncode vergessen, mit dem sich die Tresortür öffnen lässt.

Soeben habe ich alles durchgelesen, was ich da in den letzten beiden Stunden in meinen Laptop getippt habe. Wort für Wort. Diese ganze erbärmliche, kranke Scheiße. Und mir ist klar, dass mich das jetzt ziemlich mies ausschauen lässt, milde ausgedrückt. (Was Frau Doktor Freud von mir dächte, wenn ich es ihr erzählen würde, möchte ich erst gar nicht wissen.)

Egal. Ich lass das jetzt einmal so stehen.

distanzverlust
protokoll 1

mit diesem protokoll versucht die verfasserin, ihren schrittweisen verlust an emotionaler distanz zu einem ihrer patienten zu stoppen oder wenigstens einigermaßen unter kontrolle zu halten. seit sie registriert hat, dass ihr interesse an diesem patienten das professionell zulässige maß bei weitem übersteigt, fühlt sie sich zunehmend irritiert: einerseits weiß sie, dass die wachsende empathie sie bei der erfüllung ihrer aufgabe als psychotherapeutische begleitung beeinträchtigt, andererseits kann sie sich der unerklärlichen faszination, die der patient auf sie ausübt, nicht entziehen.

um sich aus diesem dilemma zu befreien, folgt die verfasserin dem rat einer kollegin, alle durch den patienten hervorgerufenen gedanken und gefühle regelmäßig aufzuschreiben und dabei eine möglichst neutrale beobachterhaltung einzunehmen. deshalb schreibt die verfasserin in diesem protokoll über sich in der dritten person einzahl (sie) und verwendet außerdem, wenn nötig, statt ihres eigenen namens die bezeichnung „alpha“. ebenso verfährt sie bei ihrem patienten, den sie der einfachheit halber „zero“ nennt. außerdem gebraucht sie konsequent die für sie ungewohnte kleinschreibung, um dadurch noch größere objektivität zu erzeugen und der unreflektierten empathie-umklammerung, wie sie es nennt, ein weiteres element der selbstkontrolle entgegenzusetzen. dieses protokoll ist also der versuch einer „autonomen supervision“.

bereits bei ihrer ersten begegnung war alpha vom außergewöhnlichen verhalten überrascht, das zero an den tag legte. denn während die meisten chemotherapiepatienten erst vorsichtig und mühsam dazu gebracht werden müssen, die mauer des schweigens zu durchbrechen, hinter der sie sich oft schon ein leben lang verbarrikadieren, sich endlich zu öffnen und für ihren zustand, ihr leiden, ihre sorgen und ängste irgendwelche worte zu finden, redete zero sofort drauflos.

die erstaunliche offenheit, mit der zero seither über sich und sein leben spricht, beeindruckt alpha ganz enorm. irgendwas sagt ihr, dass sie es mit einem außergewöhnlichen menschen zu tun hat, einer person, die in ihrem leben noch eine bedeutende rolle spielen wird.

bei selbstkritischer betrachtung muss sich alpha eingestehen, dass es sogar einen ganz konkreten grund für ihr übermäßiges interesse an zero gibt: zero ist ungefähr im alter ihres vaters, den sie nie kennengelernt hat. sie war erst zwei, als er ihre mutter verließ, die sich danach beharrlich weigerte, auch nur ein einziges wort über ihn zu verlieren. keine bilder, keine erinnerungen, nur eine große sehnsucht, ihm wenigstens einmal zu begegnen und mit ihm zu sprechen. nach dem tod ihrer mutter vor ein paar jahren hat alpha begonnen, nach ihrem vater zu suchen, bis jetzt vergeblich. eigentlich wollte sie schon aufgeben, doch nun hat sie auf einmal das gefühl, dass sie doch endlich erfolg haben könnte. hat sie der zufall auf die richtige spur gebracht? wäre es sogar möglich, dass zero alphas vater ist? sie könnte ihn fragen, aber dafür fehlt ihr der mut. deshalb bleibt ihr wohl nichts anderes übrig, als ihn so oft wie möglich zu besuchen und ihm zuzuhören. vielleicht verrät er sich ja irgendwann und sie erfährt so die wahrheit, wie auch immer sie aussehen mag.

5

Die Schnittwunden auf meiner Stirn verheilten rasch. Bereits nach drei Tagen wurden die Fäden gezogen. Endlich war ich den Verband los, der mir bis über die Nasenwurzel und die Augen gereicht hatte. Doch nun stellte sich heraus, dass ich unter Sehstörungen litt. Ich sah alles verschwommen und leicht verzerrt, manchmal sogar doppelt. Wie durch geriffeltes Milchglas. Deshalb musste ich noch zwei Wochen im Krankenhaus bleiben, zur Beobachtung, wie es hieß, und für weitere Untersuchungen. Man untersuchte mich in der Augenklinik, man machte eine Computertomographie von meinem Kopf und eine Hirnstrommessung, alles ohne Befund. Aber nach einiger Zeit, um es vorweg zu nehmen, begann sich mein Zustand von selbst zu normalisieren und die Symptome verschwanden.

Bis ich wieder klar sehen konnte, lebte ich allerdings in einer gespenstischen Welt. Besonders der Anblick meines Bruders erschreckte mich jedes Mal auf Neue. Täuschten mich nur meine Augen, oder war aus ihm in den letzten beiden Jahren, während der wir einander nicht gesehen hatten, tatsächlich dieser aufgedunsene, stoppelglatzige, ziegenbärtige Gnom geworden, der da neben meinem Bett hockte und mir mit seinen Vergeltungsschwüren für Tanjas angebliche Vergewaltigung in den Ohren lag? Der immer wieder dieselben haarsträubenden, hasserfüllten Behauptungen absonderte und mich zum Komplizen seiner Rache machen wollte? Ich wusste, dass ich mit ihm darüber nicht diskutieren konnte, und außerdem war ich zu müde, zu schwach für eine Auseinandersetzung. Meine einziger Ausweg war, ihn zu ignorieren. Sollte dieser hässliche Freak doch daherquatschen, was er wollte, ich hörte einfach nicht mehr hin.

Das gelang mir allerdings nicht immer. Ich versuchte, Thomas abzulenken, und fragte ihn nach dem Befinden von Tanja. Vergeblich. Er hatte sich derart verbohrt in seine zwanghafte Idee, es dem Vergewaltiger heimzuzahlen, dass daneben für nichts anderes mehr Platz war. Tanjas augenblicklicher Zustand interessierte ihn ebenso wenig wie der meine.

„Weiß nicht. Liegt im künstlichen Tiefschlaf. Aber ich schwör dir, wenn sie stirbt, bring ich das Dreckschwein um."

Das war alles. Mehr fiel ihm nicht ein zu seiner Frau, die zwei Stockwerke über uns in der Intensivstation lag.

Es war hoffnungslos. Ich konnte sagen, was ich wollte, es lief immer wieder aufs selbe hinaus. Bis mir der rettende Einfall kam.

„Kannst du eigentlich Auto fahren, Tommi?"

„Ja. Warum?"

„Irgendwo vor der Spitalseinfahrt müsste noch das Cabrio stehen. Nicht ganz vorschriftsmäßig, fürchte ich. Vielleicht hat man es sogar schon abgeschleppt. Könntest du dich darum kümmern?"

„Du meinst den Scheiß-VW von Pa?"

„Ja. Vaters heißgeliebten Käfer."

„Die beschissene Kiste gibt's noch immer? Was soll ich damit machen?"

„Mach, was du willst, Tommi. Schlüssel steckt, Papiere sind im Handschuhfach."

„Geht in Ordnung. Ich kümmer' mich irgendwann drum."

„Nicht irgendwann. Gleich, Tommi. Sofort."

„Okay, wie du willst."

Eine halbe Minute später war Thomas weg. Endlich. Ich hatte bei ihm auf den richtigen Knopf gedrückt. Der Groll auf unsere toten Eltern schwelte nach wie vor in ihm. Und wie gewohnt war er knapp bei Kasse.

Nein, in dieser Hinsicht hatte er sich nicht verändert. Vernünftige Argumente prallten an ihm ab. Doch wenn man seinen wunden Punkt traf, spurte er sofort wie ein dressiertes Hündchen. Man konnte allerdings nie wissen, wohin es führen und was dabei herauskommen würde. Aber in diesem Augenblick war mir das egal. Ich war nur erleichtert, dass ich den Quälgeist für einige Zeit losgeworden war.

Es war wie damals, nachdem sich Roswitha in Luft aufgelöst hatte. Monatelang, bis er das Gymnasium geschafft hatte, war es mir gelungen, Thomas mit meinen Lügen einigermaßen zu beruhigen. (Und, wenn ich ehrlich bin, auch mich selber.) Doch danach wusste ich mir keinen Rat mehr.

Wegen seiner geringen Körpergröße musste Thomas keinen Wehrdienst leisten, so blieb die Verantwortung für ihn weiter an mir hängen. Ob ich es wollte oder nicht, ich hatte ihn am Hals und musste nun miterleben, wie er aus unserer Wohnung eine regelrechte Kultstätte für Roswitha machte. Nach dem Tod unserer Eltern hatte er jede Erinnerung an die beiden so schnell wie möglich auszulöschen versucht. Jetzt tat er das genaue Gegenteil. Und das mit einer Verbissenheit, die schon an Wahnsinn grenzte.

Das muss man sich einmal vorstellen: Da will ich endlich die Wohnung frisch ausmalen, bin gerade dabei, im Vorzimmer ein Graffiti nach dem anderen mit weißer Farbe zu übertünchen, und plötzlich drängt sich Thomas dazwischen, stellt sich mit hochrotem Kopf und weit ausgebreiteten Armen schützend vor die knallbunte Scheiße, die Roswitha vor Jahren an die Wand gesprayt hat, zittert am ganzen Leib und bekommt fast einen Tobsuchtsanfall.

„Das tust du nicht", brüllt er. „Dazu hast du kein Recht! Das bleibt alles so, wie es ist! Du rührst nichts an, bis Roswitha wieder da ist!"

Sinnlos, ihm zu erklären, dass er sich falsche Hoffnungen mache. Dass er aufhören solle, Roswitha nachzutrauern. Dass es an der Zeit sei, sie ein für alle mal zu vergessen. Dass Roswitha wie jeder Mensch ein Anrecht darauf habe, an einem anderen Ort ein neues Leben zu führen.

Es nützt nichts. Der sture Hund rückt keinen Millimeter von

seiner Überzeugung ab, Roswitha würde zu uns zurückkommen. Sogar als ich mich in letzter Not zu dem Argument hinreißen lasse, niemand könne wissen, ob Roswitha nicht schon längst tot sei, möglicherweise einer schlimmen Krankheit zum Opfer gefallen, einem schrecklichen Unfall oder einem Verbrechen, umgekommen irgendwo weit weg, vielleicht in Süditalien oder auf einem anderen Kontinent, ja, sogar da reagiert mein Bruder mit nichts als unverhohlener Verachtung für mich und mit Wut und Empörung.

„Du Arsch! Niemand nimmt mir Roswitha weg! Niemand! Und du schon gar nicht!“

Und ich Idiot gebe klein bei. Um des Friedens willen mache ich nicht weiter. Lasse es bleiben. Das Ausmalen ebenso wie den Versuch, Thomas zur Vernunft zu bringen. Kapituliere, statt ein Machtwort zu sprechen. Weil irgendwie tut mir Thomas sogar leid. Scheiß Bruderspiel, würde Claudia sagen.

Und dann beginnt der Wahnsinnige auch noch mit einem Küchenmesser die frische, weiße Farbe abzukratzen. Legt in stundenlanger Arbeit die Graffitis wieder frei, vorsichtig, Quadratzentimeter um Quadratzentimeter. Schabt und wischt, beharrlich, geduldig und mit Feuereifer, als wäre er ein Archäologe, der ein kostbares, antikes Wandgemälde vom Dreck von Jahrhunderten befreit. Wird zum Restaurator, um schadhafte Stellen wieder in ihren ursprünglichen Zustand zu versetzen, schleppt kartonweise alte Farbspraydosen aus dem Keller in die Wohnung, sprüht jede fehlende Linie nach, füllt Farbflächen, ergänzt Schwünge und Kanten, bis endlich alles wieder genau so ist, wie es Roswitha zurückgelassen hat.

Doch das reicht ihm noch lange nicht. Und ich lasse ihn machen, weiß der Teufel, warum. (Zwischenfrage an Frau Doktor Freud: Ist es denkbar, dass auch mir die Vorstellung durchaus willkommen war, ich würde eines Morgens aufwachen, Roswitha läge neben mir ihm Bett, und alles wäre nur ein böser Traum gewesen? Können Illusionen ansteckend wirken, allenfalls eine Zeit lang und in einmal mehr, einmal weniger heftigen Schüben?

Oder gibt es eine andere Erklärung für meine fast ein halbes Jahr andauernde Lethargie?)

Heute muss ich ja fast lachen, wenn ich mich daran erinnere. Kommt der Kerl doch tatsächlich eines Tages mit einem Stapel von Kunstgeschichtebüchern an, die er auf einem Flohmarkt gekauft hat, und verteilt sie in der ganzen Wohnung. Macht wenig später einen Aufstand, als er bemerkt, dass ich den Kleiderschrank wieder zur Gänze für mein Zeug benutze. Räumt Roswithas ehemalige Fächer leer, schafft Platz für ihre Sachen. Hängt zusätzliche Handtücher ins Badezimmer. Stellt einen neuen Zahnputzbecher samt Zahnbürste auf die Etagere. Stopft das Spiegelkästchen voll mit Kosmetiksachen und Tamponpackungen. Und zu guter Letzt finde ich sogar auf dem Badezimmerboden einen Haufen ungewaschener Damenslips, sicher zwanzig oder mehr, Roswithas alte Slips, die sich der kleine Perversling im Laufe der Zeit zusammengeklaut und in seinem Zimmer versteckt hat.

Jeden Tag ein neues Déja-vu. Jeden Tag für einen Augenblick das Gefühl, Roswitha sei noch hier. Jeden Tag ein kleiner Stich ins Herz. Jeden Tag meine Kapitulation vor Thomas' manischer Roswitha-Inszenierung, bei der ich mitspiele, weil ich nicht anders kann. Bis ich es schließlich doch nicht mehr aushalte.

Als Thomas damit anfängt, jedes Mal, wenn er die Wohnung betritt, „Hallo Roswitha! Hallo Markus!" zu rufen, wird es mir zu viel. Soll ich jetzt auch noch mit verstellter Stimme antworten, um den Schein aufrecht zu halten? Aus! Es reicht. Schluss mit dem faulen Zauber.

Ich weiß, mit Vernunft ist Thomas nicht beizukommen. Und mit der Wahrheit schon gar nicht. Also muss wieder ein Lüge her. Eine Täuschung, mit der ich seine Selbsttäuschung übertrumpfen kann. Eine Geschichte, die Thomas dazu bewegt, wenigstens eine Zeit lang zu verschwinden und mich in Ruhe zu lassen.

Es ist mein Geschenk zu seinem neunzehnten Geburtstag. Drei gute Nachrichten. Erstens, dass er ab sofort das Recht habe, zu tun oder zu lassen, was er will, weil ich nicht mehr für ihn verantwortlich sei. Zweitens, dass er nun selbstverständlich auch über das Geld, das ihm unsere Eltern vererbt haben, frei verfügen könne. Und drittens, dass ich gehört hätte, Roswitha sei von einem ehemaligen Studienkollegen im Hafen von Piräus gesehen worden, als sie gerade die Fähre nach Mykonos bestiegen habe.

Ich bin verblüfft, wie präzise die letzte Nachricht auf Thomas wirkt. Er stellt keine Fragen, zieht nichts in Zweifel. Am liebsten würde er sofort alles stehen und liegen lassen und nach Griechenland aufbrechen, um Roswitha zu suchen. Das Einzige, was ihn davon abhält, ist die Bank, die für die Regelung einiger finanzieller Fragen und die Ausstellung seiner Kreditkarte zehn Tage braucht. Doch dann packt er ein paar Klamotten in einen Rucksack und macht sich auf den Weg. Ruft nur noch „Ciao, Markus! Ich bring Roswitha zurück!“ und haut ab.

Ich weiß nicht einmal, ob er die Bahn nimmt oder ein Flugzeug. Interessiert mich auch nicht. Ich bin nur froh, einfach nur heilfroh.

Noch am selben Abend packe ich sämtliche Roswitha-Relikte zusammen, die gefälschten ebenso wie die echten, und schmeiße sie in die Mülltonne. Und dann öffne ich ein Flasche Wein, einen richtig schönen, teuren Roten, und besaufe mich. Und weil es so schön ist, mache ich noch eine Flasche auf und dann noch eine, und schließlich bin ich von dem schönen Rotwein richtig schön besoffen und ich rufe „Prost, Tommi! Prost, Roswitha! Alles Gute euch beiden und der Teufel soll euch holen!“ und ich werfe das halbvolle Glas an die Wand, so richtig schön nach russischer Art, und dann das nächste und zum Schluss sogar noch die Flasche, knalle sie gegen die Graffitis, und der schöne Rotwein rinnt an ihnen herunter und vermischt sich mit den Farben, und so werden sie erst richtig schön, finde ich, richtig schön durch meinen schönen Rotwein, diese Scheißgraffitis. Und dann schlafe ich ein, was soll ich sagen, das erste Mal seit langem schlafe ich richtig schön, schlafe tief und fest, ohne Schlaftablette, schlafe, wie ich früher geschlafen habe, ganz früher, nämlich wie damals, als mein Bruder noch überhaupt nicht auf der Welt war und die Welt deshalb noch ziemlich in Ordnung gewesen ist.

Ist man eigentlich ein Arschloch, wenn man seinen Bruder gleichzeitig liebt und zum Kotzen findet? Gut, dann war ich eben ein Arschloch und bin vermutlich noch immer eins. Jedenfalls genoss ich jeden Tag ohne Thomas. Beglückwünschte mich zu jeder Woche, jedem Monat, in welchem ich nichts von ihm erfuhr, von gelegentlichen, nichtssagenden Ansichtskarten einmal abgesehen. Und gratulierte mir schließlich zu jedem der über drei Jahre, wirklich zu jedem einzelnen dieser herrlichen, wunderbaren Jahre, in denen ich von ihm meine Ruhe hatte!

Manchmal vergaß ich ihn völlig, manchmal machte ich mir aber auch Sorgen um ihn. Fragte mich, ob es richtig gewesen war, ihn allein auf eine falsche Fährte zu setzen und seinem Schicksal zu überlassen. Doch erst viel später, als er mir von seiner langen Suche nach Roswitha erzählte, erkannte ich, dass ich allen Grund zur Sorge hatte. Nicht wegen der ein, zwei unangenehmen Dinge, die Thomas zugestoßen waren. Was mir Sorgen bereitete, oder vielmehr, was mich erschreckte, war diese Mischung aus Gutgläubigkeit und Starrsinn, mit der er sein Ziel verfolgt hatte. Es wurde mir klar, dass Thomas ein Mensch ist, der sich durch nichts davon abbringen lässt, was er sich einmal in den Kopf gesetzt hat. Der eisern daran festhält, so falsch und verrückt und aussichtslos es auch sein mag. Mehr als bloß ein Phantast. Ein Irrer.

Eine andere Bezeichnung fällt mir nicht ein für einen, der drei Jahre lang einem Phantom nachrennt. Einen, der auf ein bloßes Gerücht hin auf jeder mit einer Fähre oder für eine Handvoll Münzen mit einem Fischerboot erreichbaren griechischen Insel nach einer rothaarigen Frau Ausschau hält, in die er sich als Fünfzehnjähriger unsterblich verliebt hat. Einen, der, einer plötzlichen Eingebung folgend, nach Athen fährt, sich im teuersten Hotel einquartiert und es für eine glänzende Idee hält, ein paar Farbspraydosen zu kaufen und dann an jeder zweiten Fassade den Namenszug Roswitha als bunt gestyltes Graffiti zu hinterlassen, sozusagen als Geheimbotschaft an die Gesuchte. Einen, der eines Tages von einer Tramperin angesprochen wird, einer jungen

Deutschen, der aufgefallen ist, dass auf einmal in halb Athen ihr Name an den Wänden steht, und die wissen möchte, was das soll. Die er daraufhin zum Essen einlädt, ihr alles erzählt, überglücklich, dass sich endlich jemand für seine Geschichte interessiert, und das ausgerechnet zu einem Zeitpunkt, an dem er sich ohnehin ziemlich mies und allein und von seinem großen Bruder im Stich gelassen fühlt. Die das wahnsinnig toll findet, was er da tut, und die ganz spontan das Angebot macht, ihm zu helfen, diese andere Roswitha zu finden. Ein Angebot, das er sofort annimmt, ohne viel zu fragen. Weil er Witta, wie sie sich nennt, blind vertraut. Sie sogar ausgesprochen nett findet mit ihren Dreadlocks, diesen braunen Rastazöpfen mit den eingeflochtenen bunten Glasperlenketten, und mit ihrem hübschen Gesicht, vor allem aber wegen ihrer immer neuen Ideen, an welchen Orten sich Roswitha aufhalten könnte.

Und so reisen sie gemeinsam kreuz und quer durch Europa, immer mit dem Flugzeug, immer in den besten Hotels, Geld genug hat er ja. Ziehen durch die Straßen und sprühen Roswitha-Graffitis an die Hauswände. In Lissabon, in Madrid, in Amsterdam, in London, in Rom, auf Ibiza. Drei Jahre lang. Ohne Erfolg, ohne die geringste Spur von Roswitha. Drei Jahre, in denen er jedes Mal gebannt an Wittas Lippen hängt, wenn sie dafür eine Erklärung parat hat. Wenn sie von Verschwörungen und Geheimgesellschaften spricht, von im Verborgenen wirkenden Organisationen, von den wirklich Mächtigen, die alles auf der Welt in ihren Händen haben, Politik, Wirtschaft, Religion, Kunst, Waffen, Geld und vor allem natürlich Menschen, die sie nach Gutdünken entführen, verschwinden lassen, für ihre Zwecke benutzen und irgendwann wieder auftauchen lassen, manche nach ein paar Tagen, manche erst nach Monaten oder Jahren, manche nie. Geschichten, die ihm bestätigen, was er schon lang geahnt, gewusst hat. Drei Jahre, in denen sie ihn immer wieder aufbaut und tröstet und in die Arme nimmt, und manchmal kramt sie einen kleinen Lederbeutel mit Hasch aus ihrem Rucksack und dreht sich einen Joint und lässt auch ihn dran ziehen, und das findet er irgendwie aufregend und beruhigend zugleich, und dann schläft sie mit ihm. Und es ist einfach phantastisch, wirklich traumhaft ist es, wenn sie miteinander schlafen und er dabei Roswithas Namen seufzen, flüstern, schreien kann, und dafür liebt er Witta fast ein bisschen.

Mein Bruder, der Irre. Der Irre, der sich von einem raffinierten Späthippiegirl um den Finger wickeln lässt. Der nicht merkt, dass er der Lady bloß einen langen, komfortablen Europatrip bezahlt. Der ihr auch noch jedes Mal bereitwillig Geld gibt, wenn sie behauptet, sie könne an einen todsicheren Hinweis auf Roswithas Aufenthaltsort herankommen, aber für diese Information müsse sie leider ziemlich viel bezahlen, und der dann jede Geschichte glaubt, die sie natürlich prompt in die nächste teure Metropole oder auf die nächste angesagte Ferieninsel führt.

Der Irre, der nichts begreift. Auch zuletzt nicht, als im Flughafen von Palma plötzlich die Handschellen klicken, weil der Spürhund bei seinem Rucksack angeschlagen hat, in dem man, leider nicht gut genug in zwei leeren Spraydosen versteckt, Cannabis und einen Haufen hübscher, bunter Designerdrogen findet. Der keine Ahnung hat, wie das Zeug in seinen Rucksack gekommen ist. Der sich hilfesuchend nach Witta umblickt, aber die ist auf einmal nirgends zu sehen, in der ganzen Abfertigungshalle weit und breit keine fröhlichen Rastalöckchen. Ein Irrer, einfach ein Irrer, der selbstverständlich sofort davon überzeugt ist, Opfer einer Verschwörung zu sein, irgendwelcher Leute, die mit allen Mitteln verhindern wollen, dass Roswitha entdeckt wird, und die deshalb dafür sorgen, dass sich seine kleine Freundin buchstäblich in nichts auflöst, als hätte es sie nie gegeben, und dass er für zwei Monate in ein spanisches Gefängnis kommt und danach sofort nach Österreich abgeschoben wird.

Dumm gelaufen für Thomas. Gründlich schiefgegangen die Variante Brüderchen und Schwesterchen, kleiner Bruder, große Schwester. Oder war es die Ödipus-Version?

Trotzdem war es gut, dass ich Thomas dazu gebracht hatte, eine Zeit lang aus unserer Wohnung und aus meinem Leben zu verschwinden. Ich wäre sonst mit Sicherheit wahnsinnig geworden. Und früher oder später hätten wir uns vermutlich gegenseitig die Schädel eingeschlagen. Vor allem aber hätte ich Claudia nie kennengelernt. Claudia, mit der ich ein paar richtig gute Jahre hatte. Ganz großartige Jahre sogar, bevor die Scheiße auf einmal gewaltig zu dampfen anfing. Genau genommen die besten Jahre meines Lebens.

6

Meine Sehstörungen wurden lang von heftigen Schwindelanfällen begleitet. Ich brauchte mich nur im Bett aufzusetzen, schon begann sich das Zimmer um mich herum zu drehen. Mein Bett zu verlassen, um auf die Toilette zu gehen oder mich zu waschen, war völlig unmöglich. Ich war auf Urinflasche und Bettpfanne angewiesen, aber nach einer Woche hielt ich es nicht mehr aus. Ich zwang mich aufzustehen und schlich in Richtung Bad. Mit vorsichtigen, kleinen, tapsigen Schritten, mich mit beiden Händen am Bettgestell, an der Wand und am Türrahmen abstützend. Ängstlich ums Gleichgewicht kämpfend, wie die Fußgänger auf den vereisten, spiegelglatten Gehsteigen in jener Nacht, die für mich in der Unfallambulanz geendet hatte.

Im Bad sah ich zum ersten Mal seit zehn Tagen im Spiegel mein Gesicht. Verschwommen, aber doch deutlich genug, um zu erschrecken. War das wirklich mein Gesicht? Diese Fratze mit der riesigen blauroten Schwellung, die sich über die Stirn, um beide Augen und bis zu den Backenknochen ausgebreitet hatte? Mit der langen, verkrusteten Narbe über der Nasenwurzel? Oder blickte ich in das Gesicht eines Boxers, das von Muhammed Ali fünfzehn Runden lang zu Brei geschlagen worden war? Wenn mir Thomas schon hässlich vorgekommen war, dann war ich jetzt im Vergleich zu ihm Quasimodo.

Gott sei Dank sieht Claudia mich nicht in diesem Zustand, dachte ich. Ich hatte mich schon gefragt, warum sie nie zu Besuch gekommen war, sich nicht einmal nach mir erkundigt hatte. Gut, am Abend vor meinem Unfall hatten wir Streit miteinander gehabt, sie hatte im Gästezimmer geschlafen und sicher gar nicht bemerkt, dass ich in der Nacht weggefahren war. Aber wir hatten nur über irgendeine Lappalie gestritten, nichts, was Claudia Grund gegeben hätte, lange auf mich böse zu sein. Deshalb war ich doch etwas erstaunt, ja, besorgt gewesen, dass sie sich in all den Tagen nie hatte blicken lassen.

Doch jetzt war ich froh darüber. Sie hätte meinen Anblick vermutlich nicht ertragen. Ich war zwar auch sonst keine Schönheit, aber doch das, was man einen gut aussehenden Mann nennt. (Wahrscheinlich einer der Gründe, aus dem Claudia sich ausgerechnet für mich entschieden hatte, gesagt hat sie es mir natürlich nie.) Aber mit diesem Gesicht? Nein, damit musste ich sie verschonen. Konnte nur hoffen, dass es bald wieder verschwinden würde. Dieses Gesicht konnte ich Claudia unmöglich zumuten, dafür war sie nicht stark genug.

Claudia. Die personifizierte Antithese zu Roswithas animalischer Sinnlichkeit. Vom akkurat frisierten, aschblonden Kurzhaarscheitel überm unauffällig hübschen Dutzendgesicht bis zu den dunkelblauen Collegeschuhen: der Prototyp einer braven Tochter aus gutem Haus. Also genau das, was ich nach meinem Desaster mit Roswitha brauchte.

Monatelang hatte ich völlig planlos gelebt und die Schuld daran auf meinen Bruder geschoben. Jetzt war er endlich weg, aber ich wusste trotzdem nichts mit mir und meiner Zeit anzufangen, hatte immer noch keinen Plan. Anfangs dachte ich, dass ich nun doch endlich in aller Ruhe die Wohnung ausmalen könnte. Niemand würde mich daran hindern, die Geister Roswithas auszutreiben und den Wänden wieder ihr unschuldiges Weiß zurückzugeben. Doch ich wusste ja nicht, wann Thomas wieder zurückkommen würde, musste täglich damit rechnen, und dann begänne die ganze leidige Geschichte wieder von vorn. Also ließ ich es bleiben. Außerdem hatte ich mich an die Graffitis eigentlich schon gewöhnt. Oder besser gesagt, ich nahm sie gar nicht mehr richtig wahr. So wie man ein hässliches Gebäude, an dem man jeden Tag vorbeifährt, irgendwann nicht mehr sieht, geschweige denn als störend empfindet. Und genauso störte mich auch die Langeweile nicht, die sich auf einmal in meinem Leben breitmachte. Diese spezielle Art Langeweile, die aus dem dumpfen Gefühl entsteht, dass es völlig gleichgültig ist, was man tut oder unterlässt, weil die Dinge ohnehin geschehen oder nicht geschehen und sich einen Dreck darum scheren, was man möchte.

Ich hatte die Dreißig überschritten, hatte eine, sagen wir es einmal so, gescheiterte Beziehung und eine Familientragödie größeren Ausmaßes hinter mir, meine finanzielle Lage war zwar noch nicht Besorgnis erregend, aber in den letzten Jahren waren meine Mittel doch ganz gehörig geschrumpft, und dieser negativen Bilanz hatte ich so gut wie nichts entgegenzusetzen. Kein abgeschlossenes Studium, nicht einmal eine Berufsausbildung, und vor allem nichts, wofür ich mich besonders interessierte oder gar begeisterte. Aber das war mir egal. Ich dümpelte ziellos und unentschlossen vor mich hin und wartete auf den berühmten Zufall, der mir zeigen sollte, wo es lang ging. Und dieser Zufall hieß Claudia.

Noch einmal: Es war Zufall. Nicht Vorherbestimmung, nicht Karma, nicht irgendein Weltenplan, nicht Schicksal und schon gar nicht irgendeine geheimnisvolle höhere Macht. Shit happens – und das Gegenteil eben auch.

An diesem fünfzehnten April vor über zwanzig Jahren hätte es ja zum Beispiel schon von in der Früh weg regnen können. Dann wäre ich weiter in meinem winterschlafähnlichen Zustand verharrt. Keine zehn Pferde hätten mich aus der Wohnung gebracht, wäre da nicht dieses Italienhoch gewesen, das den ersten sonnigen Frühlingstag versprach und Lust auf fröhliche Gesichter und Stimmen und einen Stadtbummel machte. Und wären ein paar Stunden später nicht plötzlich Wolken aufgezogen, aus denen es schlagartig abwechselnd in Strömen regnete und schneite, und hätte ich mich nicht kurzerhand entschlossen, ins nächste Kaffeehaus zu flüchten, statt mich irgendwo unterzustellen oder durch den Regen nachhause zu laufen, dann wäre ich auch nicht im Café Bazar gelandet wie unzählige andere Menschen, die dort

Schutz suchten. Hätte nicht in dem überfüllten Raum, in dem eine eigenartige Geruchsmischung von Zigarettenrauch, gerösteten Kaffeebohnen, Vanille und nassen Kleidern hing, nach einem freien Platz Ausschau gehalten. Hätte mich nicht mit den Worten „Verzeihung, darf ich?" auf den einzigen unbesetzten Stuhl an das Tischchen zu der jungen Dame gesetzt, die mir nur kurz zustimmend zunickte und sich dann sofort wieder ihrer Zeitschrift zuwandte.

Und was wäre gewesen, wenn die junge Dame nicht zwischendurch ihre Lektüre unterbrochen und mich verstohlen aus den Augenwinkeln angeblickt hätte, während ich geistesabwesend meinen Kaffee umrührte? Wenn sie sich nicht an mich erinnert, mich nicht wiedererkannt, nicht nach ein paar Minuten zögernd „Markus? Markus Steinfelder?" gesagt hätte? Wir wären nie ins Gespräch gekommen, hätten nie festgestellt, dass wir einander schon vor Jahren ein paarmal begegnet waren, früher, als meine Eltern für das Unternehmen ihrer Eltern tätig gewesen waren, sie in Finanz- und Wirtschaftsfragen beraten hatten und daraus im Laufe der Zeit so etwas wie eine Freundschaft zwischen ihnen entstanden war. Niemals hätte ich mich an das Mädchen erinnert, das bei den Firmenfesten, zu denen mich meine Eltern hin und wieder mitgenommen hatten, sehr ernst und ein bisschen verlegen am Tisch gesessen war. Dass sie dieses Mädchen gewesen war, mit dem ich nichts anzufangen gewusst hatte, und sie mit mir ebenso wenig, wie das nun einmal so ist bei einer schüchternen Vierzehnjährigen und einem gelangweilten Achtzehnjährigen.

Man kann dieses Spiel noch weiter treiben. Was, wenn meine Eltern nicht für ihre Eltern gearbeitet hätten? Was, wenn mein Vater mit einer anderen Frau verheiratet gewesen wäre? Oder wenn die Mutter meiner Mutter gar keine Kinder bekommen hätte? Eine beliebte Grundidee zahlloser Hollywoodfilme, in denen Zeitreisende in die Vergangenheit zurückkehren, um an bestimmten Punkten in den Lauf der Geschichte einzugreifen und sie in eine andere Richtung zu lenken. Aber vor jedem unvorhersehbaren Ereignis liegt noch ein anderes und vor dem wieder eins. Mehr noch, nicht bloß ein Zufall löst den nächsten aus, nicht nur eine einzige, endlose Kette aufeinanderfolgender, zufälliger Geschehnisse führt zu einem ganz bestimmten Resultat, sondern ein ganzes Netzwerk von Vorfällen und unkontrollierbaren Wendungen. Unendlich viele miteinander verknüpfte Zufallsketten. (Oder wuchernde Metastasen. Dieser Vergleich scheint mir im Augenblick noch treffender zu sein.) Und um an ihren Anfang zu gelangen, müsste man wohl konsequenterweise bis zum Urknall zurückgehen. Falls der nicht auch nur Zufall war.

Hätte. Wäre. Wenn. Fakt ist, dass ich auf diese Weise Claudia wiedersah. Der Zufall hat uns zusammengeführt. Und ich danke dem Urknall dafür.

Wir sprachen lange miteinander an diesem Nachmittag im Kaffeehaus. Wir redeten und redeten, auch als sich draußen die Regenwolken längst wieder verzogen hatten. Um genau zu sein, die meiste Zeit redete Claudia und ich hörte zu. Ihre ruhige Art zu sprechen und der angenehme, dunkel gefärbte Klang ihrer Stimme nahmen mich sofort für sie ein. Es tat gut, ihr zuzuhören. (Ein letztes Mal: Was, wenn Claudias Stimme schrill oder piepsig gewesen wäre? Und was, wenn sie ständig albern gekichert oder, noch schlimmer, lauthals drauflos gelacht hätte wie Roswitha?)

Gut fand ich auch, dass Claudia mich nicht nach meiner Familie fragte. Mit achtzehn war sie für zwei Jahre als Au-pair-Mädchen nach London gegangen und hatte deshalb nichts vom tödlichen Unfall meiner Eltern mitbekommen, der nur hier den regionalen Zeitungen ein paar Schlagzeilen wert gewesen war. Auch dass ich einen jüngeren Bruder hatte, wusste sie nicht. Und ich erwähnte beides mit keinem Wort, weil ich vermeiden wollte, mit verspäteten, sinnlosen Mitleidsbekundungen oder guten Ratschlägen überschüttet zu werden. Ich fand es viel schöner, zur Abwechslung einmal von jemandem zu hören, wie „unglaublich easy“ das Leben ist, wie problemlos und ohne Sorgen.

Dabei war Claudia keineswegs naiv oder gar dumm. Sie hatte nur das unverschämte Glück, das einzige Kind einer schwerreichen Industriellenfamilie zu sein. (Der Name der Familie tut hier nichts zur Sache, ich möchte ihn aus Gründen der Diskretion auch nicht verraten. Nur so viel: Es handelt sich um ein bekanntes Baustoffunternehmen, seit Generationen im Familienbesitz. Mehrere Kalksteinbrüche und Zementwerke, mit den Produkten wird halb Europa beliefert.)

Aus dem, was Claudia erzählte, wurde mir schnell klar, dass sie sich in einer überaus beneidenswerten Lage befand. Ihre Mutter hatte zwei Leidenschaften: das Geschäft und den großen gesellschaftlichen Auftritt, der ihr zu Glanz und Ansehen in den sogenannten besseren Kreisen verhalf und besonders während der Festspielzeit die Aufmerksamkeit der Klatschpresse garantierte. Und Claudias Vater hatte ebenfalls zwei Passionen: mit seinem Spezialmörtel und seinen Edelverputzen die Konkurrenz auszustechen und seinen beiden Lieblingsfrauen, wie er seine Gattin und seine Tochter nannte, jeden Wunsch zu erfüllen, und sei er auch noch so kostspielig.

Es war für Claudia einfach ganz selbstverständlich, dass sie immer bekam, was sie wollte. Das Leben war für sie ein einziger großer Selbstbedienungsladen, und Paps bezahlte. Im Anschluss an die zwei Jahre in England nach Paris gehen, ein bisschen Französisch studieren und es nach einem Jahr wieder sein lassen, weil es keinen Spaß mehr macht – kein Problem. Doch lieber Privatunterricht bei einem Klavierprofessor vom Mozarteum nehmen – Ma ist begeistert, vielleicht wird aus Claudia eine berühmte Pianistin, ein umjubelter Festspielstar, eine zweite Martha Argerich. Nein? Was soll's. Man muss dem Kind Zeit lassen, damit es alles ausprobieren kann, bis es das Richtige für sich herausfindet. Und die Idee, die Claudia jetzt hat, ist ja noch viel großartiger: eine eigene Kunstgalerie!

Phantastisch, findet Ma. Eine todchice Galerie in der Festspielstadt, Claudia als neue Peggy Guggenheim, also bitte, das hat doch was! Allein schon prestigemäßig. Ganz abgesehen vom Ambiente, das so eine Galerie bietet. Nach einer Premiere zu einem Fest in irgendein Nobellokal oder in die Residenz einladen, das macht doch heute schon jeder. Das ist doch nicht wirklich upperclass. Und die echten Promis, die lassen sich da ja auch gar nicht mehr blicken. Man muss sich schon was einfallen lassen, damit die kommen. Aber eine Vernissage mit Bildern von einem berühmten Künstler, so etwas ist richtig upperclass. Da kann man nämlich zeigen, dass man Geschmack und Stil hat und es sich auch leisten kann. Es muss natürlich schöne Kunst sein, nicht dieses grässliche avantgardistische Zeug. Schon modern, man ist schließlich nicht von gestern, aber eben angenehm anzuschauen. So in der Art von Mirò oder Chagall zum Beispiel. Oder Kunstwerke von Festspielkünstlern, das wäre überhaupt der Hit. Gibt ja unglaublich viele Sänger und Schauspieler, die nebenbei auch malen, sagt Ma. Und eine Freundin von ihr kennt jemanden, die jemanden im Festspielpräsidium kennt, also da lässt sich sicher was einfädeln. Aquarelle von Placido Domingo oder so. Ehrlich, wenn das keine Sensation wäre, einfach unschlagbar. Wirklich eine Goldidee, diese Sache mit der Kunstgalerie.

Ich konnte zwar nicht unterscheiden, wie viel original Ma und wie viel original Claudia ich zu hören bekam, aber allein schon die Begeisterung und der schier grenzenlose Optimismus, die in jedem Satz lagen, stimmten mich fröhlich. Endlich war einmal nicht die Rede von Schwierigkeiten, Hindernissen, Ungerechtigkeiten und Menschen, die einem nur Böses wollten. Sondern alles war eitel Wonne, alles würde gut gehen, alles ganz genau so werden, wie man es sich wünschte. Dieses warme Gefühl unerschütterlicher Zuversicht hatte ich lang vermisst, deshalb genoss ich es in vollen Zügen und feuerte Claudia immer wieder an weiterzuerzählen, indem ich zwischendurch Floskeln wie „toll!“, „großartig!“, „genial!“ und „super!“ von mir gab. Obwohl mich diese ganze Galeriegeschichte in Wahrheit überhaupt nicht interessierte, ganz im Gegenteil, was Kunst betraf, war ich ja ein gebranntes Kind. Wie gesagt, ich wollte mich bloß ein bisschen an Claudias unerschütterlichem Enthusiasmus wärmen.

Claudia konnte natürlich nicht wissen, dass mein Interesse

nur gespielt war. Sie steigerte sich immer mehr in ihre Begeisterung hinein, offenbar überglücklich darüber, in mir einen weiteren Gleichgesinnten gefunden zu haben.

„Eigentlich dürfte ich gar nicht darüber reden", sagte sie. „Ma sagt, wir sollten alles noch ganz geheim halten und erst im Sommer mit einem richtigen Paukenschlag damit an die Öffentlichkeit treten. Aber ich finde das alles so unheimlich aufregend. Das wird die Sensation, meinst du nicht auch?"

„Klar", sagte ich. „Das wird ein echter Hammer. Der Überhammer. Garantiert."

„Aber es bleibt unter uns, ja?"

„Ehrenwort. Von mir erfährt keiner was."

Claudia strahlte übers ganze Gesicht. Ich konnte richtiggehend spüren, wie eine riesige Welle der Sympathie über mich schwappte. Gefolgt von einer zweiten Welle der Zuneigung und des Vertrauens, einer Welle des Gemeinsamkeitsgefühls, weil wir ein Geheimnis teilten.

„Komm", sagte sie, „ich möchte dir was zeigen."

Es war inzwischen Abend geworden, wir waren die letzten Kaffeehausgäste, und der Ober war sichtlich froh, dass wir endlich zahlten und aufbrachen.

Eine Viertelstunde später standen wir vor einem Haus in der Kaigasse.

„Das ist es", sagte Claudia. „Das wird unsere Galerie."

Sie sperrte ein altmodisches Scherengitter und eine schmale Glastür auf, und wir betraten einen finsteren Raum, in dem es ein bisschen muffig roch.

„Licht gibt es leider noch keines", erklärte Claudia. „Die Stromleitungen müssen alle neu verlegt werden."

Langsam gewöhnten sich meine Augen an die Dunkelheit. Soviel ich erkennen konnte, befanden wir uns in einem hohen, alten Gewölbe. Irgendwelche kaputten oder halb zerlegten Möbel standen herum, Regalbretter lehnten an den Wänden, das einzige, große, gassenseitige Fenster war mit Packpapier zugeklebt. Wenn mich meine Erinnerung nicht täuschte, war hier vor nicht allzu langer Zeit ein Lebensmittelgeschäft gewesen. Oder war es ein Drogerieladen?

„Toll", sagte ich. Aber vermutlich hatte ich nicht sehr überzeugt geklungen. Denn Claudia begann sofort in den höchsten Tönen davon zu schwärmen, wie das alles in ein paar Wochen aussehen würde.

Immerhin war da ja ihr Paps. Und wenn man so einen Paps hat, kann man sich eben darauf verlassen, dass alles perfekt wird. Hat ihr auch gleich das ganze Haus gekauft, damit die Sache Hand und Fuß hat und man richtig großzügig was machen kann aus dem alten Gemäuer. Unten Galerie, oben Büro, wie es sich gehört. Und in den oberen Geschoßen vielleicht später einmal Künstlerateliers, wenn die Galerie erst einmal so richtig boomt. Alles schon geplant von einem befreundeten Architekten. Wahnsinnig sensibel, damit die historische Bausubstanz richtig zur Geltung kommt. Macht eine Baufirma, die zur Hälfte Paps gehört. Wird außerdem gleich ein Vorzeigeprojekt für seinen neu entwickelten Innenverputz. Das Um und Auf in einer Galerie sind nämlich die Wände, sagt Paps. Und Ma sagt das übrigens auch. Das schönste Bild wirkt hässlich, wenn es an einer hässlichen Wand hängt. Und umgekehrt veredelt eine edle Wandoberfläche sogar ein schwaches Kunstwerk. Vielleicht macht Paps sogar eine Werbekampagne mit der Galerie. Die Idee dafür hat er schon. Ein Bild von einer Galeriewand und darunter den Slogan: Edelverputz – die edle Kunst für jede Wand. Genial, oder?

„Wow", sagte ich. Langsam gingen mir die Begeisterungsvokabel aus. Außerdem konnte ich mir noch immer nicht vorstellen, wie aus dieser schwarzen Höhle jemals so etwas wie eine Galerie werden sollte. Ich hörte zwar noch was von einer Wendeltreppe aus poliertem Nirosta, von irrsinnig tollen Halogenspots aus Mailand, von einem Kunstharzbodenbelag mit eingegossenen Kieselsteinen, von einem ganz speziellen Bilderhängesystem, und zwar genau demselben, das auch im Centre Pompidou in Paris verwendet wird, und auch sonst noch jede

Menge Hippes, Chices, Angesagtes, Cooles und dennoch ganz unglaublich mit dem zauberhaften Baustil des siebzehnten Jahrhunderts Harmonierendes. Alles hörte sich irgendwie genau so an, wie der perfekte Werbetext in einem Hochglanzkatalog für Designermöbel, vor meinem inneren Auge wollte daraus trotzdem beim besten Willen keine todchice Galerie entstehen, und mehr als ein paar weitere „wow!“ fielen mir dazu nicht ein. Doch die genügten vollauf.

Zumindest genügten sie, um die nächste warme Welle auszulösen. Und dass sich Claudia plötzlich an mich lehnte, und wir so eine Zeit lang dastanden, ganz still, ihr Rücken an meine Brust geschmiegt, und wir in dieselbe Richtung blickten, obwohl es da überhaupt nichts zu sehen gab außer einem Haufen Gerümpel im Dunkeln. Und Claudia schließlich aufatmete und seufzte: „Das wird so toll, sag ich dir. So unglaublich toll wird das.“ Und noch bevor ich mein nächstes „wow!“ loswerden konnte, hinzufügte: „Wie wär's, Markus, machst du mit? Du verstehst doch was von Kunst.“

Gut, dass Claudia nicht mein blödes Gesicht sehen konnte, das ich in diesem Augenblick vermutlich machte. Ich Idiot musste wohl irgendwann meine paar Semester Kunstgeschichte erwähnt haben. Die waren an mir zwar so gut wie spurlos vorübergegangen, aber Claudia hielt mich jetzt offensichtlich für einen Kunstexperten.

Ich überlegte. Was soll schon schiefgehen, dachte ich. Warum nicht Kunst? Warum nicht eine Galerie? Ist schließlich genauso gut wie alles andere.

Und dann sagte ich: „Warum eigentlich nicht?“

„War das jetzt ein Ja?“ fragte Claudia.

„Irgendwie schon“, sagte ich.

„Wow“, sagte Claudia, drehte sich um und umarmte mich.

So einfach war das: Claudia hatte einen Traum, und ich hatte nichts Besseres vor. Die beste Voraussetzung, um etwas miteinander zu machen. Die ideale Basis jeder Gemeinsamkeit. Der eine hat ein Ziel, und der andere macht mit, weil er kein anderes Ziel hat. Also, bei Claudia und mir ging das jedenfalls ziemlich lang richtig gut.

Nein, ich bin nicht zynisch. Schließlich hat Claudia doch auch jetzt wieder alles bekommen, was sie wollte. Was macht es da für einen Unterschied, ob ich aus Liebe mitgemacht habe oder aus Langeweile?

Wir führten gemeinsam die Galerie, weil Claudia es wollte, und ich nichts Besseres vorhatte. Wir schliefen miteinander, weil sie es wollte und ich nichts Besseres vorhatte. Wir heirateten nach wenigen Wochen, weil sie es wollte und ich nichts Besseres vorhatte. Wir lebten in der Villa, die Paps ihr zur Hochzeit geschenkt hatte, weil sie es wollte und ich nichts Besseres vorhatte. Was war schlecht daran? Tatsache ist doch: Erst als Claudia es war, die auf einmal etwas Besseres vorhatte, begann alles den Bach hinunterzugehen. Aber ich mache ihr keinen Vorwurf. Denn bis dahin fand ich an unserem Leben kaum etwas auszusetzen.

Claudias Eltern nahmen mich mit offenen Armen auf. Möglich, dass sie es nur aus Sentimentalität taten. Um etwas wieder gutzumachen, weil meine Eltern nämlich zu ihnen unterwegs gewesen waren, als sie tödlich verunglückten, ausgerechnet zu ihnen, und noch dazu wegen eines völlig unwichtigen Geschäftstermins, der auch an jedem anderen Tag hätte stattfinden können. Übrigens, als es sich nicht mehr vermeiden ließ und ich Claudia von dem Unfall erzählte, reagierte sie Gott sei Dank völlig anders, als ich es befürchtet hatte. Kein großes Mitleidsgetue. Sie blickte mir nur sehr ernst in die Augen, streichelte kurz mit dem Handrücken meine Wange und meinte: „Tja, was soll man dazu noch sagen?" Das war auch schon alles. Ebenso gelassen blieb sie bei ihrem ersten und einzigen Besuch in meiner Wohnung, wo sie die Graffiti-Orgie an den Wänden nur lächelnd mit „In unsere Galerie kommt mir so was aber nicht!" kommentierte. Und als ich erwähnte, ich hätte noch einen Bruder, der sich aber zur Zeit im Ausland herumtreiben würde, sagte sie bloß: „Muss irgendwie scheiße sein, wenn man Geschwister hat." Womit sie ja nicht ganz falsch lag.

Ich lernte etwas kennen, wovon ich zuvor nur vom Hörensagen wusste. Wie soll ich es beschreiben? Wirklich finanzielle Sorgen hatte ich ja schon bis jetzt nicht gehabt. Aber nun war es, als hätte man mich in der Beletage in einen Lift geschubst, die Kabine wäre nach oben gesaust, und im fünfzigsten Stockwerk hätte man mich mit den Worten empfangen: „Willkommen im Penthouse des Lebens, lieber Freund! Schaut doch gleich alles ganz anders aus, wenn man es sich leisten kann, über den Dingen zu stehen, nicht wahr?“ Und ich dachte mir bloß: Wow! Was für eine tolle Aussicht! Die kann dir niemand mehr verbauen!

Heute weiß ich natürlich, dass es nur eine Illusion war. Dass ich mich täuschen ließ von der Uns-gehört-die-Welt-und-darüber-muss-man-doch-erst-gar-nicht-diskutieren-Jovialität derer, die ihren Kontostand in der Regel nur auf die Million genau kennen und dezent darüber schweigen. Deren größte Sorge darin besteht, ob das Fünfsternelokal, in dem man zu dinieren pflegt, nicht schon wieder den Küchenchef wechselt. Ob man zum Festspielempfang mit dem Bundespräsidenten eingeladen wird oder nicht. Und ob man wirklich sicher sein kann, dass bei der Opernpremiere nicht noch jemand in dem gleichen sündteuren Abendkleid auftaucht und einem die Show stiehlt. Salzburger Jägerleinenadel. Hirschhornknopfsociety. Sechszylinderunterstatement mit Allradantrieb, man gönnt sich schließlich sonst nichts. Eben – nun ja, eben ganz einfach: upperclass. Alles fauler Zauber. Aber damals war ich begeistert. Auf einmal gehörte ich dazu. Gehörte zu denen, die sich (ohne jetzt irgendwen persönlich beleidigen zu wollen) um nichts scheißen müssen, weil ihnen nämlich so ziemlich alles, was gewöhnlichen Leuten schlaflose Nächte beschert, am Arsch vorbeigeht. Und ich muss gestehen, das gefiel mir.

Sie kamen alle, als wir die Galerie eröffneten. Die Vernissage war tatsächlich das, was man ein gesellschaftliches Ereignis nennt. Claudia war selig, ihre Mutter sonnte sich im Ruhm, den die Anwesenheit von gleich drei Fernsehteams versprach, und Claudias Vater war glücklich, weil er es wieder einmal geschafft hatte, mit seinem Geld seine zwei Lieblingsfrauen glücklich zu machen. Und weil die Wände in der Tat tipptopp waren, wie er mir einige Male nicht ohne Stolz zuflüsterte. (Nebenbei bemerkt, ich konnte mich nie dazu überwinden, Claudias Eltern Ma und Paps zu nennen. Sie akzeptierten aber, dass ich sie manchmal mit ihren Vornamen ansprach.)

Wie die Malerin hieß, deren Werke wir in unserer ersten Ausstellung präsentierten, weiß ich nicht mehr. Jedenfalls hatte Claudias Mutter ihre Beziehungen spielen lassen und auf Anhieb Erfolg gehabt.

Die junge Künstlerin war die Tochter eines einem Musikbanausen wie mir völlig unbekannten, aber wie man mir erklärte, unglaublich berühmten russischen Dirigenten. Auch auf den Bildern waren berühmte Dirigenten zu sehen. Und zwar ausschließlich von hinten. Also so, wie Dirigenten eben üblicherweise fürs Publikum zu sehen sind, wenn sie vorm Orchester stehen. Jede dieser Rückenansichten war wie ein Scherenschnitt auf einen goldfarbenen Hintergrund gemalt. Die einzigen Details, worin sich diese schwarzen Silhouetten voneinander unterschieden, waren die Haltung der Arme, die Form der Frisur und die Namenszüge, die in knalligem Rot schwungvoll quer über die Rücken gepinselt waren. Dreiunddreißig berühmte Dirigenten von A bis Z. Darunter ein paar, die sogar mir ein Begriff waren. Bernstein, Karajan, Toscanini, Furtwängler. Berühmte, gemalt von der Tochter eines Berühmten. Berühmtheit multipliziert mit Berühmtheit. Kein Wunder also, dass diese „Maestro-Ikonen", wie die Künstlerin ihre Bilderserie nannte, im Handumdrehen verkauft waren.

In dieser Art ging es weiter. Ein ehemaliger „Jedermann" hatte mit Wasserfarben hübsche, kleine Stadtansichten angefertigt – ein riesiger Verkaufserfolg. Eine Operndiva stellte die fröhlichen Buntstiftkritzeleien ihres vierjährigen Sohnes aus – die Leute rissen sich darum. Und sie rissen sich natürlich auch um die Bilder dieses ewig besoffenen Salzburger Lokalmatadors und Szenelieblings, der sich darauf spezialisiert hatte, stark vergrößerte Fotokopien von Mozartporträts unterschiedlich einzufärben und die Gesichtskonturen mit schwarzen Linien nachzuziehen. Heute gibt es in der Stadt vermutlich keine Anwaltskanzlei, kein Immobilienbüro, keine Privatbank, keine Zahnarztpraxis ohne eine dieser schrill bunten, drittklassigen Andy-Warhol-Imitationen an der Wand.

Dass das alles mit Kunst überhaupt nichts zu tun hatte, wurde mir rasch klar. Ein bisschen was hatte ich in den Kunstgeschichtevorlesungen wohl doch mitgekriegt. Außerdem fing ich an, mir regelmäßig die Zeitschrift *Art International* zu kaufen, weil ich dachte, es wäre vorteilhaft, meinen Wortschatz mit einschlägigen Fachbegriffen aufzupeppen. Ich wollte nämlich nicht wie ein kompletter Trottel dastehen, wenn über Kunst diskutiert wurde. Das passierte zwar ohnehin so gut wie nie, dennoch machte es immer einen gewaltigen Eindruck, wenn ich beim Vernissagen-Smalltalk Worte wie „Postmoderne“, „Art brut“ oder „Renaissance konzeptioneller Tendenzen“ fallen ließ. Claudia blickte mich dann jedes Mal voll Stolz und Bewunderung an, und ihre Mutter wiederholte wenig später meine Floskeln, um damit vor ihren Freunden und Bekannten aufzutrumpfen. Lange Zeit machte es mir richtig Spaß, mein Repertoire an Formulierungen mit immer neuen angelesenen Phrasen zu erweitern, und ganz nebenbei bekam ich durch meine Lektüre sogar tatsächlich ein wenig davon mit, was in der Welt der Kunst so geschieht und worum es dabei geht. Wirklich interessiert hat es mich trotzdem nicht.

Aber mit irgendwas musste ich mich ja beschäftigen. Um die Galerie kümmerten sich Claudia und ihre Mutter, ich war im Grunde nur ein völlig überflüssiges Anhängsel der beiden. Allerdings eins mit einem fürstlichen Gehalt, das mir Claudia bezahlte. Sie war die Besitzerin der Galerie, ich der Geschäftsführer, auf diese Rollenverteilung hatten wir uns geeinigt. Aber es dauerte eben doch ein wenig, bis ich mich daran gewöhnte, fürs

Nichtstun bezahlt zu werden. Also spielte ich den, für den mich Claudia von Anfang an gehalten hatte, ich spielte den Experten in Sachen Kunst.

Dem Kunstexperten folgte der Weinexperte. Ich fand nämlich bald heraus, dass der intellektuelle Puderzucker, den ich bei den Vernissagen in die Luft, beziehungsweise den Leuten in die Ohren pustete, zwar für einen Hauch von Seriosität sorgte, der unserer Galerie durchaus gut tat, viel wichtiger für ihren Ruf war aber – zusätzlich zum Promifaktor – der Wein, zu dem wir unsere Gäste einluden. Und der war nun tatsächlich große Klasse und machte uns zum Geheimtipp für erlesenen Geschmack. Weil Spitzenwein aber bekanntlich etwas ist, wovon wirklich jeder etwas zu verstehen meint, wäre es eine fürchterliche Blamage für mich und die Galerie gewesen, wenn ich bloß (wahrheitsgemäß) gesagt hätte: „Guter Tropfen. Schmeckt mir." Also las ich mir auch da einen reichen Sommelier-Formulierungsfundus an. „Langer Atem im Abgang", „klare Sortentypizität", „dunkle Frucht in der Nase", „hintergründig strukturiert", „prägnantes Toasting, röstige Würze und gut integrierte Tannine" ... mit solchen Geschmacksanalysen erntete ich stets begeisterte Zustimmung. Und mein gut einstudiertes intensives Schnüffeln am Glas, meine gespitzten Lippen, eingesogenen Wangen und geschlossenen Augen beim ersten Schluck, mein genüssliches Schmatzen nach dem Runterschlucken, mein perfekt trainierter, verzückter Gesichtsausdruck, vielleicht noch ein glückliches Seufzen als Draufgabe, das alles brachte mir den Ruf ein, ein wahrhaft begnadeter Weinexperte zu sein. Mit dem Resultat, dass sich bald eine kleine Schar von Kunst- und vor allem Weinliebhabern beinahe jeden Abend in unserer Galerie einfand und sich die Bilder schönsoff. Was meiner Meinung nach nicht unerheblich zum Verkaufserfolg beitrug.

Die Galerie lag nur ein paar hundert Meter vom Justizgebäude entfernt. Möglicherweise war das der Grund dafür, dass unser sogenannter „Freundeskreis" hauptsächlich aus Rechtsanwälten bestand. Einem von ihnen, dem bekannten Strafverteidiger Nikolaus S., genannt Niki (Insider wissen, von wem die Rede ist), hatten wir dann auch eine unserer sensationellsten Ausstellungen zu verdanken.

Zwischen Claudia und mir herrschte damals gerade zum ersten Mal ziemlich dicke Luft. Wir waren auf den Acryl-Sonnenuntergängen eines Cellisten der Berliner Philharmoniker wider Erwarten sitzen geblieben, ein ungarischer Pianist hatte daraufhin die Ausstellung seiner bunten, geometrischen Klaviertastenbilder kurzfristig abgesagt, und sowohl Claudia als auch ihre Mutter gaben mir daran die Schuld. Auf einmal fanden sie, mir sei der Wein wichtiger als die Kunst. Und überhaupt, erklärten sie unisono, gehe ihnen diese ständige Sauferei in der Galerie einigermaßen auf die Nerven.

Besser konnte der Zeitpunkt also gar nicht sein, als Niki mir den Vorschlag machte, die Bilder von Brigitte Hartmann auszustellen.

„Heißer Tipp unter Freunden", sagte er und zog mich in eine ruhige Ecke der Galerie, um ungestört mit mir reden zu können. „Nimm die Bilder von der Hartmann. Ich schwöre dir, da rennen euch die Leute die Bude ein. Und die Pressefritzen sowieso."

„Bitte, wer ist die Hartmann?", fragte ich. Ich wusste es tatsächlich nicht.

Niki sah mich fassungslos an. „Brigitte Hartmann! Die Freundin von Rüdiger Lonski. Na, klickt's jetzt bei dir?"

Es klickte nicht. Niki blieb nichts anderes übrig, als mir die Geschichte zu erzählen, die offensichtlich völlig unbemerkt an mir vorübergegangen war, obwohl sie, wie Niki betonte, regelmäßig für Schlagzeilen sorgte.

Es handelte sich um einen der schwersten Fälle von Wirtschaftskriminalität in der Stadt. Rüdiger Lonski hatte als Vermögenstreuhänder Klientengelder in zigfacher Millionenhöhe abgezweigt und auf ausländische Konten verschoben, Brigitte Hartmann, Lonskis Sekretärin und zugleich Geliebte, hatte ihm dabei geholfen, und dann hatten sich beide bei Nacht und Nebel ins Ausland abgesetzt. Ihre Spuren hatten sie so geschickt verwischt, dass sie trotz internationalem Haftbefehl und intensiver Fahndung durch die Interpol unauffindbar geblieben waren. Erst nach einigen Jahren hatte man sie ganz zufällig in einem kleinen Dorf in der Provence entdeckt, wo sie mit falschen Papieren und unter falschen Namen ein beschauliches Leben als Besitzer einer kleinen, feinen Frühstückspension geführt hatten. Die Hartmann hatte außerdem zu malen begonnen und mit einigem Geschick hübsche Bilder provenzalischer Landschaften angefertigt. Jetzt saßen Lonski und Hartmann seit ein paar Monaten in Salzburg ihre Gefängnisstrafen ab, und – wie der Zufall so spielt – im Prozess war ausgerechnet Nikolaus S. der Verteidiger von Brigitte Hartmann gewesen.

„Kapierst du jetzt, dass die Hartmann ein absolut heißer Tipp ist?“ Niki setzte eine Verschwörermiene auf und grinste. „In einem Jahr ist die ganze Geschichte vergessen, dann interessiert sich kein Schwein mehr dafür. Aber wenn du jetzt zuschlägst, mein Freund, wenn du die Hartmann jetzt ausstellst, kannst du für ihre Bilder jeden Preis verlangen. Man wird sie euch aus den Händen reißen. Weil die Leute nämlich gierig danach sind, etwas zu besitzen, an dem der Geruch des Verbrechens haftet. Die Faszination des Bösen, verstehst du? Aber das bleibt natürlich unter uns.“

Ich verstand. Und vor allem verstand ich, dass sich mir die einmalige Gelegenheit bot, endlich etwas wirklich Bedeutendes für den Erfolg unserer Galerie zu tun und damit die Vorwürfe von Claudia und ihrer Mutter zu entkräften.

„Okay“, sagte ich. „Wie kommen wir zu den Bildern?“

„Das lass meine Sorge sein“, sagte Niki. Und nach einem großen Schluck Wein fügte er hinzu: „Übrigens, eine Kiste von diesem Rotwein und fünfundzwanzig Prozent vom Verkaufserlös der Bilder an mich. Als Vermittlungsprovision. Einverstanden?“

Von daher wehte also der Wind. Aber gut, einverstanden.

Claudia war skeptisch und hatte Skrupel. Ihre Mutter wollte anfangs ebenfalls absolut nichts mit dem „kriminellen Milieu" zu tun haben, witterte dann aber doch die Sensation und warf ihre Vorbehalte Stück für Stück weg. Und ich war wild entschlossen. Also fand die Ausstellung statt.

Das Resultat überstieg sogar meine kühnsten Erwartungen. Eine einzige Presseaussendung hatte genügt, um bereits Tage vor der Eröffnung einen unglaublichen Wirbel in den Medien auszulösen. Die Kommentare reichten von „Skandalöse Kunstpräsentation einer verurteilten Millionenbetrügerin" über „Weiblicher Promihäftling erobert Kunstwelt" bis zu Analysen über „Das klassische Nahverhältnis von krimineller Energie und künstlerischer Kreativität am Beispiel von Jean Genet und Brigitte H.". Der Besucherandrang bei der Vernissage war dann auch geradezu beängstigend. Und noch am selben Abend waren alle Bilder verkauft.

Niki hatte mit seiner Einschätzung nicht nur Recht gehabt, er sorgte sogar noch für eine weitere Sensation: Es war ihm gelungen, dass die Hartmann zur Eröffnung ihrer Ausstellung kommen konnte. Selbst ich hatte davon vorher keine Ahnung, und noch heute weiß ich nicht so richtig, wie ich beschreiben soll, was ich fühlte, als sie auf einmal in Begleitung von zwei Justizwachebeamten die Galerie betrat.

Meine erste Reaktion war natürlich ungläubiges Staunen, Verblüffung, Freude und vor allem Neugier. Genau wie bei allen anderen Gästen. Die meisten drängten sich sofort um sie. Manche hielten diskret Abstand und beäugten sie nur aus einiger Entfernung wie einen unheimlichen Besucher von einem fremden Stern. Und ein paar äußerten lauthals ihre Empörung und kehrten der Hartmann den Rücken zu, um nur ja nicht Gefahr zu laufen, gemeinsam mit ihr fotografiert zu werden.

Schon während ich Brigitte Hartmann mit professioneller Freundlichkeit begrüßte und mit einer etwas unsicher lächelnden Claudia und ihrer triumphierend strahlenden Mutter bekannt machte, spürte ich ein mulmiges Gefühl in der Magengegend.

Von der ganzen Situation und vor allem von den zwei Gefängnisbeamten ging etwas aus, das mir Angst machte. Plötzlich kam ich da mit etwas Bedrohlichem in Berührung. Ganz unmittelbar und hautnah. Etwas, das mir wie eine dunkle Vorahnung schien.

Erst viele Stunden und viele Gläser Rotwein später, als ich schon im Bett lag und Claudia mich mit Lob für den grandiosen Erfolg überhäufte, verschwand dieses bedrückende Gefühl. Und irgendwann in dieser Nacht – Claudia und ich hatten nach langer Zeit endlich wieder einmal miteinander geschlafen und danach war ich sofort eingeschlummert – wachte ich auf und fühlte mich richtig gut. Ich fühlte mich sogar großartig, ausgezeichnet, einfach blendend. Am liebsten hätte ich laut gelacht, als ich mich an meinen miesen Zustand erinnerte. He, ich hatte gewonnen! Ich hatte bewiesen, dass ich mehr als nur das nutzlose Anhängsel von Claudia und ihrer Mutter war! Nie wieder würden sie mir Vorwürfe machen können! Nie wieder!

Und dann sah ich die Hartmann vor mir. Diese kleine, blasse vierzigjährige Frau mit ihrem verhärmten Gesicht, das einmal schön gewesen sein musste, früher, vor ihren Verbrechen, vor ihrer Flucht, vor ihrer Verurteilung. Diese zerbrechliche Frau mit den dunklen Schatten unter den Augen und dem verlegenen Lächeln. Diese Frau, die für zwei Stunden ihre Rolle als Künstlerin spielen durfte und der man anmerkte, dass sie nicht wusste, ob sie das Recht hat, sich darüber zu freuen oder sogar stolz zu sein auf ihren kurzen Ruhm, weil sie wohl ahnte, dass sie ihn einem ganz anderen Ruhm zu verdanken hatte. Die Faszination des Bösen, hatte Niki gesagt. Nein, dachte ich, wenn das Böse so aussieht, dann ist daran nichts Faszinierendes. Und schon gar nichts, wovor man sich fürchten müsste.

(Das klingt jetzt fast, als glaubte ich tatsächlich an so etwas wie das Böse. Oder gar daran, dass man diesem Bösen an der Nasenspitze anmerken könnte, dass es böse ist. Bevor meine Frau Doktor Freud deshalb vor Entsetzen über so viel Dummheit die Hände überm Kopf zusammenschlägt, erkläre ich: Ich weiß, das Böse existiert nicht. Aber irgendwie muss man das ja benennen, was einem im Laufe des Lebens so zustößt. Man kann dazu doch nicht immer nur Scheiße sagen, oder?)

Okay, ich bleibe bei Scheiße. Kacke, Shit, Merde, wie auch immer. Jedenfalls habe ich ein paar Monate später ganz tief hineingegriffen.

Niki sagte mir, er könne über einen Mittelsmann an Zeichnungen von Natalie Liebisch herankommen.

„Die Liebisch hat ja jetzt eine neue Identität. Will ihre Ruhe haben und sich endlich eine normale Existenz aufbauen nach dem ganzen Medienrummel, dem sie ausgesetzt war, als sie freigekommen ist. Niemand weiß, wo sie heute lebt. Mein Mittelsmann ist der Einzige, der noch Kontakt zu ihr hat."

„Und was für Zeichnungen sind das?", frage ich.

„Filzstiftzeichnungen, soviel ich weiß. Aus der Zeit, in der sie ihr Onkel in diesem Kellerverlies gefangen gehalten hat. Mehr kann ich auch nicht sagen. Interessiert?"

Natürlich war ich interessiert. Wow, dachte ich. Die beste Gelegenheit, den nächsten Coup zu landen. Mein Gott, hätte ich bloß die Finger davon gelassen.

Zunächst lief alles wie erwartet. Wieder sprangen die Zeitungen schon im Vorfeld sensationsgeil auf den Zug auf. (Dieses Mal überwog allerdings die pseudohumanistische Küchenpsychologie der Marke „Erschütternd! Bilder einer geschundenen Mädchenseele!" – obwohl die Zeitungsleute die Zeichnungen noch gar nicht gesehen hatten, wir bekamen sie ja auch erst ein paar Stunden vor der Eröffnung zu Gesicht.) Und wieder traten uns die Menschen bei der Vernissage fast die Tür ein. Aber dann: Scheiße! Ja, genau. Scheiße! Angeschmiert! Ätsch!

Nicht nur, dass die Leute enttäuscht waren, weil sie bloß kindlich naiv gemalte Blumen und Tiere zu sehen bekamen und nicht, was sich die meisten natürlich insgeheim erhofft hatten, irgendwelche pornografische Darstellungen, Strichmännchen mit Phallussymbolen oder wenigstens verschlüsselte Hinweise auf sexuelle Handlungen, abartige, brutale Praktiken oder andere schreckliche Erlebnisse eines Missbrauchsopfers, nein, es stellte sich sogar heraus, dass wir einem Schwindler auf den Leim gegangen waren. Nikis angeblicher Mittelsmann erklärte vor versammeltem Publikum, dass die Zeichnungen überhaupt nicht von Natalie Liebisch, sondern allesamt von seiner kleinen Tochter stammten, und dass er mit dieser Aktion nichts anderes erreichen wolle, als endlich die Heuchelei und Scheinmoral unserer verlogenen Gesellschaft in ihrer ganzen Erbärmlichkeit bloßzustellen.

Als ich das hörte, wäre ich am liebsten im Boden versunken. Das war's dann wohl mit der Galerie, dachte ich. Diese Blamage bricht ihr das Kreuz. Selber schuld, wenn man derart unprofessionell und vertrauensselig agiert wie ich.

„Der Typ kann sich auf was gefasst machen", knurrte Niki. „Betrug, Ehrenbeleidigung und Anstiftung Minderjähriger zu einer strafbaren Handlung unter widerrechtlicher Ausnutzung eines Autoritätsverhältnisses sind das Mindeste, was ich dem anhänge. Plus ein halbes Dutzend Schadensersatzklagen."

„Wieso Anstiftung?"

„Entschuldige, aber die Zeichnungen hat seine Tochter doch nicht freiwillig gemacht. Behaupte ich jedenfalls. Wird ihm schwerfallen, das Gegenteil zu beweisen."

„Verstehe. Nützt mir jetzt aber auch nichts mehr."

Und was passierte wirklich? Außer, dass wir natürlich nichts verkauften, Claudia wieder einmal stinksauer auf mich war und ihre Mutter ironische Bemerkungen ihrer Freunde und Bekannten befürchtete und deshalb schon am nächsten Tag für drei Wochen auf die Seychellen flog? Nichts passierte. Absolut nichts. Den Journalisten war die leidige Angelegenheit keine einzige Zeile wert. Und immer, wenn ich jemanden nach seiner Meinung fragte, erhielt ich die nahezu gleiche Antwort: „Vergiss es!" Niemand dachte nämlich auch nur eine Sekunde daran, sich von einem dahergelaufenen, selbst ernannten Moralapostel vorschreiben zu lassen, was man zu denken oder zu tun habe.

Trotzdem hielt ich es für klüger, mich künftig aus der Ausstellungsplanung rauszuhalten. Ich zog mich wieder auf meine ursprüngliche Rolle als intellektueller Wortspendenakrobat zurück und konzentrierte mich darauf, dafür zu sorgen, dass mein Vorrat an aktuellen Kunstexpertenstehsätzen immer ebenso gut sortiert war wie unser Weinlager.

Nach meinen beiden Abenteuern kehrte der Alltag in die Galerie zurück. Manchmal amüsant, meistens geschmacklos, regelmäßig kitschig und hübsch dekorativ, häufig langweilig epigonenhaft, aber immer prominent und upperclass! In der Festspielzeit erfüllte die Galerie ihren eigentlichen Zweck als „waaahnsinnig aufregender" Bussi-Bussi-Hotspot, und wenn im Rest des Jahres Flaute herrschte oder einmal etwas floppte, who cares? Das Schöne an unserer Galerie war nämlich, dass sie gar nicht pleitegehen konnte, weil sie von Claudias Vater mit einer enorm hohen Summe finanziert wurde. Das war ihm der Spaß wert, den seine beiden Frauen mit ihrem Lieblingsspielzeug hatten, ihrer „Festivalgalerie Amadé", wie sie eines Tages von Claudia und ihrer Mutter wenig originell, aber dafür umso großspuriger getauft wurde, nachdem sie wochenlang über einem imageträchtigen Namen gebrütet hatten. Selbst wenn wir kein einziges Bild verkauft, Unsummen für die Eröffnungsfeste ausgegeben und uns fünfmal so hohe Gehälter ausbezahlt hätten, wäre das Galeriekonto immer noch gut gefüllt gewesen. Die Bauwirtschaft boomte, Claudias Vater zahlte, und ich naschte mit. Ich wusste, wenn ich stillhielt, hatte ich bis an meine Lebensende ausgesorgt. Und so etwas entschädigt für vieles.

7

Claudia und Thomas konnten einander nicht ausstehen. Wie unüberwindbar tief ihre gegenseitige Abneigung schon vom ersten Augenblick an war und dass ich dagegen auch in Zukunft absolut nichts würde ausrichten können, ahnte ich allerdings noch nicht, als Claudia eines Nachmittags die Tür zu meinem Büro aufstieß, ein Gesicht machte, als hätte ihr gerade jemand auf die Schuhe gekotzt, und mit gepresster Stimme sagte: „Unten in der Galerie steht ein Zwerg, der behauptet, dass er dein Bruder ist. Außerdem fragt er nach einer Roswitha. Würdest du – bitte! – die Freundlichkeit haben, dich darum zu kümmern, Schatz? Ja, Schatz? Bitte, Schatz!“

Vor Schreck ließ ich die Kunstzeitschrift fallen, die ich soeben nach den neuesten Fachausdrücken durchforstet hatte. Ich wusste, wenn Claudia „Schatz“ zu mir sagte, dann war die Lage ernst, und zwar Besorgnis erregend ernst. „Schatz“ (kurzes, giftiges a, bedrohlich zischendes tzzzzz) bedeutete Ärger. Ärger, der jeden Moment zu Empörung oder mindestens drei Tage beleidigt sein anschwellen konnte. Den viel größeren Schreck jagte mir aber der Grund für dieses „Bitte, Schatz!“ ein: Dass Thomas so plötzlich wieder auftauchen würde, nach drei Jahren, ohne jede Ankündigung und noch dazu in unserer Galerie, von der er eigentlich überhaupt nichts wissen konnte, damit hatte ich nun wirklich nicht gerechnet. Andernfalls hätte ich Claudia rechtzeitig auf ihn vorbereiten können, doch dafür war es jetzt natürlich zu spät. Fuck!

Auf den Anblick, den Thomas bot, war allerdings selbst ich nicht vorbereitet. Hohlwangig, mit dünnen Bartfransen, zu einem Pferdeschwanz zusammengebundenen Haaren, Riemensandalen, löchrigen, ausgefransten Jeans und einer Ziegenfelljacke über einem T-Shirt mit „Love & Peace"-Aufdruck sah er aus wie eine Parodie eines halb verhungerten Späthippies. Und vor allem: Er stank!

„Hi, Tommi", sagte ich. „Das ist aber eine Überraschung."

Vorsichtshalber blieb ich in ein paar Metern Abstand von Thomas stehen, weil ich nicht riskieren wollte, zur Begrüßung von ihm umarmt zu werden. Aber das hatte er offensichtlich ohnehin nicht vorgehabt, denn er rührte sich nicht von der Stelle. Er blickte mich nur missmutig und vorwurfsvoll an und sagte kein Wort. So standen wir eine ganze Weile da und schwiegen uns gegenseitig an. Schließlich wandte ich mich zu Claudia um, die oben auf der Treppe stand und uns mit versteinertem Gesicht beobachtete.

„Darf ich euch miteinander bekannt machen?", sagte ich. Etwas Besseres fiel mir nicht ein, aber irgendwas musste ich ja sagen. „Thomas, mein Bruder. Claudia, meine Frau."

„So ist das also", murmelte Thomas und ließ seinen Blick abschätzig zwischen Claudia und mir hin und her wandern. „Und was ist mit Roswitha?"

Ich merkte, wie sich Claudias Augen zu schmalen Sehschlitzen verengten. Ihr ganzer Körper schien plötzlich nur noch aus hochkonzentrierter Aufmerksamkeit zu bestehen.

„Roswitha?", sagte ich. „Was soll mit ihr sein? Keine Ahnung. Sag du's mir, Tommi. Du bist ja derjenige, der sie gesucht hat, nicht ich."

„Arschloch", sagte Thomas. Dann beugte er sich über seinen Rucksack, der neben ihm auf dem Boden lag, kramte lange in einer Außentasche, holte ein Päckchen Tabak und Zigarettenpapier heraus und begann sich schweigend eine Zigarette zu drehen.

Selber Arschloch, dachte ich. Die Situation war derart unangenehm und peinlich, dass ich meinem Bruder am liebsten auf der Stelle eine geknallt hätte. Blöder Hund! Keine Ahnung, wie ich mir das Wiedersehen mit Thomas vorgestellt hatte, so jedenfalls ganz bestimmt nicht.

Irgendwas musste ich tun. Am besten erst einmal raus aus der

Galerie. „Okay“, sagte ich, griff mir den Rucksack und drängte Thomas zur Tür hinaus. „Ich glaube, du brauchst ganz dringend ein Bad. Lass uns in die Wohnung fahren. Was dagegen? Du willst doch wieder in unsere Wohnung, oder?“

„Natürlich, du Arschloch“, sagte Thomas. „Ist ja großartig, dass du überhaupt die Güte besitzt, mich danach zu fragen.“

Ich verstand nicht, warum er mir gegenüber diesen verletzenden, ironischen, feindseligen Ton anschlug.

„Entschuldige“, sagte ich, „aber würdest du mir freundlicherweise erklären, was ich dir getan habe? Und das Arschloch kannst du dir bitte schön sparen. Es genügt, dass ich mir deinen unerträglichen Gestank gefallen lassen muss.“

Damit hatte ich ihn offenbar getroffen.

„Möchte nicht wissen, wie du stinkst, wenn du dich eine Woche lang nicht waschen kannst und im Park übernachten musst!“

Und dann legte er los. In den nächsten Stunden (zuerst während der Fahrt, dann in der Wohnung) erfuhr ich so ziemlich alles, was nicht nur mich, sondern die halbe Menschheit in seinen Augen zu Arschlöchern machte. Er erzählte von seiner Odyssee kreuz und quer durch Europa, erzählte von Witta mit den Dreadlocks, erzählte von ihren gemeinsamen Roswitha-Sprayaktionen und haschischgeschwängerten Liebesnächten, erzählte von den Althippies auf Ibiza, den einzigen anständigen und ehrlichen Menschen, denen er begegnet war, Witta natürlich mit eingeschlossen, aber vor allem erzählte er von der Verschwörung der Arschlöcher, die es immer wieder zu verhindern verstanden, dass er Roswitha finden konnte, den Arschlöchern, die drei Jahre lang alles unternommen hatten, um ihn in die Irre zu führen und von seiner Suche abzuhalten, mit falschen Hinweisen, Lügen, Intrigen und zuletzt sogar mit Hilfe der Arschlöcher von der spanischen Polizei und Justiz.

Und nun hatte sich auch sein Bruder als Arschloch herausgestellt. Denn nur ein Arschloch würde ihn bei seiner Rückkehr ohne Schlüssel vor der versperrten Wohnungstür stehen lassen.

Nur ein Arschloch würde nicht wenigstens einen Zettel mit der neuen Adresse unter die Türmatte legen. Nur ein Arschloch würde ihn auf diese Art zwingen, im Freien zu übernachten, weil man ihm die Kreditkarte gesperrt hat und er sich nicht einmal mehr ein Hotel leisten kann. Nur ein Arschloch würde eine Geheimnummer haben, so dass er weder Namen noch Telefonnummer im Telefonbuch finden kann und erst nach einer Woche zufällig auf den Gelben Seiten bei den Kunstgalerien entdeckt, was in ihm sofort die Hoffnung weckt, hinter dem C der Inhaberbezeichnung C & M Steinfelder könnte Roswitha stecken, Roswitha, die heimlich zurückgekommen war, sich zur Tarnung Carmen, Camilla oder irgendeinen anderen Vornamen mit C zugelegt hat und jetzt gemeinsam mit mir eine Galerie führt, Roswitha, selbstverständlich Roswitha, wer auch sonst, denn nur sie würde etwas von Kunst verstehen. Und nur ein Arschloch von Bruder würde ihn nun derart enttäuschen, ja hintergehen, indem er ihm diese Claudia als seine Frau präsentiert und so tut, als würde ihn Roswitha überhaupt nicht mehr interessieren. Ja, ein Arschloch, ein Riesenarschloch, das vermutlich mit allen anderen Arschlöchern unter einer Decke steckt.

Kann mir jemand erklären, wieso ich diesen Irren nicht sofort zum Teufel geschickt habe? Wieso ich mir den ganzen Schwachsinn anhörte, den sich dieser Idiot zusammenreimte, mich von ihm beschimpfen und beleidigen ließ und dann nur sagte: „Na, Hauptsache, du bis wieder da."? Ist Bruderliebe ein Gen-Defekt oder ein Psychoschaden, der einem die Vernunft versaut? Da gäbe es wohl noch viel zu erforschen und auszugraben auf dem Feld, das meine Frau Doktor Freud beackert, oder?

Vielleicht ist es auch nur der Beschützerinstinkt, der von kleinen Menschen automatisch geweckt wird, weil sie einem zeit ihres Lebens wie Kinder erscheinen. Jedenfalls begann für mich sofort wieder unser Großer-Bruder-Kleiner-Bruder-Spiel, nachdem sich Thomas endlich gebadet, rasiert, seinen ganzen Mist fürs Erste von der Seele gekippt und sich müde geredet hatte. Wozu sollte ich auch groß mit ihm streiten, wenn es doch weitaus bequemere Möglichkeiten gab, um halbwegs friedlich mit ihm auszukommen.

„Schlaf dich erst einmal aus“, sagte ich, „morgen reden wir dann weiter. Um elf in der Galerie, ja?“

Ich fuhr zu mir nachhause und hoffte, dass sich Claudia in der Zwischenzeit wieder beruhigt haben würde. Gewöhnlich war ihr Unmut ja nie von langer Dauer, dafür war ihr Harmoniebedürfnis zu groß. Claudia hatte es eben am liebsten, wenn alles „easy“ war. Wirklich große Emotionen, im Guten wie im Bösen, standen bei uns eher selten auf der Tagesordnung, und genau so mochte ich es.

Ein paar hundert Meter vor unserem Haus hielt ich an. Es war ein großes Haus, und hinter sämtlichen Fenstern brannte Licht. Das verhieß nichts Gutes. Wenn mich Claudia „Schatz“ nannte, war das eine leise Warnung, aber wenn sie in allen Räumen das Licht eingeschaltet hatte, schrillten die Alarmsirenen. Dann war die Ordnung für Claudia empfindlich gestört.

Ich hatte das schon einige Male erlebt und wusste ganz genau, was sie jetzt tat: Sie putzte das Haus. Vom Keller bis unters Dach. Stundenlang. Wenn es sein musste, die ganze Nacht. Jede Ecke, jede Ritze. Rückte Möbel zur Seite, räumte Regale aus, entdeckte an den verstecktesten Stellen Staub- und Schmutzreste, die unsere (überaus gründliche) Putzfrau übersehen hatte, und wischte und schrubbte grimmig und verbissen, als gälte es, das Haus in einen klinisch reinen Operationssaal zu verwandeln. Alles begleitet von ihrer Lieblingsmusik, Johann Sebastian Bachs Orchestersuiten, die mit ihrem fast mathematischen Kompositionsprinzip für Claudia der Inbegriff von Ordnung und Harmonie waren. Und vor diesem Soundtrack würde ich nun hunderttausend Fragen beantworten müssen, um damit meinen Beitrag zur Wiederherstellung geordneter Verhältnisse zu leisten. Da musst du wohl oder übel durch, dachte ich, das bleibt dir nicht erspart. Aber nicht jetzt, nein, bitte nicht jetzt.

Ich wendete den Wagen, hielt nach einer Pizzeria Ausschau, die um diese Zeit noch offen hatte, kaufte vier große „Quattro

Stagione“ und ein paar Sixpack Cola und fuhr wieder zur Wohnung. Eine Pizza-Cola-Orgie wie in alten Zeiten, das ist genau das, was Thomas und ich jetzt brauchen, dachte ich. Das wird ihn wieder mit mir versöhnen. Und außerdem musste er ja halb verhungert sein. Dass mir das nicht schon früher eingefallen war!

Thomas schlief schon. Lag eingerollt wie eine Katze auf dem Bett in seinem Zimmer und schnarchte leise. Hinter ihm stand immer noch das riesige FUCK. Wann hatte er es dort an die Wand gesprayt? Verdammt lang her, dachte ich, verdammt lang. Und dass es damals Roswitha noch gab, daran musste ich natürlich auch denken.

Gut, dann eben kein Pizzafressen. Schade. Ich stellte die Schachteln und die Coladosen in die Küche und verdrückte mich wieder. Auf, zu Claudia. Auf, zum großen Reinemachen. Was sein muss, muss sein. Bring's hinter dich.

Im ganzen Haus Geigen, Celli, Bachtrompeten. Unglaublich, wie wütend und aggressiv sich diese Musik anhört, wenn man weiß, zu welchem Zweck sie gespielt wird.

Ich fand Claudia in unserem Badezimmer, wo sie die Fliesen zu Tode polierte.

„Wow“, sagte ich, weil ich hoffte, ich könnte die Situation gleich einmal mit einem Scherz entschärfen. „Glänzt wie neu! Lass für unsere Putzfrau auch noch was übrig.“

Claudia schwieg und verdoppelte die Geschwindigkeit, in der sie mit dem Reinigungslappen über die Fliesen tobte, zu einem verbissenen, gnadenlos schnellen Zickzackangriff.

Ich versuchte es noch einmal. „Pass auf, dass du dir keinen Tennisarm holst.“

Claudia machte weiter. Stur wie ein Roboter. So hatte ich sie noch nie erlebt. Nicht nach dem peinlichen Reinfall mit den angeblichen Zeichnungen von Natalie Liebisch. Und nicht einmal damals, als Claudia zum ersten Mal mitbekommen hatte, dass sich ein paar unserer feinen Stammgäste in der Galerie keineswegs bloß regelmäßig auf unsere Kosten besoffen, sondern sich auch ganz ungeniert Koks in die Nase zogen, und ich ihr erklären musste, warum ich dagegen nichts unternahm. Immer konnte ich sie rasch beruhigen. Konnte sie davon überzeugen, alles sei halb so schlimm und überhaupt nicht wert, sich darüber aufzuregen. Aber nun beschlich mich das ungute Gefühl, dass es da Probleme gab, die ich bloß mit ein paar geschickten Antworten wohl kaum würde aus der Welt schaffen können.

Dröhnende, hämmernde Cembalo-Akkorde. Und Claudia attackierte die Badezimmerwand.

„Also gut", sagte ich. „Was ist los?"

Schmerzhaft hohe Trompetenstöße. Ein rasendes Furioso.

„Erklär's mir", sagte Claudia. „Bitte, erklär's mir."

„Was?" fragte ich. „Was soll ich dir erklären?"

„Erklär's mir einfach. Ja? Erklär's mir ganz einfach!"

„Ja doch! Ich erklär' dir alles. Alles, was du willst, Claudia! Aber du musst mir bitte schön schon sagen – "

„Dann erklär's mir endlich, verdammt noch einmal! Erklär's mir!" schrie Claudia, feuerte den Putzlappen in die Badewanne und starrte mich an. Tränen in den Augen.

„Scheiße! Claudia? Was ist denn?"

Doch Sekunden später putzte sie schon wieder wie verrückt.

„Bitte, Claudia ..."

Und dann redete ich einfach drauflos. Erzählte, was mir einfiel und wovon ich dachte, dass sie es hören wollte. Erzählte von Thomas, erzählte von Roswitha, erzählte von mir. Die ganze Geschichte, angefangen bei Thomas' Wachstumsstörungen und der seltsamen Art, in der er auf den Tod unserer Eltern reagiert hatte, über meine Jahre mit Roswitha und Thomas' verwirrte Verliebtheit, bis hin zu Roswithas Verschwinden. Zugegeben, ich erzählte nicht alles, aber doch fast alles. Vor allem von der Verstörtheit, in die Thomas gestürzt war, erzählte ich. Von seinen fixen Ideen, in die er sich immer mehr hineingesteigert, und von meinen Lügenmärchen, mit denen ich ihn zu beruhigen versucht hatte. Und zuletzt gab ich sogar noch Thomas' Bericht über seine vergebliche Suche nach Roswitha wieder, zu der ich ihn angestachelt hatte.

Ich erzählte, erzählte, erzählte. Stundenlang. Die ganze Nacht. Selbst als Bachs Präzisionssalven längst verstummt und alle Lichter im Haus gelöscht waren und Claudia erschöpft im Bett lag – im Gästezimmer, wie nicht anders zu erwarten –, hörte ich nicht auf zu erzählen. Saß auf ihrer Bettkante wie bei einer Kranken und redete. Kam von einem zum anderen, wiederholte mich, verlor manchmal den Faden, sprang zwischen den Ereignissen und Zeiten herum, erzählte Wichtiges und Unwichtiges und, ja, zugegeben, vergaß sicher so manches, was ich hätte erzählen sollen. Aber ich bemühte mich redlich und blieb bei der Wahrheit, meiner Wahrheit, so gut ich konnte.

Ein sinnloser Monolog. Denn jedes Mal, wenn ich Claudia zwischendurch bat, doch endlich auch etwas dazu zu sagen, erhielt ich die gleiche Antwort.

„Claudia, ich schwöre dir, das mit Roswitha ist Vergangenheit. Aus, vergessen, vorbei! Du hast doch nicht etwa Angst, ich könnte immer noch in Roswitha verliebt sein?“

„Das ist es nicht.“

„Was dann?“

Schweigen.

„Ja, klar, Tommi ist ein Spinner. Irritiert dich das? Mein Gott, mit Verrückten haben wir es in der Galerie doch ständig zu tun.“

„Das ist es nicht. Nein, das ist es nicht.“

„Sondern?“

Wieder Schweigen.

Keine Fragen, keine Vorwürfe. Nur Schweigen, das mich ratlos machte. Und irgendwann zornig. Klar, dachte ich, verwöhntes Einzelkind. Von Papi vergötterte Tochter, der immer alles zum Arsch getragen wird, was sie will. Kann es ganz einfach nicht verstehen, wenn einmal etwas anders ist, als sie es aus ihrer heilen, gut wattierten Welt kennt. Ausnahmsweise nicht „easy“, nicht „upperclass.“ Doch so ist das nun einmal, da kann ich ihr auch nicht helfen. Aber Madam wird sich schon noch an meinen Bruder gewöhnen. Wird sie wohl müssen, ob es ihr passt oder nicht.

Plötzlich hielt ich es nicht mehr aus. Ich wollte nicht länger auf Claudias Bettkante hocken, wollte mich auch nicht allein in unserem Schlafzimmer die restlichen paar Nachtstunden mit sinnlosen Überlegungen herumschlagen, wollte nicht einmal mehr mit Claudia unter einem Dach sein, wollte nur raus.

„Na, dann. Nacht, Claudia."

Schweigen.

Ich stand auf, verließ das Haus, fuhr in die Galerie, legte mich in meinem Büro auf die Besuchercouch und wartete auf den Morgen. An Schlaf war nicht zu denken, Johann Sebastian Bach hatte sich in meinen Kopf gefressen, ließ nicht locker. Gott, wie ich diese Musik hasste.

Thomas überraschte mich: Er kam pünktlich um elf und sah in gewaschenen Jeans, hellblauem Poloshirt und weißen Sneakers richtig manierlich aus. Im Gegensatz zu mir wirkte er ausgeschlafen und bestens gelaunt.

Ich ließ mir gerade meine dritte Tasse Kaffee aus der Espressomaschine laufen.

„Hi, Tommi. Geht's gut? Auch einen?"

„Super, Markus. Gern. Gefrühstückt hab ich ja schon." Thomas grinste. „Kalte Pizza und lauwarmes Cola. Das klassische Frühstück Marke Steinfelder."

Ich stellte noch eine Tasse ein und drückte den Schalter.

Thomas fläzte sich auf die Couch. „Du machst jetzt also tatsächlich in Kunst", sagte er. „Hätte ich dir gar nicht zugetraut ohne Roswitha."

„Ach nein? Und warum nicht, wenn man fragen darf?"

„Na ja, früher hast du damit ja nicht so viel am Hut gehabt."

„Entschuldige schon, immerhin hab ich ein paar Semester Kunstgeschichte studiert!"

„Studiert? Soviel ich weiß, wolltest du doch nur im Hörsaal neben Roswitha sitzen."

„Ach, was weißt du denn schon. Mich hat Kunst immer interessiert."

„Was? Sogar die Graffitis von Roswitha wolltest du wegmachen. Na ja, find' ich übrigens toll, dass die immer noch da sind. Hast es dir also doch anders überlegt?"

„Eigentlich nicht. Hab bloß Wichtigeres zu tun gehabt." Ich reichte Thomas seine Kaffeetasse. „Und übrigens, Tommi, nur damit das jetzt gleich einmal klar ist: Lass mich bitte mit Roswitha in Ruhe. Das Thema ist für mich abgehakt. Erledigt, aus, vorbei. Und zwar ein für alle Mal. Ich möchte den Namen Roswitha nie wieder hören, verstanden?"

Einen Moment lang sah mich Thomas an, als würde er mir am liebsten die Tasse an den Kopf schmeißen, doch dann sagte er nur ganz ruhig: „Okay, wenn du meinst."

„Sicher?"

„Ja, verflucht. Sag ich doch." Er senkte seine Stimme. „Es ist wegen ihr, oder?"

„Was? Wegen wem?"

„Na, wegen ihr." Thomas wies mit einem kurzen, seitlichen Kopfnicken zur offenen Tür.

Ich hatte Claudia gar nicht kommen gehört. Sie musste auf Zehenspitzen die Treppe heraufgeschlichen sein. Als ich sie nun in der Tür stehen sah, wirkte sie wie der Fleisch gewordene Ekel. Sie starrte Thomas an, als wäre er eine schleimige Kröte. Der pure Abscheu.

„Claudia?"

Sie reagierte nicht. Wie paralysiert. Ich machte einen Schritt auf sie zu.

„Claudia! Was – "

Erst jetzt realisierte sie, dass wir sie bemerkt hatten. Mit einem Ruck wandte sie sich um, schoss in ihr Büro, schmiss die Tür zu. Ich ging ihr nach, klopfte.

„Claudia?"

„Jetzt nicht, Schatz! Ich hab zu tun, Schatz!"

Scheiße, dachte ich. Verfluchte Scheiße. Geht das nun ewig so weiter? Das ist doch absolut hirnrissig.

„Sie hasst mich", sagte Thomas. „Das hab ich gleich gemerkt. Schon gestern."

Dieses Mal könntest du ausnahmsweise Recht haben, dachte ich. Aber ich war mir nicht sicher und hielt lieber den Mund.

„Und falls es dich interessiert: Ich hasse sie ebenfalls", fügte Thomas nach kurzem Nachdenken hinzu. „Ich find sie irgendwie ... ich weiß nicht ... jedenfalls mag ich sie nicht!"

Na, großartig! Mein Bruder also auch noch. Aber von ihm hatte ich ja nichts anderes erwartet.

„Halt dich zurück, Tommi", sagte ich. „Claudia ist ein ganz, ganz feiner Mensch."

„Aber ja", sagte Thomas und grinste schon wieder. „Klar. Ganz fein. Haben wir ja gerade gesehen."

Am nächsten Abend eskalierte die Situation. Wieso, das verstand ich nun allerdings überhaupt nicht. Thomas tat nämlich absolut nichts, was Claudias Missfallen hätte erregen können. Im Gegenteil, ich fand, sein Verhalten hätte ihr sogar gefallen müssen.

Ich hatte Thomas zu einer Vernissage eingeladen. In unserer Galerie herrschte bald das übliche Gedränge, die Leute begrüßten einander mit Umarmungen und auf die Wangen gehauchten Küssen, schielten dabei nach dem Serviermädchen, um von ihrem Tablett so rasch wie möglich ein Glas Wein zu ergattern, standen dann in Gruppen beisammen, unterhielten sich angeregt, tranken, schnappten sich das nächste Glas Wein, prosteten Claudias Mutter zu, die huldvoll wie eine Königin durch die Menge schritt und jeder Gruppe ihre Aufwartung machte, redeten, tranken, lachten und fühlten sich einmal mehr als die kulturelle Crème de la crème dieser Stadt. Bloß die Bilder betrachtete niemand. Nach einem flüchtigen Blick auf die Kunstwerke galt das Interesse hauptsächlich der eigenen Anwesenheit und der Möglichkeit, mit dem Bürgermeister sprechen zu können, der zur Eröffnung gekommen war, weil seine Nichte die ausgestellten Bilder gemalt hatte.

Nun behaupte ich nicht, dass diese „imaginären Landschaften" besonders spannend gewesen wären – große, quadratische Leinwände, alle ungefähr in der Mitte in zwei horizontale Flächen geteilt, die oberen mit hellen, die unteren mit kräftigen, dunklen Farben vollgepinselt, so dass man sie mit ein bisschen gutem Willen als weite Ebenen unter Wolken interpretieren konnte –, aber wir hatten schon banaleres Zeug in der Galerie hängen, und als Lückenbüßer in der toten Saison zwischen den Oster- und den Sommerfestspielen war diese Ausstellung ganz okay. Deshalb war das unübersehbare Desinteresse, mit dem die Leute die Bilder und auch die junge Künstlerin ganz offensichtlich als Nebensächlichkeit abtaten, absolut ungerechtfertigt. (Auch wenn der eine oder andere später ein Bild kaufen würde, dieses Mal weniger aus Promigeilheit, sondern vermutlich aus politischem Kalkül.)

Diese selbstgefällige Ignoranz empörte Claudia schon lange. „Wozu betreiben wir überhaupt den ganzen Aufwand, wenn sich bei der Eröffnung ohnehin niemand die Bilder anschaut?“, sagte sie einmal zu mir. „Das nächste Mal sollten wir Spiegel an die Wände hängen, damit sich die Leute endlich zu ihnen umdrehen.“

Das solltest du besser mit deiner Mutter besprechen, wenn du dich traust, dachte ich. Aber im Grund musste ich ihr natürlich Recht geben: Die Bilder, ob gut oder schlecht, waren den Leuten scheißegal.

Damit komme ich jetzt endlich zu dem, um den es geht: zu Thomas. Dem waren die Bilder nämlich überhaupt nicht egal. Zuerst hatte ich ihn in der Menge der Besucher gar nicht gesehen und dachte, er hätte es vorgezogen, nicht zur Vernissage zu kommen. Aber dann entdeckte ich ihn: Er saß am Boden vor einem der Bilder. Ja, wirklich, er saß mit angezogenen Beinen am Boden, hielt seine Knie mit beiden Armen umschlungen und sah das Bild an. Ganz still. Hochkonzentriert. Nahm nichts von dem wahr, was um ihn herum vorging, nicht die Leute, die manchmal fast über ihn stolperten, nicht das Geplapper und Gelächter, saß da, als gäbe es ausschließlich dieses Bild und ihn.

Ich wollte wissen, was ihn so faszinierte, und hockte mich neben ihn.

„Wahnsinn“, sagte Thomas. „Wahnsinn.“

„Was?“ fragte ich. „Was ist Wahnsinn?“

Er streckte die Hand aus und tastete mit dem Zeigefinger vorsichtig über ein paar dicke Farbspuren, wirre, direkt aus den Farbtuben gequetschte und auf die Leinwand aufgetragene, übereinanderliegende seismographische Linien, die ein Relief aus Rot, Ocker, Gelb und Braun bildeten.

„Wahnsinn“, wiederholte er. „Diese Farben! Am liebsten würde ich in sie hineinkriechen.“

So hatte ich das bisher noch gar nicht gesehen. „Ich glaub, ich versteh, was du meinst“, sagte ich.

Er deutete nach oben auf eine Stelle, wo ein grüner und ein dunkelblauer Fleck an ihren Rändern ineinanderflossen.

„Schau dir das an. Ich werd’ verrückt. Das ist Kunst, sag ich dir. Das ist echte Kunst.“

„Wow“, sagte ich. Weniger aus Enthusiasmus über diese Malerei, sondern weil mich mein Bruder mit seiner Begeisterung verblüffte. Das müsste Claudia miterleben, dachte ich. Dafür würde sie ihn mögen. Ich legte meinen Arm um seine Schultern und drückte ihn an mich. Im selben Augenblick hörte ich auch schon Claudias Stimme. Von oben herab. Scharf. Schneidend. Wie einen Stich in meinen Nacken.

„Schatz? Kannst du bitte kommen, Schatz?“

Thomas und ich wandten uns fast gleichzeitig um und blickten zu Claudia hoch.

„Ja?“ sagte ich. „Was gibt’s?“

„Nicht vor ihm“, zischte Claudia. „Nicht vor dem da!“ Dabei sah sie Thomas an, als wäre er eine fette Spinne. „Und jetzt komm, bitte!“

„Scheiße“, flüsterte Thomas. „Geh schon, bevor sie mir vor allen Leuten ins Gesicht spuckt ...“ – er zog betont lautstark Rotz in der Nase hoch – „ ... oder ich ihr.“

In ihrem Büro wollte ich Claudia wieder einmal gleich den Wind aus den Segeln nehmen.

„Unglaublich, wie Tommi von den Bildern schwärmt. Der flippt fast aus vor Begeisterung!“

„Das kannst du dir sparen.“

„Wie er über die Farben redet, Claudia! Echt, das hättest du hören sollen!“

„Hab ich.“

„Was?“

„Ich hab’s gehört.“

„Und? Großartig, was? Hätte ich ihm gar nicht zugetraut. Echt toll, mein Bruder, findest du nicht auch?“

„Ich will nicht, dass er da ist.“

„Was? Was sagst du?“

„Ich will nicht, dass er da ist.“

„Entschuldige, was soll das heißen? Was meinst du mit ‚Ich will nicht, dass er da ist‘?“

„Genau das, was ich sage: Ich will nicht, dass er da ist.“

„Ich versteh dich nicht, Claudia. Ich versteh dich einfach nicht. Wirklich, ich – “

„Was ist daran so schwer zu verstehen?“, schrie Claudia und betonte jedes einzelne Wort: „ICH! WILL! NICHT! DASS! ER! DA! IST!“ Jedes Wort ein Trompetenstoß. Johann Sebastian Bach zerrte an der Kette.

Verflucht, was war mit Claudia los? Woher kam dieser Hass auf meinen Bruder? Sie musste ihn ja nicht lieben, aber ihn zu akzeptieren, das war doch wohl nicht zu viel verlangt. „Ich will nicht, dass er da ist.“ Einfach lächerlich, dieser Satz. Ich konnte Thomas schließlich nicht aus der Welt schaffen, bloß weil Claudia seine Nase nicht gefiel. Er war mein kleiner Bruder, und damit hatte sie sich gefälligst abzufinden!

Ich schaltete auf stur. Nicht nur, weil ich Claudia tatsächlich nicht verstand und sie mir auch in den folgenden Wochen nicht den Hauch einer Erklärung lieferte, sondern vor allem, weil ich einmal, nur ein einziges Mal, wollte, dass es nicht nach ihrem Kopf geht. Das werden wir doch erst einmal sehen, wer da der Stärkere ist und wer nachgeben muss, dachte ich. Ein kleines, dummes, völlig unnötiges Machtspielchen, ich weiß. (Aber ich weiß es eben erst jetzt. Hinterher, wenn es zu spät ist, ist man bekanntlich immer klüger. Die Friedhöfe sind gespickt mit solchen Klugscheißern.)

Anfangs glaubte ich allerdings, das Problem hätte sich ohnehin von selbst gelöst, denn nach der Vernissage ließ sich Thomas tagelang nicht in der Galerie blicken. Ich fand das gut, und auch Claudia schien wieder zufrieden zu sein. Wenig später flog sie gemeinsam mit ihrer Mutter nach New York, um mit einem Sänger von der Met die Details unserer nächsten Festspielausstellung zu besprechen, und nach ihrer Rückkehr war sie regelrecht aufgekratzt und glühte geradezu vor Begeisterung über die großformatigen Yellow-Cab-Fotografien, die demnächst in unserer Galerie hängen würden. Einfach sensationell, diese Fotos, so dynamisch und weltstädtisch. Da kommt echt was rüber. Dazu eine Klanginstallation, so New-York-Sound mit Autohupen und Feuerwehrsirenen, als wäre man mittendrin, Ma's Idee, toll, oder? Und überhaupt der Künstler, dieser Ramos Ortega, eigentlich ein Bassbariton, der bei den Festspielen den Leporello singen wird, gebürtiger Mexikaner, so ein reizender Mensch, überhaupt nicht eingebildet, obwohl er es sich leisten könnte, sagt Ma. Freut sich schon irrsinnig auf Salzburg, wird mit der ganzen Familie kommen, Frau und zwei kleine Kinder, Bub und Mädchen, ganz zauberhaft übrigens, ganz entzückend.

Nichts war mir lieber, als dass Claudia wieder voll in ihrem Element war. Bis zum Sommer würden die Ausstellungsvorbereitungen das alles beherrschende Thema sein und keinen Platz lassen, sich wieder über Thomas aufzuregen. Und wirklich, lange Zeit bemerkte Claudia nicht, dass sich ein neuer Konflikt anbahnte.

Gleich am ersten Tag von Claudias New-York-Trip hatte ich ein paarmal versucht, Thomas anzurufen, aber er hatte sich nie gemeldet. Also war ich, nun doch ein wenig besorgt, zu unserer Wohnung gefahren. Schon vor der Tür war mir dann klar gewesen, wieso Thomas das Telefon nicht abgehoben hatte: dröhnendes Schlagzeughämmern irgendeiner Rockband, so ohrenbetäubend, dass dagegen selbst das lauteste Telefonläuten nur ein unhörbares Klingeln gewesen wäre. Na klasse, hatte ich mir gedacht, von der Diktatur der Bachtrompeten zurück zum verzweifelten Heavy-Metal-Terror, und dazu zerlegt Thomas vermutlich gerade in einem Wutanfall die Einrichtung. Willkommen im Chaos.

Irrtum, ganz großer Irrtum. In der Wohnung hatte sich zwar in der Tat das Chaos breitgemacht, aber ein Chaos ganz anderer Art. Im Flur, in meinem alten Schlafzimmer, in der Küche – überall lehnten große, auf Keilrahmen gespannte Leinwände an den Wänden, ein paar davon noch unschuldig weiß, aber die meisten vollgekleistert mit dicken Farbschichten. Und im Wohnzimmer: Alle Möbel zur Seite gerückt, haufenweise Farbtuben verstreut auf dem Boden, mittendrin eine teppichgroße Leinwand und über sie gebeugt Thomas, völlig nackt, über und über mit Farbe beschmiert, in jeder Hand eine Acrylfarbtube, gelbe und grüne, fingerdicke Würste im Schlagzeugrhythmus auf die Leinwand quetschend, spritzend, schleudernd, ein splitternackter kleiner Kobold mit erregtem Glied, ein Faun beim Paarungstanz mit den Farbgeistern.

Fein, da tobt sich einer aus, hatte ich nach einer Schrecksekunde gedacht. Wenn's ihm Spaß macht und solang sich die Nachbarn nicht über den Krach aufregen, bitte schön, nur keine Hemmungen. Mit Farben um sich schmeißen, ist sicher eine prima Methode, um seinen Frust abzureagieren. Und weil ich dabei auf gar keinen Fall stören wollte, hatte ich mich dann rasch wieder aus der Wohnung verdrückt.

Irrtum, schon wieder Irrtum. Von wegen austoben und Frust abreagieren. Alles kompletter Mumpitz. Thomas hatte etwas ganz anderes vor. Thomas wollte Kunst machen. Schlimmer noch, er wollte die Kunstwelt erobern. Und von mir erwartete er, dass ich seine Bilder ausstelle.

„Meine Bilder kommen in deine Galerie, das ist doch wohl logisch. Oder hast du Angst, dass dir deine Claudia deswegen den Kopf abreißt?“ Genau das waren seine Worte, mit denen mich Thomas moralisch festnagelte, als er mir nach einer, wie er sie nannte, „wahnsinnig genialen Woche mit direktem Kontakt zum Ursprung des Seins und damit zum eigentlichen Wesen der Kunst“ die Resultate seiner Inspiration präsentierte.

Ich steckte in einem echten Dilemma. Der idiotischen, esoterisch angehauchten Formulierung, die Thomas vermutlich bei einem seiner Aufenthalte auf Ibiza von irgendeinem Pseudoguru auf dem Hippiemarkt aufgeschnappt hatte, konnte ich nichts entgegensetzen, denn mit vernünftigen Argumenten steht man da auf verlorenem Posten. (Außerdem unterschied sich dieser Eso-Schwachsinn im Grund nur wenig von meinem angelesenen Kunstexpertengeschwätz, wenn ich ehrlich war.) Damit verliefen natürlich auch meine Hinweise auf längst überholte Kunstströmungen völlig im Sand, auf Action Painting, Jackson Pollock und informelle Kunst, anhand deren ich den fürchterlichen Mist, den Thomas fabriziert hatte, vorsichtig zu kritisieren versuchte. Denn erstens hatte mein Bruder nicht die geringste Ahnung von all dem, worauf ich mich bezog, und zweitens erklärte er mich sofort wieder zum ignoranten Arschloch, zum Feind, der sich mit allen anderen Arschlöchern gegen ihn verbündet habe, Claudia inklusive.

Und dann war da noch die zynische Frage, ob ich mich vor Claudia fürchten würde. Hätte ich nicht ohnehin bereits den Entschluss gefasst, ihr gegenüber stur zu bleiben, was Thomas und mich betraf, so hätte mich spätestens jetzt diese Frage dazu provoziert.

Was sollte ich machen? Einerseits waren die Bilder so eine indiskutable Schmiererei, dass sich alles in mir dagegen sträubte, sie auszustellen. Andererseits wollte ich aber auch nicht als Feigling dastehen. Stellte ich die Bilder aus, würde ich Krieg mit Claudia haben. Weigerte ich mich, hätte ich Krieg mit Thomas. Ich war in einer Doppelmühle. Mühle auf, Mühle zu, der Verlierer wäre auf jeden Fall ich.

Also versuchte ich die Sache andersherum zu betrachten. Was würde Claudia durch den programmierten Misserfolg einer Ausstellung dieser Bilder verlieren? Nichts, was ihr Vater nicht sofort mit einem Scheck wieder gutmachen würde. Und was würde Thomas verlieren, wenn ich nein sagte? Den letzten Rest seiner Achtung vor mir, und das mit ziemlicher Sicherheit endgültig. Okay, shit happens. Aber wenn ich schon vor die Entscheidung gestellt werde, nehme ich doch lieber die kleinere Scheiße.

„Toll, deine Bilder, Tommi", sagte ich. „Wirklich, je länger ich sie anschaue, desto besser gefallen sie mir."

Als ich dachte, es würde nun wirklich Krieg mit Claudia geben, lag ich völlig falsch. Möglicherweise hatte sie erkannt, dass sie nichts gegen Thomas würde ausrichten können und dass es sinnlos war, weiter auf Konfrontationskurs zu gehen und ganz offen ihre Abneigung zu zeigen. Vielleicht hatte sie sich aber auch nur eine andere Taktik überlegt, eine, die weniger ermüdend war als ständige Gefühlsausbrüche mit obligatorischer Begleitmusik. Was auch immer Claudias Sinneswandel herbeigeführt haben mochte, ich staunte jedenfalls nicht schlecht, als sie auf meine Ankündigung, demnächst Thomas' Bilder auszustellen, nur mit einem resignierenden, dünnlippigen Lächeln reagierte.

„Mach doch, was du willst", sagte sie. „Wenn du meinst, dass es richtig ist ... bitte."

„Aber es ist eine ziemlich wüste, chaotische Malerei", gab ich nun doch vorsichtshalber zu bedenken. „Ich will dich nur vorwarnen."

„Ach Gott, Schatz, diese Bilder sind mir so was von egal", sagte sie. „Glaub mir, die interessieren mich weniger als ein Furz in der Wüste. Es geht doch nicht um seine Bilder, es geht um – aber du verstehst es ja doch nicht. Willst es ganz einfach nicht kapieren ..."

Claudia seufzte, und dann lächelte sie wieder. Doch es war ein Lächeln, das ich bei ihr bisher noch nie gesehen hatte: ein Lächeln, bei dem die Augen das Gegenteil von dem sagen, was einem die in die Breite gezogenen Lippen vorspielen. Ein angestrengtes Lächeln wie eine diplomatische Höflichkeitsformel, die unüberwindbare Gegensätze mit gezwungener Freundlichkeit maskiert. Kein entwaffnendes Lächeln, das Frieden verspricht, sondern eines, das den offenen Konflikt nur mit anderen Mitteln austragen will als durch Krieg.

Damit begann etwas, das irgendwo zwischen friedlicher Koexistenz und kaltem Krieg angesiedelt war. Johann Sebastian Bach kam seltener zum Einsatz, Claudia schlief nicht mehr so oft im Gästezimmer, und wenn doch, dann war nicht Thomas daran schuld, sondern meistens irgendein Prominenter, der sich danebenbenommen, oder einmal ein Stammgast, der besoffen und zugekokst die Toilette nicht gefunden und in der Galerie in eine Ecke gepinkelt hatte. Aber dafür tauchte jetzt immer öfter dieses Lächeln in Claudias Gesicht auf.

Sie lächelte, wenn ich zwischen zwei Ausstellungen für ein paar Tage die Machwerke meines Bruders an die Wände hängte. (Eine richtige, eigene Ausstellung bekam er ohnehin nie.) Sie lächelte, wenn ich im Keller unseres Hauses eines der Bilder versteckte, um Thomas die Illusion zu geben, ein Kunstsammler habe es gekauft. Sie lächelte, bevor sie sich immer sofort in ihr Büro zurückzog, wenn Thomas auf einer Vernissage aufkreuzte. Sie lächelte, wenn ich hin und wieder doch den Versuch startete, bei ihr wenigstens ein bisschen Verständnis für Thomas zu wecken. (Bei einem dieser vergeblichen Versuche erfand Claudia übrigens die Bezeichnung „Großer-Bruder-kleiner-Bruder-Spiel". Damals verwehrte ich mich heftig dagegen, erst heute weiß ich, dass sie damit die Sache absolut auf den Punkt gebracht hatte, und verwende deshalb jetzt selber diesen Ausdruck. Copyright: Claudia.) Lächeln, lächeln, lächeln. Auch nach jeder der immer seltener werdenden Nächte, in denen wir miteinander schliefen, krampfhaft und ohne Überzeugung: halbherzige Friedensverhandlungen, die zu nichts führten, was von Dauer war.

Claudia lächelte. Und ich lächelte, weil sie lächelte. So hielten wir den Status quo aufrecht. Monatelang. Und weil ich nicht wusste, was ich sonst tun sollte, tat ich etwas völlig Unlogisches: Ich hoffte auf den Zufall, der alles ändern und, wenn möglich, zum Besseren wenden sollte.

Der Zufall ließ sich Zeit. Fast eineinhalb Jahre. Dann lernte mein Bruder Tanja kennen, die beiden heirateten Hals über Kopf, keine vier Wochen später erklärte mir Thomas, dass sie ab sofort „ihr eigenes Ding" machen würden, sie zogen aus der Wohnung aus und brachen gleichsam über Nacht jeden Kontakt zu mir ab.

Der Wind des Zufalls war also kräftig hineingefahren in unsere erstarrten Fronten. Im ersten Moment war ich noch ziemlich erstaunt und sogar beleidigt darüber, dass Thomas und Tanja plötzlich nichts mehr mit mir zu tun haben wollten, aber dann atmete ich erleichtert auf. Thomas ist weg, und jetzt wird endlich wieder alles gut zwischen mir und Claudia, dachte ich.

„Bist du glücklich?" sagte ich und wollte Claudia umarmen, doch sie wich einen Schritt zurück. „Was ist, Claudia? Tommi ist weg. Alle Probleme gelöst."

Claudia sah mich schweigend an. Ja, ihr Lächeln, dieses verfluchte Lächeln, war zwar aus ihrem Gesicht verschwunden, aber von Glück oder wenigstens Zufriedenheit war trotzdem nichts zu sehen.

„He, Claudia", sagte ich. „Tommi ist weg. Weg, fort, adieu, ciao, auf Nimmerwiedersehn! Du kannst ihn ein für alle Mal vergessen!"

„Das ist es nicht", sagte Claudia. „Das ist es nicht."

Bitte nicht schon wieder, dachte ich.

„Nein? Sondern?"

Claudia schwieg. Lang. Dann sagte sie leise: „Es macht mir Angst. Es macht mir einfach Angst."

Wirklich, sie sagte „Es" nicht „Er". Nicht: „Er macht mir Angst", nein: „Es macht mir Angst." Als wäre Thomas eine Sache, irgendein Ding, ein undefinierbares Es, das aus dem Schlamm gekrochen war.

„Es macht mir Angst."

Was, in drei Teufels Namen, sollte ich nun damit wieder anfangen?

distanzverlust
protokoll 2

möchte alpha wirklich, dass zero ihr vater ist? und zeros bruder ihr onkel? ist die sehnsucht nach ihrem vater so groß, dass sie sogar seine ganze verrückte familie in kauf nehmen würde? ja, sie würde. sie wünscht es sich sogar jeden tag noch ein bisschen mehr. obwohl es bis jetzt keinen einzigen konkreten hinweis darauf gibt.

wann erzählt zero endlich, dass er seine frau betrogen hat? der zustand seiner ehe ist doch geradezu eine einladung zum seitensprung. oder zu einem heimlichen verhältnis mit einer netten, unkomplizierten frau, die nichts mit dieser ganzen arroganten, affektierten und oberflächlichen meute zu tun hat, in die zero geraten ist. also wann redet er endlich davon, wie er alphas mutter kennengelernt hat? zero lässt doch sonst kein einziges auch noch so intimes detail seines lebens aus, alpha spürt, dass es irgendetwas gibt, das zero verheimlicht. nicht nur jetzt vor ihr, sondern schon sein halbes leben lang vor allen menschen. und da kommen üblicherweise nur drei dinge in frage: ein großes verbrechen, eine perverse veranlagung oder ein kind, von dem niemand etwas wissen darf.

alpha ist fast sicher, dass sie dieses kind ist. aber eben nur fast sicher. ein zustand, der sie in höchste anspannung versetzt. sie nimmt sich vor, ab sofort noch öfter und noch länger zeit am bett von zero zu verbringen, wenn möglich, halbe nächte lang. bis zero irgendwann vor müdigkeit die kontrolle über sich verliert und sein geheimnis preisgibt.

sie weiß, dass sie mit diesem vorgehen gegen sämtliche regeln der psychotherapie verstößt, aber das, was sie sich davon erhofft, ist es ihr wert. mehr noch: sie kann einfach nicht anders. es ist eine obsession.

natürlich kann sie nicht immer bei zero sein, sie hat auch

noch andere patienten. und manchmal muss auch sie nachhause um zu duschen, etwas zu essen und zu schlafen.

alpha quält die vorstellung, dass zero während ihrer abwesenheit all das in seinen laptop schreibt, was er ihr nicht erzählen will. wird sie so niemals erfahren, was sie unbedingt erfahren möchte? der drang, ohne erlaubnis zeros private aufzeichnungen zu lesen, wenn er manchmal in ihrer gegenwart kurz einnickt, wird immer stärker. aber noch scheut alpha das risiko, dabei von einem arzt oder einer schwester ertappt zu werden. denn mit so einem vertrauensbruch und verstoß gegen jeglichen verhaltenskodex wäre ihre berufliche karriere wohl zu ende, ehe sie überhaupt richtig begonnen hätte.

und immer noch hält sie irgendetwas davon ab, zero einfach zu fragen, ob er ihr vater ist.

8

Tauwetter im Kopf von Eispatient zweihundertvier. Ein paar eingefrorene Nervenzellen waren endlich aus ihrer Erstarrung erwacht und machten wieder ihren Job. Keine Sehstörungen mehr, kein schwankender Boden unter den Füßen, wenn ich mein Krankenbett verließ. Nur mein Gesicht sah immer noch so aus wie der Arsch von einem Pavian.

In der letzten Nacht vor meiner Entlassung konnte ich nicht schlafen. Mein Bedürfnis, mich zu bewegen, zu gehen, zu laufen, war einfach zu groß. Ich stand auf, schlüpfte in den dünnen, hellgrauen Krankenhausbademantel und in meine Schuhe, ging aus dem Zimmer hinaus in den langen, hell erleuchteten Flur, begann, auf und ab zu gehen, auf und ab, immerzu auf und ab. Von der Sitzgruppe mit dem Gummibaum am einen Ende des Flurs bis zur Glastür vorm Stiegenaufgang am anderen, vorbei an gezählten vierundzwanzig Patientenzimmern, ebenso vielen gerahmten Reproduktionen langweiliger Blumenaquarelle, einer Besuchertoilette, dem Schwesternzimmer, aus dem mir jedes Mal die Nachtschwester freundlich zunickte, zwei Rollstühlen, einem Medikamentenwagen, einem kleinen Tisch mit Mineralwasserflaschen und Pappbechern, auf und ab, immer auf und ab.

Über keiner Tür blinkte das Notruflämpchen. Es war still, unnatürlich still. Schmerzbetäubungsstille. Schlaftablettenstille. Künstliche Stille. Künstliche Tiefschlafstille. Und da fiel mir auf einmal Tanja ein, die einen Stock höher lag.

Oben in der Intensivstation war die Stille anders. Angespannt. Irgendwie gefährdet. Spröde. Verletzlich. Eine Stille, die an leise piepsenden, pulsierenden, oszillierenden Kontrollgeräten hing, die überwacht und beschützt werden musste. Trotzdem stand die Eingangstür offen, kein Arzt, keine Schwester war zu sehen.

Um zwei Uhr früh rechnete wohl niemand mit einem Besucher.

Gedämpftes Licht im Flur und hinter den Glasscheiben, durch die ich in die Krankenzimmer sehen konnte. Im vierten lag Tanja. Ich erkannte sie sofort, obwohl sie ganz anders aussah, als ich sie in Erinnerung hatte. Es war auch weniger ein bewusstes Erinnern, sondern eher ein Gefühl, eine Intuition.

Ich trat ins Zimmer und ging auf Zehenspitzen zu ihrem Bett. Leise, ganz leise, um sie bloß nicht zu wecken, was natürlich völlig unsinnig war, denn ich wusste ja, dass sie im künstlichen Tiefschlaf lag. Ich hätte sie anschreien können, sie wäre trotzdem nicht aufgewacht, hätte mich nicht gehört in ihrer weit entfernten, stillen, hermetisch abgeschlossenen Welt, in die man sie versetzt hatte.

Sie lag da wie eine Tote. Wie aufgebahrt, dachte ich. Das Einzige, was sie von einem Leichnam unterschied, waren die Schläuche und Kabel, die ihren Körper mit irgendwelchen Apparaten verbanden, mit Infusionsflaschen und elektronischen Anzeigen, die stellvertretend für sie Tanjas Leben aufrecht hielten.

Menschenskind Tanja, dachte ich, war das wirklich nötig? Hast du keinen anderen Ausweg mehr gewusst? Hat dich mein Bruder so zur Verzweiflung gebracht? Aber warum hast du dich dann nicht einfach scheiden lassen, bist abgehauen, um endlich Ruhe von ihm zu haben? Das wolltest du doch schon einmal, warum also nicht jetzt?

Tommi kann ein richtiger Arsch sein, ich weiß. Ich hab ja von der Geschichte erst vor ein paar Tagen erfahren, aber ich kann mir lebhaft vorstellen, wie dich dieses Arschloch zwei Jahre lang gequält hat. Wer hat dich vergewaltigt? Kennst du ihn? Wie heißt das Dreckschwein? Warum sagst du's mir nicht? Jeden Tag dieselben Fragen, immer nur das eine Thema. Wenn er sich in etwas verbissen hat, lässt er nicht mehr los, ich kenn' das. Da ist er wie verbohrt. Was glaubst du, was ich schon alles mit ihm mitgemacht hab, früher, bevor du ihn kennengelernt hast. Der Scheißkerl hätte fast meine Ehe ruiniert, weiß du das? Ich war richtig froh, als er sich in dich verknallt hat. Hab geglaubt, jetzt wird er vielleicht ein bisschen normaler. Aber da hab ich mich wohl getäuscht, tut mir leid für dich, Tanja, wirklich.

Gott, ja, ehrlich gesagt, ich hab damals gleich gedacht, dass er sich möglicherweise überhaupt nicht in dich verliebt hat, sondern bloß in deine roten Haare. Hat er dir sicher nie erzählt, aber da hat es schon einmal eine Frau gegeben mit solchen Haaren. Ist lange her. War meine Freundin, und Tommi hat nichts Besseres zu tun gehabt, als sich in sie zu verlieben. Unsterblich, wie man so sagt. Mit fünfzehn, bitte schön! Ist nie wieder von ihr losgekommen. Als sie eines Tages auf einmal abgehauen ist und, sagen wir es einmal so, verschwunden, ja, einfach verschwunden, da hat er sie jahrelang in halb Europa gesucht, der Wahnsinnige. Davon weißt du bestimmt nichts, oder? Ist auch besser so.

Zugegeben, ich war einen Augenblick lang auch ziemlich von den Socken, als ich dich zum ersten Mal gesehen hab. Wie die Mädchen ausschauen, die mir von der Leihpersonalfirma als Serviererinnen geschickt werden, interessiert mich nämlich normalerweise überhaupt nicht. Sollen bei den Vernissagen das Tablett mit den Weingläsern herumtragen, die Besucher nett anlächeln und sonst nichts. Und dann stehst auf einmal du vor mir. Ich hab gedacht, ich seh' nicht recht. Nicht nur dieselbe rote, gelockte Mähne wie meine Ex, auch dein Gesicht! Du hättest glatt als ihre Zwillingsschwester durchgehen können. Natürlich hab ich dann gesehen, dass du kleiner bist, viel kleiner, und jünger und zierlicher, besser gesagt, magerer. Und das mit dem Hinken, mein Gott, ja. Merkt man zuerst gar nicht. Glaub mir, da gibt es schlimmere Behinderungen als ein verkürztes Bein. Aber sonst, also wirklich, im ersten Moment ist mir schon die Luft weggeblieben.

Find' ich übrigens schade, dass du dir die Haare abrasiert hast. Schaust beschissen aus mit Glatze, entschuldige. Protest oder was? Um irgendwem irgendwas zu beweisen? So wie damals mir, als ihr aus der Wohnung in dieses Loch gezogen seid. Euer eigenes Ding machen, dass ich nicht lache. Weißt du, wovon ihr gelebt habt in den vergangenen zwei Jahren, nachdem Tommi seine Lebensversicherung auch noch aufgebraucht hat? Ich hab die Wohnung endlich ausmalen lassen und dann vermietet. Und Tommi kriegt das ganze Geld. Kassiert jeden Monat die komplette Miete, obwohl die Hälfte eigentlich mir zusteht. Da kann man dann leicht den großen Künstler spielen und auf Egotrip gehen, nicht wahr?

Aber ich hab's gern gemacht für dich und meinen Bruder. Hab mir gedacht, vielleicht werdet ihr glücklich miteinander im Lauf der Zeit. Hab wirklich alles getan, um euch zu helfen, wirklich alles.

Zum Beispiel damals nach eurer überstürzten Hochzeit. Als du mich angerufen hast, völlig verzweifelt, erinnerst du dich? Oder hast du schon vergessen, wie du mir heulend erklärt hast, das mit Tommi sei ein Fehler gewesen, weil dir auf einmal bewusst geworden sei, dass du ihn in Wahrheit überhaupt nicht liebst. Und wie ich dir dann gesagt habe, dass du Geduld haben sollst. Gib Tommi eine Chance, hab ich gesagt. Er hat sie verdient, hab ich gesagt, und die Liebe wird schon noch kommen, verlass dich drauf, du musst ihr nur Zeit geben. Immer wieder hab ich dir das gesagt, erinnerst du dich? Immer wieder. Gib Tommi eine Chance, er ist es wert. Hau nicht ab. Bleib bei ihm, das wird schon. Immer wieder: Bleib bei ihm. Und als du mich dann irgendwann auf einmal nicht mehr angerufen hast und ihr aus der Wohnung ausgezogen seid, hab ich mir gedacht, jetzt ist es endlich so weit, ihr zwei schafft es miteinander. Ich hab's euch gewünscht, ehrlich.

Und jetzt das. Diese ganze Scheiße mit der angeblichen Vergewaltigung. Und dann willst du dich auch noch umbringen. Man bringt sich doch nicht um mit ... mit ... wie alt bist du jetzt? Einundzwanzig? Und Tommi, der unbedingt irgendwen finden will, dem er die Schuld dafür anhängen kann. Scheiße, Tanja, wirklich scheiße, scheiße, scheiße!

Nein, ich werf' dir nichts vor. Bist ja schon gestraft genug mit meinem Bruder. Mein Fehler. Ich hätt's wissen müssen. Hätte dir nicht zureden sollen, bei ihm zu bleiben. Shit happens. Aber Selbstmord, Tanja, Selbstmord ist doch keine Lösung, verflucht noch einmal. Nicht Selbstmord, hörst du, Tanja, nicht Selbstmord!

Ich beugte mich über sie, mein Gesicht nah an ihrem Gesicht, diesem bleichen Gesicht mit seinen bläulich durch die Haut schimmernden Schläfen und den großen, hellen, immer ein bisschen traurigen Augen, die jetzt hinter geschlossenen Lidern tief in ihren Höhlen lagen.

„Nicht Selbstmord, Tanja, nicht Selbstmord! Hörst du mich, Tanja, hörst du mich?“

Und dieses Mal dachte ich es nicht nur, nein, ich schrie es, brüllte es ihr ins Gesicht.

Im nächsten Moment schien mir, als beschleunigte sich der leise, pulsierende Ton, der von einem der Apparate kam, an die Tanja angeschlossen war – ein aufgeregtes Piepsen, wie das eines Kükens in Todesangst –, und dann flackerte das Licht an der Zimmerdecke auf und jemand packte mich an der Schulter und riss mich zurück und schrie: „Sie! Was tun Sie da? Machen Sie, dass Sie wegkommen!“ Und plötzlich war der Raum voller Schwestern und Ärzte, und sie drängten sich um Tanja und machten sich an den Schläuchen zu schaffen und an den Geräten, und eine Schwester fauchte mich an: „Wer sind Sie überhaupt? Raus da, sofort raus da! Sie haben hier nichts verloren!“, und ich stotterte nur: „Entschuldigung, bitte vielmals um Entschuldigung. Sie haben völlig Recht. Ich geh' ja schon, ich geh' ja schon.“

Und dann ging ich. Alles Gute, Tanja, dachte ich noch. Ich wünsch' dir viel Glück, dort, wo du jetzt bist.

Aber es stimmte einfach: Ich hatte hier wahrhaftig nichts verloren. Nichts. Absolut nichts.

9

Das Zimmer in der Intensivabteilung der Unfallchirurgie – für mich auch nach all den Jahren immer noch Tanjas Zimmer – liegt nicht weit entfernt von dem Krankenzimmer, in welchem ich jetzt liege. Fünfhundert Meter Luftlinie, würde ich sagen, vielleicht sechshundert. Ich könnte sogar von meinem Bett aus durchs Fenster hinübersehen, würden mir nicht die Krone eines Kastanienbaums und das Verwaltungsgebäude der Landesklinken die Sicht verstellen. So nah, und trotzdem, was für ein Unterschied zwischen dort drüben und hier! Dort diese angespannte Aufmerksamkeit, hier diese ruhige, fast eintönige Routine. Drüben das ständige Bewusstsein, dass ein Leben von einer Sekunde auf die andere zu Ende sein kann, hier die Sicherheit erprobter Therapien, mit denen man den Tod in Schach hält.

Sicherheit? Welche Sicherheit, bitte?

Es war ja gut gemeint, mehr noch, es war sogar großartig, dass sich der Primararzt höchstpersönlich eine halbe Stunde Zeit für mich genommen hat. Dass er sich heute nach der Morgenvisite an mein Bett gesetzt und mir in aller Ausführlichkeit die Wirkungsweise meiner Chemotherapie erklärt hat, nachdem ich angedeutet hatte, ich würde an ihrem Erfolg zweifeln. Dass er von der extrem hohen Heilungschance gesprochen hat und den bereits jahrzehntelangen besten Erfahrungen mit Cisplatin, dem Zytostatikum, mit dem man die Krebszellen in meinen Lymphknoten vernichten würde. Dass er mir versichert hat, ich könne guten Mutes sein, denn meine Tumormarkerwerte und auch meine Computertomographiebefunde würden zeigen, dass ich die allerbesten Aussichten hätte, demnächst wieder völlig gesund zu sein. Vom Krebs geheilt, wie schon Hunderttausende vor mir.

Vergebliche Mühe. Wozu diese positiven Prognosen, dachte ich. Doch nur, um mich zu beruhigen. Schöne Worte, humane Lügen, um mich nicht mit der hässlichen Wahrheit zu belasten. Hätte er zu mir gesagt: „Wir quälen Sie jetzt noch ein paar Wochen, obwohl wir wissen, dass es nichts bringt, und dann werden Sie sterben, was haben Sie gedacht?", es hätte in mir vermutlich das Gleiche bewirkt: An meinem Zweifel – ja, und an meiner Angst – hat sich überhaupt nichts geändert. Sie sind immer noch genauso groß wie davor.

Denn wenn schon das ganze Leben nur nach dem Zufallsprinzip abläuft, warum sollte dann ausgerechnet fürs Sterben eine Ausnahme gelten? Wir spielen alle bloß Roulette im Casino der Herren Leben & Tod. Und die lachen schallend über jeden, der behauptet, es gäbe einen Plan, ein sicheres System, mit dem man irgendwann auf der Seite der Gewinner steht. Manchmal gönnen sie uns aus einer Laune heraus einen kleinen Zwischenerfolg, eine kurze Glückssträhne, aber am Ende schauen wir immer durch die Finger. Und Gott ist nur der Croupier, der ungerührt die Kugel wirft und alle paar Minuten „Rien ne va plus!" ruft. Die einzige Wahl, die einem bleibt: das Spiel vorzeitig beenden, freiwillig aussteigen. Aber was soll das bringen?

Also weitermachen und schauen, wohin das alles führt.

Wohin es führt, dass meine Venen nacheinander dicht machen, weil sie die stundenlangen, wochenlangen Infusionen nicht aushalten. Wohin es führt, dass meine Geschmacks- und Geruchsnerven immer verrückter werden und mir eine faulige, stinkende Welt vorgaukeln. Wohin es führt, dass ich am ganzen Körper die Haare verliere. Wohin es führt, dass ich nicht aufhöre zu frieren. Und vor allem, wohin es führt, dass ich mich weiter durch die Räume meiner Erinnerungen taste, verborgene oder vergessene Türen entdecke und dahinter andere Räume, Flure, Treppen, und immer weitergehe, weiterrede, weiterschreibe. Schauen, wohin es führt. Vielleicht komme ich irgendwo an. Vielleicht bewege ich mich im Kreis. Vielleicht finde ich nicht mehr heraus. Ich werde es erleben. Oder auch nicht. Ich weiß nur eins, weil ich es spüre: In jedem neuen Raum ist die Kälte noch ein bisschen größer.

Manchmal bin ich müde. Dann mag ich einfach nicht mehr. Würde am liebsten alles, was ich bisher getippt habe, löschen und meinen Laptop zuklappen und nie wieder anrühren. Aus, Schluss. Nie wieder dran rühren, an den alten Geschichten. Aber dann denke ich, dass ich das meiner Frau Doktor Freud nicht antun darf. Denn irgendein Gefühl sagt mir, dass sie inzwischen auf mein Leben viel neugieriger ist, als ich es bin.

10

Nach meiner Entlassung aus der Unfallklinik wollte ich zunächst mit Thomas reden und erst danach zu mir nachhause fahren. Sein idiotischer Plan, Tanjas Vergewaltiger aufzuspüren und sich an ihm zu rächen, lag mir im Magen. Ich musste ihn unbedingt davon abbringen. Je eher, desto besser. Und falls es mir nicht gelänge, ihn davon zu überzeugen, dass er sich in eine völlig unsinnige Idee verrannt hatte, musste ich ihm wenigstens klarmachen, dass ich auf gar keinen Fall dazu bereit sei, ihm dabei auch noch zu helfen. Mehr noch, dass er mich gefälligst wieder überhaupt in Ruhe lassen solle, so wie in den vergangenen beiden Jahre, weil ich nicht die geringste Lust darauf hätte, mir seinetwegen neue Probleme mit Claudia einzuhandeln.

Vorm Krankenhaus stieg ich in ein Taxi und nannte Thomas' Adresse. Ich saß hinten im Wagen und während der Fahrt blickte der Fahrer beinahe unentwegt in den Rückspiegel, starrte mir über diesen Umweg ins Gesicht und musterte es mit unverhohlener Neugier.

„Würden Sie bitte auf die Straße schauen“, sagte ich.

Der Fahrer grinste und glotzte mich weiter an. „Na, Chef? Ganz schön übel zugerichtet, Ihr Gesicht. Gröberen Ärger gehabt, was?“

„Ja“, sagte ich. „Gröberen Ärger. Kann man so sagen.“

„Und dann gleich krankenhausreif, na, Mahlzeit.“ Der Fahrer ließ nicht locker. „Und Chef? Der andere, wenn man fragen darf?“

„Was meinen Sie mit: der andere?“

„Na, der andere. Der Ihnen das eingebrockt hat.“

Jetzt kapierte ich. „Mein Bruder“, sagte ich. „Der andere ist mein Bruder.“

„Was? Echt?", sagte der Fahrer. „Ihr Bruder? Wirklich Ihr eigener Bruder?

„Mein eigener Bruder", wiederholte ich. „Und wenn Sie jetzt bitte auf die Straße ... "

„Kein Problem, Chef", sagte der Taxler. „Alles im Griff. Unfallfrei seit über fünfzehn Jahren."

„Schön für Sie. Auch neulich nachts bei diesem Eis?"

„Ach, damals? Da bin ich nicht gefahren. Bei Eis fahr ich grundsätzlich nicht, müssen Sie wissen. Bin ja nicht blöd. Bei Eis fahren nämlich nur Deppen, oder, was sagen Sie, Chef?"

Ich sagte lieber nichts.

Der Fahrer ließ mich nicht aus den Augen. „Der eigene Bruder. Wahnsinn. Der eigene Bruder", begann er wieder. „Um was ist es denn gegangen, wenn man fragen darf? Sagen Sie bloß nicht, um eine Frau."

„Doch", sagte ich. „Um eine Frau."

„Hab's doch gleich gewusst", sagte er. „Immer geht's um eine Frau. Immer."

„Sogar um drei", fügte ich hinzu. „Genau genommen geht's um drei."

„Gleich um drei Frauen? Na, jetzt wundert mich gar nichts mehr." Er musterte wieder mein Pavianarschgesicht. „Ich hab einmal einen gefahren, der ist auch so zugerichtet worden, von einem Zuhälter."

Jetzt musste ich auch grinsen. „Nein, nein", sagte ich. „Ist kein Zuhälter, mein Bruder. Bloß ein Wahnsinniger."

„Okay, Chef", sagte der Fahrer. „Kein Zuhälter. Trotzdem, Chef, Ihren Bruder möcht' ich lieber nicht haben."

„Ich eigentlich auch nicht."

„Unangenehmer Typ, was? Stärker als Sie. Halben Meter Größenunterschied. Und den spielt er voll aus, wie?

„Richtig."

„Kenn ich. Gefährlich. Seien Sie vorsichtig, sag ich Ihnen. Solche Typen sind unberechenbar. Aber das muss ich Ihnen ja nicht sagen, Entschuldigung, Chef."

„Tja, da haben Sie leider Recht."

Wir waren am Ziel. Ich zahlte und stieg aus. Der Fahrer wendete den Wagen, hielt noch einmal an, kurbelte das Seitenfenster herunter und sagte: „Nehmen Sie sich bloß in Acht vor Ihrem Bruder, Chef. Nehmen Sie sich bloß in Acht!"

„Mach' ich", sagte ich.

„Na, dann viel Glück, Chef!"

Er stieg aufs Gas und weg war er.

„Danke", sagte ich leise. „Kann ich brauchen."

Und ja, ich konnte es wirklich brauchen.

Kaum zu glauben, wie einfach das Richtige falsch und das Falsche richtig wird, wenn man die Dinge seitenverkehrt im Rückspiegel betrachtet! Nur schade, dass mir dieser Satz erst jetzt einfällt. Damals hätte er mir vielleicht irgendwie nützen können. Damals, als sich die Dinge endgültig zu verwirren begannen.

Mit Elektrozäunen gesicherte Grundstücke, auf denen windige Gebrauchtwagenhändler ihre Geschäfte machten, gleich dahinter der Verschiebebahnhof, barackenartige Lagerhallen mit Gleisanschluss, eine aufgelassene Polizeiwachstube, ein schon lange geschlossenes Gasthaus und ein paar als wilde Mülldeponien genutzte, von Gestrüpp überwucherte Böschungen zwischen Straße und Bahndamm, wo man vor Jahren einmal die Leiche einer Prostituierten gefunden hatte, von ihrem Mörder fein säuberlich in Stücke zerlegt und in drei Abfallsäcke verpackt – es war schon ein ziemlich heruntergekommener Stadtteil, in dem Thomas für wenig Geld das Loch gemietet hatte, in welchem er und Tanja wohnten und das er stolz als seine „Artfactory" bezeichnete. Heute gibt es das ebenerdige Gebäude mit dem Innenhof und der ehemaligen kleinen Tischlerwerkstatt im hinteren Teil nicht mehr, an seiner Stelle steht dort ein fünfstöckiges Bürohaus, und auch das Bordell nebenan wurde abgerissen, weil man Platz für eine Tiefgarage brauchte.

Ich hatte bereits ein ungutes Gefühl, als ich das schief in

seinen Angeln hängende Holztor öffnete und durch die enge Einfahrt in den Innenhof ging. Aber was ich dann sehen musste, verschlug mir die Sprache. Es war nicht Thomas' Behausung, die Tischlerei, die mit ihren zum Teil zerbrochenen und durch Spanplatten ersetzten Fensterscheiben und dem abbröckelnden Verputz noch desolater aussah, als ich sie in Erinnerung hatte. Es waren auch nicht die Graffitis, welche rundherum die Mauern überzogen und die allesamt ganz verflucht den Graffitis ähnlich sahen, die Roswitha in unserer Wohnung an die Wände gesprayt hatte. Nein, was mich wirklich erschreckte, war etwas anderes.

Mitten auf dem Hof stand mein Cabrio. Beziehungsweise das, was von ihm noch übrig war, nachdem sich Thomas ganz offensichtlich darüber hergemacht hatte. Mir war mittlerweile natürlich klar gewesen, dass das Auto bei meinem Unfall beschädigt worden sein musste, aber so, wie es nun aussah, wäre ich dabei ums Leben gekommen. Keine Chance. Auf der Stelle tot. Aus diesem Wrack hätte man mich als blutüberströmte Leiche herausschneiden müssen. Totalschaden wäre noch eine maßlos untertriebene Bezeichnung für den Zustand gewesen, in dem sich das Fahrzeug jetzt befand.

Da stand nicht nur ein schrottreifer Unfallwagen mit platten Reifen, verbogenen Stoßstangen, zerfetztem Stoffverdeck, zersplitterten Scheinwerfern und zertrümmerter Karosserie, nein, vor mir lag der Kadaver eines zu Tode gequälten, zerfleischten Tieres. Der Kofferraum ein verzerrtes, im letzten Schmerzensschrei erstarrtes, weit geöffnetes Maul, die Türen halb aus ihren Gelenken gerissene Gliedmaßen, Sitze und Innenverkleidung aufgeschlitzte Haut mit hervorquellendem Eingeweide ... Thomas musste mit Vorschlaghammer und Brechstange und Messer auf das Cabrio losgegangen sein, in stundenlanger Raserei. Kein Quadratzentimeter, der nicht verbeult, zerkratzt, zerstochen, zerschlagen gewesen wäre. Und das Erschreckende daran: Man spürte, das war keine spontane Aktion, sondern dahinter steckte eine Art systematischer Zerstörungswut, die etwas ebenso Unerbittliches wie Maßloses hatte. Diese Zerstörung sollte endgültig sein.

Ich konnte es mir nicht erklären. Woher hatte mein kleiner Bruder die Kraft genommen, die für diesen Vernichtungsakt nötig gewesen war? Und wozu sollte das alles überhaupt gut sein? Als ich zu Thomas gesagt hatte, er könne mit dem Cabrio machen, was er wolle, hatte ich gedacht, schlimmstenfalls würde er es verkaufen und das Geld einstecken. Das wäre mir egal gewesen, nach meinem Unfall mochte ich das Auto auf einmal ohnehin nicht mehr. Aber das hier war doch völlig verrückt, war eine monströse Sinnlosigkeit.

Ich ging langsam um den jämmerlichen Schrotthaufen herum. Irritiert und ratlos, welchen Reim ich mir darauf machen sollte. Und dann entdeckte ich etwas, das mir die Augen öffnete: Der rote Plastikbezug auf der Rückenlehne der hinteren Sitzbank war mit zwei langen Schnitten aufgeschlitzt, die ein Kreuz bildeten, und darunter auf der Sitzfläche stand in großen, mit schwarzer Farbe gesprayten Buchstaben

BYE-BYE MA! BYE-BYE PA!

Scheißkerl, gottverdammter! Oder arme Sau, von Enttäuschung und Verbitterung zerfressene, arme Sau? War Thomas denn immer noch nicht damit fertig geworden, dass wir unsere Eltern verloren hatten? Glaubte er nach wie vor, sie hätten ihn als Kind gehasst und wären deshalb abgehauen? Nicht umgekommen, sondern bloß abgehauen, um ihn los zu sein? Litt er immer noch darunter und wollte er sich jetzt an ihnen für diese Grausamkeit rächen, indem er Vaters heiß geliebtes Cabrio zerstörte, es stellvertretend mit Hammerschlägen traktierte, es zerstach, folterte, tötete wie eine Voodoo-Puppe? Hielt er das für die einzige Möglichkeit, sich von diesen Schatten zu befreien, jetzt, zehn Jahre später? Arme Sau oder Scheißkerl? Vermutlich – nein, ganz sicher – beides! Und umso wichtiger war es, dass ich mit ihm redete. Jetzt sofort.

Die Werkstatttür war zugesperrt, auch auf mein Klopfen und Rufen reagierte niemand. Im ersten Moment war ich verärgert, aber dann fand ich es sogar gut, denn so konnte ich mir in aller Ruhe überlegen, was genau ich zu Thomas sagen wollte. War es überhaupt möglich, mit jemandem zu reden, der sich offensichtlich beharrlich weigerte, Tatsachen einfach als Tatsachen zu akzeptieren?

Ich ging zurück auf die Straße. Am besten nachdenken konnte ich bei einem guten Wein, am zweitbesten bei einem Glas Cognac. Ein Lokal, in dem ich eins von beidem kriegen konnte, würde ich in dieser tristen Gegend wohl nicht finden, außer vielleicht in dem Bordell nebenan, aber das war nun wirklich nicht gerade das, was ich wollte. Außerdem hatte es noch nicht geöffnet. Also entschied ich mich für die drittbeste Variante, einen langen Spaziergang. Ich marschierte drauflos, einfach immer am Bahndamm entlang, denn wohin man hier ging, war im Grunde völlig egal, nirgends gab es etwas Besonderes zu sehen. Ein gesichtsloses, eintöniges Viertel an einem kalten, trüben Spätnachmittag im Winter. Außer mir kein Fußgänger unterwegs, selten ein Auto. Und kaum ein Geräusch, abgesehen von dem metallischen Kreischen der Zugräder auf den Weichen der Verschiebegeleise und dem scheppernden Aufeinanderprallen der Waggonpuffer. Nichts, was mich ablenkte. Eigentlich ideal um nachzudenken.

Aber alles, was ich tat, war, am Straßenrand durch den Schneematsch zu stapfen und erbärmlich zu frieren. Ich brachte keinen einzigen klaren Gedanken zustande, so sehr ich mich auch bemühte. Ständig hatte ich diese kranke Scheiße vor Augen. Bye-bye Ma! Bye-bye Pa! Dieses aus grenzenlosem Hass entstandene, kaputte Ding. Kaputt wie der Kopf meines Bruders. Kaputt wie offensichtlich alles, was er in die Finger bekam oder irgendwie sonst mit ihm zu tun hatte. Kaputte Bilder, kaputte Gefühle, kaputte Menschen. Ein kaputter Arsch, der sich seine kaputte Welt zusammenbaute und sich dann über sie empörte. Sinnlos, mit ihm zu reden. Sinnlos, diese Straße weiter entlangzulaufen.

Warum ich nicht in die nächste Seitengasse abbog, um nach einem Taxi Ausschau zu halten, weiß ich nicht. Vielleicht, weil es in der Zwischenzeit schon dunkel geworden war und ich mich in dieser Gegend nicht auskannte. Jedenfalls machte ich kehrt und ging wieder den Bahndamm entlang zurück. Man tut so viel, ohne zu wissen, warum. Deshalb weiß ich auch nicht, weshalb ich noch einmal den Innenhof betrat. Ich weiß nur, dass ich nie im Leben mit dem gerechnet hätte, was dann geschah.

Bye-bye Ma! Bye-bye Pa! Der letzte Akt dieser gewalttätigen, absurden Inszenierung. Ich stehe in der Toreinfahrt und schaue in den dunklen Innenhof. Sehe Thomas als kleine Schattengestalt, die sich langsam um das von ihm zu Tode geschundene Wrack bewegt, irgendwas in seinen Händen hält, manchmal die Arme hebt und wieder senkt, wie in einem rituellen Tanz. Unmöglich zu erkennen, was er da macht. Auf einmal Benzingeruch. Zu spät, um einzugreifen. Und dann – Blaff!!! – eine Stichflamme, ein greller, blauroter Blitz, der die Dunkelheit zerreißt. Feuerzungen schießen empor. Ein paar kleine Explosionen, kaum lauter als draußen das Aufeinanderknallen der Puffer. Glutfontänen. Ein Schwall heißer Luft. Beißender Geruch. Verbrannter Gummi, geschmolzenes Plastik, glühendes Metall. Das Cabrio als lodernder Scheiterhaufen. Feueropfer. Glut zu Glut. Asche zu Asche. Rauch zu Rauch. By-bye Ma! Bye-bye Pa! Und Thomas, der sie soeben zur Hölle geschickt hat, zum zweiten Mal ins Feuer, ins Inferno. Dieser Scheißkerl, der bewegungslos dasteht und in die Flammen starrt, in die Glut, in die Asche, in den Rauch. Zwei, höchstens drei Minuten, dann ist auch schon wieder alles vorbei. Ein paar Glutnester noch. Und Gestank. Sonst nichts. Wieder Dunkelheit.

Nein, ich bin nicht entsetzt. Nur fassungslos. Und dann wütend. Ich gehe zu Thomas, will ihn schlagen, zum ersten Mal in meinem Leben will ich ihn schlagen, grün und blau schlagen, sein kaputtes Hirn aus ihm rausprügeln, weil ich nicht mehr weiß, was ich sonst mit ihm machen soll, diesem verdammten, beschissenen, kranken Arschloch!

Doch als ich bei ihm bin und schon zum ersten Schlag aushole, flammt noch einmal eine Feuerzunge aus dem glühenden

Haufen empor, und ich sehe das Gesicht meines Bruders, sehe seine Augen, sehe Tränen, die aus ihnen fließen und über sein Gesicht rinnen, sehe, dass er weint, heult, ganz erbärmlich und hemmungslos heult. Und er schaut mich an und schluchzt auf und wirft sich plötzlich an meine Brust und klammert sich an mich und flüstert irgendwas mit erstickter Stimme, heult und zieht Rotz hoch und flüstert, und ich kann nicht verstehen, was er sagt.

„Was, Tommi? Was?“

„Ma ...“, flüstert er, „ Pa ... Ma ...“

„Ja?“ sage ich. „Was ist mit Ma? Was ist mit Pa?“

„Sie ... sie sind ...“

„Was, Tommi, was?“

„Sie sind ... sie sind tot, Markus. Ma und Pa sind tot.“

Und ich spüre, wie der nächste Weinkrampf seinen Körper durchschüttelt und dann noch einer und noch einer, und dann wird aus dem abgehackten Schluchzen auf einmal ein einziges, langes, unendlich verzweifeltes Wimmern.

„Ja, Tommi, sie sind tot“, sage ich und zerre an seinen Armen, um mich aus seiner Umklammerung zu befreien. „Hast du's jetzt endlich kapiert?“

Eine Stunde später lag ich in der Badewanne, ließ immer wieder heißes Wasser nachlaufen und hoffte, dass mir endlich wieder warm würde.

Ich hatte Thomas vor seinem rauchenden Mahnmal für unsere toten Eltern stehen lassen und war durch die eiskalte Winternacht nachhause gelaufen. Hatte kein Taxi genommen und auch nicht den Bus, denn mit dem beißenden Brandgeruch, der sich in meine Kleidung gefressen hatte, und mit meinem übel zugerichteten Gesicht wäre ich ein Zumutung für jeden Menschen gewesen und hätte sicher bloß wieder dumme Fragen beantworten müssen. Und darauf hatte ich nicht die geringste Lust gehabt. Aus demselben Grund hatte ich mich dann auch an unserem

Wohnzimmer vorbeigeschlichen, aus dem die Stimmen von Claudia, von ihrer Mutter und eine unbekannte Männerstimme gedrungen waren, laut und deutlich und unüberhörbar begeistert in ein offenbar überaus angeregtes Gespräch vertieft. Und da will man doch nicht stören, oder?

Außerdem hatte ich gerade wirklich keinen Kopf für das, was die drei zu bereden hatten. Ich ahnte, besser gesagt, ich wusste ja, worum es ging. Es war Claudias neuestes Lieblingsthema: kolumbianische Straßenkinder.

Seit sie ein paar Wochen vor Weihnachten den Brief einer internationalen Hilfsorganisation namens „Artists 4 Children" erhalten hatte, sprach sie fast von nichts anderem. Alles drehte sich nur noch um die in diesem Brief seitenlang und ausführlich geschilderte und mit Fotos illustrierte, katastrophale Existenz von Kindern auf den Straßen von Bogotà und anderen Städten Kolumbiens, um den brutalen Überlebenskampf in einem von Drogenkartellen, Killerkommandos und einer korrupten Oberschicht beherrschten Land und um die Bitte, die Arbeit der Hilfsorganisation finanziell zu unterstützen. Konkret mit zehn Prozent des beim Verkauf von Kunstwerken erzielten Gewinns.

Eine gute Sache und eine hervorragende Idee, wenn man bedenkt, um welch enorme Summen es im weltweiten Kunsthandel und bei Auktionen geht. Mir gefiel das. Erstaunt war ich nur über die spontane Begeisterung und das Engagement von Claudia, die sonst jeden Spendenaufruf, jeden vorweihnachtlichen Bettelbrief immer sofort kommentarlos in den Papierkorb warf. Aber vielleicht fühlte sie sich geschmeichelt, nachdem in diesem Brief wie nebenbei erwähnt worden war, dass unsere Galerie eine von nur fünfzig ausgewählten, renommierten Kunstinstitutionen in Europa und Nordamerika sei, an die man mit der Bitte um Hilfe herantreten würde.

Und auch Claudias Mutter war sofort voll Enthusiasmus, denn sie erkannte offenbar instinktiv die einmalige Chance, in der Promiliga in neue Höhen aufzusteigen. Sozusagen in die Spitzenklasse, und die hieß „Charity". Mit dem Argument, nicht nur zehn Prozent, sondern den vollen Verkaufserlös für die Straßenkinder Kolumbiens zu spenden, würde es ein Leichtes sein, selbst die berühmtesten Festspielkünstler für eine „Artists 4 Children"-Charity-Verkaufsausstellung im Sommer zu gewinnen, meinte sie. Das mediale Echo würde alles Bisherige bei weitem übertreffen. Ein Paukenschlag, der unsere zugegebenermaßen in letzter Zeit zwischen mäßigen Erfolgen und Flops dahindümpelnde Galerie endgültig upperclass machen würde. Einverstanden, dachte ich. Der Zweck heiligt bekanntlich die Mittel. Hauptsache, auch die Spendensumme würde „upperclass" sein.

Wenn ich die Gesprächsfetzen, die ich jetzt sogar durch die geschlossene Badezimmertür hören konnte, richtig interpretierte, waren die Vorbereitungen mittlerweile bereits voll im Gang. Ein Wirrwarr aus kolumbianischen Städtenamen, UNESCO, Welthungerhilfe, Sterblichkeitsraten, Kriminalstatistiken, einer Liste großzügiger Künstler von Damien Hirst über Jeff Koons bis Gerhard Richter, enormen Dollarbeträgen, Terminen, Telefonnummern und weiß der Himmel was noch allem drang an meine Ohren. Die Männerstimme war vermutlich die eines Mitarbeiters von „Artists 4 Children", eine angenehme Stimme, tief und melodisch, manchmal etwas heiser, mit einem leicht italienischen Akzent, wie mir schien. Überzeugend. Kompetent. Höflich. Sympathisch.

Aber trotzdem: Ich wollte das alles nicht hören. Nicht jetzt. Nicht nach einem Unfall, der mein Gesicht entstellt hatte, zumindest für die nächste Zeit. Nicht nach über zwei Wochen im Krankenhaus, fast blind und orientierungslos. Nicht nach dem Anblick von Tanja, die ausgesehen hatte, als wäre sie schon tot. Und schon gar nicht, nachdem mein Bruder soeben unsere Eltern angezündet hatte, zum zweiten Mal verbrannt, geopfert auf dem Altar seines Wahnsinns.

Nein, verflucht, ich wollte jetzt nichts hören über Fünfjährige, die sich gegenseitig für ein Stück Brot das Messer in den Bauch rammen. Wollte nichts hören über Kinderprostitution und Aidsraten. Über Kinder, die sich mit Klebstoff zuerst den Hunger und dann das Hirn wegschnüffeln. Über Kinder, die auf der Straße wie streunende Hunde eingefangen und dann für Snuffvideos vor laufender Kamera missbraucht und umgebracht werden, ohne dass es irgendjemanden schert. Und auch nichts über all die Dirigenten, Sängerinnen und Schauspieler, die offenbar schon um ihre Teilnahme an unserer Charity-Aktion gebeten worden waren. Nein, ich wollte davon nichts wissen. Morgen ja, übermorgen, jederzeit. Aber nicht jetzt. Bitte, nicht jetzt.

Ich war müde, mir war kalt und ich fühlte mich dreckig. Alles, was ich jetzt wollte, waren Ruhe und Wärme. Die Augen schließen und untertauchen in wohlig warmem Wasser und duftendem Badeschaum. Und später genau das tun, was ich besser schon vor siebzehn Tagen hätte tun sollen: mir die Bettdecke über den Kopf ziehen und schlafen.

Ich ließ heißes Wasser nachlaufen und tauchte unter. Die Narbe auf meiner Stirn begann sofort höllisch zu brennen und zu pochen. Aber unter Wasser war Stille.

Ich hielt den Atem an, solange ich konnte.

11

Als ich gegen Mittag aufwachte, hatte ich das Gefühl, von gestern auf heute wäre ein ganzes Jahr vergangen. Ein gutes Gefühl, denn dieses Jahr hatte sich einfach nur dazwischengeschoben, ohne dass ich deshalb älter geworden war. Bloß die Ereignisse der letzen Tage schienen weit zurückzuliegen. Erinnerungen, eingehüllt in die Watte der Zeit.

Claudia lag eingerollt wie ein Baby neben mir im Bett und schlief ruhig und tief. Sie hielt ihre Daunendecke fest umfangen, drückte sie an sich wie in einer innigen Umarmung. Über ihr Gesicht huschte manchmal ein Lächeln. Sie schien glücklich zu sein.

Alles ist gut, dachte ich und schloss wieder meine Augen. Alles ist gut. Meine Frau und ich und eine warme Decke, und der Rest der Welt kann uns mal. So einfach. So schön. So gut. Ich war sicher, von nun an würde das immer so sein.

Der Tag (beziehungsweise das, was von ihm noch übrig war) wurde tatsächlich gut. Irgendwann am Nachmittag weckte mich der Duft von frisch gebrühtem Kaffee, und als ich die Augen aufschlug, saß Claudia im Pyjama auf meiner Bettkante und hielt mir eine Tasse unter die Nase.

„Guten Morgen. Kaffee?"

„Oh, danke. Und auch guten Morgen. Oder besser guten Nachmittag."

Ich grinste, setzte mich auf, nahm die Kaffeetasse und trank einen großen Schluck. Claudia betrachtete besorgt mein Gesicht und tastete mit der Zeigefingerspitze vorsichtig über meine Narbe.

„Schön, dass du wieder da bist. Tut's noch sehr weh?"

„Geht so. Könnte schlimmer sein."

„Ich hab mir echt Sorgen gemacht, weißt du?“

„Aha? Und warum hast du mich dann im Krankenhaus nie besucht?“

„Hab ich doch. Ein paar Mal. Aber entweder hast du geschlafen oder dein Bruder ist bei dir am Bett gesessen und hat auf dich eingeredet. Da bin ich dann lieber wieder gegangen.“

Claudia kletterte auf allen Vieren über mich hinweg, setzte sich mit angezogenen Beinen auf ihr Bett, lehnte sich ans Kopfteil und zog die Decke hoch bis fast unters Kinn. Und dann erzählte sie, wie sie mich gesucht hatte. Nicht sofort am ersten Tag, denn da war sie noch der Meinung gewesen, ich hätte nach unserem kleinen Streit wieder einmal im Büro geschlafen. Doch als ich am Abend immer noch nicht nachhause gekommen war, hatte sie plötzlich ein ganz ungutes Gefühl gehabt. Dann hatte sie die Zeitungsberichte über die Unfallserie auf den vereisten Straßen gelesen, und als sie schließlich auch noch bemerkt hatte, dass mein Cabrio nicht in der Garage stand, war sie ganz sicher gewesen, dass mir etwas zugestoßen sein musste. Nur drei Anrufe, zuerst erfolglos bei der Polizei, dann ebenso ohne Erfolg im Unfallspital und zuletzt erfolgreich in der Unfallambulanz des Landeskrankenhauses waren nötig gewesen, um herauszufinden, was mit mir geschehen war und wo ich mich befand. Doch dann, wie gesagt, hatte ich immer geschlafen oder mein Bruder war bei mir gewesen, wenn sie mich besuchten wollte. Und deshalb hatte sie es schließlich sein lassen.

„Wieso ist der eigentlich jetzt auf einmal wieder bei dir aufgekreuzt?“, fragte sie. „Ich hab geglaubt, er lässt uns in Ruhe.“

Ich hatte ursprünglich vorgehabt, Claudia nichts darüber zu erzählen, was geschehen war. Aber nun tat ich es doch. Ich erzählte von Thomas’ nächtlichem Anruf, von Tanjas Selbstmordversuch, von meinem Unfall und dem sonderbaren Zustand, in dem ich mich befunden hatte, während ich weiter ins Spital gefahren war. Erzählte davon, dass man mich in der Unfallchirurgie „Eispatient zweihundertvier“ nannte, erzählte von meinen Sehstörungen, erzählte von Tanjas künstlichem Tiefschlaf. Erzählte alles. Fast alles. Denn bei zwei Dingen hielt ich es für besser, sie für mich zu behalten: die Geschichte über die angebliche Vergewaltigung Tanjas und dass mich Thomas gebeten hatte, ihm bei der Suche nach dem Täter zu helfen. Und die Wahnsinnsaktion mit dem abgefackelten Cabrio. Nein, das musste Claudia nicht wissen. Damit wollte ich sie verschonen. Tanja hatte sich umbringen wollen und mein Bruder war darüber völlig verzweifelt – das musste als Erklärung dafür ausreichen, dass er wieder Kontakt zu mir aufgenommen hatte.

„Problem damit?", fragte ich.

Die Wintersonne schickte kurz vorm Untergehen ein paar Strahlen durch die flach gestellte Jalousie und malte bunte Kringel an die Zimmerwand. Claudia fixierte das Farbenspiel mit halb geschlossenen Augen und machte ein Gesicht, dessen Ausdruck irgendwo zwischen nachdenklich und amüsiert lag. Nach einer Weile zuckte sie die Schultern und sagte lächelnd: „Ach was! Shit happens!"

„Wie bitte?", fragte ich.

„Shit happens", wiederholte sie. „Was soll's."

Wow! Mit allem hatte ich gerechnet, mit dem berühmten Ironielächeln, mit einer Putzattacke, mit Johann Sebastian Bach, aber nicht damit! Claudia hatte tatsächlich „Shit happens" gesagt. Das hatte sie bisher noch nie getan. Das war, wie wenn eine überzeugte Vegetarierin ihrem fleischfressenden Mann zuliebe ein halbrohes Steak verdrückt oder eine Nichtraucherin gemeinsam mit ihrem nikotinsüchtigen Geliebten eine Zigarette pafft, ja, das war so etwas wie der wunderbare Ausdruck größter innerer Übereinstimmung! Also mir bedeutete dieses „Shit happens" in diesem Augenblick jedenfalls mehr als jede Liebeserklärung. Endlich dachte Claudia so wie ich. Ich wusste nicht, warum sie es tat, wusste nicht, warum sie auf einmal so anders war. Ich wusste nur, dass ich es wunderbar fand.

„Ja, Claudia", sagte ich und legte meinen Kopf an ihre Schulter. „Shit happens."

Claudia warf die Decke zurück und stand auf. „Jetzt brauch ich aber einen Kaffee", sagte sie. „Du auch noch einen? Wie wär's mit Frühstück? Ich hol' uns was."

„Herrlich", sagte ich. „Frühstückmittagabendessen im Bett. Großartige Idee!"

Was war geschehen? War es möglich, dass Claudia mehr als nur besorgt gewesen war, hatte sie vielleicht sogar Angst um mich gehabt? War sie jetzt einfach nur heilfroh darüber, mich wiederzuhaben? Und woher kam dieses kribbelnde Glücksgefühl, das sich schlagartig von meinen Haarwurzeln bis in die Zehenspitzen ausbreitete, in immer wiederkehrenden Wellen durch meinen Körper strömte und mich abwechselnd vor Vergnügen und Zufriedenheit mit den Beinen zappeln ließ? War es nichts als eine natürliche Reaktion auf die Anspannungen und Belastungen, denen ich in letzter Zeit ausgesetzt gewesen war? War ich nur endlich einmal wieder richtig ausgeschlafen und erholt? Oder hatte sich in meinem Leben aus heiterem Himmel tatsächlich etwas verändert, irgendwas, das ich bloß noch nicht so richtig begriff? Egal, ich machte mir darüber keine Gedanken, ich genoss es einfach nur.

Und so lag ich in meinem Bett und freute mich. Alles war gut. Das leise Scheppern der Teller, Gläser und Tassen, die Claudia in der Küche auf ein Tablett stellte. Das Auf- und Zuklappen der Kühlschranktür. Das sanfte Zischen der Kaffeemaschine. Die Musik aus dem Radio, die Claudias Stimme übertönte, während sie kurz mit irgendjemandem telefonierte. Das rhythmische Surren der Brotschneidemaschine und der Saftpresse ... alles klang für mich wie ein schönes Versprechen. Schluss mit Ärger. Das Leben hatte es sich ganz zufällig anders überlegt.

Als ich sah, was Claudia auf dem Tablett aufgetürmt hatte – nämlich vermutlich alles, was im Haus an Trink- und Essbarem zu finden gewesen war –, verlieh ich ihm sofort den Titel „Craziest Dinner of the Year". Und dann futterten wir uns höchst amüsiert durch die wilde Mischung aus Bratenresten, Wurst, Käse, kaltem Nudelsalat, Obsttorte, harten Eiern, Weinbrandpralinen, Lachsscheiben und übrig gebliebenem Weihnachtsgebäck, bekleckerten die Bettwäsche mit Kaffee, Orangensaft und Ketchup, stopften uns die Bäuche voll, sorglos wie kleine Kinder.

Claudia war richtiggehend aufgekratzt und redete ununterbrochen mit vollem Mund. Es war wie in unseren besten Tagen, damals, als sie mir noch von ihren Plänen mit der Galerie vorgeschwärmt hatte. Jetzt ging es natürlich um ihr geliebtes Charity-Projekt, und ich fand es schön, mit welcher Begeisterung sie davon sprach. Wie weit die Vorbereitungen schon gediehen waren. Welche Künstler bereits ganz spontan zugesagt hatten mitzumachen. All diese tollen Menschen, phantastisch, wirklich phantastisch! Und so unkompliziert! So easy. Und dann die Zusammenarbeit mit Bruno. Unglaublich professionell und wohlüberlegt bis ins kleinste Detail. Dabei persönlich so bescheiden und herzlich, einfach faszinierend, dieser Mann! Ma ist auch ganz hingerissen von ihm. So ein Mensch wie Bruno ist eine Seltenheit, sagt sie, ein echter Glücksfall. Wirklich bewundernswert, wie Bruno sich für diese armen Straßenkinder einsetzt, sagt Ma.

Bruno? Bitte, wer ist Bruno?

Bruno! Dottore Bruno DeAngelis! Der Präsident von „Artists 4 Children"! Ist schon vor einer Woche einmal nach Salzburg gekommen, extra angereist aus Mailand, wo die Organisation ihren Sitz hat. Und gestern wieder. Legt sich ungeheuer ins Zeug dafür, dass unsere Ausstellung im Sommer ein Erfolg wird. Ist ihm wahnsinnig wichtig. Wir haben fast die ganze Nacht darüber geredet. Bruno hat jetzt die Idee, dass vielleicht berühmte Künstler direkt Patenschaften für Kinder übernehmen. Mit einem Galeristen in Berlin hat er diesen Plan auch schon besprochen. Und heute fliegt er deswegen nach New York. Ma sagt, er schafft das, so überzeugend und charmant, wie er ist. Ein Wahnsinn, der Mann, sagt Ma, echt upperclass.

Dottore Bruno DeAngelis. Jetzt wusste ich also, es war seine Stimme, die ich gestern aus dem Wohnzimmer gehört hatte. Ich stellte mir einen drahtigen, gutaussehenden italienischen Anwalt vor, wie man ihn aus alten Kinofilmen kennt. Grauhaarig, schmaler, gepflegter Oberlippenbart, eleganter, dunkler Anzug, so eine Art Marcello Mastroianni mittleren Alters. Kein Wunder, dass Claudias Mutter von so einem Mann hingerissen war. Mit so jemandem würde sie bei der Vernissage vor der Festspielsociety und, was ihr sicher noch viel wichtiger war, vor ihren Freundinnen ganz gewaltig auftrumpfen können. Sei's drum, ich vergönnte ihr die Freude. Hauptsache, die Charity-Geschichte würde was einbringen. Claudias Vater würde das in seiner Gutmütigkeit sicher genauso sehen. Und ich profitierte ja jetzt schon von der guten Laune Claudias. Grazie, mille grazie, dottore.

Herrlich, dieser Nachmittag, dieser Abend! Es war Jahre her, seit Claudia und ich miteinander im Bett gefrühstückt und die Zeit einfach vertrödelt hatten. Manchmal hatten wir dann auch miteinander geschlafen, aber viel wichtiger war uns immer dieses Gefühl von Freiheit gewesen, wenn wir uns erlaubt hatten, frech aus der Reihe zu tanzen und unter der Woche einen Tag blau zu machen, während alle anderen Leute arbeiten mussten. Gestohlene Zeit. Wie Schule schwänzen. Verboten, aber gerade deshalb besonders prickelnd. Und genau das taten wir jetzt wieder.

„Übrigens, wer hat sich heute eigentlich um die Galerie gekümmert?“, fragte ich.

„Gute Frage“, sagte Claudia und grinste. „Manchmal gibt es eben Wichtigeres.“

„Einfach so?“

„Genau. Einfach so.“

„Und wenn sich jemand die Ausstellung anschauen wollte? Vielleicht sogar ein Bild kaufen?“

„Pech gehabt“, sagte Claudia und biss in ein Stück Apfelkuchen. „So what!“

Wow! Und noch einmal: Wow! „So what“, das bedeutete ebenso viel wie „Shit happens“. Meine Worte! Also, wenn das nicht ein Zeichen für einen ganz neuen Anfang war!

Und wieder breitete sich dieses elektrisierende Kribbeln in meinem Körper aus. Ich spürte, ich wusste, ich war sicher: Ab jetzt musste es einfach wieder aufwärts gehen mit Claudia und mir. Etwas anders kam überhaupt nicht in Frage.

Die Spitze des Untersbergs war in Purpurrot getaucht. Der Morgen kündigte mit einem heimatfilmverdächtigen Alpenglühen einen prachtvollen Wintertag an, als wollte er mir damit noch einmal bestätigen, dass die dunklen und eiskalten Zeiten für mich endgültig vorbei seien. Ich nahm es als gutes Omen für einen zweiten, erfolgreicheren Startversuch, nachdem Claudia und ich ab Mitternacht hauptsächlich damit beschäftigt gewesen waren, den größten Teil dessen, was wir stundenlang in uns hineingefressen hatten, in die Klomuschel zu kotzen, wodurch unsere gute Laune zuletzt doch ein klein wenig geschmälert worden war.

Claudia wollte noch einen Tag im Bett dranhängen und ihren lädierten Magen mit Kamillentee kurieren. Die paar Telefonate, die sie erledigen musste, konnte sie ja später auch von zuhause aus führen.

„Okay", sagte ich, „dann geh ich in die Galerie."

„Musst du nicht", sagte Claudia. „Das kann heute Ma übernehmen. Ich ruf sie gleich an."

„Aha. Und wieso nicht ich?"

„Du bist krank."

„Ach was! Mir geht's gut!"

„Entschuldige, aber schau einmal in den Spiegel."

Claudia hatte Recht. Die obere Hälfte meines Gesichts hatte zwar nicht mehr die Farben eines Pavianarschs, sondern die eines Kanarienvogels, aber der untere Teil war nun ebenfalls speigrün. Unrasierte grüne Visage mit knallroter Narbe, na toll! So konnte ich mich wirklich nirgends blicken lassen. Trotzdem wollte ich unbedingt raus. Bei einem langen Spaziergang meinen Kopf auslüften. Ausmisten und Platz schaffen für das Neue, das Gute, das sich angekündigt hatte. Blauen Himmel, Sonne und frische Luft, das war es, was ich jetzt dringend brauchte. Ich zog mich an, schlug den Kragen meiner Winterjacke hoch bis unter die Nase, zog mir eine Strickmütze tief über die Stirn und verbarg meine Augen hinter einer Sonnenbrille. Dann wünschte ich Claudia gute Besserung und verließ das Haus. Marschierte los, vermummt, als wollte ich eine Bank überfallen.

Schon nach ein paar hundert Metern traf ich auf alte Bekannte: Am Straßenrand standen die Mülltonnen, die ich gerammt hatte. Alle hatten tiefe Kratzspuren und zwei waren so stark eingedrückt, dass lange, klaffende Risse an den Seitenflächen aufgesprungen waren, obwohl sie aus dickem und fast unverwüstlichem Kunststoffmaterial bestanden. Da wurde mir erst richtig bewusst, mit welcher Wucht ich auf sie geprallt sein musste und dass ich echt von Glück reden konnte, weil nur sie mich davor bewahrt hatten, ungebremst gegen die hinter ihnen aufragende betonierte Gartenmauer zu knallen. Danke, meine Freunde, dachte ich. Habt ihr gut gemacht. Und sorry wegen der Beulen.

Und als ob es eine freundliche Antwort sein sollte, sah ich auf einmal aus einer der Tonnen ein silbern glänzendes Stück Metall ragen. Ich zog es heraus und erkannte es sofort wieder: Es war ein Teil einer Zierleiste, abgesplittert vom Cabrio. Das war also alles, was von ihm übrig geblieben war. Ein verbogener, verchromter Streifen Blech. Ich blickte mich verstohlen um, steckte die traurige Reliquie in meine Jackentasche und ging dann rasch weiter.

An diesem Tag sollte das aber nicht die einzige Konfrontation mit dem Müll gewesen sein, der sich offenbar mit allen Mitteln dagegen zur Wehr setzte, dass ich ihn loswurde. Im Rückblick sieht es nämlich wieder einmal so aus wie eine logische Kettenreaktion, die von der blechernen Erinnerung an Vaters Cabrio konsequent zunächst zu meinen toten Eltern, dann zu Thomas und schließlich zu Roswitha führte. In Wirklichkeit hatte ich aber bloß keine Lust gehabt, auf der Straße zufällig irgendwelchen Leuten zu begegnen, die mich vielleicht trotz meiner Vermummung erkennen würden, und deshalb marschierte ich Richtung stadtauswärts. Schon nach zwanzig Minuten wurden die Häuser immer spärlicher, und ich fand es einfach nur wunderschön, zwischen großen, schneebedeckten Wiesen vor mich hinzulaufen und an nichts zu denken. Wirklich an absolut nichts. Zumindest an nichts Bestimmtes. Und schon gar nicht daran, wohin ich auf diesem Weg gelangen würde. Nämlich direkt zum Hintereingang des Friedhofs, auf dem sich unser Familiengrab befindet.

(Familiengrab – das hört sich so großartig an, fast protzig. Klingt nach dreihundert Jahre alter Gruft aus schwarzem Marmor mit Blattgoldlettern und Engelsstatue. Dabei ist es nichts als ein stinknormales Erdgrab mit einem einfachen Grabstein aus Granit und mit immergrünem Efeu bewachsen. Pflegeleicht. Die Friedhofsverwaltung kümmert sich drum, schnippelt manchmal überhängende Triebe weg oder entfernt Moos vom Stein, alles für einen günstigen Pauschalbetrag. Hin und wieder zündet jemand eine Kerze an, keine Ahnung, wer. Spricht vermutlich ein Gebet für die, die da unten liegen: meine Großeltern väterlicherseits, eine Schwester meines Vaters, die schon mit vier Jahren gestorben ist, und meine Eltern. Mich interessiert das alles nicht. Konnte nie etwas anfangen mit diesem Gräberkult. Macht die Menschen auch nicht mehr lebendig, und wenn ich mich erinnern will, kann ich das überall tun und muss dafür nicht am Grab stehen. Werde noch früh genug selber drin liegen, wahrscheinlich schon demnächst. Lieber wäre mir ja, wenn man mich dann für Transplantationen ausschlachten würde. Aber meine durch die Chemotherapie vergifteten Organe sind sicher für nichts mehr zu gebrauchen. Also werde ich wohl das Grundwasser verseuchen. Es sei denn, ich lasse mich verbrennen. Aber schon der Gedanke an Feuer lässt mich schaudern. Von Feuer habe ich irgendwie die Nase voll. Trotz der Kälte, die ich nicht loswerde. Ziemlich blöd, ich weiß.)

Ich hatte nicht die geringste Lust, mir den Tag durch einen Friedhofsbesuch versauen zu lassen. Man kann unser Grab ohnehin schon vom Tor aus sehen, also warf ich nur einen flüchtigen, gedankenlosen Blick darauf und ging weiter. Nach ein paar Schritten stockte ich. Hatte ich mich getäuscht, oder war tatsächlich jemand am Grab gestanden und es kam mir erst jetzt zu Bewusstsein? Nein, sicher bildete ich mir das nur ein. Aber es ließ mir keine Ruhe und ich machte kehrt. Schon während ich mich wieder dem Eingang näherte, fühlte ich mich immer unbehaglicher. Neugier, Verärgerung und Beklommenheit wechselten einander ab, ich ahnte, dass ich gleich eine äußerst unliebsame Überraschung erleben würde.

Und so war es dann auch: Thomas stand am Grab. Stand da, ganz in Schwarz gehüllt, die Kapuze seines Sweatshirts über den Kopf gezogen, hielt das angesengte Lenkrad von Vaters Cabrio in den Händen und starrte den Grabstein an.

„Hi, Tommi. Was machst du denn da?"

„Na, was wohl."

Das war alles, was ich von ihm als Antwort erhielt. Und es klang entrüstet, fast böse.

Klar. Wie kann man auch nur so eine idiotische Frage stellen! Was macht jemand an einem sonnigen, eiskalten Jännervormittag am Grab seiner Eltern? Jemand, der sich bis vor zwei Tagen noch beharrlich geweigert hatte, den Tod seiner Eltern überhaupt zur Kenntnis zu nehmen, und für sie jahrelang nichts als Hassgefühle hegte? Da ist es wohl ganz selbstverständlich, was so jemand tut, nicht wahr? Da fragt man doch nicht blöd, sondern schaut einfach nur zu, oder? Schaut zu, wie er plötzlich mit dem Schuhabsatz in die dicke, hartgefrorene Schneedecke auf dem Grab ein Loch zu scharren versucht. Schaut zu, wie er nicht tiefer kommt als zwei, drei Zentimeter, wie er verärgert das Lenkrad auf den Boden schmeißt und einen Moment lang nachdenkt. Schaut zu, wie er kurz entschlossen den Zippverschluss seiner Hose aufreißt und seinen Schwanz herausholt. Schaut bloß zu, wie er sich breitbeinig hinstellt und auf das Grab seiner Eltern pisst. Wie er genau aufs Loch zielt, wie der Schnee durch die heiße Pisse wegschmilzt und das Loch immer größer und tiefer wird. Wie er seinen Schwanz wieder einpackt, wie er sich hinhockt und mit einer Hand in das Loch hineinlangt, eine Efeuranke herausreißt und dann tiefer in die Erde wühlt. Wie er nach dem Lenkrad greift und es ins Erdloch zwängt, die Ranke hineinstopft, schließlich alles wieder mit beiden Händen zuschaufelt und zuletzt eine dünne Schicht Schnee darüberschiebt und mit den Füßen festtritt. Ja, dabei schaut man einfach nur zu. Versucht erst gar nicht, ihn davon abzuhalten und stellt auch keine Fragen. So etwas erklärt sich von selber, ganz egal, ob man es nun mag oder nicht, richtig?

Ich nahm meine Sonnenbrille ab und glotzte auf den schmutzigen gelbbraunen Fleck, von dem sich eine dünne Pissspur durch den Schnee bis zur vorderen Grabkante zog.

„Bist du fertig?“ fragte ich. „War’s das?“

Thomas schwieg.

„Na gut“, sagte ich. „Dann wäre ja wohl alles geklärt.“

Thomas sah seine Hände an, bückte sich, kratzte ein wenig Schnee zusammen, knetete und zerrieb ihn zwischen seinen dreckigen Fingern, um sie wieder sauber zu bekommen. Ich spürte, irgendwas war noch im Busch.

„Roswitha“, sagte Thomas auf einmal und hielt dabei seine Augen weiter starr auf seine Finger gerichtet. „Roswitha ist auch tot, hab ich Recht?“

Shit! Was sollte ich darauf antworten? Jetzt musste ich höllisch aufpassen, wenn ich mich nicht selber in die Scheiße reiten wollte nach all den Lügen, die ich meinem Bruder über Roswithas Verschwinden aufgetischt hatte.

„Bitte?“, sagte ich. „Wie kommst du denn auf so was?“

„Hab einfach so ein Gefühl.“

„Ein Gefühl hast du? Na, großartig! Weißt du was, Tommi? Leck mich am Arsch mit deinem Gefühl!“

„Aber es passt alles zusammen.“

„Was? Was passt zusammen?“

„Zuerst unsere Eltern, dann Roswitha, dann Witta und jetzt auch noch Tanja. Das ist kein Zufall, Markus. Die haben’s auf uns abgesehen.“

„Gott! Was für eine beschissene Idee ist das nun wieder?“

„Da steckt ein System dahinter, begreifst du das nicht? Die wollen uns zerstören. Als Nächste ist vielleicht schon deine

Claudia an der Reihe. Die schrecken vor nichts zurück."

„Die! Die! Die! Wer sind denn die? Wer soll das denn sein, verflucht noch einmal?"

„Es gibt sie, glaub mir. Ich weiß das. Sie wollen die Macht über uns alle. Und wer ihnen im Weg ist, den vernichten sie."

„Ich will diesen Schwachsinn nicht hören, Tommi. Ein für alle Mal: Lass mich in Ruhe damit."

„Aber wir müssen sie aufhalten, Markus! Wir müssen den finden, der Tanja auf dem Gewissen hat, das wäre dann wenigstens ein Anfang. Dann merken sie, dass sie nicht alles ungestraft mit uns machen können."

Ich sagte nichts mehr. Es war einfach hoffnungslos. Am liebsten hätte ich ihn gepackt und sein Gesicht in seine eigene Pisse gedrückt, ihn erstickt in dem Mist, den er absonderte.

„Du hilfst mir, Markus, ja? Großes Bruderehrenwort?"

Dieser Satz musste ja kommen. Wie das Amen im Gebet.

„Verschwinde, Tommi", sagte ich und stieß ihn so heftig zur Seite, dass er taumelte und aufs nächste Grab fiel. „Hau bloß ab, du Arschloch. Aber ganz schnell!"

Er rappelte sich auf, sah mich erschrocken an, trottete dann tatsächlich zum Ausgang und verschwand. Aber ich wusste, er würde keine Ruhe geben, würde mich nerven, bis ich ihm irgendwen ans Messer geliefert hätte. Und etwas wollte ich mir lieber gar nicht erst vorstellen: was einer, der ein Auto zertrümmert und in Brand steckt, einer, der aufs Grab seiner Eltern pisst, was so einer mit dem macht, den er für den Vergewaltiger Tanjas oder vielleicht sogar für den Mörder Roswithas hält.

Was hatte Claudia gesagt? „Es macht mir Angst." Jetzt glaubte ich sie zu verstehen. Es war wohl an der Zeit, mich vor Thomas in Acht zu nehmen.

Auf einmal wurde mir wieder flau im Magen und ich ging in die Knie. „Nichts für ungut, liebe Eltern, aber da habt ihr mir was Schönes eingebrockt", sagte ich leise. (Wer mit Mülltonnen spricht, darf ausnahmsweise auch einmal mit einem Grab sprechen, finde ich.) Ich zog die Zierleiste aus der Jackentasche und steckte sie in den Schnee. „Kleines Andenken an bessere Zeiten. Adieu und passt auf euch auf."

Der Vormittag war verdorben. Ich machte mich auf den Weg nachhause. Dachte an Claudia. Freute mich auf sie. Wenn sie es wollte, konnte sie auch diesen Tag noch retten. Diesen und den nächsten und die vielen Tage, die folgen würden. Davon war ich überzeugt.

12

Wie jedes Jahr machten wir die Galerie gegen Ende Jänner für ein paar Wochen dicht. Der Winter war in dieser Stadt keine Zeit für Kunst, fand Claudias Mutter. Die, auf die es wirklich ankam, trieben sich in südlichen Gefilden herum oder machten Schiurlaub in St. Moritz. Also übernahm Claudias Vater das Kommando und sorgte dafür, dass die Ausstellungsräume wieder „auf Vordermann“ gebracht wurden.

Ich nutzte die Zeit, um das Gleiche mit meinem Gesicht zu machen: Während ein Dutzend Handwerker die Risse im alten Gemäuer mit Gips verspachtelte, neue Spotschienen montierte und die Wände in frischem Perlweiß erstrahlen ließ, schmierte ich mir tagelang Heilsalbe auf Stirn und Wangen, kontrollierte morgens, mittags und abends im Badezimmerspiegel die langsame, partienweise Wiederkehr meiner gewohnten Hautfarbe und begann mich mit meiner Narbe anzufreunden, diesem langgezogenen, leicht nach links geneigten Fragezeichen vom Haaransatz hinunter bis zur Nasenwurzel. Hätte schlimmer ausfallen können, fand ich. Hässlicher, entstellender, abstoßender. Aber in dieser Form verlieh sie meinem Gesicht sogar einen neuen, interessanten Charakterzug. Ernsthaft. Markant. Nachdenklich. Die ständige Suche nach Antworten auf die ewigen Fragen und Ungewissheiten des Lebens auf die Stirn geschrieben – kein schlechtes Markenzeichen. Tatsächlich, das dachte ich. Mir blieb ja auch gar nichts anderes übrig, schließlich würde ich für den Rest meines Lebens damit herumlaufen müssen. Also beschloss ich einfach, es ab sofort zu mögen.

Claudia war nach New York geflogen. Sie hatte Bruno DeAngelis versprochen, ihn mit Ramos Ortega bekannt zu machen, der gerade an der Met als Leporello gefeiert wurde. Ein paar seiner neuesten Yellow-Cab-Fotografien für unsere „Artists 4 Children"-Charity würden sicher herausspringen, hatte sie gemeint. Vielleicht könnte sie Ramos sogar dazu überreden, eine Patenschaft zu übernehmen. Oder für Bruno Kontakte zu anderen Sängerinnen und Sängern herzustellen.

„Weißt du, ich glaube, ich habe endlich meine wirkliche Aufgabe im Leben gefunden", hatte mir Claudia vor ihrem Abflug erklärt. „Etwas, wo es sich echt lohnt, dass man sich mit ganzer Kraft dafür einsetzt. Bruno hat mir die Augen geöffnet. Nichts ist wichtiger, als diesen armen Kindern die Chance auf eine glückliche Zukunft zu geben."

„Wow! Und deine Mutter? Fliegt sie auch mit?"

„Ach was! Ma hasst New York im Winter. Und außerdem ist das jetzt meine Sache, ganz allein meine!"

Was war denn das? Das waren ja ganz neue Töne. Begann sich Claudia etwa endlich von ihrer Mutter zu emanzipieren?

„Gratuliere. Ehrlich."

Noch nie hatte ich Claudia so beseelt vor Glück erlebt. Ihre Euphorie war in den letzten Tagen immer größer geworden, ja, sie schien mir inzwischen sogar längst die Begeisterung in den Schatten zu stellen, die sie seinerzeit vor der Galerieeröffnung gezeigt hatte. Aber wie damals ließ ich mich auch jetzt von ihrem Enthusiasmus mitreißen: Claudia hatte einen neuen Traum, und ich hatte wieder nichts Besseres vor. Also, auf in die nächste Runde!

„Guten Flug und viel Erfolg, Claudia! Ich lass mir in der Zwischenzeit auch was einfallen, wenn du willst. Ich hab da schon so eine Idee im Hinterkopf ..."

„Echt? Und was?"

„Lass dich überraschen. Und jetzt ab mit dir in den Big Apple! Und schöne Grüße an Bruno und Ramos."

Ich hatte in der Tat bereits eine Idee, wie auch ich dazu beitragen könnte, den finanziellen Erfolg unserer Charity noch zu steigern. Und weil ich die Tage bis zu Claudias Rückkehr nicht nur damit zubringen wollte, meinem Gesicht dabei zuzuschauen, wie es wieder gesellschaftsfähig wurde, klemmte ich mich ans Telefon, um meinen Plan zu realisieren.

Ich dachte, wenn es schon zwischen Claudia und mir auf einmal wieder so hervorragend lief, sollte ich die Gunst der Stunde nutzen und beweisen, dass meine mittlerweile fast freundschaftliche Beziehung zu unseren drei Weinhändlern mindestens ebenso wertvoll war wie die Kontakte zu den Künstlern, die Claudia und ihre Mutter pflegten. Mehr noch, ich wollte sie sogar noch übertrumpfen. Die mehr oder weniger mittelmäßigen Kunstwerke würden zwar sicher ein erkleckliches Sümmchen zugunsten „Artists 4 Children" einbringen, aber ich hatte vor, den großen Coup zu landen. Wein schlägt Kunst!

Inzwischen wusste ich ja, wie die Festspielsociety tickte. Weniger der Salzburger Hirschhornknopfadel, auch nicht die Zeigt-mir-eine-Kamera-und-ich-grinse-sofort-hinein-Promis, sondern die wirklich Reichen. Die Mitglieder von Fürstenfamilien, die Großindustriellen, Ölmagnaten, Medienmogule und Vorstandsvorsitzenden von Automobilkonzernen, Pharmariesen und internationalen Banken. Die, von denen Thomas behaupten würde, dass sie die Welt beherrschen. Claudias Mutter hatte versprochen, alle Hebel in Bewegung zu setzen, diese Handvoll Superreicher zu unserer Charity-Vernissage zu bringen. Gelänge ihr das, würde mein Plan todsicher aufgehen. Denn bei diesen Leuten setzt bekanntlich der Sachverstand aus, wenn man ihnen ihr Geld für etwas abluchst, mit dem sie ihr schlechtes Gewissen beruhigen können. Man muss ihnen nur zwei Dinge vor die Nase halten. Prestigegewinn als Wohltäter der Menschheit (und dafür waren kolumbianische Straßenkinder geradezu prädestiniert) und ein wirklich teures und vor allem exklusives Objekt der Begierde. Und über so eines hatte ich erst vor kurzem in einem meiner Wein-Journale einen hymnischen Bericht gelesen.

Sein Name: Château Pétrus. Jahrgang 1998. In einer vom Erzeuger gravierten Flasche. Zu einem Preis, für den man sich schon damals einen Mittelklassewagen kaufen konnte.

Ich rief meine Weinhändler an, schilderte ihnen, worum es

ging, und bat sie, mir eine Flasche Château Pétrus '98 zu besorgen. Meine Formel lautete jedes Mal: Die Käufer haben garantiert keine Ahnung vom tatsächlichen Marktwert und zahlen jeden Betrag. Also verlang ruhig das Dreifache und spende die Hälfte. Dann sind alle glücklich und du machst trotzdem einen satten Gewinn.

Drei Händler, drei Reaktionen. Der erste meinte, ich würde einen dummen Witz machen, und als ich beteuerte, dass es mir wirklich ernst sei, erklärte er mich für verrückt. Der zweite witterte das große Geschäft und wollte mir irgendein anderes Gesöff zum Phantasiepreis einreden. Erst der dritte ging sofort auf meine Bitte ein, versprach mir, sich schlau zu machen und mich dann zu informieren, ob und wie er den Wein beschaffen könne.

Ein paar Tage hörte ich nichts, und dann hatte ich auf einmal innerhalb einer halben Stunde alle drei am Telefon. Der erste: „Okay, ich mach's. Und entschuldige bitte, dass ich gesagt habe, du wärst verrückt." Der zweite: „Du, ich hab da ganz zufällig ein Angebot für einen Achtundneunziger Château Pétrus. Noch interessiert?" Und der dritte: „Geht klar. Bis zum Sommer haben wir unsere Flasche."

Na also, es ging doch. Ich wusste zwar nicht, ob es sich nur um eine einzige Flasche handelte, die mir von meinen Freuden unabhängig voneinander angeboten wurde und um deren Kauf sie sich jetzt würden raufen müssen, oder ob es tatsächlich drei waren, aber der erste Schritt zur Verwirklichung meines Plans war jedenfalls gelungen. Dabei war mir natürlich bewusst, falls es wirklich drei Flaschen sein würden, dann pokerte ich verdammt hoch. Doch warum sollte die Sache nicht gut gehen, bei der Glückssträhne, die ich offensichtlich gerade hatte? Noch dazu war es ja nicht für mich, sondern für einen guten Zweck. Wenn es funktionierte, würde mein Scheck vermutlich ausreichen, um die Hälfte aller Straßenkinder von Bogota zu retten, jeden zweiten von Claudias neuen Lieblingen. „Upperclass", würde sie sagen. Und mir vielleicht sogar um den Hals fallen.

Aber dann hatte ich auf einmal doch Bedenken. Was, wenn

wir wider Erwarten auf dem Wein sitzen blieben? Wie käme ich dann aus dieser Nummer heraus? Ich rief Niki an.

„Du brauchst keinen Rechtsanwalt, du brauchst einen Bodyguard", sagte er und lachte.

„Entschuldige bitte, aber ich finde das überhaupt nicht zum Lachen."

„Reg dich ab", sagte Niki. „Wenn ich so einen Schwiegervater hätte wie du, würde ich mir überhaupt keine Sorgen machen. Der zahlt das doch aus seiner Portokassa."

„Und wenn nicht?"

„Dann hast du immer noch die Wahl: Entweder bist du deinen Lexus los oder deine drei Freunde."

„Das versteh ich jetzt nicht."

„Komm, stell dich nicht dumm. Hast du irgendwas unterschrieben? Eine offizielle Bestellung oder so was?"

„Nö. Hab ich nicht."

„Na, bitte. Also kannst du's dir aussuchen: Entweder du spielst den edlen Menschen, verscherbelst deinen Lexus, legst noch was drauf und kaufst deinen Freunden den Wein ab – "

„Oder?"

„Oder du putzt dich ab und hast drei Feinde, die dir für alle Zeiten alles Schlechte dieser Welt an den Hals wünschen."

„Mehr nicht?"

„Mehr nicht."

Ich war erleichtert. Mit dem Risiko konnte ich leben.

„Danke, Niki", sagte ich. „Hast was gut bei mir."

„Ich werd drauf zurückkommen", sagte er und lachte wieder. „Ich nehm' dich beim Wort."

Kannst dich auf mich verlassen, dachte ich. Einfach nur heilfroh darüber, aus dem Schneider zu sein. Zu dem Zeitpunkt ahnte ich allerdings noch nicht, dass ich mein Versprechen schon sehr bald würde halten müssen. Und vor allem nicht, bei was für einer üblen Geschichte Niki von mir verlangen würde, dass ich zu meinem Wort stehe.

Ich dachte über die Alternativen nach, von denen Niki gesprochen hatte. Drei Freunde verlieren oder den Lexus? Um ehrlich zu sein: Ich tendierte zur ersten Variante. Der Lexus war mein Traumauto, unvorstellbar für mich, darauf zu verzichten. Obwohl ich erst tags zuvor eine ziemlich unangenehme Erfahrung mit ihm gemacht hatte.

Ich hatte zum Supermarkt fahren wollen, doch schon in der ersten Kurve – der mit den Mülltonnen am Straßenrand – war mir plötzlich schlecht geworden, mein Herz hatte wie verrückt zu hämmern begonnen und am ganzen Körper war mir der kalte Schweiß ausgebrochen. Unmöglich, auch nur einen einzigen Meter weiterzufahren. Ich hatte angehalten und war mit geschlossenen Augen übers Lenkrad gebeugt dagesessen. Schwindelgefühl, Würgen, Zittern. Angst, einfach nur Angst. Erst nach einer Viertelstunde war ich wieder in der Lage gewesen, den Wagen vorsichtig zu wenden und langsam zurück in die Garage zu fahren.

Als ich mich an diese Situation erinnerte, wurde mir sofort wieder schlecht. Würde das jetzt immer so sein, fragte ich mich. Dann könnte ich das Auto auch gleich verkaufen, je eher, desto mehr Geld würde ich dafür bekommen. Schwachsinn. Gut, ich hatte vielleicht noch einen Schock von meinem Unfall, aber so etwas geht vorbei. Ich durfte nur nicht aufgeben. Wie bei einem Turnierpferd, das man nach einem Sturz einfach eisern ein paarmal über die Hürden springen lassen muss. Also, tut mir leid, Freunde, aber es bleibt dabei: Wenn sich für unseren Château Pétrus kein Käufer finden sollte, dann rechnet bitte nicht mit mir.

Sonderbar, bei diesem Gedanken fühlte ich mich überhaupt nicht als mieses Schwein. Aber warum auch? Schließlich ging ich ja nach wie vor davon aus, dass ohnehin alles perfekt laufen würde.

Ich hatte Lust zu feiern. Da kam mir die Wiedereröffnung unserer Galerie gerade recht. Aber weil die erste Vernissage erst drei Wochen später stattfinden sollte und es hierzulande nicht üblich ist, nur aus einer Laune heraus ein Fest zu geben, musste ich mir einen Grund dafür ausdenken. Von neuen Spots angestrahlte, frisch geweißelte, jedoch leere Galeriewände – das war eindeutig zu wenig, um als plausibler Anlass zu gelten. Also beschloss ich nach einigem Nachdenken, meinen nächtlichen Ausrutscher auf dem Eis zu einem schweren, richtig gefährlichen Unfall zu stilisieren, bei dem ich nur mit unglaublich viel Glück ganz knapp dem Tod entronnen war. Damit hatte ich auch gleich das passende Motto für die Einladung, mit mir den Beginn meines neuen Lebens zu feiern: „Schwein gehabt!" Mir gefiel das Dramatische und zugleich souverän Lässige an dieser Geschichte. Außerdem fand ich sie ideal, um mich unseren Freunden und Bekannten zum ersten Mal mit meinem vom Unfall gezeichneten Gesicht zu zeigen. Und zwar ganz locker und entspannt. Das würde sicher Eindruck machen.

Der einzige Wermutstropfen: Claudia würde bei meinem Fest nicht dabei sein. Sie hatte angerufen und mir gesagt, dass sie noch länger in New York bleiben müsse. Ich war nicht wirklich schlau geworden aus ihren aufgeregt geflüsterten, atemlos hervorgestoßenen Sätzen. Irgendwelche Probleme mit irgendwelchen Galeristen und irgendwelchen Künstlern. Und Ramos plötzlich erkrankt und Bruno enorm unter Druck. Oder umgekehrt, was weiß ich. Jedenfalls hinge nun alles von ihr ab und wenn sie jetzt nachhause flöge, hätte sie das Gefühl, sie würde die Kinder im Stich lassen, und das könne sie auf gar keinen Fall verantworten und das würde ich doch sicher verstehen, oder?

„Kann ich irgendwie helfen?", hatte ich gefragt. „Soll ich zu dir kommen?"

„Lieb von dir, Markus. Aber ich will das allein durchziehen, du weißt schon."

„Trotzdem. Ich nehm' das nächste Flugzeug, ja?"

„Nein, wirklich nicht nötig. Ganz ehrlich. Trotzdem danke."

„Okay. Und wann bist du dann wieder da? – Hallo? – Claudia? – Hallo? – "

„Was sagst du?"

„Wann du wieder da bist.“

„Sorry, ich versteh dich so schlecht. Bin nämlich in einer Telefonzelle am Times Square ... ich muss jetzt ... ich hab keine – “

„Hallo? – Claudia? – Hallo? –“

Stille. Dann das Besetztzeichen. Die Verbindung war unterbrochen worden. Oder Claudia hatte aufgelegt. Weil sie keine – was? – keine Zeit, keine Telefonmünzen? – mehr gehabt hatte. Dabei hätte ich ihr so gern noch etwas Nettes gesagt.

Schade.

Schwein gehabt. Genau das dachte ich mir dann allerdings auch, als das Fest fast vorbei war, sich die meisten Gäste längst verabschiedet hatten und nur mehr der harte Kern rund um meinen Freund Niki beharrlich weitersoff. Schwein gehabt, dass Claudia verhindert gewesen war. Schwein gehabt, denn wäre sie dabei gewesen, hätte es trotz ihrer wundersamen Verwandlung und unserer neuen, friedlichen Beziehung bestimmt wieder Ärger gegeben.

Nicht, weil ich getreu dem Motto meines Festes zu einem Spanferkelessen eingeladen und den leeren Galerieräumen mit langen Holztischen, Bänken und Laugenbrezelständern einen Hauch von Bierzeltatmosphäre verpasst hatte, was von Claudias Vater mit einem zufriedenen Grinsen und von ihrer Mutter ziemlich pikiert mit der Bemerkung „originell, aber halt ganz und gar nicht upperclass“, quittiert worden war. Auch nicht, weil zur Abwechslung einmal kein Wein, sondern selbstverständlich Bier vom Fass ausgeschenkt wurde und sich die mit tief ausgeschnittenen Trachtendirndln kostümierten Serviermädchen der Cateringfirma mit schweren Bierkrügen abschleppen mussten und mit Tabletts, auf denen sich Teller voll Spanferkelscheiben, Speckkraut und Kartoffelsalat türmten. Ganz sicher nicht, weil ein Volksmusiktrio vor sich hinjodelte und die Luft in unserer „Festivalgalerie Amadé“ schon nach kurzer Zeit zum Schneiden war von dem ganzen Bierdunst, Essensgeruch und Zigarettenrauch. Und schon gar nicht, weil ich an jedem Tisch eine immer noch gefährlicher klingende, aufregendere, abenteuerliche Version meines Unfalls zum Besten gab und mich dann mit Vogelbeerschnaps hochleben ließ.

Nein, ich war sicher, Claudia hätte das alles sogar ziemlich witzig gefunden. Hätte mich zu meiner schrägen Idee beglückwünscht und dieses Fest als netten, harmlosen Gag gesehen. Als lustigen, volkstümlichen Spaß und einmaliges Kontrastprogramm zu dem, was wir den Besuchern unserer Galerie sonst boten. Und trotzdem hätte es schließlich Ärger gegeben, das wusste ich. Denn kurz nach Mitternacht kam mein Bruder zur Tür herein.

Seit seinem irren Auftritt auf dem Friedhof hatte ich Thomas nicht mehr gesehen und gehofft, das würde noch länger so bleiben. Deshalb hatte ich ihn auch nicht eingeladen. Aber irgendwie musste er von dem Fest Wind bekommen haben, denn er tauchte nicht nur so ganz zufällig auf, sondern trug ein ziemlich großes, flaches, quadratisches Paket unterm Arm, das er mir mit den Worten „extra für dich“ überreichte.

„Danke. Wäre nicht nötig gewesen“, sagte ich missmutig und lehnte das Ding an die Wand. Ich war irritiert und wusste nicht, was ich machen sollte. Wenn es nach mir gegangen wäre, hätte ich Thomas am liebsten sofort rausgeschmissen. Doch die anderen begrüßten ihn mit lautem Hallo, rückten auf der Bank zusammen, um für ihn Platz zu machen, und Niki schob ihm ein frisch gezapftes Bier und einen Vogelbeerschnaps über den Tisch und lallte: „Prostprost, großer Meister. Schschön, dich wiedermal su sehn. Wasmachtdiekunst?“

„Kunst? Interessiert das hier überhaupt irgendein Schwein?“, antwortete Thomas.

„Bidde was?“, fragte Niki.

„Na, was die Kunst macht“, setzte Thomas nach. „Ich frage, ob das hier irgendein Schwein interessiert?“

„Hä? Schwein? Wieso Schwein?“ Niki schüttelte verständnislos den Kopf. Und auch alle anderen schienen höchst unangenehm berührt zu sein.

„Entschuldige, aber um was geht's denn hier bei diesem

Fest?“, sagte Thomas. „Ums Schwein, oder? Um ein ganz großes Schwein.“

Schrecksekunde. Dann nach und nach allgemeines Grinsen. Man hatte endlich kapiert: Schwein gehabt! Genau. Darum ging's doch.

„Also dann: Auf das Schwein!“, rief Thomas und kippte seinen Vogelbeerschnaps hinunter.

Großes Gelächter. Erleichterung. Prost, aufs Schwein! Guter Witz, Thomas! Echt guter Witz. Prostprost! Und gleich noch einen! Prostprost! Auf die Schweine!

Kann man von einer Sekunde auf die andere stocknüchtern sein? Ist es möglich, dass ein von Bier und Schnaps benebeltes Gehirn schlagartig anspringt und Alarm schreit? Ich weiß es nicht. Ich erinnere mich nur, dass ich auf einmal dachte: Scheiße, das ist nicht lustig! Ganz und gar nicht. Dieser verfluchte Hund spielt ein falsches Spiel! Irgendwas kommt da noch nach, und zwar etwas ganz Mieses!

Ich war sicher, dass Thomas für meine Gäste noch ein paar saftige Beleidigungen im Köcher hatte und nur auf das passende Stichwort wartete, um sie abzuschießen. Besser, ihn ein bisschen unter Kontrolle zu haben. Widerwillig setzte ich mich neben ihn.

„Sauf dich an, wenn du unbedingt willst, aber mach keinen Ärger, okay?“, flüsterte ich, damit es außer Thomas niemand hören konnte.

„Was? Ärger? Ich doch nicht“, antwortete er mit übertriebener Entrüstung. Dann rief er in die Runde: „He, Leute! Mach ich Ärger? Mein Bruder sagt, dass ich Ärger mach! Ich mach doch keinen Ärger, oder?“

Ärger? Wieso? Nein, wirklich nicht! Alle waren sich einig. Thomas machte keinen Ärger.

„Versssauduhiernichdieschschtimmung“, zischte mich Niki an, langte mit einer ausholenden Bewegung nach der Vogelbeerflasche, stieß sie um und glotzte dann mit tieftraurigem Dackelgesicht auf den Schnaps, der aus dem Flaschenhals blubberte und auf dem Tisch eine Lache bildete, die immer größer wurde und in der bald Brezelkrümel und Zigarettenasche schwammen. „Schschweinerei ... schschadedrum." Er griff nach einem leeren Bierkrug, setzte ihn an der Tischkante an und wischte mit der Hand den ganzen Krümelaschevogelbeercocktail in den Krug. Langsam, hochkonzentriert und sorgfältig, als müsste er verstreuten Goldstaub einsammeln. Und dann soff er das Zeug in einem Zug aus. „Runderdamit ... aufdieschschweinerei ... jegrößerdesdobesser!"

Genau! Prostprost! Auf die Schweinerei! Und die Schweine! Je größer, desto besser! Je schweinischer, desto versauter, hahahaha! Schwein muss sein, hähähähä! Echte Schweine sind nie alleine, schauschau, Frau Sau, höhöhöhö!

Acht Besoffene an einem Tisch, die vor Vergnügen wieherten. Acht Angehörige der besten Salzburger Gesellschaft – ein Baumeister, ein Autohändler, ein Werbeagenturbesitzer, ein Banker, drei Anwälte, ein Immobilienmakler – die sich mit glasigen Augen am Wort „Schwein" und seinen albernen Varianten aufgeilten wie kleine Kinder und von einem Lachkrampf in den nächsten fielen. Acht in jeder Hinsicht erfolgreiche, etablierte Herren, Kunstfreunde, Freunde der Galerie, meine Freunde, die noch bis vor wenigen Minuten fröhlich, aber trotzdem einigermaßen kultiviert vor sich hingesoffen hatten und die sich jetzt auf einmal zum Affen machten. Und wäre ich nicht von der großen Nüchternheit übermannt worden, hätte ich mich vermutlich ebenso idiotisch benommen, ohne es zu bemerken. Peinlich und entlarvend primitiv – dazu angestiftet von niemand anderem als meinem Bruder.

Ich war sauer auf Thomas. Stinksauer.

„Okay, du Arsch, du hast es geschafft", sagte ich. „Du hast mir mein Fest ruiniert. Zufrieden?"

„Das Fest der Schweine", murmelte er. „Das große Fest der großen Dreckschweine."

„Drehst du jetzt völlig durch oder was?"

„Schau sie dir doch an, diese Schweine. Wie happy sie sind,

wenn sie sich nicht verstellen müssen. Kleine Schweine, große Schweine und einer ist die Obersau."

Gibt's wo eine Schweinerei, bin ich garantiert dabei, hähähähä! Sagt einer: Kennen Sie meine Frau? Sagt der andere: Nein, das Schwein hab ich noch nicht gehabt, höhöhöhö! Komisch: Schweine sind gut zu vögeln, hahahaha! Was machen zwei Polizisten mit einer besoffenen Frau in der Arrestzelle? Sie lassen die Sau raus, hihihihi!

„Bitte schön", sagte Thomas, „da hast du's."

„Ja, aber was soll das? Was willst du damit beweisen?"

„Wart's ab", sagte er, schloss seine Augen, dachte einen Moment lang nach, bewegte lautlos seine Lippen, als würde er einen Satz ausprobieren, und rief dann in die Runde: „Seh' ich eine junge Frau, werde ich sofort zur Sau, hahahaha!"

Bravo! Super! Spitze! Prostprostprostata! Ferkel sind immer am Werkel, grunzgrunz, hähähähä!

„Es reicht", fuhr ich Thomas an. „Besser, du gehst jetzt. Raus hier, aber sofort!"

„Verstehst du noch immer nicht?" Thomas rührte sich nicht von seinem Platz.

„Was, du Arschloch? Was soll ich verstehen?"

„Pack dein Geschenk aus."

„Mein Geschenk?"

„Ja. Pack es endlich aus."

„Entschuldige, aber was hat mein Geschenk mit dieser verdammten Scheiße zu tun, die du hier veranstaltest?"

„Pack's aus. Pack's einfach aus."

„Keine Lust. Absolut nicht."

„Gut, dann mach ich es."

„Tu, was du nicht lassen kannst."

Sollte er doch. Besser, als wenn er weiter provozierte und blöde Sprüche losließ. Darauf war ich ebenso wenig neugierig wie auf mein Geschenk. Durchs braune Packpapier zeichnete sich deutlich die Kontur eines Keilrahmens ab, also konnte ich mir ja schon denken, was es war. Ein Bild, eine von Thomas' jämmerlichen Schmierereien, sinnlose, chaotische Acrylspritzer auf Leinwand, die er uns nun als geniales Kunstwerk präsentieren würde. Es sei denn, er hätte in den vergangenen zwei Jahren seinen Stil geändert, aber das hielt ich für eher unwahrschein-lich.

Doch als er dann „Alle mal herschauen! Der Höhepunkt des Abends!" rief, das Ding auf den Tisch hievte und das Packpapier mit einem lauten „Ta-ta-ta-taaaa!" herunterriss, stockte mir der Atem.

Ich war sprachlos. Nicht vor Verblüffung über das Bild oder weil es so großartig gewesen wäre, denn es war nur die vermutlich hundertste sauschlechte Imitation des berühmten Marilyn-Monroe-Porträts von Andy Warhol, die ich schon zu sehen bekommen hatte, und noch dazu von allen ganz sicher die allerschlechteste – neun im Quadrat angeordnete, einfach auf die Leinwand geklebte, gleich große, identische, überbelichtete Schwarzweißfotos eines Frauengesichts, alle ungeschickt mit grellen Farbflächen akzentuiert – nein, nicht der unsägliche Dilettantismus, mit dem dieses Machwerk angefertigt worden war, nicht diese Zumutung für meinen Geschmack, die fast schon an eine Beleidigung grenzte, machte mich sprachlos, sondern etwas ganz anderes.

Ich war sprachlos vor Schreck: Ich erkannte die Frau, die mir da neunmal entgegenblickte. Erkannte sofort ihr Gesicht hinter den knallbunten Flecken. Neunmal dieses Gesicht, das sich unauslöschlich in mein Gehirn eingebrannt hatte. Neunmal diese Augen. Neunmal diese Lippen. Neunmal – ja, verdammt! – neunmal diese flammend roten Haare.

Neunmal Roswitha.

Dem sprachlosen Erschrecken folgte stummer Zorn. Ein trockenes, kratziges Räuspern, das war alles, was ich herausbrachte. Galle im Mund. Die Narbe auf meiner Stirn pochte und schmerzte. Glühte vermutlich. Rot. Leuchtend rot. Feuerrot wie die verfluchten Haare. Glutrot. Blutrot.

Nur gut, dass sich in diesem Augenblick niemand für mich interessierte. So eigenartig, peinlich berührt und offensichtlich ablehnend, wie ich reagierte, hätte ich tausend Fragen beantworten müssen. Aber alle glotzten das Bild an und bewunderten es. Soweit sie dazu überhaupt noch imstande waren.

Schscheißmichan. Schschönesbild. Schschönefrau. Willichhaben. Kunst und Gunst gibt's nicht umsunst, hähähähä! Wassollsnkostn? Schscheißegal ... kaufich. Prostprostschschönefrau! Schscheißmichan.

„Nimm das Bild weg", herrschte ich Thomas an. „Pack es wieder ein und dann verschwinde!"

„Ganz sicher nicht!" Thomas warf mir einen giftigen Blick zu. „Nicht jetzt!"

„Hau ab, du Arschloch!" Ich sprang auf, riss ihm das Bild aus der Hand und schleuderte es auf den Boden.

„Scheiße! Spinnst du? Selber Arschloch!"

Thomas wollte das Bild wieder aufheben, aber ich war schneller, rannte damit ins Hinterzimmer und ließ es dort hinter einem Stapel Weinkisten verschwinden.

Hewassollndas? Schschpassbremse. Rücksofortdiefrauwiederraus. Genau! Her mit der Frau! Hähähähä!

Acht Besoffene im Chor. Sechzehn Fäuste, die auf die Tischplatte hämmerten.

Ge-nau! Bam-bam-bam-bam! Her mit der Frau! Bam-bam-bam-bam! Ge-nau! Bam-bam-bam-bam! Her mit der Frau!

„Schluss! Aus! Sorry, Freunde!" Ich öffnete die Eingangstür, ließ die eisige Luft hereinströmen. „Tut mir echt leid. Aber das war's jetzt. Das Fest ist vorbei."

Wasislos? Schmeißtderunsjetztechtrausoderwas? Hä? Nagut. Wogibtsninderscheißstadtnochwaszutrinkenumdiezeit?

Acht honorige Bürger, die sich kopfschüttelnd aufrafften, in ihre dicken Mäntel und Jacken schlüpften, mir zum Abschied verständnislose Blicke zuwarfen und mit unsicheren Schritten in der Winternacht verschwanden.

„Seid mir nicht bös, bitte, aber mir geht's nicht so gut ... weiß auch nicht ... der Unfall ... mein Kopf ... war vielleicht doch ein bisschen zu viel ...", log ich. „Trotzdem, schön, dass ihr da wart. Gute Nacht."

Ich hoffte, dass sie sich am Morgen nicht mehr daran erinnern würden, wie dieser Abend zu Ende gegangen war. Nicht an ihre Scheißsprüche, nicht an das Bild, nicht, dass ich sie rausgeworfen hatte. (Wie sich in den nächsten Tagen herausstellte, hatte der Vogelbeerschnaps bei den meisten tatsächlich ganze Arbeit geleistet und Löcher in ihr Gedächtnis gefressen. Jedenfalls taten sie so, als ob nichts gewesen wäre. Nur beim Autohändler und beim Werbefritzen – das war der mit den blöden Reimen – waren noch Spuren von Erinnerung übrig. Aber beide waren sich bloß nicht mehr ganz sicher, ob sie sich nicht vielleicht doch irgendwie danebenbenommen hatten, und baten mich dafür um Entschuldigung.)

Ich war müde, wollte nachhause. Doch Thomas ließ nicht locker. Er stand im Hinterzimmer und bebte vor Wut.

„Wo ist das Bild?", schrie er mich an. „Sag mir jetzt auf der Stelle, wo das Bild ist!"

„Darauf kannst du lange warten", sagte ich. „Du hast es mir geschenkt, also kann ich damit machen, was ich will."

„Rück sofort das Bild raus, sag ich dir!"

„Ich denk überhaupt nicht daran."

„Ich will es aber haben. Ich muss es haben!"

„Nein. Kommt nicht in Frage."

„Bitte, Markus. Bitte!" Auf einmal war er kleinlaut. Wirkte entmutigt, fast verzweifelt. „Du verstehst mich nicht. Herrgott, du verstehst mich einfach nicht, oder?"

„Nein, Tommi, ich versteh dich wirklich nicht."

„Wir waren so nah dran. So nah ..."

Keine Ahnung, was er damit meinte. Ich langte hinter den Stapel Weinkisten und holte das Bild hervor.

„Da. Bitte. Und jetzt hau ab damit."

Zwei der neun aufgeklebten Porträtfotos hatten sich teilweise von der Leinwand gelöst, waren eingerissen, geknickt und standen wie Eselsohren ab. Thomas legte das Bild auf den Boden, kniete sich dazu und versuchte, die Fotos wieder festzudrücken und die Risse und Knicke mit dem Fingernagel glattzureiben. Es gelang ihm nicht.

„Ich brauch was zum Kleben. Hast du vielleicht was da?"

„Muss das unbedingt jetzt sein? Es ist fast drei Uhr früh." Ich ging hinauf in mein Büro und kramte eine Rolle Klebeband aus einer Schreibtischschublade. „Geht's damit? Was anderes hab ich nicht."

„Danke."

„Gut. Aber eins will ich trotzdem wissen: Was soll eigentlich dieser ganze Schwachsinn? Ist das jetzt dein neuer Stil, dieser Warhol-Krampf?"

„Was? Ach, so. Nein. Wirklich nicht."

„Aha. Und wie kommst du zu diesem Foto von Roswitha?"

„Roswitha?"

„Ja. Ich kann mich nämlich nicht erinnern, dass ich sie jemals fotografiert habe."

„Aber das ist doch nicht Roswitha." Thomas klang empört.

„Nein? Wer –"

„Tanja."

„Bitte?"

„Tanja. Das ist Tanja."

„Tanja?" Ich sah genau hin. Verflucht. Es konnte tatsächlich genauso gut Tanja sein. Ich war in meine eigene Erinnerungsfalle gegangen. „Sorry. Ich hab geglaubt –"

„Ja, okay. Jetzt wird mir natürlich einiges klar."

Völlig klar. Denn wenn ich nicht wüsste, dass es um Tanja gehe, könne ich ihn natürlich nicht verstehen. Ihn und seinen Plan, den er sich ausgedacht habe. Seinen genialen Plan, um das Dreckschwein zu finden, das Tanja vergewaltigt hat. Nämlich todsicher eins von den präpotenten Arschgesichtern, die da ständig in der Galerie rumhängen. Sich ansaufen und glauben, sie könnten machen, was sie wollen. Meinen, die Welt würde ihnen gehören. Einer von diesen Scheißkerlen, hundertprozentig. Denkt wahrscheinlich überhaupt nicht mehr an das, was er getan hat. Fühlt sich sicher. Kennt nicht einmal ihren Namen. Irgend so eine blöde Fotze halt, die er gefickt hat, na und? Keine Ahnung, ob es ihr auch gefallen hat, beschwert hat sie sich jedenfalls nicht. Ist ihm ja auch nie wieder über den Weg gelaufen. Aber wenn er jetzt auf einmal auf diesem Bild ihr Gesicht sieht, wird er sich daran erinnern. Garantiert. Geht gar nicht anders. Wird zuerst so tun, als wäre nichts. Doch irgendwann wird er sich verraten. Wird zweideutig grinsen. Oder eine schweinische Bemerkung machen. Genau so läuft das nämlich. So und nicht anders.

In dieser Tonart ging es weiter. Ich konnte kaum glauben, was sich Thomas wieder einmal zusammengesponnen hatte.

Mein Gott, was für eine hirnrissige Idee, dachte ich. Alles daran war komplett bescheuert. Schon allein der Gedanke, ausgerechnet einer der Freunde unserer Galerie könnte ein Vergewaltiger sein, war völlig aus der Luft gegriffen. Absurd wie die Vorstellung, ihn mit einem als Kunstwerk getarnten, extra für diesen Zweck angefertigten Bild von Tanjas Gesicht als Täter entlarven zu können. Das war krank, einfach nur krank. Geisteskrank. Doch wie sollte ich mit so einem Verrückten umgehen?

„Wir waren schon so nah dran", sagte er wieder. „So nah. Noch fünf Minuten, und das Schwein hätte sich bloßgestellt, ohne es zu merken."

„Verstehe", sagte ich. „Entschuldige, dass ich es vermasselt hab. Mein Fehler."

„Schon gut. Aber wir müssen jetzt weitermachen, okay?"

„Natürlich. Und wie?"

Thomas hatte das Bild notdürftig repariert, hob es auf, blickte sich suchend im Raum um und hielt es dann an die Wand hinter der kleinen Bar, die ich als Weinausschank benutzte.

„Da. Genau da hängen wir's hin. Das ist perfekt. Da können es alle sehen. Und dann müssen wir nur noch warten."

„Was heißt wir?"

„Du und ich. Ich werd jeden Abend da sein. Mich mit deinen Gästen unterhalten. Sie beobachten. Ganz unauffällig. Und ich verspreche dir, es wird nicht lange dauern, dann wird sich einer verraten."

Wieder saß ich in der Zwickmühle. Wenn ich nein sagte, würde Thomas behaupten, ich wolle Tanjas Vergewaltiger beschützen. Und wenn ich zustimmte, und Thomas irgendwann eine völlig harmlose Reaktion, einen Satz, einen Blick so interpretierte, wie es ihm in seinen abwegigen Kram passte? Oder noch schlimmer: Was, wenn er einmal damit sogar Recht hatte? Mühle auf, Mühle zu.

„Einverstanden", sagte ich. „Das Bild kann da hängen. Aber nur so lange, bis Claudia wieder zurück ist."

Und das wird sehr bald sein, fügte ich für mich hinzu. Hoffentlich sehr, sehr bald. Drei, vier Tage vielleicht, und dann hat dieser Spuk ein Ende.

Das Bild hing zwei Wochen lang hinter der Bar.

Zwei Wochen, in denen ich nichts von Claudia hörte und nicht wusste, was ich davon halten sollte. Zwei Wochen, in denen mich die Fotos von Tanjas Gesicht mehr und mehr irritierten, weil sie mich nach wie vor an Roswitha erinnerten, wider besseres Wissen, beunruhigend und bedrohlich wie ein Menetekel an der Wand.

Zwei Wochen, in denen ich die Galerie nicht einfach wieder zusperren konnte, weil Claudias Mutter schon die nächste Ausstellung vorbereitete und gemeinsam mit der Künstlerin blasse Blumenaquarelle aufhängte, wieder abhängte, anders gruppierte, abermals aufhängte, die Helligkeit und Richtung der Spots veränderte, die Bilder erneut von den Wänden nahm, um eine noch vorteilhaftere Anordnung auszuprobieren, immer wieder, tagelang, bis spät in die Nacht – dabei die ganze Zeit mir gegenüber plötzlich ungewohnt wortkarg, ja beinahe abweisend, zugleich aber so hektisch und nervös, wie ich sie bisher noch nie erlebt hatte, als ginge es um die Präsentation sensationeller Picassos und nicht um die Hobbymalerei einer Salzburger Juweliersgattin.

Zwei Wochen, in denen ich um des Geschäfts willen wie üblich von Dienstag bis Freitag jeden Abend für die Freunde der Galerie den großzügigen Gastgeber spielte. Zwei Wochen, zwei unerträglich lange Wochen, in denen ich Thomas dabei zusehen musste, wie er seine Paranoia zelebrierte.

Es sah so aus, als würde es ihm ungeheure Befriedigung verschaffen. Als wäre es die großartigste und wichtigste Beschäftigung, die es gibt, stundenlang auf dem einzigen Barhocker zu sitzen und aus den Augenwinkeln heraus die anderen Gäste an den zwei kleinen Tischen zu beobachten. Sozusagen von oben herab und doch unauffällig. „Mir entgeht nichts“, sagte er jedes Mal, wenn er seinen Überwachungsposten bezog. „Ein falsches Wort, eine falsche Bewegung, und wir haben das Schwein.“

Bis heute weiß ich nicht, warum er sich in den Kopf gesetzt hatte, ja regelrecht besessen von der Überzeugung war, ausgerechnet hier und nirgendwo anders würde er seinen Täter finden. Aus welchem Grund in seinen Augen jeder ein Verdächtiger war, eine potenzielle Drecksau, jeder einzelne der Freunde, die da friedlich beisammen saßen, über belangloses Zeug redeten und den Tag bei zwei, drei Gläsern Wein ausklingen ließen. Er kannte sie doch alle noch aus der Zeit, bevor er Tanja kennengelernt hatte. Es waren immer noch dieselben, die ihm freundlich applaudiert hatten, damals, als ich ihnen Thomas als jungen, aufstrebenden Künstler vorgestellt hatte, um ihn aus seinen moralischen Tiefs herauszuholen und aus dem Gefühl, die ganze Welt habe sich gegen ihn verschworen. Warum also hasste er sie so und traute ihnen alles Schlechte zu? Hatte er seinerzeit vielleicht doch mitbekommen, dass sie sich hinter seinem Rücken über ihn lustig gemacht hatten? Rührte daher sein abgrundtiefes Misstrauen, das jedes vernünftige Argument an ihm abprallen ließ?

Solange er nur still auf seinem Hocker saß und niemanden störte, hielt ich es fürs Beste, wenn ich ihn in Ruhe ließ. Bloß nicht reizen. Niemand kümmerte sich um ihn. Das komische, kleine Galeriefaktotum war wieder da, das war's. Und für das Bild von Tanja interessierte man sich noch weniger. Es war Inventar. Dekoration wie das alte Perrier-Werbeschild aus Blech, neben dem es hing. Keinen Blick wert. Längst vergessen, dass man um dieses Bild bei meinem Fest so viel Tamtam gemacht hatte im

Suff. Nichts passierte. Schwein gehabt, dachte ich. Aber ich freute mich zu früh.

Gegen Ende der ersten Woche wurde Thomas unruhig. Niemand hatte sich bis jetzt verraten, da musste er nun wohl ein bisschen nachhelfen. Plan B: Nicht mehr still abwarten, sondern gezielt herausfordern. Sich mit einem freundlichen Lächeln ungefragt in die Gespräche einmischen und dann die Aufmerksamkeit auf das Bild lenken. Mit Bemerkungen, die den Anschein wecken sollten, sie wären nichts als harmlos und witzig. Sätzen wie: „He, ihr Banausen! Tolles Bild, was? Schon mal so eine super Frau gehabt?" Oder: „Also zu so einer geilen Tussi würde ich auch nicht nein sagen, ihr vielleicht?" Diese Taktik hatte ja schon einmal fast ans Ziel geführt. So nahe dran! So nahe!

Aber es war bloß peinlich. Großer Womanizer, der kleine Mann, was? Sag, bist du nicht schon ein bisschen zu alt, um dich an ein paar Fotos aufzugeilen? Grinsen. Kopfschütteln. Ratlose Blicke in meine Richtung. Irgendwie ist dein Bruder nicht ganz dicht, oder?

Ich versuchte, Thomas abzulenken. Fragte ihn, ob er Tanja im Krankenhaus besucht habe, erkundigte mich nach ihrem Zustand. Dachte, das müsste ihm wichtig sein. Doch er zuckte nur mit den Schultern. „Keine Ahnung. Immer das Gleiche. Sie schläft." Ich fragte nach ihrer Familie und ob sie Bescheid wüsste. Wieder Schulterzucken. „Vater abgehauen. Mutter tot." Mehr war aus ihm nicht herauszukriegen. Ich erkundigte mich nach seiner Malerei und ob in den letzten beiden Jahren neue Bilder entstanden seien, stellte sogar die Möglichkeit einer Ausstellung in den Raum. Aber er blockte alles ab. „Komm, lass es. Interessiert doch kein Schwein." Und dann machte er weiter und sonderte die nächste beschissene Behauptung ab: „Mit der da auf dem Bild, mit der hab ich einen von euch schon irgendwann einmal gesehen, stimmt's?"

Er ging allen auf die Nerven, das war alles, was er damit erreichte. Er war derart unerträglich, dass mir einer der Rechtsanwälte und der Werbemensch irgendwann kurz entschlossen mitteilten, sie würden es vorziehen, ihren Schlummertrunk in der nächsten Zeit woanders zu sich zu nehmen.

„Danke“, sagte ich zu Thomas. „Du hast es geschafft. Mach so weiter, und wir sitzen demnächst allein da.“

„Mehr fällt dir dazu nicht ein?“, sagte er. „Dass genau das die beiden Dreckschweine sind, kannst du dir nicht vorstellen, nein? Dass sie nur deshalb nicht mehr kommen, weil sie den Druck nicht mehr aushalten?“

„Jetzt sind’s also schon zwei. Super. Deine Idiotie wird ja immer größer! Du bist komplett wahnsinnig, sag ich dir, vollkommen verrückt bist du! Direkt gemeingefährlich. So einer wie du gehört eingesperrt!“

„Gemeingefährlich? Das werden wir noch sehen, wer hier gemeingefährlich ist! Wer hier eingesperrt gehört!“

Aus heutiger Sicht betrachtet, war es ja fast zum Lachen. Ein Komödienautor hätte es nicht besser schreiben können: Am nächsten Abend blieben auch der Autohändler und der Immobilienmakler weg.

„Bravo“, rief ich. „Jetzt sind’s bereits vier! Und demnächst fünf, sechs, acht! Das muss ja eine richtig schöne Massenvergewaltigung gewesen sein, was Tommi? Ein ausgewachsener Gangbang und mittendrin deine Tanja. Ist es das, was dir vorschwebt? Was du dir ausmalst in deinem beschissenen, kranken, perversen Zwergengehirn unter deiner hässlichen Stoppelglatze?“ Ich konnte nicht anders. Ich musste mich einfach in den blanken Hohn retten.

Damals fand ich das alles nämlich überhaupt nicht zum Lachen. Ich hatte einen Wahnsinnigen am Hals, einen Geisteskranken, bei dem ich nicht wusste, was er als Nächstes anstellen würde. Ich musste mir von Claudias Mutter gefallen lassen, dass sie nur das Allernötigste mit mir sprach und mich darüber hinaus mied, als hätte ich die Krätze. Freunde gingen einer nach dem anderen auf Distanz, meine Narbe schmerzte, ich konnte nicht mehr Auto fahren, hatte mich auf ein riskantes Weingeschäft eingelassen und durch meine Albträume geisterte seit einiger Zeit wieder Roswitha. Sonst noch was? Ach ja, immer noch keine Nachricht von Claudia. Worüber hätte ich also lachen sollen, bitte schön?

Dabei hatte ich doch gemeint, ich hätte gerade eine Glückssträhne. Wenn das eine Glückssträhne ist, kann ich gern drauf verzichten, dachte ich. Shit happens war wohl wieder angesagt. Als ob ich es in der Hand gehabt hätte, darüber zu entscheiden.

13

Claudia rief mich endlich an. Kein langer Anruf, aber immerhin wusste ich jetzt wenigstens, wo sie war. Nämlich in Mailand. Bei Bruno DeAngelis in der Zentrale von „Artists 4 Children".

Sie sprach schnell. Ihre Stimme war leise, unsicher, nervös. Schlechte Nachrichten. Schrecklich, alles ganz schrecklich in den USA. Keine Chance, nichts zu machen, absolut nichts. Weder in New York noch in Washington und auch nicht in San Francisco. Überall nur Desinteresse und Ablehnung. Der ganze Kunstbetrieb bloß eine brutale Gewinnmaximierungsmaschinerie, bei der alle mitspielen, die Galeristen sowieso, aber auch die Künstler. Alle nur auf ihren Vorteil aus, hartherzig und berechnend. Null Mitgefühl, kein Verständnis für die Ziele von „Artists 4 Children". Nicht einmal Ramos. Einfach im Stich gelassen, abgewimmelt mit einer fadenscheinigen Ausrede. Wie man sich derart irren kann bei einem Menschen, von dem man glaubt, man würde ihn kennen. Wahrscheinlich nur mehr seine Sängerkarriere im Kopf. Fürchterlich. Die ganze Reise ein einziges Desaster.

Bruno natürlich maßlos enttäuscht. Gibt aber trotzdem nicht auf. Setzt jetzt seine ganze Hoffnung in unsere Charity-Ausstellung. Und in Ma und sie und die wundervollen Menschen in unserer wundervollen Stadt, sagt er. Braucht sie jetzt mehr denn je. Zur moralischen Unterstützung und überhaupt. Macht ja alles allein. Als Einzelkämpfer. Die ganze Organisation hängt an ihm. Nicht einmal ein richtiges Büro, bloß ein kleines Arbeitszimmer in seiner Wohnung, um Geld zu sparen. Soll ja alles den Kindern zugute kommen. Wirklich zu bewundern. Kann Bruno jetzt unmöglich allein lassen. Ganz unmöglich! Ma weiß schon Bescheid. Mailand ist übrigens eine aufregende Stadt. Ja, und viel Glück noch für die Vernissage heute. Wird sicher ganz toll wie immer.

Ich verkniff es mir, Claudia von meinem Château-Pétrus-Coup zu erzählen, den ich im Sommer zu landen gedachte. Denn dass ich sie im Organisieren von Großspenden um Längen schlug, war wohl das Letzte, was sie jetzt hören wollte. Außerdem, wie hätte ich ihr Hoffnungen machen dürfen, wenn ich mir meiner Sache selber nicht mehr sicher war? Bei einem Misserfolg würde ihre Enttäuschung nur umso größer sein. Das wollte ich ihr nicht antun. Und weil mir sonst nichts einfiel, sagte ich nur: „Schade, dass du nicht da bist. Trotzdem alles Gute. Du schaffst das schon."

„Ja", sagte sie. „Ciao."

Katzen spüren ein Gewitter schon Stunden vorher, heißt es. Vermutlich fühlen sie die unangenehme Spannung, die in der Luft liegt, sich langsam aufbaut und immer bedrohlicher wird, um sich schließlich mit einem gewaltigen, furchtbaren Schlag zu entladen. Etwas Ähnliches muss es wohl gewesen sein, warum ich am Nachmittag vor unserer Ausstellungseröffnung plötzlich von einer unerklärlichen Angst erfasst wurde. Ich schob es auf meine Narbe, die mich auf einmal wieder verunsicherte. Die Freunde kannten sie ja schon, für die war sie kein Thema mehr. Aber wie würden die vielen anderen Vernissagenbesucher darauf reagieren, all die Wichtigen, Reichen und Schönen, die ganze lokale Prominenz, die Claudias Mutter um sich geschart hatte und die für sie von gesellschaftlicher Bedeutung war? Würde ich diese Leute mit meinem Aussehen irritieren, vielleicht sogar erschrecken? Und war das möglicherweise sogar der Grund dafür, dass sich Claudias Mutter neuerdings am liebsten von mir fernhielt?

Ich hatte mir zwar bereits aus ein paar Kunstmagazinen einige schlaue Sätze über die Zeitlosigkeit und unübertreffliche Subtilität der Aquarellmalerei zusammengesucht, geistreiche, großartig klingende Formulierungen, die der Malerin garantiert ungemein geschmeichelt hätten, aber nun zog ich es vor, auf mein Eröffnungsstatement zu verzichten. Ich hatte einfach keine Lust, mir von fünfzig Leuten gleichzeitig ins Gesicht starren zu lassen. Nein danke, darauf konnte ich verzichten. Ich beschloss, mich dezent im Hintergrund zu halten in der Hoffnung, der Abend möge ohne Aufregung oder gar Ärger möglichst rasch zu Ende gehen.

Alles war perfekt geplant und vorbereitet, das wusste ich. Claudias Mutter würde die Gäste begrüßen, der stolze Juwelier würde einen Toast auf seine noch stolzere Ehefrau und Künstlerin aussprechen und ihre Blumenaquarelle in den höchsten Tönen preisen, danach würde sich wie üblich niemand die Bilder ansehen, sondern alle würden nur nach den beiden Serviermädchen schielen, um einen Snack und einen Drink zu ergattern, der große Smalltalk würde einsetzen und alle würden glücklich sein, alles wie gewohnt, genau so, wie es Claudia am Telefon gesagt hatte, ganz toll wie immer – und trotzdem wurde ich das Gefühl nicht los, dass sich irgendein Unheil zusammenbraute.

Ich glaube, ich wäre nicht überrascht gewesen, wenn Claudias Mutter mir am Abend zugezischt hätte, meine hässliche Fratze sei eine Zumutung für alle Gäste und ich solle mich gefälligst in mein Büro verziehen. Oder wenn Thomas, frustriert wegen seiner bisherigen Erfolglosigkeit, zuerst sämtliche Anwesende lautstark als ganz erbärmliche Versammlung von Dreckschweinen beschimpft und dann eine Stinkbombe hochgehen lassen hätte. Oder wenn die Snacks verschimmelt, die Drinks vergiftet und die Serviermädchen Terroristinnen gewesen wären. Aber außer dass mir ein freundlich lächelnder Facharzt für plastische Chirurgie mit der Bemerkung, meine Narbe sei ein Klacks, den er mit dem Laser im Handumdrehn so gut wie unsichtbar machen könne, seine Visitenkarte zusteckte, passierte nichts.

Entspannte Stimmung, lächelnde Gesichter, gepflegte Unterhaltung, nach nur einer Stunde bereits erstaunlich viele rote „Verkauft"-Punkte auf den Bildern, allgemeine Zufriedenheit, und sogar Thomas schien im Augenblick nichts Böses im Schilde zu führen, soweit ich das seinem Pokerface entnehmen konnte.

(Das Tanja-Bild hatte ich übrigens sicherheitshalber schon am Vorabend abgehängt und auf der Wiese hinter unserem Haus im Schnee verbrannt.)

Läuft doch alles wunderbar, dachte ich und nannte mich wegen meiner grundlosen Angst selber einen Trottel. Aber statt sich unauffällig aus dem Staub zu machen, fiel diesem Trottel nichts Besseres ein, als doch lieber gute Manieren zu beweisen und sich wenigstens bei der Künstlerin zu verabschieden und ihr vorher noch zu ihrem Erfolg zu gratulieren. Gut, hätte sich der Trottel dabei wenigstens darauf beschränkt, der malenden Juweliersgattin, wie es sich gehört, ins vor Aufregung und Glück zartrosa gefleckte, leicht verschwitzte Gesicht zu schauen, während er etwas Intelligentes wie „Großartig, wirklich großartig!" murmelte. Aber nein, der Trottel musste seinen Blick ja unbedingt tiefer wandern lassen, hinunter zu ihrem Hals und zu der kleinen Grube zwischen ihren Schlüsselbeinen, genauer gesagt, zu dem, was dort schimmerte, glänzte und funkelte und seine Augen nicht mehr losließ, so dass er es einfach nur anstarrte, der Trottel, mit offenem Mund blöd anstarrte, völlig fassungslos, eine Minute lang oder vielleicht auch länger.

Es war das Collier meiner Mutter. Das Collier mit dem Schmetterling aus Rubinen und Brillanten. Das Collier, das mir Roswitha gestohlen hatte.

Vermutlich hätte ich es weiter sprachlos angeglotzt, wäre ich nicht von Niki am Arm gepackt und zur Seite gezogen worden.

„Was ist los mit dir?", fragte er. „Geht's dir nicht gut? Du machst ein Gesicht, als hättest du ein Gespenst gesehen."

„Weiß nicht", stotterte ich. „Ich ... ich hab geglaubt ..."

„Ja? Was denn?"

„Ach, nichts ... nichts."

„Nach nichts hat's aber nicht ausgeschaut. War ja schon fast peinlich, wie du der Tussi in den Ausschnitt gestarrt hast. Gut, dass nur ich es mitgekriegt hab."

„Was?... Ich hab doch nicht ... Scheiße ..."

„Also was?"

„Nichts ... ehrlich ... nichts. Trotzdem danke, Niki."

Aber er hörte schon gar nicht mehr zu, weil er viel zu sehr mit dem Versuch beschäftigt war, mit einem der beiden Serviermädchen zu flirten, einer hübschen, ziemlich drallen Musikstudentin aus Rosenheim (Schlagzeug, wie sie mir erzählt hatte, und ich konnte sie mir in einer Trachtenkapelle an der großen Trommel richtig gut vorstellen), deren herber Charme es ihm offensichtlich gewaltig angetan hatte.

Höchste Zeit, mich zu verziehen, bevor ich wirklich unangenehm auffalle, dachte ich.

Und was ist mit dem Collier, meldete sich wieder der Trottel zu Wort.

Was soll damit sein? Nichts ist damit. Wer sagt mir, dass es wirklich das Collier meiner Mutter ist? Wahrscheinlich gibt's ein paar Dutzend davon.

Und wenn nicht?

Halt's Maul, Trottel!

Doch der Trottel gab keine Ruhe. Machte weiter, bohrte weiter, nervte weiter, bis ich endlich nachgab und dem Trottel sagte, ich würde die Tussi jetzt einfach direkt auf den Klunker ansprechen. Ganz lässig.

„Entschuldigen Sie, darf ich Sie was Persönliches fragen?"

Die Neokünstlerin war inzwischen durch die vielen roten Punkte auf ihren Bildern und die mit Sicherheit ebenso vielen Gläser Wein derart euphorisch, dass sie mir vermutlich ohne zu zögern jede Frage beantwortet hätte, wirklich jede, sogar die nach ihrer Lieblingsstellung und ihren schmutzigsten Phantasien im Bett. Aber ich wollte ohnehin nur wissen, woher sie ihr Collier hatte.

Was? Ach, das Collier. Mein Kropfband, wie ich immer dazu sage. Kicher-kicher. Also das hat mir mein Mann geschenkt. Vor zwei Jahren. Zum zwanzigsten. Nein, nicht Geburtstag. Hochzeitstag. Kicher-kicher. Ja, wirklich. Sieht man mir gar nicht an, gelt? Kicher-kicher. Also, wie gesagt, mein Mann. Aber woher er es hat, da müssen Sie schon ihn fragen. Er ist nämlich der Juwelier in der Familie, nicht ich. Kicher-kicher. Ich bin ja nur die arme Künstlerin. Gelt, Mucki? Kicher-kicher.

Um was geht's, Hasi?

Mein Kropfband, Mucki. Er möchte wissen, wo du es herhast. Kicher-kicher. Jetzt gib halt zu, dass du ein Juweliergeschäft ausgeraubt hast, Mucki. Kicher-kicher.

Und wer ist er?

Na, der Mann von der Claudia. Von der Klautschi, du weißt schon. Kicher-kicher.

Ah, er ist das.

Also sag's ihm schon, Mucki. Ich hör' eh weg. Kicher-kicher. Außerdem muss ich jetzt sowieso ganz dringend für kleine Mädchen. Kicher-kicher.

Hasi schwebte davon. Mucki blickte ihr mit unverhohlenem Besitzerstolz hinterher.

Hab ich ihr geschenkt, das Collier. Vor zwei Jahren. Zum zwanzigsten. Nein, nicht Geburtstag. Hochzeitstag. Schnarch-schnarch. (Das war Muckis Art zu lachen: Ein paar hektische, kurze, sägende Geräusche, mit denen er Luft in seinen Rachen sog, als würde er schnarchen. Oder grunzen.) Ja, ja, seit zweiundzwanzig Jahren ... sieht man ihr gar nicht an, nicht wahr? Schnarch-schnarch.

Okay, das wusste ich schon. Aber woher –

Du darfst mich aber nicht verraten. Muss unter uns bleiben, ja? Schnarch-schnarch. Großes Hehler-Ehrenwort, versprochen? Schnarch-schnarch.

Aha. Jetzt waren wir also schon per du. Gauner unter sich oder was? War das die neue Wirkung, die ich mit meinem Narbengesicht erzielte?

Versprochen?

Klar, von mir erfährt keiner was. (Außer dem Trottel, und der würde schweigen wie ein Grab, dafür konnte ich meine Hand ins Feuer legen.)

Das mit dem Collier war nämlich nicht ganz lupenrein, wenn du verstehst. Nicht so ganz legal. Ein echter Glücksfall sozusagen.

Schnarch-schnarch. Aber du kennst das ja sicher auch aus dem Kunstgeschäft, nicht? Schnarch-schnarch. Also, da war so eine junge Frau. Vorletztes Jahr im Sommer, glaub ich. Jedenfalls kurz vor unserem zwanzigsten, du weißt schon. Ist auf einmal bei mir im Geschäft gestanden. Hat irgendwie eigenartig gewirkt. Unsicher. Vielleicht sogar verzweifelt, was weiß ich. Hat gefragt, ob ich ihr Schmuck abkaufen würde. Kommt drauf an, hab ich gesagt. Da hat sie mir gleich eine ganze Schmuckkassette über den Tisch geschoben. In der war das Collier drin. Und noch ein paar Armreifen und Ringe. Bestimmt billiger Schund, hab ich gedacht. Letztklassiges Versandhauszeug, synthetische Steine und so. Schnarch-schnarch. Hab gesagt, sie soll mir alles bis zum nächsten Tag dalassen, weil ich muss mir das genauer anschauen. Und was soll ich dir sagen? Spitzenware! Alles echt! Sauteuer! Hab mich natürlich zuerst gefragt, wie die Frau zu dem Schmuck gekommen ist. Aber man muss ja nicht gleich das Schlimmste annehmen, kann ja auch einen reichen Liebhaber gehabt haben, nicht? Hübsch genug war sie ja, soweit ich mich erinnere. Schnarch-schnarch. Hübsch, aber naiv. Hat keine Ahnung gehabt, wie viel der Schmuck wirklich wert war, keinen blassen Schimmer. Hab ihn ihr für ein Drittel abgekauft. Hätte ihr sogar noch weniger zahlen können, aber man ist ja schließlich kein Unmensch, nicht? Schnarch-schnarch. Hat sich irrsinnig gefreut. War ja immer noch ein Haufen Geld für sie. Und für mich war's ein echtes Schnäppchen und ein super Geschenk für Hasi. Also waren wir beide glücklich, ist doch fair, oder? Schnarch-schnarch. Und jetzt freut sich Hasi drüber. Muss ja schließlich nicht alles wissen, nicht? Schnarch-schnarch-schnarch-schnarch.

Arschgesicht, verdammtes. Aber gut, der Trottel wusste jetzt wenigstens Bescheid und würde endlich sein Maul halten und sich wieder verkrümeln. Ich brauchte ihn nämlich nicht mehr, jetzt, wo sich herausgestellt hatte, dass meine Befürchtungen berechtigt gewesen waren und mich mein Gefühl nicht getäuscht hatte.

Ich ging nach oben in mein Büro. Auf den Schock brauchte

ich einen großen Schluck Cognac. Ohne Gesellschaft. Ganz für mich allein.

Fuck! Fuck! Fuck!

Wenn das stimmte, was Mister Schnarchnase mir soeben erzählt hatte, konnte das nur eines bedeuten: Roswitha war nicht tot. Zumindest vor zwei Jahren war sie noch am Leben. Und wer weiß, möglicherweise trieb sie sich nach wie vor in unserer Stadt herum.

Das hieß zwar, dass ich Roswitha gar nicht umgebracht hatte und dass ich kein Mörder war, der bis jetzt nur das Glück hatte, davongekommen zu sein, aber das war alles andere als beruhigend. Unser nächtlicher Kampf, mein heftiger Abwehrstoß, ihr Sturz über die Salzachböschung, meine panikartige Flucht, das alles war ja tatsächlich geschehen. Damit konnte sie mich immer noch erpressen, wenn sie wollte. Konnte mir drohen – nein, nicht mich bei der Polizei anzuzeigen, davon hätte sie ja nichts, – sondern damit, es Claudia zu erzählen oder Claudias Eltern oder Thomas. Zu erzählen, dass ich keinen Finger gerührt hätte, um sie zu retten, dass ich sie hätte sterben lassen wollen, einfach verrecken, verbluten da unten auf den Felsen am Flussufer. Dass sie endlich wissen sollten, was für ein Mensch ich wirklich sei, nämlich einer, der vor einem Mord nicht zurückschrecken würde, um seine Haut zu retten. Jederzeit konnte sie bei mir aufkreuzen und Geld für ihr Schweigen verlangen. Ja, die tote Roswitha war für mich im Lauf der Jahre zu einer immer kleineren Bedrohung geworden. Ich hatte mich an sie gewöhnt. Aber eine lebende Roswitha konnte mir gefährlich werden, konnte mein Leben zerstören. Fuck!

Und was, wenn die Geschichte nicht stimmte? Wenn mir Schnarchnasen-Mucki bloß eine erfundene Story aufgetischt hatte, um mich damit aufzuziehen? Wenn er sie gerade jetzt brühwarm seinem Hasi erzählte und sich die beiden ausschütteten vor Lachen? Stell dir vor, Hasi, der Depp hat den Quatsch tatsächlich geglaubt! Schnarch-schnarch. Kicher-kicher. Denkt jetzt, er wüsste Bescheid. Als ob es irgendwen irgendwas angehen würde, dass wir unsere Luxusware für einen Spottpreis aus Taiwan importieren. Schnarch-schnarch. Kicher-kicher.

Aber die Schmuckschatulle, die Armreifen, die Ringe? Okay, der Mann war Juwelier, da lag es nahe, dass ihm das einfach so eingefallen war. Zur Ausschmückung und damit sich die Geschichte glaubwürdiger anhörte. Passte diese Beschreibung also rein zufällig zu den gestohlenen Sachen? Ich war doch sonst so davon überzeugt, alles sei bloß Zufall, warum fiel es mir ausgerechnet jetzt so schwer, daran zu glauben?

Alles ist wahr. Alles ist Lüge. Ich war ein Mörder. Ich war kein Mörder. Roswitha ist tot. Roswitha lebt. Ich konnte es drehen und wenden, wie ich wollte, immer war das Gegenteil besser.

Fuck! Fuck! Fuck!

(Einschub: Meine Frau Doktor Freud hat ein ziemlich ratloses Gesicht gemacht, als ich auf einmal von einer toten Roswitha gesprochen habe und von mir als Mörder. Sie hat ganz offensichtlich überhaupt nichts verstanden. Wie sollte sie auch? Ich habe ihr ja nie erzählt, was damals in der Nacht am Salzachufer passiert ist. Habe es nur in meinen Laptop getippt, um es wenigstens einmal loszuwerden. Schlimme Geschichte, die mich gar nicht gut ausschauen lässt. Ich wollte auch nie, dass sie jemals irgendwer zu Gesicht bekommt, und war schon ein paarmal kurz davor, sie zu löschen. Gut, dass ich das nicht gemacht habe. Sonst hätte ich meiner Frau Doktor Freud alles erzählen müssen, damit sie die Zusammenhänge versteht. Die ganze Scheiße noch einmal, nein, das hätte ich nie zusammengebracht. Völlig unmöglich. Ich habe sie lieber lesen lassen, was ich geschrieben habe. Jetzt kennt sie sich wenigstens aus. Ob sie es auch versteht, ist eine andere Frage. Und was sie nun von mir hält, kann mir eigentlich gleichgültig sein. Es geht nämlich ohnehin zu Ende mit mir, ich spüre das, da können die Ärzte tausendmal das Gegenteil behaupten. Also egal, was Frau Doktor Freud über mich denkt, Hauptsache, sie hört mir weiter zu. Eine Zeit lang wird es ja hoffentlich noch dauern, bis ich mit meinem Leben fertig bin.)

Möglicherweise lag es an meinem fünften oder sechsten Glas Rémy Martin, dass meine Gedanken dann doch irgendwann endlich damit aufhörten, sich im Kreis zu drehen. Aber hallo, dachte ich und kicherte dabei vermutlich ebenso albern wie Hasi, aber hallo, warum immer nur so negativ, es gibt doch noch eine ganz andere Möglichkeit. Roswitha geht es gut und sie will mir auch überhaupt nicht an den Kragen, wie wär's damit? Klar, und alle haben sich lieb, aber hallo, alle furchtbar lieb, allealleallee ganzganzganz lieb, aber hallo.

„Aber hallo! Alle haben sich lieb", sagte ich dann auch, als Niki ohne anzuklopfen einfach in mein Büro kam und sich auf einen der beiden Besucherstühle an meinen Schreibtisch setzte, „allealleallleganzfürchterlichlieb", und ich meinte es auch so, wusste zwar nicht, warum, aber meinte es wirklich genau so, während ich Niki dabei zusah, wie er auf die Glasplatte des Schreibtischs seelenruhig zwei wunderhübsche Linien Koks streute, sich den Schnee dann durch einen zusammengerollten Fünfzigeuroschein zuerst ins rechte Nasenloch zog und danach ins linke und zuletzt den Rest mit dem Zeigefinger ins Zahnfleisch rieb, „alleallehabensichliebaberhallo!"

„Aber sicher", sagte Niki und grinste mich an. „Alle haben sich lieb, da kannst du Gift drauf nehmen."

„Aberhallo", sagte ich. „Aberhallo."

Und dann musste ich doch tatsächlich eingeschlafen sein, einfach im Sitzen eingeschlafen. Und als ich wieder aufwachte – nach fünf Minuten oder zwei Stunden, was weiß ich –, war das Erste, was ich sah, ein nackter Hintern. Zwei weiße Arschbacken über einer heruntergelassenen schwarzen Hose, kaum bedeckt von einem hochgeschobenen violetten Hemd mit gelben Streifen. Nikis Lieblingshemd. Nikis nackter Arsch. Niki, der gerade versuchte, eine Frau auf die Ledercouch zu drücken.

Aber hallo, dachte ich. Niki und eine Frau und die haben sich lieb. Alle haben sich lieb, aber hallo. Der Satz hatte sich eingenistet wie ein Ohrwurm.

Niki auf meiner Besuchercouch in meinem Büro. Niki, der sich einen Scheißdreck darum scherte, dass ich auch noch da war. Niki in einem verbissenen, lautlosen Infight mit einer Frau, einer jungen Frau, einem hübschen, drallen Mädchen, dem Serviermädchen, der Studentin aus Rosenheim, die sich wehrte, die stärker war als er, die die Oberhand behielt und ihm schließlich mit voller Wucht ein Knie in den Unterleib rammte. Niki, der sich zusammenkrümmte, nach hinten taumelte und dann stöhnend auf dem Boden lag und sich beide Hände zwischen seine Beine presste.

Das war jetzt aber gar nicht lieb, aber hallo.

Das Nächste, was ich sah, war Thomas. Er stand in der halb geöffneten Tür. Ein stiller, heimlicher Beobachter. Bewegungslos und stumm, die Hände zu Fäusten geballt. Triumph lag in seinem Gesicht. Er sah Niki an, der auf dem Boden vor sich hinstöhnte. Er sah das Mädchen an, das zitternd auf der Couch saß, entkräftet, fassungslos und wütend zugleich. Er sah mich an, mit dem Blick eines Siegers, stolz und maßlos befriedigt. Und dann ging er zu dem Mädchen, flüsterte ihm etwas zu, strich ihm kurz übers Haar, drückte ihm ein Bündel Geldscheine in die Hand und dann verschwand er wortlos. Kurz darauf ging auch das Mädchen.

Aber hallo, was war das denn? So viel Mitgefühl hatte ich meinem Bruder gar nicht zugetraut, aber hallo.

Wie besoffen muss man eigentlich sein, um nicht sofort zu begreifen, was da abgelaufen war? Was heißt besoffen – partieller, temporärer Hirntod wäre wohl die exaktere Bezeichnung. Gibt es das, dass man auf einen Schlag absolut alles ausblendet, was einem nicht in den Kram passt, weil man es sonst nicht mehr aushalten würde? An Realitätsverlust grenzenden Optimismus als Schutzreaktion auf einen Schock-Overkill? Eben allehabensichlieb statt alles ist Scheiße? Wie auch immer, am nächsten Tag war's schon wieder vorbei damit. Schade eigentlich. Shit happens, man kann es gar nicht oft genug wiederholen.

Niki hielt es offenbar für die beste Taktik, von Anfang an auf Angriff zu gehen, als er mich am Nachmittag anrief.

„Eines will ich gleich einmal klarstellen, damit's kein Missverständnis gibt wegen gestern", bellte er ins Telefon.

„Missverständnis? Da war ja wohl überhaupt nichts misszuverstehen", bellte ich zurück. „Sei froh, dass ich völlig neben der Spur gewesen bin, sonst hätte ich dir eigenhändig die Eier ausgerissen und in den Hintern gestopft! Über ein junges Mädchen herfallen, das ist doch wirklich das Allerletzte!"

„Aber die blöde Fotze hat doch mich angemacht, nicht ich sie, verdammt noch einmal!"

„Ach, komm mir doch nicht damit! Hältst du mich für komplett vertrottelt oder was?"

„Aber es war so! Genau so, wie ich es sage! Einen zuerst den ganzen Abend lang scharfmachen und dann eiskalt in die Eier treten, ich hab gedacht, ich spinn'!"

„Na klar, du Unschuldslamm! Du armes, armes Opfer! Und das Koks hat sie dir wahrscheinlich auch aufgedrängt, ja? Hat dich dazu gezwungen, dass du vor lauter Geilheit die Beherrschung verlierst! Ich glaub dir kein Wort, du Arsch!"

„Glaub doch, was du willst! Aber halt bloß den Mund über die Scheiße. Das bist du mir schuldig."

„Wieso bin ich –"

„Ich hab was gut bei dir, erinner' dich."

„Okay, alles klar. Aber dann sind wir quitt. Trotzdem wär' ich dir dankbar, wenn ich dein Arschgesicht in nächster Zeit nicht mehr sehen müsste."

„Hab ich ohnehin nicht vor."

„Bestens. Also dann."

„Also dann."

Unglaublich! So ein feiger, verlogener Hund, dachte ich. Wenn man schon Mist baut, dann ist es doch wohl das Mindeste, dass man auch dazu steht! Und dass man Manns genug ist, die Konsequenzen zu ertragen, statt vor der Wahrheit davonzulaufen! Ach ja? Wirklich? Das sagt jetzt aber genau der Richtige, was? Einer, der noch nie gelogen hat, noch nie davongerannt ist, noch nie Angst davor gehabt hat, dass die Wahrheit ans Licht kommt, wie? Einer, dem es gerade jetzt selbstverständlich überhaupt nicht das Geringste ausmachen würde, wenn sein vermeintliches Mordopfer noch am Leben wäre und plötzlich auspacken würde über ihn und seine Tat, ja, genau so einer spielt da jetzt den Empörten? Sei bloß still! Ganz still, haben wir uns verstanden?

Fünf Minuten später rief Niki wieder an.

„Nur damit das klar ist: Das mit dem Mund halten gilt natürlich auch für deinen Bruder!“

„Der kommt gerade zur Tür herein. Kannst es ihm gleich selber sagen“, schnauzte ich ins Telefon und reichte Thomas den Hörer.

„Hallo? ... Haaallo! ... Keiner dran.“ Thomas gab mir den Hörer schulterzuckend zurück. „Aufgelegt. Welcher Komiker war das denn?“

„Dreimal darfst du raten.“

„Er?“

„Richtig.“

„Dem geht der Arsch auf Grundeis, was? Jetzt haben wir sie, unsere Drecksau!“

„Spinnst du? Was da gestern passiert ist, das heißt doch noch lange nicht –“

„Nein? Was denn sonst, bitte“, schrie Thomas. „Natürlich heißt es das! Einmal Vergewaltiger, immer Vergewaltiger! Einmal Dreckschwein, immer Dreckschwein!“

„Da machst du es dir aber verdammt leicht, wenn du so denkst! Wirklich verdammt leicht!“ Ich schrie jetzt auch.

„Bitte? Du, du machst es dir leicht! Wenn das gestern kein Beweis war, welchen Beweis soll ich dir dann noch liefern? Brauchst du noch fünf Vergewaltigungen, bei denen du zuschauen kannst, damit du mir endlich glaubst?“

Keine Chance. Auf dieser Schiene war Thomas nicht zu stoppen. Ich musste es anders versuchen.

„Was heißt hier überhaupt Vergewaltigung? Das war ja gar keine Vergewaltigung, das war –"

„Was? Was, bitte?"

„Das war ... was weiß ich ... die junge Dame hat es sich eben einfach auf einmal anders überlegt ... so was soll nämlich schon vorgekommen sein ... und dann hat sie sich ja ziemlich wirkungsvoll zu helfen gewusst, oder?"

„Na, Gott sei Dank hat sie das! Na, Gott sei Dank war sie stärker als er! Na, Gott sei Dank war sie stärker als Tanja! Na, Gott sei Dank hat sie ihm einen Tritt verpasst, dass ihm die Eier um die Ohren geflogen sind! Das wird dieses Dreckschwein nämlich lang nicht vergessen, das schwör' ich dir!"

„Großartig! Das klingt ja beinahe, als hättest du das alles schon vorher gewusst! Hast du deshalb bloß zugeschaut und keinen Finger gerührt?"

Thomas sagte nichts. Er hatte wieder sein Pokerface aufgesetzt. Nur in seinen Augen lag etwas, das er nicht verbergen konnte: Überlegenheit. Triumph. Und da musste ich daran denken, wie er mit dem Mädchen geflüstert, ihm übers Haar gestreichelt und dann das Bündel Geldscheine in die Hand gedrückt hatte. Verfluchte Scheiße.

„Tommi, sag, dass das nicht wahr ist: Du hast das alles doch nicht etwa ... Scheiße ... hast du das geplant, Tommi?"

Thomas sah mich nur an. Hätte er einen Prügel in der Hand gehabt, ich glaube, er hätte mich erschlagen.

Und dann ging er und schlug die Tür hinter sich zu. Knallte, drosch, donnerte sie zu mit einer solchen Kraft, als hätte sich die ganze Wut, der ganze Zorn dieser Welt in seinem zwergenhaften Körper aufgestaut.

In dieser Nacht tat ich zum ersten Mal etwas, das ich bis dahin für völlig unmöglich gehalten hatte: Wie Claudia machte ich in unserem Haus alle Lichter an, wie sie startete ich eine Putzattacke. Und wie sie ließ ich Johann Sebastian Bach aus den

Lautsprecherboxen dröhnen. Aber nicht sämtliche Orchestersuiten rauf und runter, sondern ausschließlich den ersten Satz des Konzerts für Orchester und vier Cembali in a-Moll, Bachwerkeverzeichnis 1065. (Ja, das habe ich mir genau gemerkt, denn diese Musik wurde in den folgenden Wochen für mich so etwas wie ein Medikament, ein Psychopharmakum, gehasst, aber hochwirksam.) Im Repeatmodus pausenlos nur diese vier Minuten und achtundsechzig Sekunden perfekter Mischung von Aggressivität und Präzision. Wütendes Tastenhämmern gegen schneidende Streicherkaskaden. Ein Kampf der Emotionen auf einem exakt vermessenen Schlachtfeld. Angriff, Verteidigung, Rückzug, Gegenangriff. Unnachgiebig und erbarmungslos, glasklar und eiskalt. Immer wieder von neuem. Stundenlang.

Es war pervers. Nach wie vor war mir diese Musik zuwider. Sie quälte mich. Aber sie setzte Ordnung und Klarheit gegen Chaos. Und darum brauchte ich sie. So wie ich das unangenehm grelle Licht brauchte, um klar zu sehen. Und das scharfe, nur vordergründig blütenfrisch, aber in Wirklichkeit ätzend riechende Reinigungsmittel, um die Fliesen von ihrem grauen Schleier zu befreien.

Und ich hatte Ordnung und Klarheit nötig. Zu viel Dreck hatte sich angesammelt. Roswitha-Dreck. Thomas-Dreck. Zäher, ekelhafter, heimtückischer Dreck, der unkontrollierbar zu werden begann. Und gefährlich. Dreck, den ich unbedingt irgendwie in den Griff bekommen musste, bevor er mir über den Kopf wuchs. Und vor allem Dreck, von dem Claudia bei ihrer Rückkehr nichts bemerken sollte. Gegen diesen Dreck musste mir jedes Mittel recht sein, sympathisch oder nicht, Hauptsache, es brachte mich weiter.

Um vier Uhr früh atmete ich auf. Plötzlich erleichtert. Vermutlich nur erschöpft. Geschafft, dachte ich.

Doch Dreck besitzt eine verfluchte Eigenschaft: Er kommt immer wieder.

distanzverlust
protokoll 3

seit zwei tagen sieht die welt für alpha völlig anders aus. ihre hoffnung, zero könnte ihr vater sein, ist geplatzt. sein großes geheimnis ist nicht ein außereheliches kind, sondern dass er glaubt, seine frühere geliebte im streit getötet zu haben. eine reichlich verrückte geschichte, die ihn bis heute verfolgt. ob sie den tatsachen entspricht und ob zero wirklich ein mörder ist, darüber maßt sich alpha kein urteil an. aber sie vermutet eher, dass zero unter wahnvorstellungen leidet. in dieses bild passen auch zeros immer wieder geäußerte behauptungen, er würde schrecklich frieren, müsse demnächst sterben und alle ärzte hätten sich gegen ihn verschworen und würden ihn belügen. ein völlig paranoides gedankensystem, das zero offensichtlich mit seinem bruder gemeinsam hat.

trotzdem ist alpha mehr denn je davon überzeugt, durch zero bei der suche nach ihrem vater endlich weiterzukommen. sie kann sich nämlich genau an die schmuckstücke erinnern, die zero beschrieben hat. besonders an das collier mit dem schmetterling. alpha durfte als kind damit spielen. sie war ganz fasziniert von den schönen, glitzernden steinen. die schmuckkassette war ihre schatztruhe. sie brauchte sie nur zu öffnen, und schon befand sie sich in einem märchenreich. und wenn sie das schmetterlingscollier um den hals trug und die reifen und ringe an ihren armen und fingern glänzten, verwandelte sie sich in eine prinzessin, manchmal sogar in eine königin, die königin vom schmetterlingsland. oft lief sie tagelang so durch die wohnung, sogar beim schlafen trug sie den schmuck. ihre mutter hatte nichts dagegen, sie hatte ja keine ahnung, wie wertvoll die sachen in wirklichkeit waren. irgendwann später hat alphas mutter den schmuck dann doch verkauft und war ziemlich überrascht, wie viel geld sie für die ihrer meinung nach billigen klunker bekommen hat, die alphas vater bei seinem plötzlichen verschwinden in ihrer wohnung zurückgelassen hatte.

wenn es richtig ist, dass dieser schmuck ursprünglich zeros mutter gehört hat, und wenn auch die geschichte mit dem diebstahl stimmt, dann gäbe es nun also doch eine konkrete spur von zero zu alphas vater.

alpha spürt, dass sie kurz vor dem ziel steht: zero wird weiter erzählen, und irgendwo in dem gespinst aus einbildung, lügen und wahrheit wird alphas vater auftauchen. und obwohl sie zeros geschichten mittlerweile nur noch anöden und er ihr mit seiner selbstgefälligen überlegenheitsprotzerei, seiner flut von kraftausdrücken und seinem ständigen „shit happens“ gewaltig auf die nerven geht, wird sie ihm weiter zuhören. es ist ihre einzige chance, die schmerzende, offene lücke in ihrem leben zu schließen, die klaffende wunde, die ihr vater bei ihr hinterlassen hat, als er ihre mutter und sie verließ. ja, ihre einzige chance, dass ihr davon eines tages nur noch eine narbe bleibt, selbst wenn die dann vielleicht so hässlich sein wird wie die narbe auf zeros stirn.

14

Um vier Uhr früh starb Tanja. An einem dritten März, so wie heute. Sieben Wochen, nachdem sie Tabletten geschluckt und sich die Pulsadern aufgeschnitten hatte. Multiorganversagen, Herzstillstand, vergebliche Wiederbelebungsversuche, Hirntod. Fünf Minuten später schaltete ein Arzt die Geräte ab.

Vier Uhr früh. Genau in diesem Moment drückte ich die Stopptaste und ließ Johann Sebastian Bach verstummen. Dann löschte ich im ganzen Haus die Lichter, legte mich auf mein Bett und fühlte mich auf einmal so ruhig und leicht wie schon lang nicht mehr.

Womit ich jetzt nicht sagen will, das eine hätte irgendwas mit dem anderen zu tun gehabt. Obwohl es natürlich verführerisch ist, dahinter mehr zu vermuten, als es war: wieder einmal purer Zufall. Der Zufall, aus dem tausende Menschen zur gleichen Zeit irgendwo irgendwelche Stopptasten drücken und in genau dieser Sekunde tausende andere Menschen sterben. In jedem beliebigen Augenblick, überall auf der Welt, einfach so. Warum sollten da also ausgerechnet Tanja oder ich eine Ausnahme machen.

Dass Tanja tot ist, erfuhr ich übrigens erst nach ein paar Tagen. Man könnte sagen, als Höhepunkt der Woche, in der ich vorhatte, reinen Tisch zu machen oder wenigstens ein paar Dinge zu klären. Ganz systematisch, sozusagen mit kühlem Bach'schen Kopf.

Wenn ich es mir genau überlegte, war die Liste, die ich abzuarbeiten hatte, gar nicht lang. Erste Frage: Lebt Roswitha möglicherweise tatsächlich noch und welche Konsequenzen könnte das für mich haben? Zweite Frage: Was hat Thomas mit Niki vor und wie kann ich ihn davon abhalten? Dritte Frage: Muss ich Niki sofort vor Thomas warnen oder stelle ich mich dumm und warte ab, was passiert?

Also eins nach dem andern und besser, aufs Schlimmste gefasst zu sein, dachte ich. Da war es dann natürlich schon äußerst beruhigend, als mir Mister Schnarchnase am Telefon ziemlich genau das Aussehen der jungen Frau beschreiben konnte, der er den Schmuck abgekauft hatte. Nein, die blasse, zierliche, schwarzhaarige Frau mit dem auffälligen Muttermal auf dem Handrücken war auf gar keinen Fall Roswitha. Völlig unmöglich. Diese Sorge war ich also schon einmal los. Roswitha war tot und damit basta!

Die nächste gute Nachricht betraf Niki. Seine Sekretärin sagte mir, dass der Herr Doktor für längere Zeit im Ausland sei. Zuerst bei einem Juristenkongress in Brüssel und im Anschluss daran auf einem mehrwöchigen Segeltörn in der Karibik auf der Yacht eines Klienten. Alles schon lange geplant, sagte sie. Na dann, Leinen los und Schiff ahoi!

Blieb noch Thomas. Nach seinem wütenden Abgang hatte er sich tagelang nicht bei mir gemeldet und das gab mir zu denken. Hatte er sich zurückgezogen, um jetzt ungestört irgendeine wahnsinnige Vergeltungsaktion vorzubereiten? Ach was, sollte er doch. Das Ziel seiner Rachegelüste hatte sich schlauerweise aus dem Staub gemacht und war ein paar tausend Kilometer weit weg. Und bis Niki wieder zurück sein würde, konnte ich mir in aller Ruhe etwas ausdenken, um meinen Bruder doch noch zur Vernunft zu bringen. Das würde zwar schwierig sein, aber jetzt hatte ich erst einmal eine Atempause. Wunderbar.

Das gute Gefühl hielt nicht lange an. Betrog ich mich selber, bloß weil es so einfach und bequem war? Was, wenn die schwarzhaarige Frau in Wirklichkeit eine Komplizin von Roswitha war? Was, wenn Niki seiner Sekretärin nur den Auftrag erteilt hatte, mich am Telefon mit einer Lüge abzuwimmeln, weil ihn eben vielleicht doch so etwas wie Schuldbewusstsein quälte? Und was, wenn Thomas in seinem Wahn schon morgen hinterrücks zuschlüge? Nein, ich war keinen Schritt weiter, nicht einen einzigen.

Immer noch drehte ich mich im Kreis. Bis mich Thomas anrief und mir mitteilte, dass Tanja gestorben sei.

Ich weiß, niemand wird mich verstehen können, aber was Thomas da erzählte, war Musik in meinen Ohren. Endlich klare, unwiderlegbare Fakten! Todesursache, Todeszeitpunkt – Tatsachen, an denen nicht zu rütteln war. Nüchtern, präzise, endgültig und unwiderruflich. Der Tod als absolut verlässliche Sicherheit ohne wenn und aber.

Thomas war bei Tanja gewesen, als sie starb. Gleich nach unserem Streit war er zu ihr ins Krankenhaus gefahren. Hatte ihr sagen wollen, dass er nun endlich den gefunden hätte, der an ihrem Unglück schuld sei. War überzeugt gewesen, dass sie ihn hören könne, dass seine Worte irgendwie durch ihren künstlichen Tiefschlaf hindurch zu ihr vordringen würden. Und dass es sie trösten würde und ihr neue Kraft geben, wenn sie wüsste, dass dieser Dreckskerl nun endlich seine verdiente Strafe bekäme für das, was er ihr angetan habe. Doch er war zu spät gekommen. Schon bei seiner Ankunft hatten die Ärzte gerade das erste Mal um das Leben von Tanja gekämpft. Hatten sie zurückgeholt, aber nur für kurze Zeit. Sie hatten ihn zu ihr gelassen, er hatte ihre Hand gehalten, eine halbe Stunde vielleicht, aber er hatte davor zurückgescheut, zu ihr zu sprechen, weil er so gut wie nie mit ihr allein gewesen war, dauernd waren Schwestern und Ärzte ins Zimmer gekommen, um Tanjas Zustand zu kontrollieren. Und dann hatte ihr Herz plötzlich wieder ausgesetzt, und wieder hatte man um ihr Leben gekämpft, während er draußen am Gang gestanden war und nichts tun konnte, als zu warten und zu hoffen. Und das hatte sich in dieser Nacht sechsmal wiederholt. Sechsmal! Als hätte sich Tanja nicht entscheiden können, ob es besser sei zu sterben oder zu leben. Bitte lebe, hatte Thomas sie tausendmal beschworen. Aber dann, um vier Uhr früh, hatte sie sich schließlich doch für den Tod entschieden. Und er hatte ihr nichts mehr sagen können. Nichts.

„Alles sinnlos“, sagte Thomas, und es hörte sich an, als müsste er mit den Tränen kämpfen. „Alles umsonst, was ich getan habe. Jetzt, wo Tanja tot ist, was nützt es ihr da?“

Ich konnte es kaum glauben: Sollte das heißen, dass Thomas aufgab? Wenn ja, dann war die Nachricht von Tanjas Tod wirklich das Beste, was diese Woche zu bieten hatte. Damit sah alles anders aus. Ein Irrsinn weniger. Und damit auf meiner Liste gleich zwei Punkte, die ich abhaken konnte. Verflucht noch einmal, ich hatte also doch eine Glückssträhne! (Alles eine Frage der Perspektive und wie man Glück definiert, oder etwa nicht?)

Thomas hatte Tanja verbrennen lassen. War auch gar nicht anders zu erwarten, möchte man fast sagen. Ich schlug vor, die Urne mit ihrer Asche in unserem Familiengrab beizusetzen, aber Thomas lehnte entrüstet ab.

„Noch verlogener geht's ja wohl nicht", rief er. „Als ob Tanja jemals auch nur irgendwas mit unserer Familie zu tun gehabt hätte!"

„Hab's nur gut gemeint", sagte ich. „Wollte bloß helfen."

„Helfen? Du? Auf einmal? Jetzt, wo's zu spät ist? Danke vielmals, aber jetzt kannst du dir deine Hilfe in den Arsch schieben."

„Entschuldige, Tommi, aber was hätte ich denn tun sollen? Ich kann doch wirklich nichts dafür, dass Tanja –"

„Klar! Du kannst ja nie was dafür! Das war schon immer so. Seit ich denken kann, kannst du nichts dafür."

„Was soll denn das jetzt wieder heißen, bitte?"

„Dass du alles hinnimmst. Dass du jede Scheiße akzeptierst, statt dich zu wehren. Bloß nichts tun. Bloß nicht die Hände schmutzig machen!"

„Aha? Wann zum Beispiel?"

„Immer. Einfach immer."

„Konkret, Tommi. Nenn' mir nur ein einziges konkretes Beispiel, wo ich –"

„Kannst du haben. Hast du irgendwas unternommen, als Roswitha verschwunden ist? Irgendwas? Nein, nichts hast du getan. Absolut nichts. Keinen Finger hast du gerührt."

„Mein Gott, Tommi, du hast ja keine Ahnung."

„Ach, leck mich doch."

In diesem Moment wäre ich fast schwach geworden. Es hatte nicht viel gefehlt und ich hätte Thomas alles erzählt. Aber dann hielt ich doch meinen Mund. Kein guter Zeitpunkt, dachte ich. Nicht jetzt, wo er gerade Tanja verloren hat. Tanja – und das war mir plötzlich so bewusst wie nie zuvor und mit Sicherheit klarer, als es Thomas jemals selber klar gewesen ist, wenn überhaupt –, seine kleine, hübsche, rothaarige Tanja, die für ihn in Wirklichkeit nichts anderes war als eine neue Roswitha, ein Roswitha-Double, eine Ersatz-Roswitha.

Tanjas Asche wurde auf dem Kommunalfriedhof beigesetzt, auf dem sogenannten Anonymen Urnenhain. Ich war nicht dabei, weil Thomas es so wollte. Und er? War er bei der Beisetzung? Ein kleiner, trauriger Mann, der an einem trüben Spätwintertag dabei zusah, wie die Urne auf der verschneiten Wiese in ein Loch versenkt wurde, irgendwo unter laublosen Bäumen? Hat er es sogar selber gemacht, mit seinen eigenen Händen? Hat er die Urne getragen und in die Erde gelegt, Abschied von Tanja genommen, vielleicht mit einem seltsamen Ritual, das er sich ausgedacht hatte und nur er verstand? Oder hat er es nicht ertragen, hat sich irgendwo betrunken und Gott und die Welt verflucht? Ich habe es nie erfahren. Thomas hat darüber kein einziges Wort verloren.

(Ich habe Thomas nie erzählt, dass ich am Tag nach der Beerdigung dann doch auf den Friedhof gegangen bin. Aus irgendeinem Grund wollte ich wissen, wo Tanja liegt. Keine Ahnung, warum, vielleicht um ihr halt einfach auch noch Adieu zu sagen, nachdem wir immerhin zwei Wochen lang im gleichen Krankenhaus gelegen waren und ich sie in der Intensivstation das letzte Mal gesehen hatte. Aber in der Nacht hatte es stark geschneit, alle Spuren der Bestattung waren verschwunden, der Schnee hatte sich als ein großes, weißes Leichentuch über den Urnenhain gebreitet. Irgendwo da bist du jetzt also, Tanja, habe ich gedacht. Unauffindbar. Weg. Plötzlich fort. Einfach verschwunden im Nichts. So wie du aus dem Nichts aufgetaucht bist, damals in der Galerie. Davor hat es dich nicht gegeben, dann hat niemand was von dir gewusst, ich zumindest nicht, jedenfalls nicht wirklich, und jetzt gibt es dich auf einmal wieder nicht mehr. Oder irgendwie anders. Ob mein Bruder deshalb diesen Ort für dich ausgesucht hat? Damit du in Ruhe verschwinden kannst, weil du ohnehin nie richtig dagewesen bist? Die Idee ist ja grundsätzlich nicht schlecht, aber irgendwas stört mich dran, weißt du. Und dann habe ich mich erinnert, dass ich als Kind einmal meinen Namen in metergroßen Buchstaben auf eine Schneewiese geschrieben habe. Einfach mit kleinen Trippelschritten in den Schnee gestampft. Und genauso habe ich nun Tanja quer über den Urnenhain geschrieben. In schöner geschlungener Schreibschrift. Beinahe eine Stunde habe ich dafür gebraucht. Und Gott sei Dank hat mich niemand gesehen. Aber so hat sie wenigstens einmal eine Grabinschrift gehabt. Ein einziges Mal. Wenn auch nur bis zum nächsten Schnee. Oder bis zu den ersten Plusgraden. Tanja – weggeschmolzen in der Frühlingssonne! Eine schöne Vorstellung, schöner jedenfalls als ihr wirkliches Ende, nicht wahr? Ja, das habe ich tatsächlich gemacht. In so einem komischen Anfall von Sentimentalität. Schwachsinn, ich weiß. Aber irgendwie war mir eben danach. Was soll's.)

Ein geschlagener Krieger nach einer verlorener Schlacht, so saß Thomas nun Abend für Abend auf seinem Barhocker und stierte die leere Stelle an der Wand an, wo vor Tagen noch Tanjas Bild zu sehen gewesen war. Er war grau im Gesicht und faltig und wirkte irgendwie noch kleiner als sonst, als hätte man die Luft aus ihm herausgelassen.

Er trank viel, sprach fast nichts, und ich ließ ihn in Frieden. Was sollte ich auch sagen? Es ist vorbei und das ist gut so, dachte ich. Da redet man nicht drüber, da stellt man keine Fragen. Jedes Wort könnte ein verkehrtes Wort sein, jeder Satz ein falscher Satz, der den Hass und die Rachegedanken wieder aufwühlt. Also Maul halten und hoffen, dass alles so bleibt. Und dass die Ruhe kein Irrtum ist, keine Täuschung, weil irgendwo bereits ein Zeitzünder tickt.

Ich wusste ja nicht, was Thomas untertags trieb. Schlief er? Suhlte er sich in Selbstmitleid? Brütete er dumpf vor sich hin? Hatte er eingesehen, dass er sich mit seinen Verdächtigungen gegenüber Niki auf unglaublich dünnem Eis bewegte, und suchte er gerade nach irgendwelchen anderen Schuldigen an Tanjas Tod? Verstieg er sich in neue aberwitzige Verschwörungstheorien? Nein, ich wusste es nicht und ich wollte es auch gar nicht wissen. Nur nicht dran rühren.

Irgendwann fiel mir auf, dass er Farbe an den Händen hatte.

„Schaut aus, als würdest du wieder malen", sagte ich und wies auf die Farbspuren auf seinen Fingern.

„Kannst mich ja einmal besuchen, wenn es dich interessiert", antwortete er.

„Klar interessiert mich das", log ich. „Mich interessiert alles, was du machst."

„Auf einmal? Ist ja ganz was Neues", sagte er.

„Morgen um elf, okay?"

„Wenn du meinst."

Warum nicht, dachte ich. Und warum nicht doch wieder einmal das alte Großer-Bruder-kleiner-Bruder-Spiel versuchen, vielleicht bringt es ja was?

Trotzdem war mir nicht ganz wohl, als ich am nächsten Tag mit zwei Pizzapackungen und einem Sechserpack Cola unterm Arm über den Hinterhof ging. Da stand immer noch das ausgebrannte Wrack, Thomas' persönlicher Scheiterhaufen für unsere Eltern. Und immer noch waren diese Graffitis an den Hauswänden und erinnerten mich sofort an Roswitha. Hatte ich es wirklich nötig gehabt, hierherzukommen? Was für eine blöde Idee!

Ich riss mich zusammen. Immerhin war ich ja hier, weil ich für ein bisschen gute Stimmung sorgen wollte. Ich rief: „Der Pizzamann ist da!", und klopfte an die Tür der „Artfactory".

„Ist offen", rief Thomas. „Komm rein!"

Draußen war es zwar kalt gewesen, aber erst jetzt, als ich den Raum betrat und mich kurz umblickte, fröstelte mich. Und das lag nicht an der Temperatur. Ganz im Gegenteil.

Überall brannten Grablichter. Auf dem Boden, auf Stühlen, Tischen, Regalen. Sicher fünfzig oder mehr dieser Grabkerzen, die in roten Gläsern stecken, mit Messingabdeckungen, in die kleine Kreuze als Luftlöcher gestanzt sind. Eine Batterie kleiner flackernder Flammen, die alles in rotes Licht tauchten und eine stechende Hitze verbreiteten.

Weiter hinten im Raum stand an der Wand ein einfacher, großer Arbeitstisch, eine Holzplatte auf zwei Holzböcken. Und darauf lagen Kleidungsstücke. In kleinen Stapeln, fein säuberlich zusammengelegt und geordnet. Alte, verwaschene Jeans, T-Shirts, Pullover, zwei dicke Jacken, Wollhandschuhe, Strickmützen, Socken, Strumpfhosen, Büstenhalter, Slips ... es waren Tanjas Sachen. Eine Gedenkstätte für Tanja, schoss es mir unwillkürlich durch den Kopf. Ein Altar für eine Selbstmörderin.

Sogar das Altarbild war da. An der Wand über den Kleiderstapeln. Und sein Anblick löste etwas in mir aus, das ich auch heute noch nicht definieren kann. Schrecken? Betroffenheit? Ratlosigkeit? Ablehnung? Mitgefühl? Das alles, aber doch nichts davon nur für sich genommen. Siedende Kälte, falls es so was überhaupt gibt.

Es war ein großes Bild. Eineinhalb mal eineinhalb Meter, schätze ich. Auf den ersten Blick nichts als eine dunkle quadratische Fläche. Nicht schwarz, sondern ein Farbton, der irgendwo zwischen dunkelblau und dunkelgrau lag. Eine unendlich kalte Farbe, bedrohlich, heimtückisch, eisig. Wie eine Eisfläche in finsterer Nacht. Das ganze Bild nichts als eine einzige Eisschicht, unter der Untiefen und Gefahren zu spüren waren. Und mitten auf dieser glatten, unheimlichen Fläche gab es ein kleines, reliefartiges Gebilde, bei dem man erst bei genauem Hinsehen erkennen konnte, was es war: das Skelett eines Vogels. Ein echtes Skelett. Der winzige Schädel, die Knochen und rundherum die Federn einzeln aufgeklebt, exakt angeordnet wie auf einer schematischen anatomischen Darstellung. Aber alles in dieselbe eiskalte Farbe getaucht wie das ganze Bild. Ein Vogel aus Eis. Festgefroren für immer. Daran konnten auch das rote Licht der Grabkerzen und die Hitze nichts ändern.

„Schrecklich“, rief ich. „Was ist das denn?“

„Sag du's mir“, antwortete Thomas. Er war die ganze Zeit still in einer Ecke gesessen und hatte mich beobachtet, während ich wie angewurzelt vor dem Bild gestanden war und es angestarrt hatte. „Komm, sag du's mir“, wiederholte er.

„Wieso ich?“, fragte ich. „Du bist schließlich der Maler!“

„Eben. Ich habe das Bild nur gemacht. Fürs Interpretieren bist du zuständig. Du bist doch hier der große Kunstexperte, oder nicht?“

„Tommi, bitte“, sagte ich.

„Was heißt hier ‚Tommi, bitte', bist du jetzt der Experte oder nicht?“

„Nein, bin ich nicht. Und das weißt du genauso gut wie ich“, versuchte ich einzulenken. Ich wollte mich einfach nicht mit ihm streiten.

Thomas schwieg. Und dann standen wir beide da wie zwei Fremde in einer Liftkabine, zwei Männer, die einander ohne ersichtlichen Grund nicht ausstehen können, unangenehm berührt, irgendwie ausgeliefert, subkutan aggressiv, höflich abwartend und nur einen Gedanken im Kopf: Hoffentlich geht das hier bald zu Ende

„Okay“, sagte ich. „Ich geh dann wieder.“

„Und was ist damit?“, fragte Thomas und deutete auf die Pizzaschachteln und die Colas, die ich immer noch unterm Arm hielt. Ich gab sie ihm.

„Hätt' ich fast vergessen. Lass ich dir natürlich da.“

Thomas begleitete mich zur Tür. Er war sichtlich erleichtert, dass er mich wieder loswurde. Und auch ich hatte das ungute Gefühl, dass ich offenbar in so etwas wie sein Heiligtum eingedrungen war und seine Intimsphäre verletzt hatte. War wohl doch nichts mehr mit Großer-Bruder-kleiner-Bruder.

„Sorry, Tommi. Wollte dich nicht stören."

„Stören? Wobei?"

„Bei ... naja ... bei deiner Trauer?"

„Ja", sagte er. „Komm." Und dann umarmte er mich plötzlich. „Und übrigens: Das auf dem Bild ist Tanja."

„Tanja?"

„Ihr war immer so kalt. Ich bin ein erfrorener Vogel, hat sie einmal gesagt. Deshalb."

„Ciao, Tommi. Bis heut Abend."

„Ja. Und danke noch für die Pizza und so. Wie früher."

Tanja als erfrorener Vogel. Tanja im Eis. Ein schreckliches Bild. Ein fürchterliches Bild. Ein trotz aller Erklärungen geheimnisvolles Bild, das nichts als Rätsel aufgab. Aber vor allem ein verflucht gutes Bild. Das beste, was Thomas bisher zusammengebracht hatte. Heute bin ich davon überzeugt: Wenn Thomas weitergemacht hätte, wäre aus ihm noch ein richtig guter Maler geworden. Wenn, ja, wenn, wenn, wenn ...

Das Bild habe ich übrigens seit damals nie mehr gesehen.

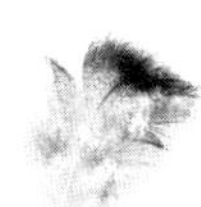

15

Bin ich verrückt? Ich erzähle da vom Tod einer jungen Frau, die ich genau genommen gar nicht wirklich gekannt habe und von der ich eigentlich so gut wie nichts weiß, statt mir über meinen eigenen Tod Gedanken zu machen. Aber dazu fällt mir einfach nichts ein, wenigstens nichts, was mich irgendwie weiterbringen würde.

Ich bin sicher, dass es demnächst so weit ist, ich wünsche mir, dass es nicht weh tut, wenn ich sterbe, und ich kann mir nicht vorstellen, was danach kommt. Dass ich es mir nicht vorstellen kann, ist vielleicht der Beweis dafür, dass hinterher wirklich nichts ist, eben weil man sich das Nichts nicht vorstellen kann. Klingt zwar logisch, muss aber trotzdem nicht stimmen. Wenn ich nur daran denke, was in meinem Leben alles passiert ist, obwohl es vorher für mich unvorstellbar gewesen war. Und was in Wirklichkeit alles ganz anders gewesen ist, als ich es mir vorgestellt habe. Da merkt man erst, dass die eigene Vorstellungskraft nicht verlässlicher ist als eine alte Hexe, die einem auf dem Jahrmarkt ein langes, glückliches Leben und einen Lottohauptgewinn prophezeit.

Vielleicht erzählt man ja deshalb lieber Geschichten über andere Menschen: weil man hofft, dass man durch sie ein bisschen was über sich erfährt, und zwar etwas anderes als nur die Vorstellung, die man von sich hat. Weil man die anderen als Spiegel braucht, wenn man sich sehen will. So ein ganz schlauer Franzose, ich glaube, er hieß Jean Cocteau, hat einmal gesagt: Im Spiegel kann man dem Tod bei seiner Arbeit zuschauen. Ich möchte ergänzen: Und in den Geschichten über andere Menschen spiegelt sich das eigene Leben. Das Ergebnis ist allerdings das gleiche. Letztendlich läuft es ja doch nur auf eins hinaus: Man redet über den eigenen Tod, wenn man über den Tod der anderen spricht.

Scheißerkenntnis oder feige Ausrede? Meine Frau Doktor Freud hat darauf auch keine Antwort. Ist wohl noch zu jung dafür. Will nur, dass ich weitermache. Ich werde schon noch ankommen, meint sie. Auch Umwege sind Wege. Und manchmal sogar Abkürzungen. Na, wirklich sehr hilfreich für einen, der weiß, dass er nicht mehr viel Zeit hat.

Außerdem werde ich jetzt immer öfter müde und dann kann ich mich nur noch schlecht erinnern. Alles ist so weit weg. Aber ich habe etwas gefunden, das meinem Gedächtnis wieder auf die Sprünge hilft. Wenn ich allein bin, schaue ich mir im Fernsehen manchmal stundenlang Seifenopern an. Diese idiotischen Serien über die Reichen und Schönen. Und dann ärgere ich mich über diesen verlogenen Schwachsinn. Weil da nichts so ist, wie ich es erlebt habe.

Gut, ich habe nicht lang zur Upperclass gehört. Nur gerade einmal so fünf Jahre. Ungefähr. Ich war auch nicht viel mehr als eine mehr oder weniger geduldete Randfigur. Aber trotzdem weiß ich, was da wirklich läuft. Nicht reich und schön, sondern reich ist schön. Und noch reicher ist noch schöner. Damit hat es sich dann aber auch schon, vor allem in dieser Stadt. Deshalb habe ich mich ja auch mit allen Mitteln dagegen gewehrt, einfach wieder hinausgekickt zu werden. Mein Gott, man schlägt halt um sich, wenn es einem an den Kragen geht. Wer würde das nicht machen?

Soeben hat man mich wieder einmal in die Röhre geschoben. Eine Ärztin hat mir dann das CT erklärt. Darauf ist der riesige, von Krebszellen befallene Lymphknoten in meinem Brustraum deutlich zu sehen. Liegt unmittelbar neben der Aorta, gefährlich nahe sogar. Drückt schon auf die Aortawand, könnte theoretisch sogar in sie hineinwachsen. Aber kein Grund zur Beunruhigung, hat die Ärztin gesagt. Es sei nämlich ganz klar zu erkennen, dass der Knoten nicht mehr größer wird. Die Chemotherapie würde also ganz hervorragend wirken, exakt wie geplant. Das unkontrollierte Wuchern der Krebszellen sei gestoppt und ab jetzt würde der Lymphknoten wieder zu schrumpfen beginnen. Alles bestens. Gratuliere. Die Ärztin strahlte geradezu übers ganze Gesicht, als sie mir das mitteilte. Und auch der Oberarzt meint, ich müsse nur noch ein paar Wochen durchhalten, diesen Zyklus und darauf zur Sicherheit noch einen, und dann hätte ich es überstanden.

Ich kann mir nicht helfen, das alles beruhigt mich trotzdem nicht. Und erzähle mir jetzt keiner, es würde etwas bringen, sich zu wehren.

Und immer noch ist mir kalt.

Wie war das mit dem erfrorenen Vogel?

16

Fuck! Also doch. Roswitha lebt. Und jetzt legt sie mir die Schlinge um den Hals.

So muss es sein, wenn man gehenkt wird: ein stechender Druck auf den Kehlkopf, ein brennendes Würgen, im selben Augenblick das Gefühl, in einen Abgrund zu fallen, und etwas, das den ganzen Körper „Nein!" schreien lässt – genau das war es jedenfalls, was der Anblick der roten Haare in mir auslöste, dieser knallroten Haare, die nur Roswitha gehören konnten, niemand anderem als Roswitha, die plötzlich in der Galerie aufgetaucht war.

Die Haare waren wie ein rotleuchtendes Warnsignal, das immer nur kurz aufblitzte und dann wieder hinter den Köpfen der anderen Besucher verschwand, die zur Finisage der Blümchenbilderausstellung der Gattin von Mister Schnarchnase gekommen waren. (Und natürlich trug Hasi um den Hals wieder ihr „Kropfband", das Collier mit dem Schmetterling, als wollte sie mich damit provozieren, und das hatte mir den Abend schon von Anfang an verdorben. Da passte das Erscheinen Roswithas perfekt dazu. Besser konnte der Zeitpunkt gar nicht geplant sein, um mich überfallsartig mit dem Gespenst meiner Vergangenheit zu konfrontieren.)

Ich bin nicht da, dachte ich nach den ersten Schrecksekunden, ich bin einfach nicht da. Und ich war beinahe verzweifelt darüber, dass ich nach wie vor mit beiden Beinen fest auf dem Boden hinter der Theke stand, dass sich der Boden unter mir in Wirklichkeit nicht geöffnet hatte, keinen Spalt breit, denn am liebsten wäre ich tatsächlich in einen Abgrund gefallen, immer tiefer und tiefer ins Bodenlose. Dann wäre ich nämlich einfach weg gewesen, wie vom Erdboden verschluckt, genau so, wie ich

Roswitha verschwinden lassen hatte, damals in meinen Geschichten für Thomas. Unendlich weit weg, unauffindbar für all die Leute, denen Roswitha vermutlich soeben die Wahrheit über mich erzählte, wobei sie ihre eigenen Gemeinheiten natürlich geflissentlich verschweigen würde, ihnen die Augen öffnete über dieses miese Exemplar von Mann, das vor einem versuchten Mord nicht zurückgeschreckt hatte, mich vor aller Welt bloßstellte, um es mir endlich heimzuzahlen, mich fertig zu machen, denn nichts anderes konnte der Grund dafür sein, dass sie jetzt hier war. Fuck!

Ich versteckte mich hinter der Theke, etwas Besseres fiel mir nicht ein. Ich ging in die Knie, duckte mich und tat so, als müsste ich die Weinkartons zurechtrücken, die da standen, sie umschlichten oder irgendwas hinter ihnen suchen. Hin und wieder lugte ich vorsichtig über den Thekenrand hinüber in den Ausstellungsraum, wollte wissen, was sich dort tat, und zuckte dann jedes Mal zusammen, wenn ich für einen Moment den roten Haarschopf sah. Es war nicht mehr die wilde Lockenmähne wie früher, die Haare waren jetzt kürzer, gezähmter, braver. Wahrscheinlich hatten sie seinerzeit abgeschnitten oder sogar abrasiert werden müssen, als man die Kopfverletzungen behandelt hatte, die tiefen Wunden, aus denen das Blut in Strömen über die Felsen am Flussufer geronnen war, und seither waren die Haare nur langsam wieder nachgewachsen, aber ihr Rot war noch immer dasselbe. Das Rot, das sich in mein Hirn eingebrannt hatte. Das Rot, nach dem ich verrückt gewesen war. Das Rot, dessen Anblick mich jetzt immer sofort wieder erschrocken hinter die Theke abtauchen ließ.

Ich bin doch ein Idiot, dachte ich. Warum gehe ich nicht einfach zu ihr, sage „Hallo, Roswitha, das ist aber eine Überraschung. Schön, dich zu sehen!“ oder sonst irgendeine banale Floskel, lege ihr meinen Arm um die Schultern und dränge sie behutsam von den Leuten weg, in mein Büro oder, noch besser, hinaus auf die Straße? Möglicherweise hat sie ja noch gar nicht angefangen mit ihren Enthüllungsgeschichten und ich kann noch eingreifen, ihr den Wind aus den Segeln nehmen, sie gerade noch rechtzeitig stoppen, und danach wird man weitersehen. Ich konnte es nicht. Wie ein verängstigter kleiner Hund verkroch ich mich hinter der Theke, kauerte in meinem Versteck und wünschte mir, ich könnte die Zeit um Jahre zurückdrehen und alles ungeschehen machen, was geschehen war. Es war so lächerlich, so beschämend, wie ich da hockte. Das bin doch nicht ich, dachte ich. Aber sogar mein Shit-happens-Bewusstsein genierte sich für mein Verhalten und ließ mich im Stich. Was blieb mir da noch übrig? Ich beschloss, mich hier unten für immer und ewig zu verkriechen. Und vielleicht würde sich ja irgendwann doch noch der rettende Abgrund für mich auftun.

„Hallo, Markus! Das schaut ja fast so aus, als würdest du dich vor mir verstecken."

Okay, das war's dann, dachte ich.

Obwohl – oder drehte ich jetzt schon völlig durch? – das war doch nicht Roswithas Stimme, die ich da hörte. Ich blickte vorsichtig hoch. Ein Kopf über der Theke. Im Gegenlicht. Fuck! Die roten Haare!

„Was machst du eigentlich da unten?"

Roswithas Haare. Aber nicht Roswithas Stimme.

„Claudia?" Ich richtete mich auf. Starrte die rothaarige Frau an, die da vor mir stand. „Claudia? Du?"

„Natürlich ich. Wen hast du denn sonst erwartet?"

„Also, um ehrlich zu sein ... und ich hab ja überhaupt nicht gewusst, dass du heute ... und dann –"

„Ja?"

„Es ist nur ..."

„Was denn?"

„Deine Haare."

Claudia lachte. „Ach die! So schlimm?" Sie fuhr sich mit den Fingern durch die kurzen Locken, schüttelte sie übermütig. „In Mailand ist das jetzt groß in Mode. Die Farbe der Saison. Mal was anderes, hab ich gedacht. Bruno ist ganz begeistert. Meint, dir würde das ganz sicher auch gefallen."

„Aha. Meint er."

„Und?“
„Was?“
„Gefällt’s dir?“
„Klar. Wenn Bruno meint.“ Ich lachte jetzt auch.
„Hab dich überraschen wollen.“
„Ist dir auch gelungen. Du ahnst gar nicht, wie!“
Gott, war ich froh, dass es Claudia war und nicht Roswitha! Nun, wo ich es wusste, war mir die Farbe von Claudias Haaren doch so was von egal, meinetwegen hätten sie jetzt auch grün sein können. Ich streckte meine Hand über die Theke und wuschelte durch Claudias Frisur.
„Passt dir gut ... Toll, dass du endlich wieder da bist.“
Claudia zuckte kurz zurück. „Ach, ja“, sagte sie, „die Zeit ... und überhaupt ...“
„Was meinst du?“
„Wie soll ich sagen ... einfach so viel passiert, weißt du.“
„Ja? Erzähl doch. Und willst du was trinken?“
Ich griff nach einem Glas und einer Weinflasche. Doch Claudia machte eine abwehrende Geste.
„Nicht jetzt, bitte. Ich bin furchtbar müde von der langen Bahnfahrt. Will nur noch ins Bett.“
„Ich bring dich nachhause, ja?“
„Lieb von dir.“ Sie lächelte, doch dann wehrte sie abermals ab. „Danke, aber ich schaff das schon allein. Und du hältst hier brav die Stellung, ja?“
„Bist du sicher?“
„Keine Diskussion.“
Sie wandte sich zum Gehen. Im selben Moment drängten die ersten Besucher an die Theke und verlangten nach etwas Trinkbarem, denn an diesem Abend hatte uns der Cateringservice mit irgendeiner fadenscheinigen Begründung in letzter Minute abgesagt und kein einziges Serviermädchen geschickt.
„Gute Nacht, Claudia“, sagte ich. „Schlaf gut.“
Sie war schon fast bei der Tür, winkte mir zu und rief „Bis morgen!“ – und dann war sie auch schon verschwunden.

Jetzt hatte ich alle Hände voll zu tun. Kam kaum nach mit dem Einschenken. Denn statt vorher in aller Ruhe ein paar Tabletts mit vollen Gläsern vorzubereiten, wie ich es ursprünglich vorgehabt hatte, war ich Narr ja ängstlich unter der Theke gekauert. Kaum zu glauben, wie blöd man wird, wenn einem das schlechte Gewissen einen Streich spielt. So what, dachte ich. Und ich war richtig glücklich darüber, dass ich es wieder denken konnte.

„Was war das denn?" murmelte wenig später Thomas und kletterte auf seinen Barhocker. „Seit wann ist denn deine Claudia rothaarig? Ich hab gedacht, ich spinn'!"

„Wirklich? Rothaarig? Ist mir gar nicht aufgefallen", sagte ich und grinste.

Thomas kapierte meinen Joke nicht. „Bist du jetzt blind oder was? Im ersten Moment hab ich geglaubt, es ist Roswitha!"

„Roswitha?" sagte ich. „Wieso Roswitha? Hör doch endlich auf mit Roswitha! Roswitha ist ...", fast hätte ich gesagt „tot", so erleichtert war ich darüber, dass die Geschichte soeben gut ausgegangen war.

„Ja? Was?" Thomas hatte plötzlich einen unglaublich angespannten Ausdruck im Gesicht.

„Fort", sagte ich. „Verschwunden. Wie oft soll ich dir das denn noch ..."

Er sagte nichts. Schaute mich wieder einmal nur an, als würde er an meinem Verstand zweifeln.

Hast ja Recht, dachte ich und schob ihm ein Glas Wein hin. Ausnahmsweise hast du heute einmal Recht, Tommi. Ausnahmsweise, kleiner Bruder. Ausnahmsweise.

Ich habe es schon einmal erwähnt, glaube ich: Was ich für Claudia empfand, war nie die große Liebe oder gar Leidenschaft. Ja, ich hatte sie gern. In unseren besten Zeiten, wenn wir uns gerade nicht wegen meines Bruders stritten, sie mir deswegen keine Rätsel aufgab und nicht ihr ironisches Lächeln aufsetzte, hatte ich sie sogar sehr, sehr gern. Ich fand unsere Beziehung angenehm und verlässlich, da gehörten Claudias überschwängliche, fast kindliche Schwärmereien für irgendwelche Projekte ebenso dazu wie ihre Putz- und Bach-Anfälle. Ich hatte mich an sie gewöhnt. So, wie ich mich an Claudias Geruch gewöhnt hatte. (Ich sage bewusst Geruch und nicht Duft, denn es war nicht das Parfum, das sie fallweise trug, sondern ihr eigener, natürlicher Körpergeruch, der mir von Anfang an aufgefallen war. Sie roch immer wie frisch gewaschen, als würde sie nie schwitzen oder gar schlechte Gerüche aus der Umgebung an ihre Haut lassen, und das war doch äußerst angenehm.) Man könnte sagen, alles in allem störte mich nichts an unserem Zusammenleben. Aber von Liebe zu sprechen, wäre maßlos übertrieben, wenn nicht sogar gelogen gewesen. Und ich glaube, bei Claudia war das genauso. Jedenfalls haben wir nie über Liebe geredet. Liebe war für uns kein Thema.

Umso mehr erstaunte es mich, dass ich in dieser Nacht auf einmal Herzklopfen spürte, als ich gegen ein Uhr früh aus der Galerie nachhause kam: Claudia war wieder da und das freute mich unbändig! Ich konnte es selbst kaum glauben, aber ich hatte nur noch eins im Sinn: Nichts wie hinauf in unser Schlafzimmer, Claudia umarmen, sie an mich drücken, mit ihr schlafen! So, wie wir noch nie miteinander geschlafen hatten, zärtlich und wild, liebevoll und hemmungslos. Und dann eng umschlungen miteinander einschlafen, weiterschlafen bis in den Vormittag hinein. Vielleicht sogar wieder den ganzen Tag im Bett verbringen wie vor ein paar Wochen, mit einem stundenlangen, verrückten Frühstück, mit Reden und Lachen und, ja, diesmal auch damit, immer wieder übereinander herzufallen, es miteinander zu treiben bis zur Erschöpfung. Alles um uns herum vergessen mit Claudia, meiner neuen Claudia, die mich ja schon nach meiner Rückkehr aus dem Spital mit ihrer plötzlichen Verwandlung überrascht hatte, meiner auf einmal so unbeschwerten Claudia, die keine Probleme mehr mit Thomas zu haben schien, alles ziemlich locker nahm und lachend „Shit happens“ sagte, meiner

Claudia, die jetzt sogar rote Haare hatte, einfach aus einer verrückten Laune heraus.

Da war es dann doch wie eine eiskalte Dusche, als ich feststellen musste, dass Claudia im Gästezimmer schlief und die Tür zugesperrt hatte. Aber in meiner plötzlichen Gefühlsanwandlung (ich weigere mich, dazu Liebe zu sagen) hatte ich auch dafür Verständnis. Ich wusste, Claudia war müde, sie hatte es mir ja schließlich gesagt. Und an ihrer Stelle hätte ich mich wohl auch im Gästezimmer eingeschlossen, um nicht mitten in der Nacht geweckt zu werden. Also bitte! Kein Grund, jetzt beleidigt zu sein wie ein Kind, mit dem niemand spielen will.

Im Schlaf suchte mich dann wieder Roswitha heim. Sie saß auf mir, ritt mich, warf ihren Kopf und ihr Haar vor und zurück, vor und zurück, hörte nicht auf damit, und ich griff mit beiden Händen nach ihren Haaren, hielt sie fest, riss an ihnen, wollte mein Gesicht mit ihnen bedecken, in sie eintauchen, zog, zerrte sie herunter zu mir, aber Roswitha gab nicht nach, hielt nicht still, fuhr einfach fort damit, ihren Kopf vor und zurück zu werfen, vor und zurück, stupid, mechanisch wie eine Aufziehpuppe, und auf einmal sah ich, wie sich ihre Haare von ihrem Kopf lösten, sich mit jedem Ruck ein Stück weiter von ihrem Schädel ablösten, und plötzlich war Roswitha verschwunden, einfach weg, und in meinen Händen hielt ich nichts als ihre Haare, ihre roten Haare, an denen ein blutiges Stück Kopfhaut hing.

Also, ein paar flotte Erklärungen, prägnante Analysen oder wenigstens irgendwelche Traumdeutungen hätte ich mir jetzt schon erwartet, aber meine Frau Doktor Freud scheint ebenso ratlos und verwirrt zu sein, wie ich es war, als ich wach wurde. Was mich rettete, war einfach die Vormittagssonne, die ins Schlafzimmer schien und mir sagte, dass sich heute ein Frühlingstag in den Spätwinter verirrt hatte, und das brachte mir ziemlich rasch mein Stimmungshoch zurück. Für den Augenblick jedenfalls.

Es war ein Tag wie dieser gewesen, fiel mir ein, ein Frühlingstag außer Programm sozusagen, an dem ich Claudia kennengelernt hatte. Alles an diesem Tag damals war überraschend gekommen: der strahlend blaue Himmel, die Sonne, die plötzlich aufziehenden Wolken, der Regenschauer, der einzige freie Platz im Kaffeehaus, in das ich mich geflüchtet hatte, ausgerechnet an dem Tisch, an welchem schon Claudia gesessen war, unser stundenlanges Gespräch, bei dem sie mir von ihren Plänen erzählt hatte, eine Galerie zu eröffnen, später am Abend dann ihre Frage, ob ich mitmachen würde ... Ja, mein Leben hatte eine völlig unvorhergesehene Wendung genommen an diesem Tag der Überraschungen. Und nun überrascht mich Claudia aufs Neue mit ihrer Verwandlung, dachte ich, und das sollte ich eigentlich mit ihr feiern, gerade an so einem Tag wie heute, diesem unerwarteten Frühlingstag, und alles andere sollte ich vergessen, das Wirkliche ebenso wie das Geträumte.

Ich hatte das Gefühl, dass sich dieser Tag geradezu aufdrängte, Claudia eine Freude zu machen, sie ebenfalls zu überraschen. Die Frage war nur, womit? Auf einmal wurde mir bewusst, dass ich Claudia eigentlich gar nicht wirklich kannte. Selbst nach all den Jahren, die wir nun schon verheiratet waren, hatte ich keine Ahnung, was sie sich wünschte, vom Leben oder auch nur vom nächsten Tag, einmal abgesehen von der Galerie und dem „Artists 4 Children"-Ding. Aber das war für uns eben auch nie ein Thema gewesen. Oder Claudia hatte in Rätseln gesprochen.

Egal, irgendwas Schönes würde mir schon einfallen. Blumen zum Beispiel. Also, ich denke, Blumen wären ganz sicher eine Überraschung. Ich hatte Claudia bisher noch nie welche geschenkt, Schande über mich! Ja, Blumen waren eine hervorragende Idee.

Die Tür des Gästezimmers war nach wie vor zugesperrt, Claudia schlief also noch immer, als ich das Haus verließ. Offenbar war sie nicht nur todmüde von der Heimreise gewesen, sondern die letzten Wochen hatten sie völlig erschöpft. Ihr intensiver Einsatz für „Artists 4 Children" und die Serie von Enttäuschungen mit den Künstlern und Galeristen waren letztendlich wohl doch zu viel für sie gewesen. Gut, wenn sie sich jetzt richtig ausschlief, wenn es sein musste, den ganzen Tag. Ich würde sie jedenfalls in Ruhe lassen.

Das Wichtigste ist jetzt, Claudia wieder moralisch aufzubauen, dachte ich. Sie sollte wissen, dass sie sich auf mich verlassen kann, wenigstens auf mich. Denn ich hatte nämlich schon dafür gesorgt, dass ihr geliebtes Charity-Projekt doch noch erfolgreich sein würde. Ich hatte sie nicht im Stich gelassen wie alle anderen, auf deren Hilfe sie gehofft hatte!

Ich zog los, um einzukaufen. Klapperte wieder einmal – wie schon vor ein paar Jahren – die Delikatessenläden in der Altstadt ab. (Einige davon waren in der Zwischenzeit geschlossen worden und ich musste nach neuen suchen.) Und ich freute mich schon auf den Moment, in dem ich Claudia zwischen zwei Löffeln Kaviar oder zwei Wachteleiern oder nach dem dritten Glas Champagner wie nebenbei von der Geschichte mit dem Château Pétrus erzählen würde, die ich für unsere Charity-Ausstellung eingefädelt hatte. „Wow" würde Claudia rufen. Und dann würde sie mir überglücklich um den Hals fallen. Ja, ganz sicher würde sie das.

Ich ließ mir Zeit. Kostete meine Vorfreude aus. Spazierte, einen prall gefüllten Einkaufssack in der einen und einen Strauß dunkelrote Rosen in der anderen Hand, die Salzach entlang. Genoss die Frühlingsstimmung. Dieser Tag war ein Geschenk. Keine Frage, meine Glückssträhne hielt an.

Bilde ich mir das nur ein, oder leidet das Leben tatsächlich unter einem Mangel an Phantasie? Verpasst es einem deshalb die Tiefschläge immer nach demselben Muster? Oder macht es ihm einfach nur Spaß, sich zu wiederholen, weil das die Schlagwirkung noch verstärkt? Eins von beiden muss es sein, denn sonst wäre Claudia daheim gewesen und auf dem Wohnzimmertisch wäre nicht dieser Zettel gelegen, als ich am Nachmittag nachhause kam: ein Blatt Papier (nein, diesmal nicht kariert und aus einem Notizheft gerissen, sondern ein weißer Briefbogen mit dem Kopf unserer Galerie), auf dem mir Claudia eine kurze Nachricht hinterlassen hatte.

Lieber Markus!
Hatte heute einen Arzttermin und musste danach gleich wieder zurück nach Mailand. Es geht drunter und drüber. Schade, dass wir uns verpasst haben. Mach dir keine Sorgen, alles läuft bestens.
Melde mich.
Alles Liebe,
Claudia

P.S.: Habe mir deinen Lexus geliehen. Nimm solang meinen Mini. Schlüssel steckt.

Herrgott, was hatte das denn zu bedeuten? Abgesehen davon, dass Claudia schon wieder weg war, kaum zurück, schon wieder ab nach Mailand. Noch dazu mit meinem neuen Wagen. Okay, wenn es unbedingt sein musste. Aber warum hatte sie einen Termin beim Arzt? Worüber sollte ich mir keine Sorgen machen? Ging es drunter und drüber oder lief alles bestens? Also wirklich! Wie ich diese Art von lapidaren Nachrichten auf einem Fetzen Papier hasste, mit denen man mich abspeiste! War ich es denn nicht wert, dass man wenigstens mit mir redete?

Obwohl der Inhalt von Claudias Nachricht nicht die geringste Ähnlichkeit mit den Zeilen auf dem verfluchten Zettel aufwies, mit dem mir Roswitha Ciao gesagt hatte, musste ich mit aller Kraft gegen die Bilder ankämpfen, die nun wieder hochkamen. Die alten, hässlichen Bilder, die mich zum Mörder gemacht hatten. Und ich spürte, wie ich wütend wurde – wütend auf Claudia.

Ich zwang mich zur Vernunft. Claudia kann nichts dafür, sagte ich mir immer wieder. Woher hätte sie wissen sollen, was sie mit so einem Scheißfetzen Papier in mir auslösen würde. Sie hatte es sicher nur gut gemeint, und schon morgen würde sie mich aus Mailand anrufen und alles aufklären.

Es half nicht. Die Bilder waren stärker. Selbst Johann Sebastian Bach widerstanden sie. Nicht einmal der Geruch des Kloreinigers konnte sie wegätzen aus meinem Kopf. Zuletzt ergriff ich die Flucht vor ihnen. Aber ich brauchte vier Schlaftabletten, bis es mir gelang.

Die alten Bilder versanken im Dunkel. Dafür kamen jetzt die neuen zurück: die Bilder aus der vergangenen Nacht. Diese verstörend erregenden Bilder, die so ekstatisch und grausam waren, so blutig und voll Lust.

17

Vier Schlaftabletten, jede mit einem kräftigen Schluck Calvados runtergespült, waren vermutlich ein bisschen zu viel. Jedenfalls nehme ich an, dass ich ihnen den Ausnahmezustand zu verdanken hatte, in dem ich mich am nächsten Tag befand. Wieder einmal suche ich nach den passenden Worten, um diesen Zustand zu beschreiben. Hellwache Betäubung? In Watte gepackte Empfindlichkeit? Hautnah distanziert? Schmerzhaft amüsiert? Irgend so was in dieser Art. Auf alle Fälle juckte mich nichts außer meiner Narbe. Und in meinem Inneren hatten sich ein Was-soll-der-Schwachsinn?-Kopfschütteln und ein joviales Dauergrinsen breitgemacht. Es war so ähnlich wie schon ein paar Wochen zuvor, als ich nach meinem Unfall blutüberströmt, aber lachend und wie in Zeitlupe mit dem Cabrio weiter durch die nächtliche Stadt gefahren war, umhüllt von einer fröhlich bunt schillernden Blase.

Kein Anruf von Claudia. Auch gut, dann eben nicht. Versuche ich sie anzurufen, ist ihr Handy tot oder sie drückt mich weg. Nicht gerade nett von ihr, aber Madame wird schon wissen, was sie tut. Bei der Auslandsauskunft kann man im Telefonverzeichnis von Mailand weder eine Organisation namens „Artists 4 Children“ finden noch einen Dottore Bruno DeAngelis. Na und? Das bedeutet überhaupt nichts, denn alles andere wäre bei den bekannt chaotischen italienischen Verhältnissen ohnehin ein Wunder gewesen. Claudias Mutter beteuert, dass sie von gar nichts weiß, und gefällt sich im übrigen darin, mich noch konsequenter als schon in den vergangenen Tagen wie Luft zu behandeln. Bitte schön, es gibt härtere Schicksalsschläge. Und überhaupt: Ach, was! Macht doch, was ihr wollt! Ihr könnt mich alle mal!

So richtig lustig wurde es jedoch erst am späteren Nachmittag. Vorn in der Galerie hängten Claudias Mutter und die Juweliersgattin die Ausstellung ab und feierten den Verkaufserfolg mit Caffè Latte in Pappbechern (passt wunderbar, fehlt nur noch der Apfelkuchen, dachte ich, denn diese Blumenbildchen waren Milchkaffee- und Apfelkuchenkunst par excellence) und im Hinterzimmer saß Thomas bei mir auf dem Barhocker und exhumierte seine Rachegedanken (mein Eindruck, er habe sie gemeinsam mit Tanja endgültig begraben, war offenbar reines Wunschdenken gewesen).

„Das Schwein lässt sich ja wohl überhaupt nicht mehr hier blicken, oder?", sagte er.

„Keine Ahnung, von wem du redest", sagte ich. „Kenne keine Schweine." Aber natürlich wusste ich, wen er meinte.

„Dein Freund Niki, der Obervergewaltiger", sagte er.

„Ach, der", rief ich. „Klar!"

„Und? Sitzt doch sonst immer hier herum."

Ich grinste. „Ja, schon. Aber was soll er jetzt hier, bitte? Ist doch niemand da."

„Was?" Thomas sah mich verständnislos an.

„Na, zum Vergewaltigen! Oder siehst du hier wen? Über dich wird er ja wohl nicht herfallen wollen." Ich fand das wahnsinnig witzig. Endlich hatte ich den richtigen Ton gefunden. „Wahrscheinlich schleicht er gerade durch den Mirabellgarten auf der Suche nach einer kleinen Japanerin."

„Gut möglich", sagte Thomas.

Nahm er mich tatsächlich ernst oder spielte er nur mit? Ich setzte noch eins drauf. „Das mit dem Serviermädchen neulich, das war ja nur ein Ausrutscher. Gar nicht sein Typ. Niki steht nämlich eher mehr auf so Kleine, Zarte, die sich nicht wehren können, weiß du."

„Ja?" Er dachte nach. „Woher weißt du das eigentlich?"

„Hat er mir selber gesagt. Wir reden ja ständig über nichts anderes. Wie das halt so ist unter Freunden."

Thomas zupfte nervös an seinen dünnen Barthaaren, seine

Augen waren zu Sehschlitzen geworden und er starrte lange auf die leere Stelle hinter mir an der Wand, wo Tanjas Bild gehangen war. Schließlich sagte er kaum hörbar: „Tanja ... Habt ihr über sie auch geredet?"

Jetzt wurde mir die Sache doch zu heiß und ich sagte lieber nichts. Außerdem musste ich ganz dringend pinkeln. Auf der Toilette bekam ich einen Lachanfall. Mein Gott, Tommi, dachte ich, wie kann man nur so unglaublich blöd sein? Glaubst du echt jede Scheiße? Okay, dann hast du auch gar nichts anderes verdient, als dass man dich verscheißert.

Als ich zurückkam, saß Thomas noch immer mit versteinertem Gesicht da und starrte die Wand an.

„Du hast es also die ganze Zeit gewusst", flüsterte er. „Die ganze Zeit ..."

Mich stach der Hafer. „Und wenn?", sagte ich. „Was willst du jetzt machen? Mich umbringen? Mich in deinen Hinterhof schleppen, mit Benzin übergießen und abfackeln?" (Bravo, dachte ich. Was für eine schlagfertige, amüsante Antwort!)

„Warum hast du's mir nicht gesagt?", fragte Thomas. Seine Stimme klang rau. „Du bist doch mein Bruder."

„Eben", sagte ich. „Viel zu gefährlich. Ich wollte dich da raushalten. Wollte nicht, dass sie jetzt auch noch dich bedrohen." (Ha! Großartiger Einfall! Ich schlage ihn mit seinem eigenen Schwachsinn!)

Thomas zögerte. „Sie? ... Hast du gesagt: sie? ... Du meinst doch nicht –"

„Natürlich sie." Ich senkte meine Stimme, als wollte ich vermeiden, dass uns jemand hören konnte. „Wer denn sonst? Das weißt du doch selber am allerbesten, Tommi: Die kennen keinen Spaß. Die machen mit uns, was sie wollen, nicht wahr? Deine Worte, Tommi, deine Worte. Hast du das vergessen? (Gott, bin ich gut! Jetzt hab ich ihn im Eck. Ich lach mich schief.)

Thomas blickte mich an. Unendlich dankbar. Kleiner Bruder, großer Bruder, das alte Spiel. „Du hast mich also nur beschützen wollen?"

„Ja, Tommi. Dich – und natürlich auch mich. Ich hab schließlich eine Frau und die Galerie ... Verantwortung, verstehst du? Da kann ich doch nicht riskieren ...“ (Überzeugender geht's nicht! An mir ist ein begnadeter Schauspieler verloren gegangen. Standing Ovations, bitte!)

Er griff nach meiner Hand, hielt sie fest. „Kein Wort mehr, ja! Ich regle das. Okay? Ich ganz allein.“

„Danke“, sagte ich. „Soll ich dir mein Ritterschwert leihen? Oder lieber Pfeil und Bogen?“

„Lass das. Ich find das nicht komisch.“

„Küchenmesser? Krummsäbel? Panzerkanone?“

„Ich find das nicht komisch, hab ich gesagt, hörst du? Überhaupt nicht komisch!“

Schade, dachte ich. Solltest du nämlich, du sturer Hund. Dann hätten wir beide was zu lachen. „Womit machst du's dann?“, sagte ich und grinste.

„Weiß ich noch nicht. Aber ich mach's. Verlass dich drauf. Ich mach's.“

Er rutschte von seinem Hocker und ging. Als er schon fast bei der Tür war, rief ich ihm nach: „Schrotflinte, Tommi! Nimm eine Schrotflinte. Am besten eine abgesägte!“

Er drehte sich zu mir um, blinzelte mich nachdenklich an und sagte dann trocken: „Eine abgesägte Schrotflinte? Gut möglich.“ Dann winkte er mir und weg war er.

Jetzt geht er auf die Pirsch, dachte ich. Lauert Niki auf, und wenn der irgendwann von seinem Segeltörn aus der Karibik zurückkommt, ballert er ihm eine Ladung Schrot ins Gesicht. Oder in die Eier. Halali! Wow, ist das komisch! Wirklich! Ich mach mich an, so komisch ist das. Saukomischer geht's ja wohl nicht mehr! Und das Leben ist doch gleich noch viel geiler, wenn man ein richtiger Spaßvogel ist!

Das Vergnügen hielt nicht lange an. Nach zwei Tagen ließ mich der Spaßvogel im Stich. Exakt dann, als ich ihn bitter nötig gehabt hätte. Ich hätte nämlich wirklich gern gelacht über das, was Thomas mir „noch ganz dringend und unbedingt jetzt sofort erzählen musste“, obwohl ich gerade die Weinflaschen und Gläser wegräumte und die Galerie für diesen Tag schließen wollte. Keine Bilder, keine Gäste, Thomas war der einzige, der plötzlich spätabends aufkreuzte.

Gut, den Anfang seiner Geschichte fand ich ja noch richtig amüsant. Es war schon lustig, mir vorzustellen, wie Thomas stundenlang vor dem Haus steht, in dem Niki seine Kanzlei hat. Wie er den Hauseingang keine Sekunde aus den Augen lässt, weil er wissen will, wann Niki kommt und wann er wieder geht. Wie er, um nicht durch grundloses Herumstehen Verdacht zu erregen, selbst angefertigte und in einem Copy-Shop fotokopierte Werbezettel verteilt, auf denen zur Eröffnung eines (natürlich frei erfundenen, nicht existierenden) Bierlokals in der Getreidegasse eingeladen wird. Wie er Niki in der ganzen Zeit kein einziges Mal zu Gesicht bekommt und wie ihm dann auf einmal einfällt, dass ich ihm gesagt hatte, Niki würde sich wahrscheinlich am Abend auf der Suche nach einem Opfer im Mirabellgarten herumtreiben. Wie er das zwar nicht so recht glauben kann, aber dann denkt, möglich könnte es ja doch sein. Wie er tatsächlich zum Mirabellgarten geht ... also bis dahin war diese Geschichte so grenzenlos verrückt und saukomisch, dass ich vor Vergnügen am liebsten gewiehert hätte. Ich hielt mich nur zurück, weil ich Thomas nicht vor den Kopf stoßen wollte.

Schon beim nächsten Satz wäre mir das Lachen allerdings ohnehin vergangen.

„Hab übrigens deine Claudia gesehen. Ist in dieses Hotel beim Mirabellgarten gegangen. Sheraton, glaub ich.“

„Du spinnst. Claudia ist in Mailand.“

Thomas schüttelte den Kopf. „Keine zwei Stunden her. Irgendein Typ war bei ihr.“

„Das gibt's nicht. Du hast dich sicher getäuscht, Tommi.“

„Hab ich mir zuerst auch gedacht. Aber mit ihren blöden, rot gefärbten Haaren kann man sie ja gar nicht verwechseln. War dann doch irgendwie neugierig. Bin ihnen heimlich nach in die Lobby. Sie haben an der Rezeption einen Schlüssel geholt und sind dann mit dem Lift rauf."

„Bist du sicher?"

„Hundertpro. Muss ja nichts heißen. Aber irgendwie schon komisch, oder?"

Komisch? Was, bitte, war daran komisch? Das war der Moment, ab dem ich den Spaßvogel wirklich vermisste.

Thomas redete weiter. Es ging jetzt wieder um den Mirabellgarten und um Niki. Aber selbst, wenn er mir erzählt hätte, er habe Niki in flagranti bei der Vergewaltigung einer Zwölfjährigen ertappt, wäre es nicht zu mir vorgedrungen. Es interessierte mich nicht. Ich hörte gar nicht hin. War ganz woanders. War irritiert. Je länger, desto irritierter.

Claudia mit einem Fremden in einem Hotel. Claudia mit einem anderen Mann im Bett. Claudia, die mich betrügt.

Was mich daran irritierte, war nicht die Vermutung, die Möglichkeit oder die Tatsache, sondern dass ich es mir nicht vorstellen konnte. So sehr ich mich auch anstrengte, mir Claudia bei einem leidenschaftlichen Liebesakt auszumalen, es gelang mir nicht. Claudia in wilder, gieriger Umarmung? Claudia, die mit kehliger Stimme schmutzige Worte flüstert, vor Lust stöhnt und schreit? Claudia, die in allen nur erdenklichen Stellungen vögelt, ihren Liebhaber reitet, sich aufbäumt, in höchster Ekstase ihren Kopf vor- und zurückwirft? Claudia, schweißbedeckt, dreckig, einen animalischen Geruch ausströmend? Völlig unmöglich. Da waren einfach keine Bilder von ihr in meinem Kopf, die ich abrufen konnte.

Was also sollte die Claudia, die ich kannte – meine kleine, nette, brave, leidenschaftslose, manchmal sogar ziemlich zickige Claudia, die so gar keinen Wert auf irgendwelche Eskapaden im Bett legte, die mit mir schon lange nicht mehr geschlafen hatte und wenn, dann nur als Geste der Versöhnung nach einem Streit, meine Claudia, mit der ich mich nach einer langen, schwierigen Zeit nun endlich auf einmal wieder richtig gut zu verstehen begann, von der blöden Sache mit der Nachricht auf dem Zettel einmal abgesehen – was sollte diese Claudia dazu bringen, es mit einem anderen Mann zu treiben?

Nein, Thomas musste sich geirrt haben. Hatte in seinem Wahn, überall Böses zu sehen und Intrigen zu vermuten, eine andere Frau für Claudia gehalten. Und weil er Claudia ohnehin nicht leiden konnte und ihm deshalb so eine Geschichte perfekt in den Kram passte, hatte er sie mir natürlich sofort brühwarm erzählen müssen. Wieder einmal typisch für diesen kleinen Scheißkerl. Und fast wäre ich ihm auch noch auf den Leim gegangen. Aber eben nur fast. Was auch immer er damit bezweckt hatte, mit mir nicht, mein Freund! Nicht mit mir!

„So, es reicht jetzt", sagte ich. „Ende der Vorstellung. Ich ruf dir ein Taxi."

Thomas sah mich verdutzt an. „Okay, wenn du meinst ... Wir sind uns also einig, ja?"

Während ich bei der Funktaxizentrale anrief, überlegte ich krampfhaft, worin wir uns seiner Meinung nach einig waren. Ich hatte ja nichts von dem registriert, worüber er in der vergangenen Viertelstunde geredet hatte. Sicher besser, wenn ich keine Antwort gab.

Wir gingen hinaus, ich schloss ab, und dann war auch schon das Taxi da. Ich gab Thomas einen Zwanziger.

„Da. Fürs Taxi."

„Super. Danke", sagte Thomas und öffnete die Wagentür. „Wir machen es also genau so, wie ich gesagt habe?"

„Was machen wir?", fragte ich nun doch.

„Blöde Frage. Das mit Niki natürlich."

„Quatsch", sagte ich. „Mit Niki machen wir gar nichts. Niki ist nämlich in der Karibik." Etwas Besseres war mir nicht eingefallen, um mich aus der Affäre zu ziehen.

„Was?"

„Niki ist in der Karibik", wiederholte ich.

Thomas grinste. „Klar. Niki ist in der Karibik. Aber sicher, wenn du das sagst. Niki ist in der Karibik. So, wie deine Claudia in Mailand ist, ja?"

Ich sagte nichts. Packte Thomas an der Schulter, stieß ihn ins Taxi und knallte die Tür zu. Abfahrt.

Arschloch, blödes!

Aber was, wenn Thomas doch Recht hatte? Wenn Claudia tatsächlich – ? Verflucht! Ich wollte, ich musste das jetzt wissen. Unbedingt. Jetzt gleich.

Ich sperrte wieder auf, ging in mein Büro, suchte im Telefonbuch die Nummer vom Hotel Sheraton und rief an.

„Würden Sie mich bitte mit dem Zimmer von Frau Claudia Steinfelder verbinden, es ist dringend!"

„Um diese Uhrzeit?" Der Mann an der Rezeption war hörbar ungehalten. Zu Recht, denn es war weit nach Mitternacht. „Bedaure, mein Herr, aber das ist leider nicht möglich."

„Aber es ist wirklich dringend."

„Um was geht's denn? Ich kann ja für die Herrschaften eine Nachricht hinterlegen."

„Eine wichtige Familienangelegenheit. Mehr kann ich Ihnen auch nicht sagen. Also bitte, wenn Sie jetzt so freundlich wären, mich zu verbinden."

Kurzes Schweigen. Und nach einem Räuspern der förmliche Satz: „Wie gesagt, bedaure, mein Herr. Aber Frau Steinfelder und Herr Doktor DeAngelis wollen nicht gestört werden."

Klick.

Danke. Mehr wollte ich gar nicht wissen.

Thomas war also doch kein Arschloch. Auch in diesem Fall lag er wieder richtig. Schön für ihn, aber für mich leider überhaupt kein Trost. Ganz im Gegenteil.

Den möchte ich sehen, der in solch einer Situation gelacht hätte. Nicht, dass ich auf einmal maßlos eifersüchtig, verzweifelt oder am Boden zerstört gewesen wäre, ich war nur – ja, was eigentlich? Befremdet. Ein bisschen verwirrt, ungläubig, erstaunt. Ziemlich angefressen. Und, wenn ich mich heute daran erinnere, glaube ich, dass ich zum ersten Mal einen Hauch dieser eigenartigen Kälte gespürt habe, ein erstes Frösteln, einen Vorboten der Eiskristalle in meinen Adern, die mich nun schon seit Wochen frieren lassen. (Aber das bilde ich mir ja nur ein, sagen die Ärzte. Subjektives Empfinden, heißt es. Also habe ich mir das damals wahrscheinlich auch nur eingebildet.)

Ich wusste, es würde eine schlaflose Nacht werden, also ersparte ich mir den Heimweg und legte mich im Büro auf die Couch. Ich musste nachdenken. Sollte ich gegenüber Claudia so tun, als wüsste ich von nichts? Oder sollte ich sie mit Fragen löchern und dabei riskieren, mich lächerlich zu machen, weil entweder alles ganz anders war, als es zu sein schien, oder weil mir Claudia ohnehin nicht die Wahrheit sagen würde? Hatte sie mir schon in den vergangenen Wochen bloß Lügen aufgetischt? Gab es in Wirklichkeit gar keine Probleme mit irgendwelchen Künstlern und Galeristen, wie sie behauptet hatte? War alles nur ein Vorwand gewesen, um mit diesem Bruno zusammen zu sein? Wusste ihre Mutter davon und verhielt die sich deshalb mir gegenüber so sonderbar? War das, was ich für Claudias plötzliche Verwandlung hielt, ihre entspannte Lockerheit während der paar Tage, in denen sie daheim gewesen war, nichts als ein Trick, mit dem sie mich in Sicherheit wiegen wollte? War ich ein Idiot gewesen, weil ich ihr das abgenommen hatte? Oder war ich jetzt ein Idiot, weil ich alles in Frage stellte? Womit es wieder von vorn begann: Vielleicht war mein Misstrauen völlig unbegründet. Möglicherweise hatten sich Claudia und Bruno nur in sein Hotelzimmer zurückgezogen, um ungestört über irgendwelchen Plänen zu brüten, und schon morgen würde mich Claudia mit höchst erfreulichen Neuigkeiten überraschen. War ich wirklich so naiv, das zu glauben? Nein, die beiden vögelten miteinander, etwas anderes zu denken, war Schwachsinn. Ach was, sollten sie doch vögeln. Mir egal. Sollten sie doch ihren Spaß daran haben, mir hat es mit Claudia ohnehin nie wirklich Freude gemacht. Außerdem konnte ich es jetzt auch nicht mehr ändern. Shit happens. Nur belogen und zum Narren gehalten mochte ich nicht werden. Eine Ménage à trois? Meinetwegen. So what, ich war doch nicht von gestern. Abgesehen davon geht so was ja bekanntlich meistens ziemlich schnell vorbei. Also gut, ich würde mit

Claudia reden. Ganz offen und ruhig. Schauen, was dabei herauskommt. Und wenn sie sich wieder hinter ihrem Schweigen und ihrem ironischen Lächeln verbarrikadieren würde wie früher? Scheiße ...

Jetzt fand ich es doch nicht so gut, dass ich nicht zuhause war. Johann Sebastian Bach wäre nützlich gewesen. Oder ich hätte mir ein paar Schlaftabletten einwerfen können und vielleicht wäre dann wieder Roswitha aus dem Dunkel aufgetaucht und über mich hergefallen, hätte sich gewunden auf mir wie eine Wahnsinnige, und ich hätte mich in ihr Haar gewühlt, mich verkrallt in dieses blutige Rot, und alles andere hätte ich vergessen. Alles.

Um fünf Uhr früh verließ ich die Galerie und machte mich auf den Heimweg. Eine halbe Stunde später sah ich in der Garageneinfahrt unseres Hauses meinen Lexus stehen. Im Flur stand Claudias Reisekoffer. Das Gästezimmer war leer, Claudia lag in unserem Schlafzimmer im Bett und schnarchte leise vor sich hin. Ganz unschuldig und friedlich.

Ich ging in die Küche, machte mir eine Tasse Kaffee, setzte mich an den Küchentisch, sah zum Fenster hinaus in die graue Morgendämmerung und dachte nichts, absolut nichts. Was hätte ich jetzt auch denken sollen?

Gegen zehn hörte ich Claudia ins Bad gehen. Kurz darauf auf die Toilette, wieder ins Bad, wieder auf die Toilette.

„Was ist los?“, fragte ich durch die geschlossene Tür. „Geht’s dir nicht gut?“

„Alles okay“, sagte Claudia. „Alles bestens.“

„Wirklich? Kann ich was für dich tun?“

„Ich sag doch, alles bestens. Alles klar.“

„Na gut. Ich mach dann Frühstück, ja?“

„Ich will noch unter die Dusche.“

„Lass dir ruhig Zeit.“

Alles bestens? Alles klar? Von wegen, dachte ich. Alles klar schaut anders aus. Aber man soll bekanntlich Probleme nicht mit leerem Magen bereden. Ein leerer Magen senkt den Blutzuckerspiegel und das macht dann leicht aggressiv. Und ich wollte nicht streiten, sondern nur einfach was klären. Ganz ruhig und vernünftig, bitte. Also erst einmal Frühstück.

Der Kühlschrank war noch vollgestopft mit dem teuren Zeug, das ich vor vier Tagen eingekauft hatte. Ein paar Sachen musste ich wegschmeißen, aber der Rest reichte immer noch für ein üppiges Luxusfrühstück, obwohl mir eigentlich überhaupt nicht nach Kaviar, Wachteleiern & Co. war. Auch nicht nach Champagner. Und schon gar nicht nach einer Fressorgie im Bett. Kaffee und Toast mit Butter hätten mir gereicht. Mein Kompromiss: Frühstück de luxe am Küchentisch. Das würde für Claudia trotzdem eine Überraschung sein. Und genau das war, wenn ich ehrlich bin, ein Teil meines Plans, meiner Taktik, die ich mir zurechtgelegt hatte: Ich wollte Claudia auf die nette Art dazu bringen, sich selber zu verraten und mit der Wahrheit herauszurücken. Am Anfang lief es dann auch wie am Schnürchen.

„Wow", rief Claudia, als sie sich im Bademantel und mit nassem, von der Feuchtigkeit dunkelrotem Haar an den Tisch setzte. „Gibt's was zu feiern?"

„Ja", sagte ich scheinheilig. „Dass du wieder zuhause bist. Und dieses Mal hoffentlich für länger."

Sie sagte nichts, blickte mich nur kurz an und konzentrierte sich dann darauf, ihre Haare mit einem Handtuch trocken zu rubbeln.

„War eine echte Überraschung für mich heute morgen", fuhr ich fort. „Hab im Büro geschlafen. Viel zu tun, weiß du. Wieso hast du nicht angerufen und mir gesagt, dass du kommst?"

„Tja", sagte sie und rubbelte weiter. „Genau das wollte ich: dich überraschen. War dann richtig enttäuscht, dass du nicht daheim gewesen bist."

„Echt? Wann bist du denn angekommen?"

„Du, so kurz vor Mitternacht, glaub ich. Bin die halbe Nacht durchgefahren."

„Was? Die ganze Strecke von Mailand nach Salzburg? Ganz allein? Wahnsinn. Schlaucht ganz schön, wenn einen da niemand am Steuer ablöst, oder?“

„Ach, geht so. Aber müde war ich dann schon. Hab gar nicht mehr ausgepackt. Bin gleich ins Bett.“

Sie unterbrach ihr Rubbeln, schnappte sich mit spitzen Fingern ein Wachtelei, stopfte es sich in den Mund und rubbelte dann weiter.

„Na ja, den Wagen hättest du schon noch in die Garage fahren können. Okay, ich mach das dann. Oder brauchst du ihn heute noch?“

„Den Wagen? Ja, weiß du, ich ... entschuldige –“ Sie warf plötzlich das Handtuch weg, sprang auf, hielt sich eine Hand vor den Mund und rannte auf die Toilette. Ich hörte, dass sie sich erbrach.

„Was hast du?“, rief ich. „War das Ei schlecht?“ Ich nahm mir eines, roch daran, biss ein Stück ab. Es schmeckte hervorragend. Jetzt geht es los, dachte ich. Die ganze Situation schlägt ihr auf den Magen. Zum Lügen braucht man eben starke Nerven.

„Geht schon wieder“, sagte sie, als sie zurückkam. Sie hob das Handtuch auf, setzte sich und rubbelte wieder drauflos. „Ich weiß auch nicht, was los ist.“

„Ja, Claudia“, sagte ich leise. „Da geht's dir wie mir.“

„Was meinst du?“

„Nun ja, ich wüsste auch gern, was los ist.“

„Was soll schon los sein! Hab mir halt den Magen verdorben. Wird schon wieder.“

Sie rubbelte jetzt wie wild ihre Haare, die schon längst trocken waren. Rubbelte so verbissen, wie sie früher immer die Badezimmerfliesen geschrubbt hatte. Ich griff über den Tisch nach ihren Händen und hielt sie fest.

„Hör auf, Claudia! Hör auf! Das bringt doch nichts mehr. Ist doch völlig sinnlos.“

Claudia riss ihre Hände aus den meinen und schrie mich an:

„He, was soll das? Spinnst du? Darf ich mir jetzt nicht mehr die Haare trocknen, oder was?"

„Aber natürlich darfst du das", antwortete ich, und ich meinte das jetzt genau so, wie ich es sagte. „Du darfst alles, Claudia. Wirklich, Claudia, alles darfst du. Ich will nur wissen, was los ist."

„Weißt du was, Schatz? Du nervst, Schatz!" (Da war es also auf einmal wieder, Claudias giftiges „Schatz" mit dem bedrohlichen, zischenden tzzzzzz am Schluss.) „Du willst wissen, was los ist, Schatz? Okay, ich sag's dir. Ich hab mit ‚Artists 4 Children' einen Haufen Probleme am Hals und die muss ich lösen. Ich bin im Stress, Schatz. Im Stress, falls dir dieses Wort geläufig ist. Und deshalb ist mir schlecht, klar? Ich bin vergangene Nacht ein paar hundert Kilometer durchgerast, habe zu wenig geschlafen, muss mir jetzt schleunigst frisches Zeug in meinen Koffer packen, Wäsche und Schuhe und so weiter, und dann muss ich mich wieder auf den Weg machen, wieder ein paar hundert Kilometer, damit ich heute noch ankomme. Ich werde nämlich gebraucht, weiß du. Gebraucht, Schatz! Gebraucht von den Kindern in Bolivien! Gebraucht von der Organisation! Gebraucht von Bruno! Gebraucht für eine Sache, für die es sich lohnt! Und dafür nehme ich den Stress gern in Kauf. Und auch die elendslange Fahrt, die ich jetzt wieder vor mir habe. Reicht das jetzt, Schatz?"

Und ob das reichte. Bis hierher reichte es mir. Aber ich blieb ganz ruhig. „Ja", sagte ich und lächelte harmlos. „Diese fürchterlich langen Fahrten sind schon ein Wahnsinn. Toll, wie du das schaffst. Aber Salzburg ist halt leider so eine ungeheuer riesige Stadt."

„Was? Ich versteh' kein Wort."

„Na ja, ich meine, immer diese hunderte Kilometer langen Fahrten vom Hotel Sheraton zu uns nachhaus und dann wieder quer durch die Stadt zurück ins Hotel, das ist natürlich schon wahnsinnig anstrengend."

Unglaublich, wie schnell ein Mensch seine Gesichtsfarbe wechseln kann. Eben noch rot vor Zorn, Sekundenbruchteile später kreideweiß. Claudia tat mir fast leid, als sie mich mit vor Schreck weit aufgerissenen Augen anstarrte. Trotzdem setzte ich noch eins drauf. „Was meinst du, soll ich dir ein paar Wachteleier für unterwegs einpacken? Oder für Bruno?"

Aber das wäre gar nicht mehr nötig gewesen. Ich hatte noch nicht ausgeredet, da stieß Claudia plötzlich einen unartikulierten Laut aus, beugte sich ruckartig über den Tisch und erbrach sich. Kleine, grüngelbe Schleimspritzer landeten auf einem Großteil des Frühstücks. Normalerweise hätte ich entsetzt sein müssen oder wenigstens besorgt, aber jetzt fand ich das bloß lächerlich. Es kam mir vor wie ein billiger Gag in einer drittklassigen Slapstickkomödie.

„Richtig", sagte ich ganz ruhig und lehnte mich zurück. „Ich finde das auch zum Kotzen."

Claudia saß nur stumm da, mit gesenktem Kopf, als horchte sie in ihren Körper hinein. Dann atmete sie tief durch, griff nach einer Serviette und wischte sich langsam und gründlich ihren Mund und ihr Kinn ab. Das dauerte eine halbe Ewigkeit. Sie wirkte erschöpft, als sie sich schließlich auch zurücklehnte. Sie sah mich verlegen an und versuchte zu lächeln.

„Sorry", murmelte sie. „Entschuldige, bitte."

„Das ist alles?", sagte ich.

Keine Antwort. Sie schien nachzudenken.

„Na gut, Claudia. Wenn du mir sonst nicht zu sagen hast ..."

Ich stand auf und begann den Tisch abzuräumen. Kippte das Essen in den Mülleimer, stapelte das Geschirr in die Spülmaschine, warf Tischdecke und Servietten in den Korb mit der Schmutzwäsche, wischte die Tischplatte mit einem feuchten Lappen ab, rieb sie mit einem Küchentuch trocken – wortlos, konzentriert, als gäbe es nichts Wichtigeres zu tun auf der Welt. Und Claudia sah mir zu, beobachtete mich aus den Augenwinkeln, verfolgte stumm jeden meiner Handgriffe. Dabei hielt sie ihren Bademantel mit beiden Händen eng um ihren Oberkörper gerafft, als würde sie frieren.

Ein bisschen Kotze klebte auch auf dem Boden. Ich nahm die

Küchenrolle, kniete mich hin, wischte das glibberige Zeug auf. Es ekelte mich nicht davor, es erinnerte mich bloß an den Tag nach Roswithas Verschwinden, an dem auch ich von einer Brechattacke in die nächste gefallen war. Kotze gehört wohl zu meinem Leben, dachte ich. (Dass sich der Drang, mich übergeben zu müssen, einmal zu dem Dauerzustand entwickeln würde, in dem ich mich gegenwärtig befinde, ahnte ich damals allerdings noch nicht.) Und so kroch ich auf allen Vieren über den Küchenboden und suchte nach versprengten Schleimspritzern, um sie aufzuwischen. Es machte mir nichts aus, bis ich mir plötzlich meiner Situation bewusst wurde: Ich blödes Arschloch rutschte doch tatsächlich vor Claudia auf den Knien und putzte den Boden unter ihren Füßen! Devoter und würdeloser ging es ja nun wohl nicht mehr!

„Könntest mir ruhig helfen“, knurrte ich. „Oder bist du dir dafür auch schon zu gut?“

Claudia schwieg. Rührte sich nicht. Und ich machte weiter. Wie unter Zwang. Sinnlos, denn alles, was an Kotze auf den Boden gespritzt war, hatte ich längst aufgewischt. Jetzt polierte ich den Boden. Fliese für Fliese. Kratzte mit dem Daumennagel penibel jede auch nur allergeringste Spur von Dreck aus den Fugen. Polierte, kratzte, polierte. Das gab mir auf einmal ein Gefühl von Überlegenheit. Etwas in der Art von „Sieh' her, was ich für dich tue, während du mich bescheißt“. Und wie von selbst hatte sich in meinem Kopf die passende Begleitmusik eingeschaltet. Natürlich wieder Bachs Konzert für vier Cembali, der wütende erste Satz in Endlosschleife.

„Ich bekomme ein Kind von Bruno.“

Ob es an der Musik lag, dass ich Claudias Worte beim ersten Mal nicht verstand? Oder lag es daran, dass ich sie einfach nicht verstehen wollte?

„Ich bin schwanger, hörst du? Ich krieg' von Bruno ein Kind!“

Nein, es war nicht die Musik, es war die Stimme. Ich kannte diese Stimme nicht. Sie hatte einen Klang, der mir fremd war. Das war nicht die Stimme von Claudia ... Schwachsinn. Außer ihr und mir war ja niemand im Raum. Es konnte also nur Claudias Stimme sein.

„So, jetzt weißt du's. Und ich bin froh, dass ich es dir endlich gesagt habe."

Verflucht! Wieso hört die Musik auf einen Schlag auf? Und warum muss ich mir ausgerechnet in diesem Moment an einer Fliesenkante die Daumenkuppe und den Nagel blutig reißen, so dass ich vor Schmerz hochfahre, einen kurzen Schrei ausstoße und mir dann den Daumen in den Mund stecke? (Das kaum verheilte Cut auf meiner Stirn reichte mir offensichtlich noch nicht, jetzt war also die Hand dran.)

„Alles okay, Schatz?"

Was heißt okay? Wunderbar! Herrlich! Es gibt bekanntlich nichts Schöneres, als auf dem Boden zu knien und sich das Blut aus einem verletzten Finger zu saugen. Danach könnte ich fast süchtig werden, so toll ist das. Jedenfalls bin ich davon im Augenblick weitaus mehr beeindruckt als von der Mitteilung, dass Claudia ein Kind von einem anderen Mann bekommt. Das ist mir nämlich scheißegal, solange meine Daumenspitze wie Feuer brennt. Der Riss in der Haut und im Nagel ist nicht einmal einen Zentimeter lang, wie tief, kann ich nicht erkennen, aber offenbar ist gemeinerweise ein ganzer Haufen Tastnerven betroffen und der Schmerz breitet sich über die halbe Hand aus. So fühlt es sich für mich wenigstens an und außerdem hört es nicht zu bluten auf und ich stecke den Daumen wieder in den Mund und stehe auf und gehe zum Spülbecken und lasse kaltes Wasser über die Wunde rinnen und presse dann ein paar zusammengefaltete Blätter Küchenkrepp darauf und hoffe, dass es aufhört zu bluten und zu brennen und zu stechen. So ist es leider nun einmal: Körperlicher Schmerz schlägt schlechte Nachricht. Macht Sätze zu sinnlosem Geplapper und die menschliche Stimme zu einem unangenehmen Nebengeräusch.

Sei doch still, Claudia, denke ich. Halt deinen Mund. Spar dir deine Erklärungen, ich bin nicht scharf auf sie. Schon gar nicht jetzt, während sich das Krepp auf meinem Daumen mit

Blut vollsäuft und ich nicht weiß, was ich dagegen tun kann. Doch sie redet und redet und redet. Wenn sie mir wenigstens erzählen würde, es sei nur ein Ausrutscher gewesen und ein dummer Fehler, die üblichen Lügen eben. Aber nein, ich muss mir diesen ganzen Mist anhören.

Dass sie sich schon immer ein Kind gewünscht hat. Selbstverständlich von mir, was denn sonst? Am Anfang jedenfalls, in den ersten drei Jahren, um genau zu sein. Aber dass ich ihr nie das Gefühl gegeben habe, ich würde auch eins wollen. Kein Wort von mir, nie auch nur die leiseste Andeutung in diese Richtung. Schon eine Enttäuschung für sie, aber gut, es hat ja nicht sofort sein müssen. Irgendwann hätte eben sie es mir gesagt. Oder sie hätte stillschweigend die Pille abgesetzt und dann wäre es einfach geschehen. Gott sie Dank hat sie damit gewartet, wirklich, Gott sie Dank!

Denn dann ist ja auf einmal mein Bruder aufgetaucht. Ein Schock war das, ein richtiger Schock! Mein Bruder ein Kleinwüchsiger! Ein Kranker, ein Mensch mit einem Gendefekt. Einem Defekt, der klarerweise von meinen Eltern stammt. Wahrscheinlich eine Erbkrankheit in meiner Familie, eine lang verborgen gebliebene Störung, die nun offenbar bei meinem Bruder zum ersten Mal tatsächlich zu einer Missbildung geführt hat. Und wer weiß, vielleicht trage ja auch ich diese genetische Störung in mir. Natürlich nur eine Vermutung, aber es hat ihr Angst gemacht. „Es macht mir Angst", das hat sie doch gesagt, klar und deutlich hat sie es gesagt! Ja, Angst! Angst, Angst, Angst! Nein, sie will kein kleinwüchsiges Kind. Will kein Kind mit einer Missbildung. Will kein Kind von mir, nein, nicht mehr von mir. Will keinen Krüppel, einfach einmal geradeheraus gesagt. Zugegeben, möglicherweise hat sie sich auch nur in etwas hineingesteigert. Hätte mit mir darüber reden sollen. Aber sie hat es einfach nicht können. Nur Angst hat sie gehabt. Und einen unglaublichen Hass auf meinen Bruder, obwohl der natürlich nichts dafür kann, das weiß sie, aber die Angst und der Hass sind einfach größer gewesen, alles andere. Und die Enttäuschung.

Schließlich hat sie sich damit abgefunden, was hätte sie auch sonst tun sollen.

Doch dann ist plötzlich Bruno da gewesen. Bruno mit seinem wunderbaren Einsatz für die bolivianischen Kinder. Das war wie ein Zeichen, wie eine neue Chance für sie. So viel Gemeinsamkeit, so viel Übereinstimmung mit einem Mann und seinen Zielen, noch nie hat sie so etwas erlebt. Und so ist es dann eben passiert.

Ein Kind, ein gesundes Kind! Erst vor ein paar Tagen war sie beim Gynäkologen. Alles in Ordnung, hat er gesagt. Jetzt ist sie glücklich, endlich richtig glücklich. Und wenn ich sie liebe, nur ein bisschen liebe, muss ich ihr dieses Glück einfach vergönnen. Wie alles weitergehen wird, weiß sie auch nicht. Im Moment ist nur das Kind wichtig, nur das Kind. Und dass ich sie hoffentlich verstehe. Nein, nicht verzeihen soll ich ihr, überhaupt nicht, denn da gibt es nichts zu verzeihen, auch wenn ich mich im Moment vielleicht verletzt fühle. Verstehen soll ich. Akzeptieren. Offen sein für Neues, für Veränderung, für das, was die Zukunft eben so bringt. Mehr nicht. Sicher ohnehin kein Problem für mich bei meiner lockeren Einstellung gegenüber allen Dingen, oder? So what. Alles kommt, wie es kommt. Shit happens, nicht wahr?

Du machst es dir verdammt einfach, denke ich, auch wenn es tausendmal stimmt, was du mir da erzählst. Okay, der Gedanke an ein Kind mit dir ist mir nie gekommen. Aber du hättest ja einmal den Mund aufmachen können, bloß ein einziges Mal. Ist doch auch sonst immer so gelaufen: Du hast dir was in den Kopf gesetzt und ich hab mitgespielt. Und die Geschichte mit meinem Bruder erklärt mir zwar einiges, ist aber trotzdem das Dümmste, was ich je gehört habe. Eigentlich unfassbar, ungeheuerlich! Jetzt ist also quasi meine Familie dran schuld, dass du dir von diesem Kerl ein Kind hast machen lassen, was? Also darüber kann ich ja wohl nur lachen. Würde ich auch gern, wäre da nicht dieser pochende Schmerz in meinem Daumen: die Wunde, die immer höllischer brennt und sticht, je länger ich das Küchenkrepp draufpresse, das inzwischen vom Blut schon völlig aufgeweicht ist.

Scheiß auf Bruno, scheiß auf das Kind, ich will, dass mein Daumen endlich aufhört zu schmerzen und zu bluten!

Ich rapple mich hoch, gehe ins Bad, halte meine rechte Hand mit dem verletzten Daumen weit von mir gestreckt übers Waschbecken und krame zugleich mit der ausgestreckten linken im einen Meter entfernten Medizinschrank nach etwas zum Desinfizieren, Blutstillen und Verbinden. Danach lasse ich noch einmal kaltes Wasser über meine Daumenkuppe laufen, tupfe sie vorsichtig mit einem antiseptischen Tuch ab und schaue mir den Riss ganz genau an. Im hellen Badezimmerlicht sehe ich, dass da drin irgendwas Verdächtiges glänzt. Ich nehme eine Pinzette, greife mit ihr vorsichtig und ziemlich zittrig nach dem Ding ... ziehe daran ... verflucht, tut das weh! ... ziehe weiter ... mit zusammengebissenen Zähnen und Tränen in den Augen ... und schaffe es endlich, es herauszuziehen: ein hauchdünnes, abgesplittertes Stück Fliesenglasur, hart, scharf und spitz wie eine Nadel, das sich tief in meine Daumenkuppe gebohrt hat. Gott, bin ich froh, als ich das Miststück entfernt habe! Wenn ich bloß ein bisschen geschickter wäre mit meiner linken Hand. Aber das mit dem Desinfektionsspray und den beiden kreuzförmig übereinandergeklebten Pflastern schaffe ich dann auch noch irgendwie. Und schon kurz darauf lässt der Schmerz nach.

Wie lang war ich im Badezimmer? Zwanzig, fünfundzwanzig Minuten, vielleicht eine halbe Stunde. In der ganzen Zeit kein einziger Ton von Claudia. Kein „Alles okay?“, kein „Kann ich dir helfen?“, nicht einmal ein fragendes Klopfen an der Tür, ein besorgter Blick. War sie wirklich nur mehr mit sich selbst beschäftigt? War ihr nicht in den Sinn gekommen, dass ich vielleicht Hilfe hätte brauchen können? Konnte es sein, dass sie von meiner Verletzung gar nichts mitbekommen hatte? Hatte sie nach ihrem Scheißgeständnis auf einmal Angst vor mir? Oder hatte ich sie bloß nicht gehört, weil meine ganze Aufmerksamkeit ausschließlich auf meinen Daumen gerichtet gewesen war?

Und wieder war es ein Stück Papier auf dem Küchentisch, ein paar hingefetzte Zeilen, die mir die Antwort gaben.

Markus!
Dass du dich wie ein trotziges Kind im Badezimmer einschließt, hätte ich nicht von dir gedacht. Hab geglaubt, du bist ein erwachsender Mann.
Bin jetzt bei Bruno im Hotel. Ruf mich an, wenn du dich wieder beruhigt hast. Mein Handy lass ich eingeschaltet. Wir müssen reden, alles andere bringt doch nichts.
Claudia

Na, toll! Claudia hatte sich also davongestohlen, während ich damit beschäftigt gewesen war, mich zu verarzten. Hatte sich still und heimlich aus dem Haus geschlichen. Hatte rasch ein paar frische Sachen in ihren Koffer gepackt und sich dann aus dem Staub gemacht. Natürlich mit meinem Wagen. Wie mutig von ihr, wie unglaublich erwachsen! Aber bitte, sollte sie doch abhauen, wenn sie es für richtig hielt. Ich Claudia anrufen? Darauf würde sie lange warten können. Ihr schien die Lage wohl nicht ganz klar zu sein: Auf der einen Seite waren ich, unsere Galerie, unser Haus, unser Leben – und auf der anderen waren sie und dieser Bruno und dieses Kind. Da wollte ich doch einmal sehen, wer in diesem Spiel die besseren Karten hat. Die stärkeren Nerven. Und den längeren Atem.

18

Claudia erfüllte sich rücksichtslos ihren Traum vom eigenen Kind. Was sollte mich also daran hindern, jetzt auch einen meiner Träume zu verwirklichen? Dieser Gedanke ließ mich den ganzen Nachmittag nicht mehr los und überlagerte, verdrängte alle anderen Überlegungen. Als wäre ein Damm gebrochen, überflutete er mein Bewusstsein, wurde immer mächtiger, immer drängender, bis mich schließlich nichts anderes mehr beherrschte als die Gier, die Bilder in meinem Kopf endlich Fleisch und Blut werden zu lassen. Natürlich nicht vollständig, das war mir klar, aber wenigstens so weit, wie es nur irgendwie möglich war.

Nein, was ich tat, hatte nichts mit Claudia zu tun. Ich wollte mich nicht dafür rächen, dass sie mit einem anderen Mann schlief. Ihre banale Vögelei war meilenweit von dem entfernt, was ich vorhatte: Eintauchen in eine maßlose, eine grimmige Lust – auch wenn ich dafür würde bezahlen müssen, sehr viel bezahlen.

Ein Traum plus Lust plus Gier: ein gefährlicher Cocktail. Gnadenlos. Durch diesen Rausch muss man durch, ob man will oder nicht. Aber diese Frage stellte sich mir gar nicht. Ich wollte. Und wie ich es wollte!

Ich wollte die perfekte Illusion. Nicht mehr, aber auch nicht weniger. Und ich staunte, wie problemlos alles lief. Ich hatte mich auf eine lange Suche eingestellt, hatte gedacht, ich würde sicher in einigen Bordellen anrufen und jedes Mal meine Beschreibung von Roswitha herunterbeten müssen, doch schon mein erster Anruf im „Club Imperator" war erfolgreich. „Selbstverständlich", hieß es, „genau so ein Mädchen haben wir. Und wenn's sein muss, helfen wir eben mit ein bisschen Schminke nach."

Aber das war gar nicht nötig. Wieder einmal hatte der Zufall seine Hand im Spiel, und den Rest besorgte meine Phantasie: Das Mädchen hätte tatsächlich Roswitha sein können. Mit seiner flammend roten, wild gelockten Mähne glich es ihr buchstäblich auf Haar. Ja, dieses Mädchen, diese junge Frau war Roswitha, einfach weil ich wollte, dass sie Roswitha sein sollte. Gut, sie hatte kleinere Brüste und war zierlicher, aber darauf kam es mir nicht an. Sie war Polin und sprach nur ein paar Brocken Deutsch. Egal, ich hatte ja nicht vor, mit ihr über Kunst zu diskutieren. Für das bisschen Absprache und Verständigung zwischen ihr und mir würde es schon reichen und alles andere sollte ohnehin wortlos ablaufen. Und dass ihre Haare bloß eine Perücke waren – es konnte ja gar nicht anders sein –, das machte die ganze Sache nur noch einfacher.

Ich fürchte, das erweckt jetzt den Eindruck, ich hätte unglaublich überlegt und kontrolliert gehandelt. Habe ich aber nicht. Konnte ich gar nicht. Schon im Taxi zum „Club Imperator“ brannte ich vor Ungeduld. Und nach dem ersten zufriedenstellenden Blick auf das als „römische Sklavin“ kostümierte Mädchen gab es nichts mehr, was mich hätte zurückhalten können. Perfekt, also lass uns loslegen. Null Bock auf das ganze affige Animier-Vorspiel, den überteuerten Schampus, die billigen Pornofilmchen und die Whirlpoolplantscherei im „Römerbad“, nein, das alles musste gefälligst auf nachher warten, keine Sorge, der Nobelpuff würde seinen Umsatz mit mir schon noch machen. Aber jetzt wollte ich nur eins: Mit meiner Roswitha-Kopie auf ihr Zimmer. Zur Sache kommen. Und zwar sofort.

Es war schon beinah unheimlich, mit welcher Präzision die Kleine alle meine Anweisungen befolgte. (Nun ja, eben „sklavisch“.) Wie sie ihre lächerliche Mini-Toga ablegte und hinter der Badezimmertür wartete, bis ich nackt auf dem Bett lag und so tat, als schliefe ich und würde durch einen Traum erregt. Wie sie sich dann heranschlich, sich mit gespreizten Schenkeln aufs Bett kniete, rittlings auf mich setzte und sofort anfing, sich auf und ab zu bewegen, auf und ab, auf und ab, in einem langsamen, gleichbleibenden Rhythmus, wie mechanisch, während ich weiter mit geschlossenen Augen den Schlafenden spielte. Wie sie sich über mich beugte, die Spitzen ihrer Haare über mein Gesicht streifen ließ, ganz kurz, nur für einen flüchtigen Moment, und sich dann sofort wieder aufrichtete und einen Takt zulegte, auf und ab, auf und ab, und plötzlich kreisende Bewegungen hinzufügte, als würde sie mich tiefer und tiefer in sich hineinbohren wollen. Alles genau so, wie ich es vorher mit ihr festgelegt hatte, vereinbart mit wenigen Worten und Gesten.

Und als ich die Augen öffnete, war sie wirklich da: Roswitha! Hatte sich aus meiner Traumgestalt der vergangenen Nächte in ein reales Wesen verwandelt: in die Roswitha, die ihren Körper auf mir wand, gierig und in entfesselter Lust und gleichzeitig unerbittlich wie ein gefühlloser Automat. Roswitha, die Puppe? Nein, Roswitha, der Zombie. Die lebende Tote, die mich nicht losließ! Roswitha, deren Haare jetzt wieder über mir leuchteten, glühten, brannten! Die ihren Kopf vor- und zurückwarf, vor und zurück – und ich griff mit beiden Händen nach ihrem Haar, um es zu spüren, festzuhalten, herunterzuziehen zu mir, es über mein Gesicht auszubreiten, es zu riechen, es zu schmecken, in ihm zu versinken. Krallte mich an Roswithas Haaren fest, wollte sie ihr vom Kopf reißen, sie ihr samt der Haut vom Schädel lösen, ruckweise, Stück für Stück, wie ich es in meinem Traum getan hatte, ließ nicht locker, zerrte an ihnen, riss an ihnen und fieberte dem blutigen Höhepunkt entgegen.

Und dann hörte ich einen Schrei und spürte einen Schlag ins Gesicht und noch einen und noch einen. Und ich ließ los, und Roswitha, nein, nicht Roswitha, die kleine Hure glitt von mir herunter, sprang vom Bett, schrie mich an, brüllte irgendwelche polnischen Schimpfwörter und lief dann ins Bad.

Fuck! So war das nicht ausgemacht!

Ich starrte auf meine Hände. Sie waren voll Blut. Die Pflaster auf meinem Daumen waren abgegangen, aber die Wunde hatte nicht wieder zu bluten begonnen, nein, von daher konnte das Blut nicht stammen. Woher also? Dann sah ich die Haare, die zwischen meinen Fingern hingen. Lange, rote Haare. Viele Haare, zwei dicke Haarstränen. Verklebt. Blutverklebt. Verdammte Scheiße!

Menschenskind, ich war so sicher gewesen, dass die Kleine eine Perücke trug. Dass es nicht ihre eigenen Haare waren, die ich ihr vom Kopf reißen wollte. Und jetzt war genau das passiert. Verflucht, was war ich doch für ein blöder Arsch. Riss ich dieser jungen Frau doch tatsächlich die Haare gleich büschelweise aus und fetzte ihr die Kopfhaut blutig! Das durfte doch wohl nicht wahr sein, Himmelherrgottnocheinmal! Wie konnte ich das jemals wieder gut machen? Mit Geld. Natürlich mit Geld. Nur mit Geld. Mit viel Geld, wie viel auch immer sie dafür von mir verlangen würde.

Ich wollte ins Bad. Wollte mir die Hände waschen. Wollte mich entschuldigen. Wollte meinen Irrtum erklären. Wollte übers Schmerzensgeld reden. Aber die Tür war zugesperrt. Ich klopfte. Drehte und riss am Türknauf. Vergeblich. Und als ich mich umdrehte, standen plötzlich zwei Männer vor mir. Ziemlich groß, ziemlich stämmig, in ziemlich geschmacklosen, bunt gemusterten Joggingdressen, kahl rasiert und mit Gesichtern, die mich nicht zwingend darauf schließen ließen, ich hätte es mit Rot-Kreuz-Sanitätern zu tun.

Maul halten, befahl ich mir. Schön ruhig bleiben und keine Fragen stellen. Die erste konnte ich mir ohnehin gleich selber beantworten, als ich jetzt in einer Zimmerecke die kleine Überwachungskamera sah, die (wie unglaublich geschmackvoll!) von einer nackten römischen Halbgöttin aus Gips aufs Bett gerichtet wurde. Hätte mir wirklich auch schon vorher auffallen können. Aber vorher, da war ich eben nur bedingt zurechnungsfähig gewesen, wenn überhaupt. Okay, und was jetzt? Mich erst einmal wieder anzuziehen wäre vielleicht gar keine so schlechte Idee.

Instinktiv machte ich mich noch ein bisschen kleiner, als ich mich ohnehin schon fühlte, tauchte zwischen den beiden netten Sklavinnenaufsehern (nennen wie sie einfach einmal so) durch und steuerte den Plüschsessel an, auf dem meine Kleidung lag.

Ich muss sagen, was den Service betraf, war der Club auch in dieser Phase meines Besuches wirklich erstklassig. Ich musste mich um so gut wie nichts kümmern. Während mir der eine Sklavinnenaufseher wortlos ein Kleidungsstück nach dem anderen reichte, mich keine Sekunde aus den Augen ließ und mir sogar höflich ins Jackett half, nachdem er alle Taschen durchsucht und dann meine Brieftasche an sich genommen hatte, um freundlicherweise auf sie aufzupassen, brachte der andere Sklavinnenaufseher mit polnisch (oder russisch oder ukrainisch?) gebellten Sätzen das Mädchen dazu, aus dem Badezimmer zu kommen. Und als ich mich bei der verstört wirkenden Kleinen, die ein blutbeflecktes Handtuch auf ihren Kopf presste, nun doch für mein Missverständnis entschuldigen wollte, drängte mich der erste Sklavinnenaufseher zur Seite, zog aus meiner Brieftasche sämtliche Geldscheine, zählte sie, steckte die zwei Fünfer und den Zehner großzügig zurück und drückte dem Mädchen das restliche Geld – einen schönen Packen Fünfziger und Hunderter – in die Hand. Tausend Dank, wirklich sehr zuvorkommend!

Unangenehm wurde es für mich erst ein paar Minuten später, aber selbst da traf den Club keine Schuld. Nein, schuld waren einzig und allein meine Kreditkarten. Denn als ich an dem kleinen römischen Tempel mit der schönen Aufschrift „Pecunia non olet" meinen offiziellen Obolus für die genossenen Sklavinnendienste entrichten sollte, verweigerten Mastercard, Diners und American Express ihre Dienste. Gold und Platin halfen da ebenso wenig wie Fluchen und Beten.

Jetzt wurde es ungemütlich. Der eine Sklavinnenaufseher hielt mich mit eisernem Griff am Arm fest, der andere verschwand durch eine Tapetentür, hinter der sich offenbar das Allerheiligste verbarg. Oder (jetzt ganz ohne Ironie, denn die war mir inzwischen restlos vergangen) das Büro der Leute, denen dieser Laden gehörte.

Ich muss zugeben, ich fühlte mich nicht sehr wohl in meiner Haut. Ich hatte es jetzt mit einer Branche zu tun, in der man alles, aber auch wirklich alles, mit Geld regeln kann. Nur eines nicht: es nicht zu können. Da hört sich bei diesen Leuten der

Spaß auf, das weiß man ja. Und was passiert, wenn die so richtig Ernst machen, das wollte ich eigentlich nicht erleben. Ja, verflucht, ich hatte Schiss! Und je länger die Tapetentür geschlossen blieb, je länger dahinter vermutlich ein paar „ehrenwerte“ Mitglieder der Ostmafia berieten, welche Methoden sie bei mir anwenden sollten, um zu ihrem Geld zu kommen, desto mehr Schiss hatte ich.

Und auf einmal wurde es ziemlich laut hinter der Tür und dann wurde sie aufgestoßen und ein Mann in einem dunkelgrauen Nadelstreifanzug stand mit dem Rücken zu mir in der offenen Tür und schrie: „Ich hab gesagt, ich mach das auf meine Art, kapiert? Auf meine Art, hörst du? Aus! Schluss! Ende der Diskussion!“ Und dann drehte er sich um zu mir und grinste mich an.

Der Mann war Niki.

„Niki? Ich glaub's nicht. Niki?“

„Lass ihn los. Ist schon in Ordnung.“

Der Sklavinnenaufseher ließ meinen Arm los, bleckte zum Abschied die Zähne und ging.

„Niki? Spinn' ich oder was?“

„Ja, das hab ich mir auch gedacht. Du machst vielleicht Sachen! Mannomann!“

Niki schüttelte den Kopf und warf mir einen langen, besorgten, milde strafenden Blick zu, wie einem unartigen Kind, das zurechtgewiesen werden musste. Dann gab er mir meine Brieftasche und die Kreditkarten.

„Da. Bitte. Die Sache ist erledigt. Darfst dich als eingeladen betrachten.“

Ich war völlig perplex. „Danke. Aber ... ich versteh' nicht –“

„Was gibt's da nicht zu verstehen?“

„Entschuldige ... was machst du da?“

„Ach, den Club meinst du.“ Niki grinste wieder. „Tja. Zweites Standbein sozusagen. Oder sogar erstes. Bringt jedenfalls finanziell mehr als die Juristerei.“

„Das ist aber ziemlich halbseiden, oder? Also seriös ist das bitte nicht ... also wirklich ...“

„Was? Du willst mir was von seriös erzählen, ausgerechnet du mit deiner windigen Pseudogalerie?"

„So war das nicht gemeint. Ich meine, geht das denn? So richtig offiziell? Als Anwalt?"

„Was heißt schon offiziell? Muss ja niemand was davon wissen – offiziell. Offiziell bin ich nur stiller Teilhaber einer internationalen Entertainmentgesellschaft. Fun and Dream. Firmensitz auf den Cayman Islands."

„Verstehe. Deshalb hat deine Sekretärin gesagt, dass du in der Karibik bist. Abgetaucht."

„Tja, die Karibik liegt manchmal näher, als man denkt ..."

„Ich glaub's nicht. Echt, ich glaub's einfach nicht."

„Ach, weißt du, ob du das glaubst oder nicht, ist mir ziemlich egal. Aber warum erzähl' ich dir das eigentlich alles ... äh ... also, am besten vergisst du das jetzt auch gleich wieder, wenn ich dich bitten darf. Klar?"

„Und wenn nicht? Wenn ich das nicht vergessen kann?"

Niki legte mir freundschaftlich die Hand auf die Schulter und blickte mir beinahe liebevoll in die Augen. „Du kannst, mein Freund, glaub' mir, du kannst." Seine Stimme klang sanft, sehr, sehr sanft, gefährlich sanft. „Du kannst vergessen, was ich dir erzählt habe, und du wirst es vergessen, und zwar alles, da bin ich ganz sicher. Sonst könnte nämlich ich glatt darauf vergessen, ein ganz bestimmtes Video zu löschen. Ein wunderschönes, gestochen scharfes Video, auf dem ein sehr, sehr guter Freund von mir dabei zu sehen ist, wie er eines unserer Mädchen ziemlich brutal misshandelt. Und ich könnte außerdem vergessen, wie es passieren kann, dass ein paar Bildchen von diesen netten, perversen und ziemlich blutigen Sexspielchen auf einmal bei der Ehefrau meines Freundes landen oder bei seinen Schwiegereltern oder vielleicht sogar bei ein paar Zeitungsredakteuren. Aber weil es meinem lieben, guten Freund ganz sicher äußerst unangenehm wäre, als Promi-Galerist mit einem Hang zu abartigen Sexpraktiken auf einen Schlag seinen guten Ruf bei der ach so noblen Salzburger Gesellschaft zu verlieren, darum, mein Freund, darum wirst du das alles vergessen, ja? Wir haben uns doch verstanden, oder?“

Ich nickte nur. Mir fehlten die Worte.

„Kann ich mich darauf verlassen?“

Ich nickte wieder. Was sollte ich auch sonst machen?

„Na, fein, mein Freund. Dann kannst du dich auch auf mich verlassen.“

Konnte ich das wirklich? Niki hatte mich in der Hand. Ich überlegte krampfhaft, wie ich mit ihm gleichziehen könnte. Und dann fiel mir Thomas ein. Ich pokerte.

„Ich will es haben“, sagte ich.

„Was willst du haben?“

„Das Video. Jetzt gleich. Sonst könnte nämlich auch ich etwas vergessen. Nämlich meinen Bruder davon abzuhalten, überall herumzuerzählen, dass du ein Vergewaltiger bist. Und wer weiß, was er deswegen sonst noch so vorhat mit dir.“

Es klappte. Niki schien verunsichert zu sein.

„Der verrückte Zwerg? Was soll er denn vorhaben?“

„Keine Ahnung. Aber Verrückte können ziemlich gefährlich werden, weißt du. Verrückte sind einfach unberechenbar.“

Niki dachte nach. Dann drehte er sich um, verschwand hinter der Tapetentür, kam nach ein paar Minuten zurück und gab mir eine Videokassette. „Okay. Weil wir Freunde sind. Sind wir doch, oder?“

„Wie immer“, antwortete ich. „Wie immer. Vertrauen gegen Vertrauen. Vergessen gegen Vergessen. Schweigen gegen Schweigen. Omertà, nicht wahr?“

Dann machte ich, dass ich rauskam. Draußen neben dem Eingang des „Club Imperator“ stand eine fast zwei Meter große Gipsstatue, die wohl irgendeinen römischen Kaiser darstellen sollte. Ave Caesar, morituri te salutant, dachte ich.

Das Geld in meiner Brieftasche reichte nicht einmal mehr, um mit einem Taxi nachhause zu fahren. Und so durchquerte ich wieder einmal zu Fuß die nächtliche Stadt. Ich war müde, mir war kalt und sich hasste mich. Mitten auf dem Mozartsteg blieb ich kurz stehen und schleuderte die Videokassette übers Geländer. Sah ihr nach, wie sie sich im Flug ein paar Mal in der Luft drehte, nach ein paar Sekunden auf den schwarzen Fluten aufklatschte, noch ein Stück weitertrieb und dann endlich im Fluss versank.

Adieu, Roswitha. Adieu, Albtraum. Endgültig Adieu!

Nach über vierzig überdreht wachen Stunden war ich in einen langen, tiefen Schlaf weggedriftet (ohne Cognac, ohne Schlaftabletten, ohne Träume!) und danach kamen mir die zurückliegenden Ereignisse irgendwie ziemlich unwirklich vor. Es kann sein, es kann auch nicht sein, es ist passiert, es ist nicht passiert, es geht mich was an, es geht mich nichts an – dieses leichte, schwebende Schaukeln zwischen den Möglichkeiten war ein äußerst angenehmer Zustand. Meinetwegen hätte er ruhig anhalten können, doch dann sagte mir plötzlich mein leicht entzündeter Daumen, ich solle gefälligst wieder auf dem Boden der Tatsachen landen.

Mit anderen Worten, ich sollte mich an ein paar Dinge halten, die umso fragwürdiger und absurder wurden, je ausgeschlafener ich jetzt über sie nachdachte.

Ich ging meine Liste durch: Claudia, die sich auf einmal als Kindernärrin outet, mich bescheißt und sich von einem italienischen Gutmenschen schwängern lässt. Ich als Hauptakteur einer gewalttätigen Sexszene auf einem Video, das jetzt in den Fluten der Salzach verschwunden ist. (Genauso wie vermutlich schon vor ein paar Jahren Roswitha.) Ein bekannter Anwalt, der mit einem Bein in der Salzburger Promiszene und mit dem anderen im Rotlichtmilieu steht, der einerseits mein Freund ist und andererseits offensichtlich nicht davor zurückschrecken würde, mich zu erpressen. Also wirklich, das alles konnte ich doch nur unter „vollkommen lächerlich bis komplett schwachsinnig" ablegen.

Im Grund gab es nur eine einzige Tatsache, die wirklich handfest war. Ganz konkret und deshalb umso unangenehmer: dass meine Kreditkarten plötzlich nicht akzeptiert wurden. Das war ein Problem, das ich ernst nehmen musste. Aber anders als den anderen Unsinn konnte ich dieses Problem auch wieder aus der Welt schaffen. Ein Anruf bei unserer Bank genügte. Oder, noch besser, ein kurzes, persönliches Gespräch mit der zuständigen Dame.

Oh, Verzeihung! Unser Fehler.

(Buchungsfehler, Rechenfehler, Übertragungsfehler, Computerfehler, was weiß ich, welcher Fehler. Geht's auch ein bisschen genauer, bitte?) Kein Problem, kann ja jedem einmal passieren.

Wird nicht wieder vorkommen. Versprochen.

(Na, das will ich doch stark hoffen, bei den Summen, die wir euch als Hausbank unserer Galerie so anvertrauen!) Alles in Ordnung. Entschuldigung angenommen.

Danke, wirklich nett von Ihnen. (Lächel-Lächel.)

Meine Kreditkarten funktionieren also wieder? (Noch so eine Peinlichkeit wie gestern kann ich nämlich gar nicht brauchen. Wenn du wüsstest ...)

Selbstverständlich! Bei Ihrer Bonität!

(Sag ich doch.) Also dann, danke, dass Sie sich so schnell darum gekümmert haben. (Etwas anderes habe ich auch gar nicht erwartet, gute Frau.)

Ja, aber natürlich! Und ich kann mich nur wiederholen: Bitte vielmals um Entschuldigung für die Unannehmlichkeiten.

(Unannehmlichkeiten? Hast du eine Ahnung!) Also dann, auf Wiedersehen.

Auf Wiedersehen! Und Danke noch einmal. Und Grüße an Ihre werte Frau Gemahlin!

(Ja, schleim' dich nur schön ein bei mir. Tut gut.)

So und nicht anders würde ich diese Sache regeln. Schnell, klar und effizient. Jetzt sofort. Denn das ist ja das Positive an den ganz konkreten Problemen: dass man sie auch ganz konkret lösen kann. Dachte ich. Und freute mich schon richtig darauf. Aber gut, so kann ich immerhin behaupten, ich hätte wenigstens vorher meinen Spaß gehabt.

In der Bank musste ich dann nämlich erfahren, dass das Konto unserer Galerie seit zwei Tagen ganz gewaltig im Minus war. Und zwar weit über den ohnehin äußerst großzügigen Kreditrahmen hinaus. Claudia hatte eine Riesensumme auf eine Mailänder Bank überwiesen. Ob mir das denn nicht bekannt sei, fragte man mich einigermaßen verwundert. Doch, doch, log ich, um mich nicht noch mehr zu blamieren. Doch, doch, bloß vergessen, mein Fehler, einfach vergessen, sorry.

(Heute weiß ich natürlich, dass es mehr als dumm war, sämtliche finanzielle Angelegenheiten, die geschäftlichen ebenso wie die privaten, über ein einziges Konto laufen zu lassen. Aber es war eben bequem. Claudia und ich waren beide zeichnungsberechtigt, sowohl gemeinsam als auch einzeln, keiner musste den anderen fragen, wenn er was abhob oder überwies, und das Konto war dank Claudias Vater normalerweise immer gut gefüllt. Irgendwie war alles eins: unser Leben, unsere Galerie, unser Geld. Dass sich das plötzlich ändern könnte, daran hatte ich nie gedacht.)

Ich rief Claudia an.

„Fein, dass du anrufst“, sagte sie. „Hast du dich endlich wieder beruhigt?“

„Beruhigt?“, fauchte ich. „Klar hab ich mich beruhigt. Und wie! Ist ja auch unheimlich beruhigend, wenn man erfährt, dass einem die eigene Ehefrau gerade das Bankkonto leer geräumt hat!“

„Ach, darum geht's. Schade. Hab gedacht, wir könnten über uns reden.“

„Über uns?“

„Ja, über uns. Dich. Mich. Das Kind.“

„Und Bruno. Wolltest du doch sagen, oder?

„Wenn du meinst.“

„Weißt du was“, schrie ich, „du und dein Bruno und euer Kind, ihr seid mir so was von scheißegal! Macht doch, was ihr wollt! Aber nicht mit meinem Geld, hörst du? Nicht mit meinem Geld!“

„Wie bitte?“ Claudia klang überrascht, fast amüsiert.

„Du hast schon richtig verstanden."
„Mit deinem Geld?"
„Ja, mit meinem Geld ... okay, mit unserem Geld."
„Aha."
„Was heißt hier aha?"
„Dein Geld ... unser Geld ... soviel ich weiß, ist es noch immer ganz allein mein Geld. Klar? Mein Geld. Beziehungsweise das Geld von Paps. Kann mich nicht erinnern, dass du jemals auch nur einen einzigen Cent dazu beigesteuert hast. Oder irre ich mich da, Schatz?"

Das traf. Denn natürlich stimmte es. Die paar kleinen Wertpapiere, die von meinem Erbe noch übrig waren, hatte ich sicherheitshalber nie angerührt, ja so gut wie vergessen, und mit den Mieteinnahmen hatte ich Thomas und Tanja unterstützt. Eigentlich lebte ich tatsächlich von Claudias Geld.

„Ich dachte, das Finanzielle wäre zwischen uns kein Thema", sagte ich – nun doch etwas kleinlaut.

„Du hast doch damit angefangen, nicht ich", sagte Claudia. „Und außerdem hat dich unser Kontostand bisher eigentlich noch nie interessiert."

„Ja, aber du ... du hast jetzt das ganze Geld nach Italien ... ich meine, das geht doch nicht ... das Geld ist doch für unsere Galerie ... da sind Rechnungen zu bezahlen ... und überhaupt, wie stellst du dir das denn vor?" Meine Argumente waren dürftig, fadenscheinig, eigentlich schon fast jämmerlich, aber es fiel mir einfach nichts anderes ein, was ich sagen sollte. Ich konnte Claudia ja nicht mit meiner Kreditkartengeschichte der vergangenen Nacht kommen.

„Die Galerie? Ach, weißt du, Schatz, um die kümmert sich schon Ma. Da musst du dir gar keine Sorgen machen."

„Und du? Dir ist unsere Galerie inzwischen gleichgültig, oder wie soll ich das verstehen?"

„Nein. Es gibt nur Dinge, die wichtiger sind."

„Verstehe. Und da gehören wir nicht mehr dazu. Die Kunst. Die Galerie. Unser Leben. Ich. Ist das so?"

„Ach, komm, werd' jetzt nicht melodramatisch. Das passt nicht zu dir."

„Gehören wir dazu oder nicht?"

„Du schließt dich ja selber aus, merkst du das nicht?"

„Wie bitte? Ich –"

„Ja, du! Wir sind dir scheißegal, hast du gesagt. Also was willst du noch?"

„Wissen, wie's weitergeht."

„Mit wem?"

„Mit uns."

„Wir drehen uns im Kreis, Schatz. Echt, so kommen wir nicht weiter."

Sie hatte natürlich Recht. Aber während ich noch überlegte, welchen Haken ich schlagen könnte, um aus dem Kreis auszubrechen, kam von Claudia ein Satz, der mich wie ein Faustschlag ins Gesicht traf.

„Ich will dir sagen, wie's weitergeht: Wir sind dir scheißegal, also bist du mir auch scheißegal."

Ich bekam weiche Knie. „Entschuldige, Claudia, aber das war nicht so gemeint, ich –"

Zu spät, um in Deckung zu gehen. Jetzt prasselten die Schläge auf mich nieder. Eine Kaskade aus Enttäuschung und Bitterkeit über mich und unser Leben, aus aufgestauter Wut und Vorwürfen, die fast alle tief unter die Gürtellinie zielten. Und zum Schluss der Uppercut. Oder, wenn man so will, der verbale Tritt in den Hintern:

Claudia hatte die Absicht, ein neues Leben zu beginnen. Ein Leben in Mailand. Ein Leben mit Bruno. Ein Leben mit ihrem Kind. Ein Leben für „Artists 4 Children". Ein sinnvolles Leben. Ein erfülltes Leben. Ein Leben ohne mich. Scheidung. Ich war raus aus dem Spiel. E basta!

Es dauerte eine Weile, bis ich wieder klar denken konnte. Mit „Shit happens" kam ich da jetzt nicht weiter. Wenn Claudia wirklich wahr machte, was sie angekündigt hatte, wäre meine Existenz im Arsch, so viel stand fest. Mit meinem Notgroschen und der alten Wohnung würde ich nicht weit kommen. Gut, den Lexus würde ich verkaufen können, der lief ausnahmsweise allein auf meinen Namen. Aber sonst gehörte alles Claudia. Ich hatte nichts. Hatte nichts, konnte nichts, war nichts. Und nach dem zu schließen, wie sich Claudias Mutter schon jetzt mir gegenüber verhielt, konnte ich sicher sein, dass mich die Familie als Exschwiegersohn ebenso schnell wieder hinauskomplimentieren würde, wie sie mich aufgenommen hatte.

Aber ich wollte kein Niemand sein. Wollte dieses komfortable Leben nicht aufgeben. Wollte nicht raus aus dem Spiel. Wollte nicht kampflos das Feld räumen.

Höchste Zeit, mit diesem Bruno zu reden, dachte ich. Ein vernünftiges Gespräch. Ruhig, sachlich, freundlich. Wenn es sein muss, auch hart auf hart. Ein echtes Männergespräch. Offen und ohne störende Emotionen. Vor allem ohne die unkontrollierbaren Gefühlsanwandlungen einer schwangeren Frau, die vermutlich gar nicht weiß, was sie wirklich will und sagt und im nächsten Augenblick schon wieder das Gegenteil behauptet. Nein, ein richtig gutes Gespräch von Mann zu Mann. Selbstbewusst, lösungsorientiert und kompromissbereit. Ein konstruktives Gespräch. Ein Gespräch, wie es eben nur Männer miteinander führen können.

Ich rief im Hotel Sheraton an und ließ mich mit Dottore Bruno DeAngelis verbinden. Er sagte, dass er auf meinen Anruf schon gewartet habe und sich freue, endlich ein paar Dinge mit mir klären zu können. Das klang doch vielversprechend. Wer weiß, vielleicht würde unser Gespräch sogar der Beginn einer wunderbaren Freundschaft werden.

Wir verabredeten uns für den nächsten Vormittag. Um elf Uhr in der Hotelbar.

19

Das mit dem „Beginn einer wunderbaren Freundschaft" war natürlich ironisch gemeint. Erstens sagt das Humphrey Bogart in „Casablanca" und zweitens reagierte ich seit meinem jüngsten Erlebnis mit Niki ziemlich allergisch auf alles, was auch nur annähernd nach Freundschaft roch.

Was ich mir wirklich von einem Gespräch mit Claudias Lover erwartete, war – ja, was eigentlich? Ein Gentlemen's Agreement? Fick meine Frau, aber Finger weg von meinem Geld? Rede ihr die Scheidung aus und ich schenk dir meinen Luxusschlitten? Oder doch eher: Mach dich vom Acker, sonst lass ich meine Beziehungen zur Rotlichtszene spielen und dir von zwei Sklavinnenaufsehern sämtliche Knochen brechen?

Nein, offen gestanden, ich wusste eigentlich überhaupt nicht, worauf mein Treffen mit Bruno hinauslaufen sollte. Vielleicht wollte ich meinem Gegner auch nur einmal in die Augen schauen. Sehen, mit wem ich es zu tun hatte. Außerdem hatte ja er gesagt, dass er etwas mit mir klären wolle. Er mit mir, nicht ich mit ihm. Möglicherweise war ihm die Geschichte mit Claudia schon zu viel geworden und irgendwie wollte er da jetzt wieder ganz schnell raus und ich sollte ihm dabei helfen. Klar, Dottore, machen wir. Lass uns eine Strategie entwickeln, wie wir dich aus Claudias Umklammerung befreien können. Was? Das Kind? Kein Problem. Wird es gut haben mit mir als Vater. Wir sind ja hier nicht in Bogotá, nicht wahr? Also bitte, mach dir deswegen keine Sorgen.

Erstaunlich, was mir so alles durch den Kopf ging, während ich als einziger Gast an einem kleinen Tisch ganz hinten in der Hotelbar saß und auf Bruno wartete. Ich war eine Viertelstunde früher gekommen, hatte mir eine Kaffee bestellt und behielt die

Glastür zur Lobby im Blick. Von Anfang an zeigen, wer hier der Erste ist, der Platzhirsch, in dessen Revier man nicht so mir nichts, dir nichts eindringt. Schlaue psychologische Taktik, wie?

Ich war schon gespannt darauf, wie er aussehen würde, der Mann, der Claudia offenbar um den Verstand gebracht hatte. Ein sonnengebräunter Papagallo mit schwarzen, öligen Locken und strahlend weißem Breitleinwandgebiss? Oder doch der ältere, distinguierte Mastroianni-Typ mit grauen Schläfen, der zu seinem eigenen großen Erstaunen gerade so etwas wie einen zweiten Frühling erlebte? Mit dem einen wie dem anderen würde ich es schwer haben zu konkurrieren, das wusste ich. Mit meiner Stirnnarbe war ich eindeutig im Hintertreffen. Und wer war daran schuld? Thomas. Natürlich mein beschissener kleiner Bruder, der mir ja dauernd alles kaputtmachte. Fuck! Irgendwie lief alles immer wieder auf Thomas hinaus. Als wäre er ein Krebsgeschwür, das mich langsam auffraß. Aber okay, jetzt ging es erst einmal um Bruno.

Kurz vor elf sah ich Claudia durch die Lobby huschen und das Hotel verlassen. Und pünktlich um elf betrat ein Mann die Bar, blickte sich kurz im Raum um, wechselte mit dem Barkeeper ein paar Worte, ging dann auf meinen Tisch zu, langsam, betont langsam, sah mich dabei unverwandt an – und auf einmal hatte ich das Gefühl, dass da etwas auf mich zukam, das völlig anders war als alles, womit ich gerechnet hatte. Etwas, das mir absolut nicht gefallen würde. Mit jedem Schritt kam es näher. Und es war zu spät, um aufzustehen und abzuhauen. Jeder Fluchtversuch eine Illusion. Völlig sinnlos, völlig unmöglich und vor allem völlig vergeblich. Denn was da auf mich zukam, das kam direkt aus dem schwärzesten Augenblick meines Lebens.

Ich habe den Mann sofort wiedererkannt. Kann man das sagen bei jemandem, den man nur ein einziges Mal gesehen hat? Höchstens zwei, drei Minuten lang, aus einiger Entfernung und noch dazu bei Nacht? Erkennt man so jemanden nach Jahren tatsächlich wieder? Ganz bewusst? Oder schaltet in so einem Fall bloß der Instinkt die Flashbackmaschine ein?

Flash! Die Nacht, in der ich seit Stunden vergeblich nach Roswitha suche. Flash! „Harry's Pub" am Rudolfskai. Flash! Roswitha, die unvermutet aus dem Lokal kommt. Flash! Der Mann, der sie begleitet, kurz mit ihr spricht und dann wieder ins Pub zurückgeht. Flash! Mein lautloser Kampf mit Roswitha an der Kaimauer. Flash! Roswitha rammt mir ihr Knie in den Schritt. Flash! Ich stoße Roswitha zurück. Flash! Roswitha ist verschwunden. Flash! Die Felsen unten am Flussufer. Flash! Rot, rot, rot! Rote Haare, rotes Blut, Ströme von rotem Blut. Flash! Ich renne, renne, renne. Flash! Wieder Roswitha, die aus dem Pub kommt und der Mann, der sie begleitet. Flash! Der Mann, der sie begleitet. Flash! Der Mann, der sie begleitet. Flash! Flash! Flash! Nacheinander? Gleichzeitig? Flash! Flash! Flash! Alles innerhalb weniger Sekunden.

Und dann weiß ich es einfach. Weiß, wer der Mann ist, der jetzt langsam durch die Hotelbar geht und meinen Tisch ansteuert. Der Mann, der auf mich zukommt, Schritt für Schritt, und mit ihm etwas Unausweichliches, etwas, von dem ich im Grunde schon immer befürchtet habe, dass es eines Tages auf mich zukommen würde.

Jetzt ist er also da, der Augenblick der Wahrheit, denke ich und mache mich aufs Schlimmste gefasst. Ich rechne mit allem, nur mit einem nicht: Wie schrecklich banal diese Wahrheit sein würde, wie klein und hässlich. Wie – bei aller mitleidlosen Grausamkeit und bei allem furchtbaren Unglück, die auch in ihr stecken – simpel, billig, erbärmlich und absolut schäbig. Eine dreckige Wahrheit, deren Gestank offenbar nur mit übermäßig viel „Davidoff Cool Water" in Schach gehalten werden kann.

Dabei passt der aufdringlich maskuline Duft überhaupt nicht zu dem Mann, der sich ohne ein Wort mir gegenüber an den Tisch setzt, sich betont lässig zurücklehnt, die Arme vor der Brust verschränkt und mich neugierig mustert. Nein, der Duft passt wirklich nicht zu den bubenhaften Gesichtszügen dieses ungefähr Vierzigjährigen, passt nicht zur blassen, sommersprossigen Haut, zu den wässrig blauen Augen und schon gar nicht zu den kurzen, rotblonden Locken und den paar rötlichen Bartstoppeln, die wohl einen Dreitagebart darstellen sollen. Nur zum teuer aussehenden, dunkelblauen Blazer passt er, zum hellblauen Polohemd mit dem Krokodil und zu den Designerjeans, ein Outfit, das für mich wie ein Kostüm wirkt, eine Maskerade, die zu der Rolle gehört, die der Mann offenbar äußerst erfolgreich spielt: toller Kerl, hart, aber trotzdem sensibel, selbstbewusst und dennoch verletzlich. Genau der smarte Typ, auf den Frauen wie Claudia hereinfallen, den sie bewundern und der gleichzeitig ihre mütterlichen Gefühle erregt. Und kurz vor dem Eisprung noch ein bisschen mehr.

Bin ich schlagartig ein überragender Menschenkenner geworden, der sein Gegenüber sofort durchschaut, oder diktiert mir bloß der plötzliche, instinktive Hass auf diesen Konkurrenten mein abschätziges Urteil auf den ersten Blick? Jedenfalls sitzen wir beide ein paar Minuten lang nur stumm da und starren uns gegenseitig an. High Noon liegt in der Luft: Zwei Duellanten, zwei Feinde, die einander nicht aus den Augen lassen und gespannt darauf warten, dass endlich einer die Nerven verliert und den ersten Schuss abfeuert.

Gut, wir können gern stundenlang so weitermachen, ich habe es nicht eilig. Doch dann kommt plötzlich der Barkeeper an den Tisch und serviert meinem Gegner ein Glas Weißwein.

„Ihr Chablis, Dottore."

„Grazie, Roberto, mille ... vielene Danke, meine Freunde."

Man ist hier also offensichtlich schon Stammgast. Na, großartig. Das mit dem Platzhirsch und dem Eindringen in fremdes Revier kann ich mir wohl abschminken.

Der Barmann entfernt sich wieder. DeAngelis nippt an seinem Glas, schließt genießerisch die Augen und ruft: „Wunderbare! Herrliche! Eine große Jahrgange!"

Komm, Junge, denke ich, lass' die Weinkennershow. Die beherrsche ich weitaus besser als du. Da bin eindeutig ich der Experte. Dein Sommeliergehabe wirkt genauso künstlich und aufgesetzt wie dein alberner italienischer Akzent. Passt ebenso wenig zu dir wie dein Duft. Überhaupt alles an dir ist irgendwie falsch, alles Attitüde, alles fauler Zauber, aber schon ganz faul, oberfaul, würde ich sagen. Und vielleicht spürt er, was ich denke. Denn auf einmal lässt er die Maske fallen.

Er beugt sich über den Tisch, deutet auf meine Stirnnarbe und sagt in lupenreinem Südtirolerisch: „A schiane Norbm hoscht do in dein Gsicht. Bischt leicht du a iba a Mauer gfolln und obgschtirzt wia mei Schwester, ha?“

Doch so leicht soll er mich nicht kriegen. „Ich weiß nicht, wovon Sie reden, Dottore ... Herr DeAngelis ... wirklich, keine Ahnung, was Sie meinen ... was du meinst ... Bruno.“

Er greift in die Innentasche seines Blazers, zieht ein Kuvert heraus und schiebt es mir über den Tisch. „Kimm, loss ma des Theater. I bin da Luis. Do, nimm. Is fia di. A kloana Gruaß vun da Roswitha.“

„Von wem? Was ist das?“

„Moch’s holt auf.“

Ich schiebe das Kuvert zurück. „Danke, aber ich will das nicht. Geht mich nichts an. Kein Interesse.“

„Nit? Du willst des nit, sogst? Koa Interesse, sogst? Geht di nix an, sogst? Na guat. Is scho Recht. I kann’s a da Claudia gebm. Oda ihra Ma. Und dann kunnt i denen dazu no a schiane Gschicht verzähln vun dir und da Roswitha und wia du’s host umbringen wolln. Die Claudia und ihr Ma, die interressiert des gwiss. Ganz sicher interessiert die des, glaubst nit a?“

„Okay, gib schon her.“

In dem Kuvert stecken zwei Fotos.

Das erste muss in der Nacht aufgenommen worden sein, ohne Blitzlicht. Es ist unscharf, grobkörnig wie eine starke Vergrößerung. Nur mit Mühe kann man darauf einen schmalen, schwarzen, horizontalen Streifen erkennen, der eine niedrige Mauer sein könnte. Darüber ein breiteres, etwas helleres Band, vielleicht eine in einiger Entfernung vorbeiführende, beleuchtete Straße. Und davor, im Gegenlicht, wie ein dunkelgrauer Scherenschnitt auf grauem Grund, zwei Silhouetten. Zwei schemenhafte Gestalten.

Die eine leicht nach vorn geneigt, einen Arm in Richtung der zweiten Gestalt ausgestreckt. Die andere, als würde sie nach hinten taumeln. Mehr ist nicht zu sehen. Wer nicht weiß, wen und was dieses Foto zeigt, der wird damit absolut nichts anfangen können. Aber ich weiß es. Natürlich weiß ich es. Sofort weiß ich es.

Fuck!

Doch erst das zweite Foto erschreckt mich wirklich: Eine Frau im Rollstuhl. Beine und Körper bis über die Brust unter einer hellgrünen Decke. Spinnendünne Arme und Hände, die kraftlos in ihrem Schoß liegen, die Finger der linken Hand wie in einem Krampf grotesk nach innen gebogen. Große, unnatürlich große Augen in einem alten, abgemagerten, fremden Gesicht. Der Mund zu einem schiefen Lächeln verzogen. Aber das Gesicht eingerahmt von Haaren, roten, wild gelockten Haaren, einer flammend roten Löwenmähne, die wie ein Aufschrei ist, ein Aufbegehren, ein Aufbäumen gegen all das, was diesen Körper zerstört hat.

Roswitha, Roswitha, Roswitha. Mein Gott, Roswitha!

Ich sollte jetzt erst recht versuchen, den Ahnungslosen zu spielen, denke ich. Sollte behaupten, dass mir diese Fotos nicht das Geringste sagen würden, dass ich damit nichts zu tun hätte und dass alles offenbar nur ein Irrtum, ein Missverständnis, eine Verwechslung sei. Aber ich bringe keinen Ton heraus, meine Kehle ist wie zugeschnürt. Gut, dann eben wortlos aufstehen und die Bar verlassen. Doch auch dazu bin ich nicht fähig mit meinen Beinen, die auf einmal aus Gummi sind oder aus Watte. Roswithas Foto anstarren, das ist alles, was ich kann. Und versuchen, in meinem Kopf Johann Sebastian Bach ertönen zu lassen, damit die dröhnenden Akkorde wenigstens teilweise die Worte und Sätze verschlucken, die ich mir nun anhören muss.

Ich finde es nämlich unerträglich, was mir Bruno oder Luis oder wie auch immer dieses Arschloch heißen mag, jetzt ungefragt erzählt. Ja, er ist unerträglich und beleidigt meine Intelligenz, dieser Groschenroman über das Geschwisterpaar aus einem Südtiroler Bergdorf, das kleine Gaunerpärchen, das auszog, die Welt zum Narren zu halten, oder besser gesagt, sich Narren zu suchen, die auf sie hereinfielen: Frauen, die sich vom Seifenoperncharme eines Heiratsschwindlers um den Finger wickeln ließen, und Männer, die für ein paar raffinierte Sexpraktiken und ein bisschen Liebesgesäusel mit ihrer Unterhose auch gleich den Verstand ablegten.

Und es ist unerträglich zu erfahren, wie lächerlich die Rolle war, die Roswitha mir zugedacht hatte, wie nebensächlich und unbedeutend. Nicht einmal als betrogener Idiot war ich nämlich die Hauptperson. Nicht mir galt die ganze Show, die sie abzog, nicht meinetwegen spielte sie die begeisterte Kunstgeschichtestudentin mit Sinn fürs Kreative, nicht für mich ließ sie sich im Bett Dinge einfallen, die mich nach ihr verrückt machten, nein, all das tat sie nur, um die perfekte Taktik zu entwickeln, mit der sie sich an einen ihrer Professoren heranmachen wollte, einen berühmten Kunsthistoriker und stinkreichen Kunstsammler. Er war es, den sie sich als eigentliches Opfer vorgenommen hatte, ihn begleitete sie immer wieder auf Exkursionen ins Ausland, ihm wollte sie den Kopf verdrehen und ihn dann später um ein paar der wertvollsten Exponate seiner Sammlung erleichtern, bei ihm wollte sie den ganz großen Coup landen. Ich hingegen, ich gab für Roswitha bloß den Übungspartner ab, das Dummy, an dem sie die Wirkung ihrer schmutzigen Tricks testen konnte. Dass ich auch noch Geld hatte und ihr ein komfortables Leben bot (abgesehen von den lästigen Spinnereien meines kleinen Bruders), war ein angenehmer Nebeneffekt. Denn immerhin dauerte es drei Jahre, bis sie ihren Professor endlich so weit brachte, dass er sie einlud, mit ihm ein Wochenende in seinem Haus in Südfrankreich zu verbringen.

Aber noch unerträglicher als die Erkenntnis, bloß ein blöder Kolateralschaden bei Roswithas Eroberungsfeldzug gewesen zu sein, ist die plötzliche beschissene Wendung dieser Schundgeschichte, bei der ich nun auf einmal doch die Hauptrolle spielte, wenn auch nur für ein paar Augenblicke: die unrühmliche

Rolle des Mannes, der fast zum Mörder geworden wäre, hätte er Roswitha tatsächlich über die Kaimauer gestoßen. Die beschämende Rolle des Feiglings, der nach dem unglücklichen Sturz der Betrunkenen die Uferböschung hinunter einfach davonrannte. Die peinliche Rolle des Ahnungslosen, der ausgerechnet in diesen wenigen Momenten von Roswithas Bruder gesehen und fotografiert wurde. Also die absolut beschissene Rolle des ebenso miesen wie dummen Schweins.

Was ist mit der Musik? Geht die nicht ein bisschen lauter? Ich meine nicht Pavarotti, mit dem der Barkeeper seinem Gast aus Italien offenbar Reverenz erweisen will, nicht die Opernarien, die schon seit geraumer Zeit aus den Lautsprecherboxen triefen und Brunos harte Südtiroler Kehl- und Zischlaute noch aggressiver, noch brutaler, noch feindseliger klingen lassen. Ich meine Bachs Cembalokonzert, das dagegen einfach keine Chance hat und in meinem Kopf kläglich vor sich hinklimpert. So muss ich den unerträglichen Dreck wohl oder übel weiter über mich ergehen lassen.

Muss mir zum schmalzigen „Una furtiva lagrima“ anhören, dass Bruno – um nur ja nicht in irgendwelche polizeilichen Ermittlungen verstrickt zu werden – seine bewusstlose, blutüberströmte Schwester die Uferböschung hinaufgezerrt und dann in sein ganz in der Nähe geparktes Auto verfrachtet hat. Dass er sofort losgefahren ist, nichts wie weg, so schnell wie möglich über die Grenze und nach Südtirol. Dass er Roswitha um die Mittagszeit endlich in Bozen ins Krankenhaus gebracht hat, wo sie ihm seine offenbar ziemlich glaubwürdig vorgebrachte Schilderung eines unglückseligen Sturzes über die Treppe in ihrem Bergbauernhof ohne weitere Fragen abgenommen haben.

Muss mir zum dazu völlig unpassenden, fast zynisch klingenden „Nessun dorma“ anhören, dass Roswitha zu dieser Zeit bereits ins Koma gefallen war, ein jahrelanges Koma, aus dem sie erst vor ein paar Monaten aufgewacht ist. Dass sie seither in einem Pflegeheim dahinvegetiert, gelähmt, ohne Erinnerung, ohne Sprache. Aber dass sie durch die richtige Therapie wiederkommen werden, die Erinnerungen und die Fähigkeit zu sprechen, ganz sicher werden sie wiederkommen.

Muss mir anhören, dass das alles einen Haufen Geld kostet, Unsummen, die er sich jetzt von mir holen wird, von mir, dem stinkreichen Arschloch mit seiner stinkreichen Frau und ihrer stinkreichen Familie. Dass sein Plan bis jetzt perfekt funktioniert, wie ich ja wohl sehen kann: Die ausgeklügelte Masche mit der Hilfsorganisation für notleidende Kinder in irgendeinem Bananenstaat, diese Rührgeschichte, auf die man bekanntlich in der Kunstwelt, in den Kreisen der Schickeria und vor allem in der ach so kultivierten und humanistisch gefärbelten bürgerlichen Oberschicht immer so gern reinfällt.

Dann muss ich mir noch anhören, dass Claudias Schwangerschaft nur ein Betriebsunfall gewesen ist, aber nun eigentlich doch ganz hervorragend ins Konzept passt. Ein Betriebsunfall, ja, aber nicht der erste, da läuft nämlich schon länger noch ein Kind von ihm in dieser Stadt herum, eine kleine Tochter, die ihm mit einer anderen Frau passiert ist, zwei Jahre bevor er wegen des Unglücks mit Roswitha aus Salzburg abhauen musste, ein einziger Flop für ihn, die ganze Affäre mit dieser Frau damals, außer ihrem Auto ist nichts dabei für ihn herausgesprungen, sogar draufgezahlt hat er, weil er bei seiner überstürzten Flucht eine Kassette mit ziemlich teurem Schmuck in ihrer Wohnung zurückgelassen hat, eine mir sicher sehr gut bekannte Schatulle, die ihm Roswitha zur Aufbewahrung gegeben hatte, aber gut, scheiß drauf, Hauptsache, er war die Frau und das Kind los und mit Roswitha vor den österreichischen Behörden in Sicherheit.

Und zuletzt muss ich mir sagen lassen, dass mir wohl nichts anderes übrig bleiben wird, als über all das, was ich jetzt weiß, brav mein Maul zu halten und überhaupt klein beizugeben, wenn ich nicht will, dass jemand von meiner Geschichte mit Roswitha erfährt, und zwar seine, Luis', nein, Brunos Version der Geschichte, die Version mit dem eiskalten Mordversuch aus Eifersucht, Rache und blinder Wut, die Version, der ich wohl kaum etwas entgegenzusetzen haben werde, wenn Roswitha ihre Erinnerung wiedererlangt.

Wie zum Hohn kräht Pavarotti jetzt „La donna è mobile“, und ich halte sie endgültig nicht mehr aus, diesen unerträglichen Wahnsinn mit Tenorbegleitung, diese selbstgefällige Bösartigkeit, der ich ausgeliefert bin, diese zur schäbigen Erpressungsgeschichte verkommene Tragödie, den Anblick der halbtoten Roswitha und dazu das selbstgefällige Grinsen ihres Bruders – und ich stehe auf, will wegrennen, schaffe es aber nur, mit weichen Knien zur Toilette zu schleichen, schließe mich in eine Kabine ein und möchte kotzen, doch selbst dazu bin ich nicht in der Lage. Und so stehe ich wie ein Idiot minutenlang vornübergebeugt da und starre in die leere Klomuschel, auf mein Spiegelbild unten im Wasser.

Sinnlos, sinnlos, sinnlos ...

Pavarotti jaulte immer noch, als ich in die Bar zurückkam, aber Bruno war weg. Besser so, wirklich besser so, dachte ich. Ich wollte meinen Kaffee bezahlen, der Barkeeper winkte ab.

„Geht auf die Rechnung vom Dottore. Und das da soll ich Ihnen geben, damit Sie es nicht vergessen.“ Er reichte mir das Kuvert mit den Fotos.

„Danke“, sagte ich und steckte das Kuvert in meine Jackentasche.

„Großartiger Mann, der Dottore“, sagte der Barkeeper. „Berühmter Kinderarzt, soviel ich gehört habe. Ein Freund von Ihnen?“

„Ja“, sagte ich. „Ein Freund. Und was für einer.“

distanzverlust
protokoll 4

euphorie ist ein völlig unzureichender ausdruck für das, was sich in alpha abspielt. endlich weiß sie, wer ihr vater ist. sie kann sich vorstellen, wie er aussieht, wie er spricht, sogar seinen namen kennt sie. auf einmal steht ein mensch aus fleisch und blut vor ihrem inneren auge, das ist mehr, als sie sich je erhofft hat.

als sie ein kind war, hat alpha immer versucht, sich ihren vater auszudenken: einen ganz tollen mann, der überall auf der welt wichtige dinge tun muss und deshalb nicht zuhause sein kann. einen seefahrer, der fremde kontinente entdeckt. einen großwildjäger in afrika. einen goldsucher in alaska. einen polarforscher, der mit schlittenhunden die arktis durchquert ... jedenfalls immer einen großen, heldenhaften abenteurer, der eines tages ganz überraschend zurückkehren und ihrer mutter und ihr wunderbare geschenke mitbringen wird. gold und geschmeide wie die kette mit dem schmetterling aus edelsteinen. erst als halbwüchsige hat alpha diese phantasien aufgegeben. aber ihr held ist ihr vater weiterhin geblieben. denn sehnsucht hat nichts mit vernunft zu tun.

deshalb macht es ihr jetzt auch überhaupt nichts aus, dass dieser mann offenbar nur ein kleiner gauner ist, ein betrüger und heiratsschwindler. und es ist ihr auch völlig gleichgültig, dass er sie als betriebsunfall bezeichnet und nichts von ihr wissen will. ihr vater existiert. bruno de angelis ist ihr vater, sie ist sein kind, seine tochter. und roswitha, von der zero gedacht hat, er hätte sie umgebracht, ist ihre tante. Ach ja, und genau genommen hat sie jetzt sogar auch noch einen halbruder oder eine halbschwester: claudias kind.

alphas spontanes gefühl, dass es eine verbindung von zero zu ihrem vater gibt, war also keine täuschung. ihre geduld wurde belohnt. jetzt hat sie endlich so etwas wie eine familie. hat das, was jeder mensch braucht: wurzeln und zugehörigkeit. ihre mutter ist tot, aber ihr vater lebt. was für ein glück. am liebsten würde sie zero dafür umarmen.

doch das wird alpha nicht tun. eine psychotherapeutin umarmt ihren patienten nicht. wenigstens die körperliche distanz muss sie aufrecht halten. alles muss weitergehen wie bisher. zero wird erzählen, alpha wird ihm zuhören. denn sie muss unbedingt mehr erfahren. Ein paar konkrete fakten braucht sie noch, ein paar anhaltspunkte, anhand derer sie dann ihren vater wirklich finden kann. aber schon jetzt weiß sie, dass sie ihn finden wird. in mailand oder in südtirol oder in afrika oder am südpol oder sonst wo auf dieser welt. alpha wird ihren vater finden und alles wird gut.

20

Wenn es eng wird, bekommt man den Tunnelblick. Schmalspurpsychologie, Frau Doktor Freud? Na, und wenn schon. Mir egal, wie man den Zustand wissenschaftlich definiert, in dem ich mich befand. Tatsache ist, es wurde eng für mich, verdammt eng, und die Möglichkeiten, aus dieser Falle herauszukommen, wurden immer geringer. Wild um mich schlagen? Nein, da waren zu viele, die etwas gegen mich in der Hand hatten. Claudia mit ihrer Kontovollmacht. Niki, der garantiert eine Kopie von dem beschissenen Video besaß, mit dem er mich fertigmachen konnte, wenn ich ihm Thomas nicht vom Leib hielt. Thomas mit seinem irrwitzigen Plan, seiner fixen Idee, sich für Tanjas Vergewaltigung an Niki rächen zu wollen. Und jetzt noch Bruno, der ganz offen damit drohte, mir einen Mordversuch an Roswitha anzuhängen, falls ich nicht nach seiner Pfeife tanzen würde.

Wieder einmal saß ich in der Doppelmühle. Verhielt ich mich ruhig, tat ich nichts, war klar, dass ich Claudia verlieren würde und mich von meinem angenehmen Leben verabschieden müsste. Versuchte ich reinen Tisch zu machen und erzählte ich Claudia, mit was für einem windigen Hund sie sich eingelassen hat, dann würde die ganze Scheiße bekannt und ich wäre erst recht unten durch. Denn auch wenn man mir letztendlich nichts würde nachweisen können und wenn sich alle Beschuldigungen in Luft auflösen würden – mit so einem wie mir würde man in der guten Salzburger Gesellschaft nichts mehr zu tun haben wollen. Ein Rest von dem ganzen Dreck bleibt nämlich immer an einem haften und verbreitet einen Geruch, der, bitte schön, wirklich alles andere als „upperclass" ist, nicht wahr?

Alle Auswege waren versperrt. Ich konnte nicht nach links,

ich konnte nichts nach rechts. Und da bekam ich ihn, den Tunnelblick. Den Blick, mit dem man alles auf ein Karte setzt, weil man keine andere Wahl hat. Den ruhigen, konzentrierten Blick des Bombenentschärfers, der ganz genau weiß, dass er nur eine einzige Chance hat, das richtige Zündkabel durchzuschneiden. Den fokussierten Blick, bei dem man alles ausblendet, was vom Ziel ablenkt. Keine Zweifel, keine Ängste, keine Gefühle. Nur noch präzise Überlegung, eiskaltes Kalkül. Alles oder nichts.

(Korrektur: Für Roswitha empfand ich so etwas wie Mitleid. Genauer gesagt, für die Frau auf dem Foto, nicht für die Roswitha, die ich gekannt und geliebt hatte. Je öfter ich mir das Foto ansah, desto weniger hatte es mit dem Bild zu tun, das ich von Roswitha in meinem Kopf hatte und immer noch habe. Mit ihrer Verrücktheit, mit ihrem unbändigen Lachen und mit ihrer bis in die Spitzen ihrer Haare brennenden Lust.)

Ich war es nicht gewöhnt, kein Geld in der Tasche zu haben. Nikis Sklavinnenaufseher hatte mir fast alles abgenommen, die Miete für unsere alte Wohnung ging direkt aufs Konto von Thomas, meine restlichen Wertpapiere wollte ich schon aus Prinzip nicht antasten und auf einen weiteren peinlichen Auftritt bei der Bank war ich ebenfalls nicht scharf, also musste ich irgendwie anders an Bares herankommen.

Ich ging in die Galerie und plünderte die Handkassa in der Bar. Aber das bisschen Geld war nicht der Rede wert, genauso wie der Zwanziger, den ich in einer Schublade meines Schreibtischs fand. Bei uns im Haus würde die Ausbeute auch nicht ergiebiger sein, wir hatten eigentlich nie größere Mengen Bargeld herumliegen. Blieb nur mehr Claudias Büro. Ich erinnerte mich, dass sie vor einigen Wochen ein Bild verkauft und die ganze Summe cash auf die Hand erhalten hatte. Bestimmt zweitausend, wenn nicht sogar mehr. Sie hatte das Geld in ein Kuvert gegeben und in ihren Schreibtisch eingeschlossen, um es am nächsten Tag zur Bank zu bringen. Aber es war gut möglich, dass sie darauf vergessen hatte, denn zu dieser Zeit war sie mit ihrem Kopf vermutlich bereits mehr bei Bruno gewesen als beim Geschäft.

Ich war überrascht, wie einfach sich eine Schublade aufbrechen lässt. Die Spitze meines Brieföffners funktionierte fast wie ein Schlüssel. Ein bisschen Druck, ein paar ruckartige Drehungen, und schon gab das Schloss nach und die Lade war offen. Die nächste Überraschung: Da lagen sogar zwei Geldkuverts. Zwei schöne, dicke Päckchen Hunderter. Okay, fürs Erste würde das reichen. Ich steckte das Geld ein, schob die Lade zurück und hörte – Überraschung Nummer drei – wie das Schloss mit einem leisen Klick ganz von selbst wieder einrastete, als wäre nichts geschehen.

Aufgeregt? Vielleicht ein bisschen. Schlechtes Gewissen? Nicht die Spur. Ich hatte mir nur etwas von dem genommen, was mir ohnehin zustand. Allerdings war ich froh darüber, dass die ganze Aktion keine fünf Minuten gedauert hatte, denn kaum saß ich wieder hinter meinem Schreibtisch, hörte ich schon Claudias unverkennbare Schritte auf der Treppe. Eine Minute länger, und ich wäre auf frischer Tat ertappt worden. Doch so war ich die kühle Gelassenheit in Person, souverän und entspannt, als Claudia in mein Büro kam.

„Ich bin ja so froh, dass du da bist“, sagte sie.

„Wirklich? Und wie komme ich zu dieser Ehre?“

„Ach, sei doch nicht ironisch, bitte.“ Claudia ließ sich in den Besuchersessel fallen und lächelte mich an. „Jetzt, wo doch alles endlich wieder in Ordnung ist.“

„In Ordnung? Das ist mir aber neu.“

„Na, komm, verstell’ dich nicht. Nützt dir nichts. Bruno hat mir alles erzählt.“

„Aha?“ Nun war ich doch ein bisschen verunsichert. „Was? Ich meine, was alles?“

„Na, was wohl. Dass ihr euch geeinigt habt. Und dass jetzt alles klar ist zwischen uns drei. Du, ich find’ das so toll von dir. Ich bin richtig glücklich, das wollt’ ich dir nur sagen.“

„Tja, man tut, was man kann.“ Ich versuchte, meine Erleichterung zu verbergen. „Hauptsache, dir geht’s gut.“

„Bruno findet dich übrigens wahnsinnig sympathisch. Er denkt, ihr könntet richtige Freunde werden.“

„Echt?“

„Ja, er hat sich wahnsinnig gefreut, dass er dich endlich kennengelernt hat.“

Wenn du wüsstest, dachte ich. Dein Bruno wird mich nämlich erst noch kennenlernen. Und wie er mich kennenlernen wird! Dann wird er sich wünschen, er wäre mir nie begegnet.

„Ich hab unsere Begegnung auch hochinteressant gefunden“, sagte ich. „Hat viel verändert für mich.“

Claudia blickte mich besorgt an. „Verändert? Du meinst, wegen der Scheidung und so?“

„Unter anderem.“

„Schlimm für dich?“

„Fragst du das im Ernst?“

„Na ja, weil du doch sonst immer sagst, dass man die Dinge nehmen soll, wie sie kommen.“

„Stimmt ja auch.“

„Eben. Nichts hält ewig. Nichts ist sicher. Shit happens, nicht wahr?“

„Das hast jetzt du gesagt.“

„Du weißt genau, wie ich’s gemeint habe.“

„Alles klar. Kein Problem.“

„Sicher?“

„Mach dir keine Gedanken. Das Leben geht trotzdem weiter. So what.“

Claudia stand auf, kam um den Schreibtisch herum und umarmte mich. „Danke. Ich finde das so toll von dir, echt, so wahnsinnig toll.“

„Ja, ja. Ich find’ mich auch ganz toll. Übrigens, was wird’s denn eigentlich?“

„Bitte was?“

„Bub oder Mädel?“

Claudia strahlte mich an. „Willst du's sehen? War heut Vormittag beim Frauenarzt, während ihr zwei Männer euch unterhalten habt."

Sie ließ mich los, nahm eine Ultraschallaufnahme aus ihrer Handtasche und gab sie mir. Diese Bilder sehen für mich immer so aus, als hätte ein Scheibenwischer einen Haufen Dreck auf einer Autoscheibe verschmiert. Ich konnte nichts darauf erkennen. Ich hab's heute mit lauter beschissenen Fotos zu tun, dachte ich.

„Und? Wie findest du sie?"

Aha, also eine Sie. Bruno hat sich wohl auf die Zeugung von Töchtern spezialisiert.

„Ein Mädel. Gratuliere!"

„Bruno weiß noch gar nicht, dass es ein Mädchen wird. Du bist der Erste, der's erfährt." Sie nahm das Bild wieder an sich und küsste es. „Meine kleine Sarah. Ist sie nicht hübsch?"

Da schau her, einen Namen hatte sie also auch schon für das Ding auf der Scheibenwischerscheiße. Für das schmierige Resultat ihres schmierigen Verhältnisses mit diesem schmierigen Typ. Scheißbild, Scheißvater, Scheißkind.

„Hübsch? Aber klar! Ganz der Papa."

„Sehr charmant. Du kannst es nicht lassen, wie?"

„Wie gesagt, man tut, was man kann."

„Depp."

„Danke. Und falls du jetzt zufällig wieder einmal kotzen musst, bloß keine Hemmungen, fühl dich wie zuhause."

Claudia lachte. Ich lachte. Dann drückte sie mich noch einmal fest an sich, steckte das Bild in ihre Handtasche und ging. Auf halber Treppe machte sie kurz Halt und rief: „Wir sind übrigens die ganze Woche in der Stadt. Vielleicht trinkt ihr noch einmal was zusammen, du und Bruno. Er ist jeden Vormittag in der Hotelbar, so ab halb elf. Komm doch einfach, wenn du magst. Bruno wird sich freuen!"

„Okay. Danke. Und schönen Gruß."

„Ciao."

„Ja, ciao!"

Gut zu wissen, dachte ich. Eine Woche also. Eine ganze Woche Zeit, um mit diesem miesen Gauner ein paar Dinge zu klären. Und wenn es nicht anders ging, dann eben mit Luciano Pavarotti als Begleitmusik.

In der Galerie herrschte eine seltsame Ruhe und Leere. Die Bilder der letzten Ausstellung waren alle weg und die Werke für die nächste Präsentation noch nicht da. Außer den weißen Wänden und den sinnlos von den Galerieleisten hängenden verbogenen, dünnen Drähten samt ihren kleinen, mit Stellschrauben fixierten Bilderhaken gab es nichts zu sehen. Mir gefiel diese völlige Abwesenheit künstlich erzeugter Bedeutung und Wichtigkeit, die hier sonst den Ton angaben. Eine Wand ist eine Wand, ein Draht ist ein Draht, weiter nichts. Der Sinn stellt sich erst ein, wenn man sie benützt. Man kann sich an einer Wand auch den Schädel einrennen oder sich an einem Bilderdraht aufhängen, wenn einem danach ist. Ich verspürte momentan eher das Bedürfnis, hundertmal FUCK! auf die ach so edlen Wände unserer „Festivalgalerie Amadé" zu sprühen, um sie ein bisschen mit dem Dreck der banalen alltäglichen Wirklichkeit zu besudeln. Noch besser: sprühen zu lassen. Am besten von Thomas, der in diesem Moment zur Tür hereinkam, als hätte er geahnt, dass ich ihn brauchte.

„Hi, Tommi!"

Er ging grußlos an mir vorbei direkt ins Hinterzimmer. Dabei hinterließ er eine Duftspur, die mich unwillkürlich daran erinnerte, wie er zum ersten Mal in der Galerie aufgetaucht war: ein stinkender Zwerg in einer grindigen Ziegenfelljacke, ein hässlicher Gnom, der Claudia fürchterlich schockiert hatte. Seit damals war es abwärts gegangen zwischen Claudia und mir. Und nicht nur daran war er schuld, ohne meinen verrückten Bruder wäre überhaupt alles ganz anders gelaufen in meinem Leben! Und jetzt hockte er an der Bar, aufgedunsen, käsig, stoppelglatzig, ziegenbärtig, und verbreitete schon allein durch seine Körperhaltung und seinen Gesichtsausdruck eine Laune, die noch übler war als sein Geruch.

„Hi, Tommi", sagte ich noch einmal. „Was zu trinken?"

Ich erwartete gar keine Antwort und schenkte uns zwei Gläser Rotwein ein. Er kippte seinen Wein in einem Zug hinunter, stellte das leere Glas auf die Theke und warf mir einen auffordernden Blick zu.

„Noch einen?" Ich schob ihm mein volles Glas hin. Mir war die Lust darauf vergangen. Mein Bruder stank so entsetzlich, dass ich nur noch Ekel empfand. Am liebsten hätte ich den Raum verlassen, aber dann zwang ich mich doch zu bleiben und trat nur zwei Schritte von der Theke zurück, um wenigstens einen möglichst großen Abstand von Thomas zu halten.

Er sah mich misstrauisch an. „Ist was? Stör' ich dich?"

„Nein ... aber ... entschuldige, Tommi, wann hast du dich eigentlich zum letzten Mal gewaschen? Du stinkst wie ein ganzer Schweinestall."

„Na und? Wenn du seit vierundzwanzig Stunden auf den Beinen wärst, würdest du auch stinken. Und wie du mich hängen lässt, das stinkt mir auch. Aber schon ganz gewaltig! Von wegen Schweinestall."

Es überraschte mich nicht wirklich. Thomas war also wieder einmal wütend. Auf mich und die ganze Welt. Und die Gründe dafür waren sicher auch nicht neu.

Er kippte seinen Wein hinunter, griff nach der Flasche, schenke sich nach, trank aus, goss sich sein viertes Glas ein.

„Bitte schön, bedien' dich. Nur keine Hemmungen. Tu dir bloß keinen Zwang an." Ich öffnete eine weitere Flasche und stellte sie auf die Theke. „Und? Kann ich sonst noch was für dich tun?"

„Das weißt du ganz genau. Sag mir endlich, wo sich das feige Schwein versteckt hat."

„Wer?"

„Dein Freund Niki, wer sonst."

„Herrgott, Tommi! Hör' doch endlich auf mit Niki!"

„Nein. Und wenn er tausendmal dein Freund ist, der Dreckskerl ist geliefert."

„Noch einmal: Lass Niki in Ruhe."

„Sag' mir, wo er steckt."

„Er war's nicht, Tommi. Er war's nicht!"

Angesichts meiner jüngsten Erfahrungen mit Niki kam es mir fast verrückt vor, dass ich ihn nun verteidigte. Aber einerseits blieb mir keine andere Wahl und andererseits war die Verfassung, in der sich Thomas befand, geradezu ideal für das, was ich mit ihm vorhatte. Er war regelrecht geladen. Ich sah ihm an, dass er innerlich tobte. Dabei schien er völlig übermüdet zu sein, er zitterte und seine Stimme war schwach, obwohl er mich vermutlich am liebsten niedergebrüllt hätte. Es war nicht nur der stechende Geruch von altem Schweiß, den er ausdünstete, es war seine Stinkwut, mit der er jedes Wort dreimal unterstrich:

Dass er von Nikis Sekretärin mit einer fadenscheinigen Ausrede abgewimmelt worden war. Dass er herausgefunden hatte, wo Niki wohnt, nämlich in einem Penthouse drei Stockwerke über seiner Kanzlei. Dass ihm auf sein Läuten und Klopfen niemand geöffnet hatte. Dass er dann wieder stundenlang auf der anderen Straßenseite gestanden war und das Haus beobachtet hatte. Dass er sich in der Nacht hinter einem Müllcontainer und einem alten Umzugskarton verkrochen hatte wie ein Unterstandloser. Dass er weiter den Hauseingang im Augen behalten hatte, die Fenster und die Straße, um den Drecksack nur ja nicht zu verpassen, der doch irgendwann auftauchen musste. Dass er durchgehalten hatte trotz Nieselregens und Müdigkeit, durchgehalten die ganze Nacht und den ganzen Tag, durchgehalten bis jetzt, durchgehalten, weil er es Tanja schuldig ist und weil es wenigstens einen Menschen geben muss, der es denen zeigt, der ihnen klarmacht, dass sie nicht alles machen können, ungestraft mit uns machen können, was sie wollen, einen Menschen, der sich wehrt, der sich ihnen entgegenstellt, einen einzigen Menschen, der nicht zuschaut und den Mund hält wie alle anderen, die zu feige sind und zu blöd und die Wahrheit nicht sehen wollen, diese dummen

Ignoranten, so wie ich, sein Bruder, der sich weigert, ihm zu helfen …

Ja, ja, ja, es war dieselbe alte Leier wie immer, die gleiche idiotische Verschwörungssuada, mit der mich meine Bruder schon die längste Zeit nervte, ich mag gar nicht mehr alles wiederholen.

Aber diesmal gab es für mich dabei einen wesentlichen Unterschied: Ich wusste, je tiefer sich Thomas in seinen Irrsinn hineinredete, desto leichter würde er es mir machen, ihn mit einer anderen Lüge, einem anderen Wahnsinn auf meine Seite zu ziehen. Das hatte schon früher jedes Mal funktioniert, und jetzt würde es ihn erst recht überzeugen.

Er redete. Er soff. Er lamentierte. Und ich ließ ihn einfach machen, bis er auch die dritte Flasche zur Hälfte geleert hatte. Dann war er reif.

„Du hast völlig Recht", sagte ich. „Alles, was du sagst, stimmt. Und zwar hundertprozentig."

„Nadürlich … was'nsonst", lallte er.

„Wir dürfen uns denen auf gar keinen Fall ausliefern. Wir müssen uns wehren."

„Kapierstdu'sendlich?"

„Ja, Tommi. Wir müssen was tun."

„Und? Wo … wo is'er?

Ich trat näher an ihn heran und legte ihm über die Theke hinweg meine Hand auf die Schulter. „Ich sag' dir jetzt was, Tommi. Ich schwöre … bei allem was mir heilig ist, schwöre ich: Niki war es nicht. Niki hat Tanja nicht vergewaltigt."

„Arschloch." Er schüttelte meine Hand ab.

Ich ging um die Theke herum, legte meinen Arm um Thomas, drückte ihn fest an mich. „He, kleiner Bruder. Mensch, Tommi, ich bin doch auf deiner Seite. Na, komm schon …"

Da spürte ich, wie er auf einmal nachgab, wie er ganz weich und wehrlos wurde. Ein kleiner, stinkender Fettkloß, der tief in seinem Innern immer noch „Mama, Mama, Mama" rief und heilfroh darüber war, dass ihm nun wenigstens sein großer Bruder zu Hilfe kam.

„He, Tommi. Du und ich, wir packen das. Ehrlich. Verlass dich drauf", sagte ich.

„Ja?" flüsterte er. „Und wie?"

„Ich sag' dir jetzt, wer's wirklich war. Hab's selber erst vor ganz kurzer Zeit erfahren."

Thomas schwieg.

„Du hast doch neulich Claudia mit einem Mann ins Hotel Sheraton gehen gesehen, erinnerst du dich?"

Er nickte.

„Der war es. Das ist der Dreckskerl, der Tanja auf dem Gewissen hat."

Thomas sagte nichts. Nur sein Körper straffte sich, signalisierte erhöhte Aufmerksamkeit, sog jedes meiner Worte begierig auf. Er brauchte eine Geschichte, die in seinen verqueren Schädel passte, und die lieferte ich ihm jetzt.

Märchenstunde, dachte ich. Große Märchenstunde für Erwachsene. Fehlte nicht viel und ich hätte es mit „Es war einmal" angefangen, mein Märchen von der weltumspannenden Geheimorganisation, deren Ziel es ist, jeden Menschen zu vernichten oder wenigstens psychisch zu zerstören, der mit Kunst zu tun hat, weil die Beschäftigung mit Kunst Unabhängigkeit und Freiheit im Denken bedeutet und deshalb den Mächtigen ein Dorn im Auge ist. Das Märchen, dass diese Organisation ganz raffiniert und hinterhältig vorgeht, indem sie durch ihre Agenten nicht die Künstler und Künstlerinnen direkt angreifen lässt, sondern über den Umweg von Attacken auf deren Angehörige, Geliebte, Ehepartner, Freunde, Kunsthändler, Kritiker, und zwar mit allen Mitteln, von Verleumdung über Vergewaltigung bis zu Mord, um mit diesem Terror den rebellischen Geist der Kunst zu brechen. Das Märchen vom Agenten, der auch auf uns angesetzt worden ist, ein Mann, der sich Dottore Bruno DeAngelis nennt, ein Deckname, das ist wohl klar, und dass dieser Mann jetzt mit irgendwelchen üblen Tricks Claudia in seine Gewalt gebracht und sich hörig gemacht hat, nachdem die brutale Vergewaltigung Tanjas nicht zum gewünschten Ergebnis geführt hatte ...

Ja, es war ein Schauermärchen ersten Ranges, das ich Thomas ins Ohr raunte. Leise und immer wieder stockend, als würde ich diese Ungeheuerlichkeiten selber nicht fassen können und müsste verzweifelt um Worte ringen.

Thomas sagte nichts. Er atmete nur schwer, und mit meiner Hand auf seiner Schulter spürte ich, wie er vor Aufregung zitterte. Hätte er mich gefragt, woher ich das alles wisse, wäre mir keine Antwort eingefallen und das ganze Lügengebäude wäre zusammengefallen wie ein Kartenhaus. Aber ich bewegte mich jetzt in seiner Welt, und in der gab es für ihn nichts zu hinterfragen oder gar zu bezweifeln.

Dann wollen wir die Geschichte jetzt einmal richtig schön wirken lassen, dachte ich. Ich ging wieder hinter die Theke, nahm mir ein frisches Glas und schenkte Thomas und mir ein. Er nahm einen Schluck, stellte sein Glas ab, hob es wieder hoch, nippte, behielt es in der Hand, glotzte ins Glas, schien angestrengt nachzudenken.

Und dann lallte er auf einmal leise: „Eine ganse ... ganse ... Orgini ... Ori...gani...sion, sagsdu?“

„Ja, eine ganze Organisation.“

Es war, als würde er einknicken, zusammensacken. „Sindwirda ... ichmeine ... sindwirdanicht ... machtlos?“

Halt, mein Freund, so war das aber nicht geplant. Zuerst wochenlang den bissigen Köter spielen und jetzt plötzlich den Schwanz einziehen, das gilt nicht.

„Okay, wenn du meinst“, sagte ich. „Dann vergiss, was ich gesagt hab. Vergiss diesen Bruno. Und vor allem vergiss, was er mit Tanja gemacht hat. Ist vielleicht wirklich besser so.“

Er stierte in sein Glas. „Ichweißnicht ... ichmeine ... bisdu ... bisduwirklichsicher ... er war’s?“

Ich machte weiter auf Rückzug. „Kannst ihn ja selber fragen, wenn du mir nicht glaubst. Das Schwein sitzt jeden Tag ab halb elf in der Sheraton-Bar und besäuft sich. Geh hin und schau ihn dir an. Frag ihn. Er wird dir ins Gesicht grinsen und behaupten, dass es Tanja sogar Spaß gemacht hat. Das wird er, jede Wette.

Er weiß nämlich genau, dass er machen kann, was er will, weil sich ohnehin keiner traut, was dagegen zu unternehmen. Und damit hat er ja auch Recht, oder?"

Thomas blickte mich nun tatsächlich an wie ein geprügelter Hund. Genau der richtige Zeitpunkt, ihm endlich (um im Bild zu bleiben) den Knochen zuzuwerfen, den ich mir als letzten – und wirksamsten – Köder aufgehoben hatte.

„Ach, übrigens, nur falls es dich trotzdem noch interessieren sollte", sagte ich, zog das Kuvert mit den Fotos aus meiner Jackentasche, nahm das Bild von Roswitha im Rollstuhl heraus und legte es vor Thomas auf die Theke. „Das war auch er. Sie war sein erstes Opfer."

Thomas stieß einen kurzen, gequälten Laut aus, etwas Undefinierbares, das ein leiser Aufschrei des Entsetzens sein konnte, aber genauso gut ein ungläubiges, ersticktes Lachen. Er starrte das Foto an. Minutenlang. Mit seiner rechten Hand umklammerte er krampfhaft sein Weinglas. Ich sah, wie sich seine Finger immer mehr anspannten, die Knöchel ganz weiß wurden – und plötzlich hielt das Glas dem Druck nicht mehr Stand und es zerbarst fast lautlos. Wein und Glassplitter spritzen über die Theke und auf das Foto, ein Scherben steckte in Thomas' Daumenballen und in das Rot von Wein mischte sich das Rot von Blut.

„Scheiße, Tommi!"

Doch er saß bloß da, als wäre nichts passiert, und starrte auf das Foto. Starrte es an, während ich nach seiner Hand griff und vorsichtig den Scherben herauszog. Starrte es an, während ich das Blut mit einem Papiertaschentuch abtupfte und ein Pflaster auf den Schnitt klebte. Starrte es an, während ich mit einem feuchten Putzlappen die Sauerei auf der Theke entfernte. Starrte es an, als gäbe es nichts anderes auf der Welt, nichts als nur dieses Foto.

„Tommi?"

Keine Reaktion.

„Alles in Ordnung, Tommi? Sag' was."

Nichts.

Himmelherrgottnocheinmal, was war mit ihm los? Schockstarre? Oder bloß völlig besoffen und deshalb zu keiner Reaktion mehr fähig? Was es auch war, meinen Plan hatte es mir jedenfalls vermasselt, wie es schien. Shit, ich musste mir wohl etwas anderes einfallen lassen. Ich nahm das Foto wieder an mich, wischte es ab, steckte es ein. Aber Thomas starrte weiter die leere Stelle auf der Theke an, als läge das Bild immer noch dort.

Was macht man in so einem Fall? Sollte ich den stinkenden Fettsack über die Treppe in mein Büro hinaufschleppen und ihn dort auf die Couch legen? Oder ihm doch besser ein paar kräftige Ohrfeigen verpassen? Oder einen Kübel kaltes Wasser über den Kopf?

Aber dann: Überraschung! Thomas bewegte sich auf einmal, als wäre er aus einer tiefen Ohnmacht aufgewacht. Er sah auf, blickte mich lange an und sagte schließlich: „Okay."

„Okay?"

„Ja, okay."

„Okay ... was?"

„Okay. Hast mich überzeugt."

„Aha?" Der kleine Stinker schaffte es doch immer wieder, mich zu verblüffen: Er schien jetzt stocknüchtern zu sein.

„Gib mir das Foto."

„Vergiss es. Das hab ich dir nie gezeigt." Ich durfte jetzt nichts riskieren, musste weitermachen wie geplant. Märchenstunde, letzter Teil.

„Gib's mir."

„Nein, Tommi. Vergiss es. Wirklich, vergiss es. Du hast es nie gesehen, es existiert nicht. Ich hab's von einem zugespielt bekommen, der aus der Organisation ausgestiegen ist. Wenn die davon erfahren, ist der Mann tot. Und ich bin der Nächste. Und dann du. So arbeiten die nämlich. Gnadenlos. Verstehst du, Tommi?"

Er dachte nach. Nickte. „Okay."

„Wirklich?"

„Ich sag doch: Okay!"

„Gut, Tommi. Und was hast du jetzt vor?"

Er glitt von seinem Hocker. „Na, was wohl?"

„Sag schon."

„Nach Hause. Duschen. Neues Pflaster. Was essen. Endlich ausschlafen. Was hast du gedacht?"

„Ich? Nichts. Gar nichts." Ich ging zu ihm und umarmte ihn. „Mach's gut, kleiner Bruder."

„Ja, du auch, großer Bruder."

„Kleines Arschloch."

„Selber Arschloch. Großes Arschloch."

„Also dann, pass auf dich auf."

„Du auch."

Ich begleitete Thomas zur Tür und er verschwand in die Nacht. Schneeregen fiel, der Winter hatte sich noch einmal für ein paar Stunden zurückgemeldet, es war bitter kalt. Ich ließ die Galerietür offen und machte im Hinterzimmer die Fenster auf, damit der Gestank abziehen konnte. Ich brauchte frische Luft. Frische, klare, kalte Luft.

Ich trat vor die Tür, ließ mir die schweren, nassen Schneeflocken aufs Gesicht klatschen, atmete tief durch, lief ein paar Schritte durch die menschenleere Gasse. Als ich zwei, drei Minuten später wieder zur Galerie zurückkam, bemerkte ich es: Jemand hatte quer über die Auslagenscheibe mit großen Buchstaben FUCK! gesprüht. Die Farbe war noch feucht.

Typisch Tommi, dachte ich. Schnell einmal den ersten Frust abreagieren, ja? Oder war das etwa schon alles? Enttäusch' mich nicht, Tommi. Nicht schon wieder.

21

Es heißt, wenn man stirbt, sieht man sein ganzes Leben noch einmal komprimiert ablaufen. Anders gesagt, alles, was dieses Leben ausgemacht hat, verdichtet sich zu einem dickflüssigen, zähen Konzentrat, aus dem man sich nicht mehr befreien kann. Man steckt in ihm fest, versinkt darin und geht schließlich unter, ob man will oder nicht.

Genau das geschieht jetzt mit mir, obwohl die Chemotherapie doch genau das Gegenteil bewirken sollte. Mein Leben klumpt langsam zusammen, reduziert sich auf eine Handvoll Merkmale: Der Gestank, der mich umgibt und den ich auch an mir selber rieche. Die ständigen Brechanfälle. Die Kälte, die mich nicht mehr loslässt. Die Unruhe, die mich in den Nächten erfasst, Hoffnungen zu Lügen und Lügen zu Hoffnungen werden und mich nur mit Tabletten schlafen lässt. Und im Gegenzug seit einiger Zeit eine große Lethargie, eine Müdigkeit, die mein Denken lähmt, so dass ich oft nur mehr geistesabwesend auf den Baum vor meinem Fenster starre oder auf den Schlauch, durch den die Infusionen in meine Venen tropfen, oder auf die bunten Bilder im Fernseher über meinem Bett, wie weggetreten vor mich hinglotze, bis mir auf einmal die Augen zufallen. So kommt eins zum andern. Lauter Zeichen, dass ich sterbe. Ein einfacher, logischer Umkehrschluss, ganz nüchtern gesehen. Und ich versuche, es ebenso nüchtern zu akzeptieren. Aber es fällt mir jetzt immer schwerer, im trüben Schlamm meiner Jahre herumzuwühlen und aus dem Bodensatz ein paar Relikte herauszuholen, von denen ich gar nicht weiß, ob sie es wert sind, wieder ans Tageslicht gebracht zu werden.

Aus! Punkt! Schluss mit dieser halb esoterischen Nabelschau. Schluss mit dem – völlig missglückten – Versuch, möglichst elegant zu erklären, wie ich mich fühle. Und wieso ich heute schon wieder vor den Augen von Frau Doktor Freud eingeschlafen bin.

Was ich ihr gerade erzählen wollte, daran erinnere ich mich nicht mehr, es wird hoffentlich nichts Wichtiges gewesen sein. Ich weiß nur, dass ich irgendwann aufgewacht bin und gesehen habe, dass sie sich meinen Laptop genommen und in meinen Aufzeichnungen gelesen hat. Mir war peinlich, dass ich mitten im Reden weggedämmert bin, und ihr war peinlich, dass sie ohne Erlaubnis in meinen getippten Gedanken herumgeschnüffelt hat. Ich habe ihr gesagt, dass das okay sei. Und dass ich keine Geheimnisse hätte, schon gar nicht vor ihr. (Stimmt wirklich: Die einzigen Geheimnisse, die es bei mir noch gibt, sind die, denen ich selber nicht auf die Schliche komme.)

Wir haben uns dann darauf geeinigt, dass sie jederzeit in meinem Laptop lesen kann, wenn es sie interessiert. Das hilft uns beiden: Ich muss mich nicht mehr zwingen zu reden, wenn ich müde bin, sondern schreibe einfach drauflos, wenn mir danach ist. Und sie erfährt auf diese Weise vielleicht Wichtigeres als das, was ich mühsam im Dämmerzustand zu erzählen versuche.

Frieren, kotzen, schlafen, aufs Ende warten, sich selber belügen, hoffen, aufgeben, schlafen, kotzen, frieren ... rund um die Uhr. Da ist es gar nicht so leicht, sein bisschen Verstand einigermaßen zusammenzuhalten und wenigstens zu versuchen, die Ereignisse irgendwie der Reihe nach zu erzählen. Die Erinnerungen stellen sich nämlich auch nicht der Reihe nach ein, sondern wann es ihnen passt. Erinnerung, was ist das überhaupt? Doch nichts als ein Rülpser, in dem dir alles auf einmal hochkommt, Salziges, Süßes, Saures, längst Verdautes und gerade erst Geschlucktes. Und dieser Brei aus Dingen, die überhaupt nichts miteinander zu tun haben, läuft dann unter „so war's". Ist doch Schwachsinn, oder? Schon wieder billige Haus- und Küchenpsychologie, ich weiß, tut mir leid. Aber die Skepsis gegenüber meinen eigenen Erinnerungen wächst von Tag zu Tag.

Allein schon, wenn ich an diese sinnlose Erinnerungskette denke, die jetzt immer öfter in meinem Kopf aufblitzt. Dass mir in Verbindung mit Thomas auch Tanja einfällt, liegt ja noch durchaus nahe. Dass ich sie dann nicht als zierliche, rothaarige, leicht hinkende junge Frau vor mir sehe, auch nicht als fast kahl geschorene, an Schläuche und Kabel angeschlossene, im künstlichen Tiefschlaf liegende Patientin, sondern nur als das Bild, das Thomas von ihr angefertigt hat, dieses schreckliche Bild von Tanja als erfrorener Vogel, das ist schon verrückt, aber ich kann es zur Not auch noch irgendwie verstehen. Doch was danach kommt, macht mich ratlos:

Ich als kleiner Bub an der Hand meiner Mutter. Ich bin sechs, vielleicht sieben Jahre alt, es ist ein Abend im Winter, und wir stehen am Ufer eines kleinen Sees. Der See ist zugefroren. Am gegenüberliegenden Ufer steht ein Schloss, alle Fenster sind hell erleuchtet, das Licht spiegelt sich auf dem Eis, Musik klingt ganz leise zu uns herüber. Ich möchte über den See laufen, will hinüber zu dem Märchenschloss, zum Licht, zur Musik. Ich mache zwei, drei kleine Schritte, aber meine Mutter hält mich an der Hand fest und ich komme nicht weiter, so sehr ich mich auch anstrenge und ziehe und zerre. Ich laufe und laufe und laufe und komme nicht von der Stelle.

Ich weiß, das ist wirklich geschehen. Ich kann mich gut daran erinnern, wie ich mit meiner Mutter am Leopoldskroner Weiher stand, damals, als es Thomas noch nicht gab. Wie glücklich ich zuerst war. Und wie zornig und verzweifelt schon wenig später, als ich nicht übers Eis laufen durfte. Aber was soll diese Erinnerung an ein Ereignis aus meinen Kindertagen, dieses Bild, das nicht das Geringste mit Tanja zu tun hat? Völlig fehl am Platz. Diese sinnlose Verknüpfung, wohin soll sie führen?

Wie lang wird es dauern, bis sich auch alle meine anderen Erinnerungsfäden miteinander verwickeln, verkleben, ineinander metastasieren, einen einzigen, unentwirrbaren Strang bilden oder zu einem monströsen, unkontrolliert wuchernden Erinnerungsknäuel werden?

Ich muss mich ranhalten, wenn ich meine Geschichte halbwegs klar zu Ende erzählen will.

22

Zwei Tage nach unserer Märchenstunde betrat Thomas um elf Uhr dreißig die Bar des Hotels Sheraton und erschoss Dottore Bruno DeAngelis mit einer abgesägten Schrotflinte.

Ich saß zu diesem Zeitpunkt im Büro am Telefon und versuchte gerade, den Château-Pétrus-Deal rückgängig zu machen. Kein Problem bei zweien meiner Weinlieferanten. Ich hatte sogar den Eindruck, dass sie froh darüber gewesen waren, nun doch nicht bei dieser riskanten Weinversteigerung mitmachen zu müssen. Möglicherweise hätten sie sonst ohnehin in den nächsten Tagen von sich aus abgesagt. Aber mein dritter Weinhändler stellte sich quer. Er witterte das große Geschäft und wollte es auf gar keinen Fall sausen lassen. Ich wusste nicht, wie ich ihm erklären sollte, dass daraus mit Sicherheit nichts würde. Natürlich hätte ich ihm sagen können, ich sei einem Betrüger aufgesessen und die ganze „Artists 4 Children“-Aktion habe sich als ein ganz raffinierter Schwindel herausgestellt, mit dem ich absolut nichts mehr zu tun haben wolle, doch damit hätte ich bloß die Frage provoziert, warum ich nicht zur Polizei gehen würde, um den geplanten Betrug anzuzeigen. (Genau das wollte ich natürlich nicht machen, denn im Zuge der Ermittlungen wäre ja unweigerlich früher oder später auch die Sache mit Roswitha ans Tageslicht gekommen. Außerdem wollte ich auf keinen Fall den Verdacht wecken, ich könnte auch nur das Geringste mit dem zu tun haben, was Thomas mit Bruno vorhatte. Obwohl ich natürlich überhaupt keine Ahnung hatte, was das konkret sein würde. Zugegeben, an einen Mord hatte ich zwar ein paarmal gedacht, ihn mir sogar gewünscht, aber doch, bitte schön, nie ernsthaft geglaubt, mir nicht eine einzige Sekunde lang vorgestellt, dass mein Bruder tatsächlich so weit gehen würde! Ganz ehrlich: Insgeheim darauf gehofft – ja. Damit gerechnet – nein.) Weil ich also, wie gesagt, nicht mit der Wahrheit herausrücken konnte, um aus der Château-Pétrus-Geschichte herauszukommen, und meine Begründung, ich hätte es mir eben einfach anders überlegt, bei meinem Weinhändler auf taube Ohren stieß, verfluchte ich mich gerade wegen meiner Blödheit, die mir (wie Niki richtig prophezeit hatte) entweder einen Haufen Schulden oder eine lebenslange Feindschaft einbringen würde, als Thomas in der Sheraton-Bar aus nächster Nähe einen Schuss mitten ins Gesicht von Bruno abfeuerte.

Ich erfuhr davon erst am Abend, man brachte es in den Fernsehnachrichten. Ganz groß und ausführlich. Kommt ja hierzulande auch nicht alle Tage vor, so ein Mord in Mafia-Manier, wie ihn ein Beamter der Mordkommission vor laufenden Kameras bezeichnete. Einfach unfassbar, diese Tat, unglaublich, dass da einer – nach übereinstimmenden Aussagen aller Zeugen – einfach am helllichten Vormittag die Hotelbar betritt, sich kurz im Raum unter den Gästen umsieht, dann ohne Zögern an den einzigen Gast, der an der Theke steht, von hinten herantritt, ihn mit den Worten „Dottore Bruno DeAngelis, richtig?“ anredet und, als sich der Mann zu ihm umwendet, eine Schusswaffe aus seiner Jacke zieht, sie entsichert und seinem Opfer kaltblütig aus einem Meter Entfernung in Gesicht schießt.

Der Mörder vermutlich ein Geisteskranker. Ein allem Anschein nach unter Wahnvorstellungen leidender, kleinwüchsiger junger Mann, der sich nach der Tat einfach neben das blutüberströmt auf dem Boden liegende Opfer setzt, völlig ruhig auf die Polizei wartet, sich widerstandslos verhaften lässt und dabei ruft: „Das Schwein hat endlich bekommen, was es verdient! Aber da sind noch viele, die uns bedrohen! Nehmt euch in Acht! Nehmt euch in Acht!“

Noch keine näheren Angaben zur Identität, weder die des Mordopfers noch die des Täters. Aber dafür Bilder. Die Blutlache auf dem Boden der Bar und die mit weißen Strichen markierte

Silhouette des Toten. Blutspritzer auf der Theke und auf der Espressomaschine. Die Schrotflinte mit dem abgesägten Lauf. Der Barkeeper und der Hotelmanager, die aufgeregt irgendwas sagen, woran ich mich jetzt nicht mehr erinnere. Und zum Schluss vor dem Hoteleingang der Reporter, der die Frage stellt, ob es sich wirklich um die Tat eines Verrückten handle oder ob die Behörden bloß nicht zugeben wollten, dass die friedliche Festspielstadt Salzburg zum Schauplatz internationaler Bandenkriege geworden sei.

Mein Gott, Tommi, dachte ich. Du dummer Hund, du verdammtes, blödes Arschloch, was hast du bloß getan! Das ist doch Wahnsinn, ein verfluchter, total beschissener Wahnsinn! Doch zugleich – ja, Scheiße, Scheiße und noch einmal Scheiße – zugleich war ich erleichtert. Gut gemacht, Tommi, jubelte ich für mich, richtig gut gemacht! Und ich war stolz auf ihn. Bewunderte seine Kompromisslosigkeit, seine sture Alles-oder-Nichts-Haltung, mit der er seinen Wahnsinn konsequent in die Tat umgesetzt hatte. Er hätte Bruno ja auch nur in die Knie schießen können oder besser in die Eier, um sich für die Vergewaltigung von Tanja (und Roswitha?) zu rächen. Aber nein, für ihn gab es nur eins: einen tödlichen Schuss ins Gesicht des Bösen, vor dem er die Welt retten wollte.

Ich versuchte mir die Szene auszumalen. Immer und immer wieder. Versuche es heute noch. Kino im Kopf. Francis Ford Coppola als Regisseur.

Ich stelle mir vor, dass Thomas das schwarze Kapuzenshirt trägt, wie damals, als er auf das Grab unserer Eltern gepisst hat. Schwarzes Shirt, schwarze Jeans, schwarze Stiefel, sein Kampfanzug. Darüber die Ziegenfelljacke. Die ist weit genug, um darunter die Schrotflinte zu verstecken, den abgesägten Lauf im Hosenbund. Wie er zu der Waffe gekommen ist und wer ihm gezeigt hat, wie man mit ihr umgeht, ist nicht wichtig. Hauptsache, er hat sie. Seine Wut, seine Waffe und endlich ein ganz konkretes Ziel, gegen das er sie richten kann.

Jetzt hält ihn nichts mehr zurück. Er marschiert los. Ein

Krieger, der einen Auftrag zu erfüllen hat. Sein Kriegspfad ist die Strecke von seinem Atelier am Stadtrand zum Hotel. Mit jedem Schritt wird er ruhiger, konzentrierter, unerbittlicher. Er weiß, was er zu tun hat. Keine Zweifel, keine Angst.

Vorm Hoteleingang bleibt er stehen, schließt die Augen, denkt an Tanja, denkt an Roswitha. Dann ruft er die Erinnerung an den Mann ab, den er vor einigen Tagen mit Claudia ins Hotel gehen gesehen hat. Er atmet tief durch, betritt die Lobby, stößt die Tür zur Bar auf, sieht sich kurz um, sieht den Mann an der Theke, erkennt ihn sofort wieder, ist mit wenigen Schritten bei ihm, spricht ihn an. Der Rest geschieht ganz automatisch, als hätte er alles schon hundertmal durchgespielt und trainiert: der Blick in die verhassten Augen des Mannes, der Griff nach der Waffe, entsichern, aufs Gesicht zielen, abdrücken. Und in dem Augenblick, in dem dieses Gesicht schlagartig verschwindet, sich in Blut, Gewebefetzen und Knochensplitter auflöst, in dieser Sekunde ein unglaubliches Gefühl von Stolz und Glück, das seinen Körper in einer heißen Welle durchläuft! Auftrag erledigt.

Dann nur noch Stille. Oder nein, nur noch Musik. Die Musik, welche die ganze Szene von Anfang an begleitet hat. Keine Opernarie, nicht Pavarotti. Sondern die berühmte, klagende, dramatische Melodie aus dem Filmepos „Der Pate".

Schön wär's. Mein kleiner Bruder, der große, tragische Held. Der von missverstandenen edlen Motiven Getriebene, den Liebe und Wahn zum Mörder werden ließen. Was für eine geballte Ladung Schwachsinn. Aber warum finde ich diese Vorstellung so verdammt gut, diese Lüge in Breitleinwand und Cinemascope? Wieso gefällt sie mir viel besser als der verwackelte, mit einer kleinen Handkamera gedrehte Schmalfilm, in dem sich Thomas zuerst einmal zwei Tage lang Mut ansaufen muss, bevor er loszieht, um Bruno zu erschießen?

Keine pathetische Filmmusik, kein heroischer Hauptdarsteller, nur ein kleiner, fetter, schwitzender Kerl, der sich vor Angst in die Hosen macht, aber dann halt doch nicht vor seinem großen Bruder als Versager, als armseliger Schwächling dastehen will.

Ein Verzweifelter, der glaubt, dass er alles verloren hat, was ihm in seinem Leben wichtig gewesen ist, und dem deshalb auf einmal ganz egal ist, was aus ihm wird. Nein, er wird nicht kneifen, er wird sein Versprechen halten, das er sich und seinem Bruder gegeben hat. Er wird das Schwein umbringen, die Drecksau, den Vergewaltiger, der Roswitha und Tanja auf dem Gewissen hat, und dann wird er sich verhaften lassen, wird alles zugeben und wird ins Gefängnis gehen, den einzigen Ort, an dem er dann hoffentlich noch sicher sein kann vor der Organisation und ihrem Heer von Agenten, das sie auf ihn ansetzen wird. Ja, er hat eine Scheißangst, aber er wird es machen. Wird die Sache durchziehen. Auch seinem Bruder zuliebe, weil er ihn nicht auch noch verlieren will.

Wieso wehre ich mich bis heute dagegen, dass es so gewesen ist? Unterm Strich kommt doch bei beiden Versionen das Gleiche heraus: Thomas hatte endlich seine Rache bekommen und würde mich jetzt damit in Frieden lassen. Und – noch viel wichtiger – Bruno war weg. Das war es doch, was ich wollte, und nur darauf kam es an. Also, was soll's, ich beschloss einfach, mich an die erste Version zu halten. Und ich bin sicher, Thomas würde sie auch besser gefallen.

Übrigens, kurze Zeit gab es noch eine dritte Fassung, in der Thomas mit seiner Flinte bloß ein bisschen vor Brunos Gesicht herumfuchtelt, um ihn zu erschrecken, aber dann vor Aufregung zitternd plötzlich seinen Zeigefinger um den Abzug krümmt und Bruno aus reinem Versehen die Fresse wegpustet. Doch diese Version kam mir dann irgendwie lächerlich vor, geradezu peinlich wäre das gewesen, fand ich.

Die Fakten, die in den folgenden Wochen von der Polizei ermittelt, bekanntgegeben und dann von Fernsehen und Presse genüsslich breitgetreten wurden, ergaben allerdings ein Bild, das mich schon etwas aus der Fassung brachte. Aber nicht in Bezug auf Thomas, sondern was Bruno betraf.

Bei Thomas war schnell alles klar. (Was er in den Verhören aussagte, überraschte mich nicht, dafür kannte ich ihn zu gut. Und ich bin davon überzeugt, dass er jedes Wort der Geschichten, die er sichzurecht gelegt hatte, selber glaubte.)

Er stand voll und ganz zu seiner Tat – sie zu leugnen hätte auch keinen Sinn gehabt – und gab an, mit dem Mord habe er sich dafür rächen wollen, dass Bruno vor drei Jahren Tanja vergewaltigt und damit letztendlich in den Tod getrieben hatte. Er erklärte, Tanja habe ihre Vergewaltigung aus Scham jahrelang verschwiegen, ja sogar heftig abgestritten. Erst an einem Abend Anfang Jänner dieses Jahres habe sie ihm plötzlich alles erzählt und auch die Identität ihres Peinigers preisgegeben. Sie habe ihm den Täter ganz genau beschrieben und ihn angefleht, den Mann für das, was er ihr angetan hatte, zur Rechenschaft zu ziehen. Dass sie da vermutlich schon geplant hatte, noch in derselben Nacht Selbstmord zu begehen, habe er natürlich nicht wissen können.

Nach dem Tod Tanjas habe er nur noch ein einziges Ziel gehabt, nämlich diesen Dottore Bruno DeAngelis zu töten. Vor ein paar Tagen habe er dann zufällig einen Mann ins Hotel Sheraton gehen gesehen, auf den Tanjas Beschreibung genau passte. Der Mann sei in die Hotelbar gegangen, er sei ihm gefolgt und habe gehört, wie der Barkeeper seinen Gast mit „Buongiorno Dottore DeAngelis“ begrüßte. Daraufhin sei er nachhause gegangen, habe die Schrotflinte genommen, die er samt Munition schon vor einiger Zeit in einem alten Schrank in der Werkstatt, die er als Atelier gemietet hat, entdeckt hatte. Er habe den Lauf des Gewehrs abgesägt, weil er irgendwann gehört hatte, dadurch würde die Schusswirkung verstärkt. Nein, ausprobiert habe er die Waffe nicht, daran habe er einfach nicht gedacht. Reine Dummheit. Aber es sei ja dann doch alles gut gegangen.

Wirklich! Gut gegangen, sagte Thomas, alles sei gut gegangen. Und dass er stolz darauf sei, das Schwein getötet zu haben. Weil dadurch jetzt ein Dreckskerl weniger auf der Welt sei, wenigstens einer ausgeschaltet, einer von denen, die überall die Menschen terrorisieren und glauben, sie könnten ungestraft alles machen, weil sich niemand gegen sie zur Wehr setzt, aber er habe es ihnen gezeigt, diesen Verbrechern, er habe den Geheimorganisationen die Stirn geboten, er habe einen von ihnen unschädlich gemacht, er ganz allein ...

Das war also Thomas' Version. Nicht schlecht, diese Version Nummer vier. Nahe dran an meiner ersten, plus ein paar Elemente aus der zweiten. Thomas als einsamer Rächer Tanjas. Thomas im Kampf gegen finstere Mächte. Aber kein Wort über mich. Kein Wort über Roswitha. Auch nicht über Claudia. Mir war sofort klar, warum: Ich hatte Thomas in meiner Märchenstunde ausdrücklich erklärt, wenn die Organisation das mit dem Foto von Roswitha im Rollstuhl erfahren würde, sei mein Leben in Gefahr. Und jetzt wollte Thomas natürlich uns alle drei vor Vergeltung schützen! Innerhalb des Koordinatensystems seiner Wirklichkeit dachte er einfach an alles.

Den Verschwörungstheorien, in die sich Thomas bei jedem Verhör noch mehr verstieg, maß man bei der Polizei natürlich keinerlei Bedeutung zu. Für sie waren das die Hirngespinste eines Mörders, der entweder wirklich verrückt war oder den Verrückten simulierte, um mit einer milderen Strafe davonzukommen. Aber das spielte eigentlich keine Rolle, denn was die Tat an sich betraf, gab es ja bereits ein Geständnis, das für eine Anklage ausreichte. Für alles andere waren die Psychiater zuständig. Und weil auch ich nichts Zweckdienliches zum Verständnis von Tat und Täter beitragen konnte (ich hatte bei meiner kurzen Vernehmung den Fassungslosen gespielt, der am allerwenigsten verstand, wie und warum Thomas zum Mörder wurde), konzentrierte man sich bei der Polizei nun darauf, etwas über das Opfer herauszufinden. Und ich muss gestehen, was bei diesen Ermittlungen herauskam und in den Medien veröffentlich wurde, interessierte mich weitaus mehr als die ganze Thomas-Scheiße.

Womit soll ich anfangen? Am besten, ich mach es kurz.

Laut Zeitungsberichten hieß Dottore Bruno DeAngelis in Wirklichkeit Josef Hofer, stammte aus Meran und stand schon seit einigen Jahren auf den Fahndungslisten sowohl der österreichischen als auch der italienischen Polizei. Die Delikte, die ihm zur Last gelegt wurden, reichten von Betrug über Diebstahl bis zu Heiratsschwindel und Urkundenfälschung. Er besaß ein Dutzend gefälschter Reisepässe, trat unter ebenso vielen Falschnamen auf und gab sich unter anderem als Diplomat, Kinderarzt, Filmproduzent und Architekt aus. Zuletzt als Präsident einer von ihm gegründeten internationalen Hilfsorganisation namens „Artists 4 Children", unter deren Deckmantel er versucht hatte, mehreren Galeristen und Künstlern wertvolle Kunstwerke herauszulocken, und zwar unter dem Vorwand, mit dem Verkaufserlös Straßenkindern in Südamerika helfen zu wollen. Sein letztes Opfer: eine völlig ahnungslose Salzburger Galeriebesitzerin, verheiratet mit dem Bruder des Mörders.

Daraus ergab sich natürlich ein ganz neues mögliches Motiv für die Tat. Doch Thomas beteuerte, von all dem nichts zu wissen, und beharrte auf seiner Version. Das Gegenteil konnte man ihm nicht beweisen. Thomas ging sogar noch weiter und erklärte, diese ganze Betrugsgeschichte sei nichts als eine Lüge, ein weiteres Manöver im miesen Spiel der Geheimorganisation, bei dem jetzt ganz offensichtlich sogar die Polizei mitspielen würde.

Okay, was mich betraf, hielt ich es für durchaus beruhigend, dass Thomas derart stur und verbohrt blieb. Dafür gab mir etwas anderes zu denken. Was war mit Roswitha?

Dass Bruno – oder wie auch immer er hieß, ich bleibe der Einfachheit halber bei diesem Namen – dass also Bruno auf gar keinen Fall Roswithas Bruder sein konnte, war für mich völlig klar, nach allem, was ich nun über ihn wusste. Aber auch sonst war ihr Name kein einziges Mal aufgetaucht. Und nachdem die Polizei bei diesem Fall sonst wirklich jeden einzelnen auch noch so unwichtigen Ermittlungsfurz in die Öffentlichkeit hinausposaunte, konnte das nur bedeuten, dass sie in Brunos Umfeld tatsächlich auf keine Roswitha gestoßen war. Darüber war ich einerseits natürlich ausgesprochen erleichtert, andererseits verunsicherte es mich aber auch ganz gewaltig.

Was sollte ich davon halten? In welcher Verbindung standen Bruno und Roswitha wirklich, besser gefragt, gab es überhaupt eine Verbindung? Und wenn nicht, woher wusste Bruno von dem Unfall am Kai? War das meiste, was er mir darüber erzählt hatte, nur ein gut ausgedachter Schwindel, mit dem er mich erpressen wollte? War er gar nicht der Mann, den ich in jener Nacht in Roswithas Begleitung gesehen hatte? Wie kam er an den Schmuck meiner Mutter? Geklaut? Von Roswitha, die er zufällig in Harry's Pub kennengelernt hatte? Ein Dieb, der eine Diebin beklaut hatte? Oder waren sie damals Komplizen gewesen? Und vor allem: Lebte Roswitha? Oder war sie doch in den Tod gestürzt, wie ich all die Jahre gedacht hatte? Wer war dann die gelähmte Frau auf dem Foto? Ich fühlte mich plötzlich von Fragen umzingelt wie von einer Meute knurrender, zähnefletschender Hunde.

Ich nahm mir das Foto vor, betrachtete es durch eine Leselupe. Das erste, was mir jetzt sofort auffiel, war eine unnatürlich scharfe Abgrenzung zwischen der Stirn der Frau und ihrem Haaransatz. Nein, das waren nicht ihre eigenen Haare, dieses feurig rote Haar war ... völlig klar ... das war eine Perücke! Und das Gesicht? Ja, es wies durchaus eine gewisse Ähnlichkeit mit Roswithas Zügen auf, nur magerer war es, härter, älter, eben wie nach einer langen Zeit im Koma. Aber die Augen. Konnten sich Augen so verändern, konnten dunkle, feurige Augen so hell und wässrig werden, so blicklos? Unmöglich. Diese Augen lösten nichts in mir aus. Keine Erinnerung, keine Wehmut, nicht einmal Hass. Nein, das waren nicht Roswithas Augen. Das waren fremde Augen. Das waren die Augen einer fremden Frau.

Das Foto war nichts als eine geschickt gemachte Fälschung, und ich war auf die Finte hereingefallen, mit der alle Betrüger arbeiten: Ich hatte gesehen und geglaubt, was ich sehen und glauben wollte.

Was Roswitha betraf, stand ich jetzt also wieder genau da, wo ich schon zuvor gestanden war. Hatte ich sie getötet oder war sie noch am Leben? Drohte mir von ihr oder irgendjemand anderem Gefahr? Oder war ich ein Mörder, der davongekommen war?

Bis jetzt hatte ich Glück gehabt. Bruno war ich los. Thomas würde mich in Ruhe lassen. Da konnte ich eigentlich nur hoffen, dass Roswitha tot war und sich längst in nichts aufgelöst hatte. Die blutig roten Bilder von ihr würden ohnehin für immer in meinem Kopf bleiben.

Zwei oder drei Tage nachdem Thomas Bruno erschossen hatte, rief mich Niki an.

„Schöne Scheiße, das mit deinem Bruder, was?“, sagte er. „Ist er jetzt völlig verrückt geworden?“

„Und wenn schon“, sagte ich. „Du hast ja jetzt nichts mehr von ihm zu befürchten.“

„Wieso ich? Wovon redest du?“

„Frag nicht so scheinheilig. Du weißt doch ganz genau, wovon ich rede.“

„Geht's schon wieder um diese blöde Kuh neulich? Ich hab doch gesagt, dass die mich den ganzen Abend angemacht hat. Außerdem ist ohnehin nichts ...“

„Sag einmal, kapierst du's wirklich nicht?“

„Äh ... du meinst doch nicht etwa ...“

„Doch. Genau das meine ich.“

„Also, entschuldige schon, aber mit der Tussi von deinem Bruder ... mit dieser ... wie heißt sie?“

„Tanja.“

„Richtig. Also mit der Vergewaltigung von seiner Tanja hab ich ja nun wirklich nichts zu tun, verdammt noch einmal! Oder hat dein Bruder vielleicht gedacht, ich wär's gewesen, bevor er diesen DeAngelis ...“

„Und wenn? Ist doch jetzt egal, was er gedacht hat, oder?“

„Scheiße ...“ Das klang ziemlich erschrocken. „Da hab ich ja echt Schwein gehabt.“

„Davon kannst du ausgehen.“

„Puh ...“

„Okay, war's das? Sonst noch was?“

„Nein ... oder doch ... aber das muss ich jetzt erst einmal verdauen ... Scheiße ...“

„Wirklich? Ich hab gedacht, in deinen Kreisen ist man an so was gewöhnt. Ihr seid doch sonst nicht so zimperlich.“

„Herrgott noch einmal! Sei nicht so nachtragend!“

„Du hast angerufen, nicht ich.“

„Ja. Hast ja Recht. Eigentlich wollte ich auch nur fragen, ob ich irgendwie helfen kann.“

„Helfen? Du?“

„Als Anwalt natürlich.“

„Aha? Hab schon gedacht, als Zuhälter. Pardon, als – wie heißt das – stiller Entertainment-Gesellschafter?“

„Ich dachte, das Thema hätten wir abgehakt.“

„Okay, also als Anwalt.“

„Richtig, als Anwalt. Dein Bruder braucht jetzt nämlich nichts dringender als einen erstklassigen Verteidiger, der ihn da raushauen kann.“

„Willst du damit sagen, dass du ...?“

„Natürlich ich. Wozu hat man Freunde.“

„Solche wie dich.“

„Ja, genau solche wie mich.“

„Obwohl er dich beinahe ...?“

„Das ist eine Frage der Professionalität. Und ich bin Profi.“

„Klar. Wäre ja auch eine richtig tolle Sache für dich, nicht wahr? So ein Sensationsprozess, in dem du zeigen kannst, was du draufhast. Große Gerichtsshow, die dich zum Staranwalt macht, wie?“

„Tja, wenn du das so siehst ...“

„Ja, so seh’ ich das.“

„Hab’s nur gut gemeint. Wirklich.“

„Vielen Dank, Niki. Vielen, vielen Dank. Kann mir nur nicht vorstellen, dass Thomas das gefallen würde.“

„Schade. Echt schade. Aber gut, vergiss es.“

„Mach ich, Niki. Ist ja nicht das erste Mal, dass ich was vergessen soll, nicht wahr?“

Ich legte auf.

So ein fieser Hund, dachte ich. So eine unverschämte Sau. Es gibt doch wirklich Typen, die schrecken vor rein gar nichts zurück. Die gehen buchstäblich über Leichen, wenn es um ihren Vorteil geht.

Schon vier Wochen später stand Thomas vor dem Geschworenengericht. Ich glaube, es war der kürzeste Mordprozess in der Geschichte der österreichischen Justiz. Thomas hatte gestanden, die Beweise lagen auf dem Tisch, also gab es nicht viel zu verhandeln. Der einzige Punkt, in dem sich der Staatsanwalt und Thomas' Pflichtverteidiger nicht einig waren, war das Motiv für den Mord.

Für den Ankläger gab es keinen Zweifel, dass es sich um eine vorsätzliche, exakt geplante und eiskalt durchgeführte Tat gehandelt hatte und außerdem um, was die Sache noch verwerflicher machte, einen Akt von Selbstjustiz, mit dem der Angeklagte sich für die – im übrigen völlig unbewiesene – Vergewaltigung seiner Ehefrau durch das spätere Opfer rächen wollte. Thomas' Behauptung, das Mordopfer sei überdies ein Agent einer gefährlichen Geheimorganisation gewesen, den er unschädlich machen wollte, wurde als reichlich durchschaubarer Versuch bewertet, eine Paranoia vorzutäuschen, um so entweder seine Tat im Nachhinein zu beschönigen oder sich als geistig verwirrt und damit unzurechnungsfähig darzustellen.

Mit genau dieser Verschwörungstheorie versuchte dann allerdings der Verteidiger Thomas zu entlasten, indem er auf die kriminelle Biografie des Mordopfers verwies, die dessen Zugehörigkeit zu einer verbrecherischen Organisation ja wohl zumindest in den Bereich des Möglichen rückte. Ein netter Versuch, mit dem der junge Anwalt aber natürlich keinen Blumentopf gewinnen konnte. Schon gar nicht nach dem Vortrag des psychiatrischen Gerichtssachverständigen, der mit Begriffen wie schizophrene Persönlichkeit, Minderwertigkeitskomplex durch Wachstumsstörung, Sublimierung, Gewaltpotential, Realitätsverlust bei gleichzeitig hoher Intelligenz und Zurechnungsfähigkeit zum Zeitpunkt der Tat nur so um sich warf.

Thomas selbst trug auch nicht dazu bei, die Geschworenen und die Richter für sich einzunehmen und gnädig zu stimmen. Er machte wirklich den Eindruck eines fetten, bösen, selbstgefälligen Zwergs, wie er auf der Anklagebank hockte, die Verhandlung über sich ergehen ließ, als ginge ihn das alles überhaupt nichts an, und sich weigerte, auch nur mit einem einzigen Satz dazu Stellung zu nehmen. (Ich saß ziemlich weit hinten im überfüllten Schwurgerichtssaal, doch sogar dort konnte ich förmlich riechen, welche Abneigung Thomas entgegenschlug. So einer wie er ist den meisten Leuten ganz offensichtlich irgendwie unheimlich, dachte ich. Und er tat mir fast leid, aber, wie gesagt, nur fast, denn schließlich hatte er das alles ja selber so gewollt.)

Der Prozess hatte um acht Uhr dreißig begonnen, nach den Schlussplädoyers zogen sich die Geschworenen um elf Uhr zur Beratung zurück, und um halb zwölf verkündete der Vorsitzende des Richtersenats bereits das Urteil: Fünfzehn Jahre Gefängnis mit anschließender Einweisung in eine Anstalt für geistig abnorme Rechtsbrecher. Mit anderen Worten: lebenslänglich weggesperrt. Mit einer minimalen Chance auf Entlassung nach frühestens einem Vierteljahrhundert.

Thomas nahm das Urteil sofort an. Mit unbewegtem Gesicht. Stoisch.

Nur als er in Handschellen aus dem Gerichtssaal geführt wurde, wandte er sich noch einmal um und rief: „Eines Tages werdet ihr mir noch dankbar sein! Ihr alle! Nehmt euch in Acht! Nehmt euch in Acht!“

Ein kleiner, trotziger Prophet. Doch für mich hörte es sich an, als würde er „Mama Mama Mama!“ schreien.

Bevor Thomas in die Strafvollzugsanstalt Stein überstellt wurde, konnte ich mich von ihm verabschieden. Es war unser erstes Zusammentreffen seit dem Mord. Und es sollte unser letztes sein, aber das wusste ich damals noch nicht. (Ich hatte mir fest vorgenommen, ihn öfter im Gefängnis zu besuchen, warum ich es dann doch nicht tat, weiß ich heute nicht mehr. Genug Zeit hätte ich gehabt, einmal war ich sogar schon zu ihm unterwegs und kehrte dann auf halber Strecke wieder um. In der ersten Zeit rief ich ihn allerdings ein paarmal an, weil ich das Bedürfnis hatte, ihm etwas Nettes zu sagen, aber dann redeten wir doch nur übers Wetter. Mit einer einzigen Ausnahme. Da erzählte er mir, dass im Gefängnishof ein toter Vogel gelegen sei und da habe er an Tanja denken müssen. Meine Anrufe wurden dann immer seltener und irgendwann hörte ich ganz damit auf. Thomas rief mich übrigens überhaupt nie an.)

Der kleine Raum, in dem wir uns voneinander verabschiedeten, hatte ein vergittertes Fenster und war leer bis auf einen Tisch und zwei Stühle aus Metall. Bevor ich hineindurfte, musste ich alles abgeben, was ich in meinen Taschen hatte. Der Justizwachbeamte, der Thomas hereinführte, wartete dann draußen vor der Tür. Wir konnten allein miteinander reden.

Thomas saß mir gegenüber und starrte die Tischplatte an, so wie er zuletzt auch an der Bar in der Galerie unentwegt auf die Theke und in sein Weinglas gestarrt hatte, ehe es unter dem Druck seiner Finger zersplittert war.

„Hi, Tommi“, sagte ich. „Alles okay? Wie geht's deiner Hand?“

Er drehte seine Handfläche nach oben und blickte nachdenklich den Daumenballen an, auf dem nur mehr ein dünner, roter Strich an den Schnitt erinnerte.

„Ach, das. Ja, alles okay.“

„Und sonst? Brauchst du noch was? Kann ich irgendwas für dich tun?“ (Verflucht! Ich redete doch tatsächlich, als stünde Thomas vor seiner Hinrichtung.)

„Alles bestens. Hast schon genug für mich getan. Danke übrigens.“

Das hatte ich nicht erwartet. Ich war irritiert.

„Danke wofür?“

„Dass du mir geholfen hast. Ehrlich gesagt, hab ich's nicht mehr geglaubt. Aber ohne dich wäre ich nie auf Bruno gekommen."

„Aha ... tja ..."

„Wie gesagt, danke."

„Schon klar. Vergiss es."

Thomas grinste. „Von mir erfährt keiner was. Verlass dich drauf. Hab ich ja versprochen."

So hatte ich das eigentlich nicht gemeint, aber gut. „Okay, also dann ..." Auf einmal wollte ich nur noch raus hier. Aber da gab es etwas, das hatte mich schon die längste Zeit beschäftigt. Nicht wichtig. Es interessierte mich einfach nur.

„Sag einmal ..."

„Ja?"

„Wie war das eigentlich ... ich meine ... wie war das für dich in dem Moment, als du geschossen hast?"

Thomas dachte nach. „Ich weiß nicht", sagte er dann. „Ganz ehrlich, ich weiß es nicht."

„Aber du musst doch irgendwas ... ich meine, irgendwas musst du doch ... gefühlt haben. Oder gedacht."

Thomas schüttelte den Kopf. „Nichts."

„Kein bisschen Triumph oder so?"

„Ich sag doch, nichts. Absolut nichts. Als wär's ein anderer gewesen."

„Wie ... ein anderer?"

„Ich hab gewusst, ich mach's. Ich hab das Gewehr genommen und bin losgegangen. Ich bin in der Bar zu ihm hin. Ich hab ihm in die Augen geschaut. Und dann bin ich auf einmal neben ihm auf dem Boden gesessen. Was dazwischen war, weiß ich nicht. Das heißt, natürlich weiß ich es. Hab es sofort gewusst. Aber nicht in dem Moment, in dem es passiert ist. Da war ich weg. Als hätte ein anderer abgedrückt. Ganz ehrlich, irgendwie war ich wie ..."

„Wie ferngesteuert?"

„Ja. Ich hätte auch gar nichts dagegen machen können. Null

Kontrolle. Wie wenn du über Eis rutschst und dann irgendwo hineinkrachst. Da bist du einfach machtlos."

Oh ja, das kannte ich nur zu gut. „Aber wieso hast du davon nichts vor Gericht gesagt?"

„Wozu? Hätte es irgendwas geändert?"

„Am Urteil vielleicht schon."

„Ich meine, hätte es irgendwas daran geändert, dass dieses Dreckschwein tot ist?"

„Das natürlich nicht."

„Eben. Und nur darauf kommt's doch an, oder?"

„Ja, Tommi", sagte ich. „Hast Recht. Nur darauf kommt es an. Nur darauf."

„Nur darauf."

„Absolut. Nur darauf."

Er machte eine fahrige Bewegung mit der Hand, als wollte er etwas einfangen, das durch die Luft schwebte.

„Ob es Tanja weiß ... irgendwie?"

„Sicher", sagte ich. „Irgendwie."

Thomas atmete tief durch. „Okay dann, großer Bruder. Und wie gesagt, danke noch einmal."

„Ja ... also ... mach's gut, kleiner ... kleines Arschloch."

„Selber Arschloch. Ganz, ganz großes Arschloch."

Und für Sekunden fühlte ich mich auch wie eins.

„Ach ... komm schon, Tommi!" Ich streckte meine Hand über den Tisch aus und fuhr meinem Bruder ein paarmal über seine Stoppelglatze.

Thomas schloss die Augen. „Das hat Roswitha auch immer gemacht", sagte er leise.

Und dann grinste er wieder.

distanzverlust
protokoll 5

mein vater ist tot und ich kenne seinen wahren mörder.
dieser satz hat sich in alpha festgefressen wie ein böses tier, das sich nicht abschütteln lässt. sie kann nichts anderes mehr denken. will auch gar nichts anderes denken.

mein vater ist tot und ich kenne seinen wahren mörder.
für alpha umfasst dieser satz alles, woraus sie gemacht ist, alles, woraus sie besteht: entsetzen, trauer, schmerz, empörung, wut, hass, ratlosigkeit.

mein vater ist tot und ich kenne seinen wahren mörder.
alpha weiß, wenn sie nichts dagegen unternimmt, wird dieser satz sie auffressen. aber sie ist machtlos, wehrlos. ist ihm hilflos ausgeliefert.

mein vater ist tot und ich kenne seinen wahren mörder.
alpha verharrt in einem zustand der schockstarre. und der satz frisst und frisst sich immer tiefer in sie hinein. sie verschwindet in diesem satz. sie ist dieser satz. nichts als nur noch dieser eine satz.

mein vater ist tot und ich kenne seinen wahren mörder.
mein vater ist tot und ich kenne seinen wahren mörder.
mein vater ist tot und ich kenne seinen wahren mörder.

23

Diese idiotische Szene am Leopoldskroner Weiher. Schon wieder kommt sie mir in die Quere, drängt sich vor, verstellt mir den Blick auf das, was ich eigentlich erzählen will. Unnütze Kindheitserinnerung, sinnlos und noch dazu völlig unverlässlich, weil sich das Bild von Mal zu Mal verändert: Jetzt auf einmal keine festliche Beleuchtung im Schloss am Ufer gegenüber, keine Musik, sondern nur eine stille, graue Eisfläche in der Abenddämmerung und in einiger Entfernung, knapp vor der Grenze, an der das kalte Grau ins Schwarz übergeht, irgendetwas Kleines, Dunkles, das sich manchmal ein bisschen bewegt, aber nicht von der Stelle kommt, wie stecken geblieben, gefangen, festgefroren. Ich kann nicht erkennen, was es ist, so sehr ich mich auch bemühe und es angestrengt anstarre. Aber es zieht mich zu ihm hin und ich will hinauslaufen aufs Eis. Doch meine Mutter hält mich fest an der Hand, lässt mich nicht los, eisern und unerbittlich, und wieder ziehe und zerre ich und versuche zu rennen, verzweifelt, verbissen, wütend, renne und renne und komme trotzdem keinen einzigen Schritt weiter. Ein Bild, das mir plötzlich Angst macht.

Himmelherrgottnocheinmal, dieser Schwachsinn interessiert doch keinen Menschen! Jedenfalls bestimmt nicht meine Frau Doktor Freud. Und mich am allerwenigsten. Verworrener Gedankenmüll, ausgespien von einem offenbar immer unkontrollierter vor sich hinbrodelnden Gehirn! Keine Frage, ich muss mich unbedingt stärker konzentrieren, um meine müden grauen Zellen bei der Stange zu halten, bevor sie endgültig ihren Geist aufgeben. Denn abgesehen davon, dass ich heute – fast fünfzehn Jahre nach den Ereignissen, von denen ich berichte – hier liege und demnächst krepieren werde, hat meine Geschichte nämlich durchaus so etwas wie ein Happy End, finde ich. Damals empfand ich es jedenfalls so, und dieses Gefühl will ich mir jetzt nicht auch noch nehmen lassen.

Eine Zeit lang dachte ich sogar, Claudia und ich würden wieder zusammenfinden. Dass es dann doch nicht funktionierte, lag nicht an mir. Ich war ja jederzeit bereit, über die Sache mit Bruno Gras wachsen zu lassen, aber Claudia wurde mit der ganzen Situation einfach nicht fertig.

Klar, was sie erlebt hatte, muss für sie wie ein Trommelfeuer fürchterlicher Schocks gewesen sein: zuerst die Ermordung Brunos, von der sie, wie ich, erst Stunden später in den Fernsehnachrichten erfuhr, im Haus ihrer Eltern, wo sie den ganzen Tag verbracht hatte. Dann die Fehlgeburt, die sie noch in derselben Nacht erlitt, gefolgt von einem totalen Nervenzusammenbruch. Und schließlich die Serie von Enthüllungen über Bruno, die zu ihr vordrangen, obwohl man sie in dem Privatsanatorium, in das sie ihre Eltern hatten bringen lassen, konsequent von der Außenwelt abzuschirmen versuchte.

Niemand durfte zu ihr, ich schon gar nicht. Doch schlechte Nachrichten sind hartnäckig wie Wasser und finden immer einen Weg: gedankenlos plappernde Krankenschwestern, auf Besuchersitzgruppen liegen gelassene Tageszeitungen, in Nachbarzimmern zu laut eingestellte TV-Geräte ... Claudia war jedenfalls – wenn auch manchmal mit Zeitverzögerung – immer voll informiert über den Stand der Ermittlungen. Und als ich sie nach fast zwei Monaten, als alles vorbei war und Thomas bereits längst in der Strafvollzugsanstalt Stein saß, endlich wiedersah, erkannte ich sie auf den ersten Blick fast nicht wieder. Sie war abgemagert, fahl im Gesicht, um Jahre gealtert und wirkte verunsichert, beinahe furchtsam. Man sah ihr an, dass sie verzweifelt war.

„Ich kann das nie wieder gutmachen“, flüsterte sie. „Nie wieder.“

„Nein“, sagte ich. „Niemand kann das. Vergiss es einfach.“

„Es ist alles so ... so unfassbar.“

„Vergiss es, Claudia. Vergiss es.“

Wir saßen in meinem Büro, in dem ich seit Wochen wohnte. In unserem Haus hatte ich mich auf einmal fremd gefühlt, unwillkommen wie ein blinder Passagier. Ich war nur manchmal hingefahren, um mir frische Wäsche zu holen und den Briefkasten zu leeren. Dass ich auch im Büro einsam wie ein Eremit hausen musste, hatte mich nicht gestört, im Gegenteil, ich hatte es sogar als äußerst angenehm empfunden. Die Galerie war geschlossen, Claudias Mutter hatte sich kein einziges Mal blicken lassen, die Stammgäste und vor allem die lokale Prominenz hatten mich mit auffallender Beharrlichkeit gemieden (und sogar die Straßenseite gewechselt, wenn sie mir zufällig begegnet waren), denn schließlich war ich ja der Bruder eines Mörders – scheiß drauf, so war ich zu einer Auszeit gekommen, die mir durchaus willkommen gewesen war. Erst als beim Prozess nach und nach die Wahrheit über Bruno ans Licht gekommen war und sich dadurch auch meine Rolle vom Bruder eines Wahnsinnigen zu einem der bedauernswerten Opfer eines raffinierten Verbrechers gewandelt hatte, waren sie langsam alle wieder angekrochen gekommen, verlegen und Mitgefühl heuchelnd. Die Erste, die mich um Verzeihung gebeten hatte für ihr abweisendes Verhalten mir gegenüber, weil auch sie DeAngelis auf den Leim gegangen war, war Claudias Mutter gewesen. Und ihr Vater hatte als Wiedergutmachung einen stattlichen Betrag aufs Konto überwiesen und mir außerdem einen Packen Fünfhunderter zugesteckt. („Muss ja niemand was davon wissen“, hatte er dazu gemeint und mir väterlich auf die Schulter geklopft. „Dieser DeAngelis war ein Stück Dreck. Trotzdem, dass ihn dein Bruder erschossen hat, war nicht okay.“ „Stimmt“, hatte ich geantwortet. „Das war nicht okay, ganz und gar nicht.“)

„Es tut mir alles so leid“, sagte Claudia. „Ich hab dich so mies behandelt. O Gott, ich war so verblendet.“

„Lass gut sein“, sagte ich. „Vorbei ist vorbei. Schwamm drüber.“

„Dieses Schwein ..." Claudia sah mich an, Tränen in den Augen. „Glaubst du ... ganz ehrlich ... glaubst du, er hat's wirklich getan?"

„Was?" fragte ich.

„Das mit Tanja ... Glaubst du, dass er sie wirklich ... dass er sie ... vergewaltigt hat?"

„So ist das nun einmal", sagte ich vorsichtig. „Man kann in keinen Menschen hineinschauen."

„Dieses Schwein! Dieses verfluchte Schwein! Mein Gott, war ich blöd ... so blöd ..." Jetzt weinte sie, krümmte sich auf ihrem Sessel zusammen und schlug sich mit der Faust gegen die Stirn. „So blöd ... so blöd ..."

Und was sie dann sagte, schluchzend, stockend, immer wieder nach Luft schnappend in Halbsätzen hervorstieß, das hatte ich nicht erwartet und machte sogar mich fassungslos. Vom größten Fehler ihres Lebens war da die Rede, von idiotischer Naivität und unentschuldbarem Egoismus. Sich von so einem Menschen ein Kind machen zu lassen, was für ein Irrsinn. Von einem Serienbetrüger! Einem brutalen Vergewaltiger! Ein Kind mit den Genen eines gemeinen Schweins, ein Kind mit den Erbanlagen eines Verbrechers! Nur gut, dass es tot ist. Ein Glück. Ja, ein Glück, das war sie, die Fehlgeburt. Ein Glück, Glück, Glück! Was für eine schreckliche Vorstellung, wenn dieses Kind leben würde. Es aufwachsen zu sehen, ihm jeden Tag in die Augen schauen zu müssen, in die Augen eines Unmenschen! Einer Bestie. Nein, es gibt nichts Schlimmeres als einen Vergewaltiger, nichts Böseres, absolut nichts. Nur gut, dass er auch tot ist. Ma sagt das auch. Paps nicht. Paps sagt gar nichts. Ma sagt, Paps weiß nicht, was er sagen soll. Ins Gesicht geschossen, ja? Mitten ins Gesicht, mitten in diese scheinheilige, verlogene Fratze! Das einzig Richtige, was Thomas da gemacht hat. Das einzig Gerechte. Dankbar muss man ihm dafür sein, echt dankbar. Mutiger, kleiner Kerl. Hat sich geopfert. Hat getan, was getan werden musste. Natürlich darf man niemandem den Tod wünschen. Aber dieses Schwein hat ihn verdient. Wirklich tausendmal verdient! Hunderttausendmal! Oh Gott, dieses schlechte Gewissen wegen dieser Gedanken. Dieses Schuldbewusstsein, das ein Leben lang bleiben wird. Dieser quälende Zweifel. Dieser dumpfe Hass auf sich selber. Diese ewigen Fragen: Warum das alles? Warum, warum, warum ...

Warum? „Shit happens", hätte ich gerne geantwortet. Aber diesmal verkniff ich es mir. Wenn Claudia es nicht sagte, wollte ich es auch nicht sagen.

„Am liebsten wäre ich auch tot", flüsterte sie.

„Was? Spinnst du?"

„Verzeih mir. Bittebitte, verzeih mir. Ich hab euch alle ins Unglück gestürzt."

„Blödsinn. Vergiss es, Claudia. Denk einfach nicht mehr dran. Nie mehr." Ich hätte zu ihr gehen sollen, sie umarmen, sie einfach nur still festhalten. Aber das konnte ich nicht. Wie festgenagelt saß ich hinter meinem Schreibtisch und sagte in einem fort nur: „Vergiss es, Claudia. Vergiss es. Vergiss es."

„Vergiss es", wurde in den folgenden paar Monaten für mich zum Stehsatz, zur automatisch ausgesprochenen Beschwörungsformel, die ich immer wieder von mir gab wie ein gedankenlos gemurmeltes Gebet. Damit blockte ich jede Diskussion ab, wollte einfach zur Tagesordnung übergehen und so tun, als ob nichts geschehen wäre. Gut möglich, dass ich es irgendwann vor allem zu mir selber sagte. Mein neues Mantra, mit dem ich mich beruhigte und unangenehme Erinnerungen weit, weit von mir schob.

Ein paarmal versuchten wir, miteinander zu schlafen, und scheiterten kläglich. Alle beide. Hin und wieder betranken wir uns gemeinsam, aber das machte Claudias Verzweiflung immer nur noch größer.

Und ein einziges Mal, als Claudia wieder einmal von Weinkrämpfen geschüttelt wurde, versuchte ich es mit Johann Sebastian Bach. Machte im ganzen Haus Licht, holte Scheuerlappen und Reinigungsmittel, startete eine Putzattacke und konnte Claudia dazu überreden, mitzumachen. Sinnlos. Es brachte nichts. Claudias schwarze Gedanken ließen sich auch durch die aggressivsten Cembalokaskaden und die schärfsten Fliesenreiniger nicht wegätzen.

Nach einem halben Jahr reichte Claudia die Scheidung ein und kroch bei ihren Eltern unter.

Dank Claudias schlechtem Gewissen stand ich danach besser da als zuvor. Sie überließ mir alles. Die Galerie, das Haus, den Lexus und ein von ihrem Vater zum Abschied noch einmal kräftig aufgefettetes Bankkonto. Okay, nachdem ich nicht mehr zur Familie gehörte, war ich auch nicht mehr upperclass, war raus aus dem Salzburger Kleinstadtgeldadel, der Hirschhornknopfsociety. „Vergiss es." Im Nachhinein betrachtet, hatte ich ohnehin nie wirklich dazugehört, war immer nur ein mehr oder weniger geduldeter Zaungast gewesen. Diesen Verlust nahm ich gern in Kauf. Doch unterm Strich war die Bilanz für mich mehr als erfreulich.

Ich zog wieder in meine alte Wohnung. (Thomas saß ja bestens versorgt im Gefängnis und brauchte die Mieteinnahmen nicht mehr.) Stattdessen vermietete ich das Haus und kassierte dafür so viel, dass ich davon mehr als bequem leben konnte. Nur was ich mit der Galerie anfangen sollte, wusste ich lange Zeit nicht. Jedenfalls nichts mit Kunst, so viel war sicher. Von Kunst hatte ich die Nase voll. Gestrichen.

Eine Ausstellung wollte ich allerdings noch machen. Unbedingt. Einen letzten Skandal, einen letzten Promiauftrieb – und dann Schluss.

Es gab da ja noch immer diese grässlichen Bilder, die ich Thomas im Laufe der Jahre abgekauft und dann im Keller unseres Hauses versteckt hatte. Dieses laienhafte, plumpe Geschmiere, das seiner Meinung nach der Gipfel der Kunst gewesen war. Große, mit fingerdicken Farbschichten bedeckte Leinwände, von denen ich Thomas gegenüber behauptet hatte, sie seien von begeisterten Kunstsammlern erstanden worden. Dazu kam der Stapel von Machwerken, den ich aus seiner „Artfactory" geholt hatte, bevor ich die Werkstatt gründlich entrümpeln, das ausgebrannte Wrack des Cabrios aus dem Innenhof entfernen, die Graffitis an den Wänden weiß übermalen lassen und den Mietvertrag gekündigt hatte.

Diese völlig wertlosen Bilder wollte ich nun zu Geld machen. Und wann, wenn nicht jetzt, war dafür der beste Zeitpunkt? Durch seinen Mord war Thomas eine Berühmtheit geworden. Ich wäre ein Narr gewesen, hätte ich diese einmalige Chance nicht ergriffen. Was vor Jahren mit den netten Landschaftsbildchen einer Millionenbetrügerin geklappt hatte, sollte ja wohl mit den unheimlichen Werken eines wahnsinnigen Mörders erst recht funktionieren.

Und wie es funktionierte! Claudias Mutter (die sich aus der Welt der Kunst fluchtartig zurückgezogen hatte und mittlerweile als äußerst großzügige und umtriebige Unterstützerin eines prominenten Tierschützers in die Schlagzeilen zu kommen trachtete) wäre vor Neid erblasst! Eine einzige Presseaussendung hatte genügt, und schon drängten sich die Fernsehteams und die Besucher zur Vernissage von „Tommi S. – Seelenlandschaften eines Mörders“ in die Galerie, als hätte jeder einen Goldbarren geschenkt bekommen.

Da war sie also wieder, die „Faszination des Bösen“.

Und wie sie alle davon fasziniert waren! Wie sie mit ihren Weingläsern in den Händen ausnahmsweise einmal nicht lässig Smalltalk machten und den Serviermädchen hinterherschielten, sondern gebannt vor den Bildern standen und sie mit ihren Blicken förmlich aufsaugten! Wie sie sich der unheimlichen Tatsache hingaben, dass jeder Pinselstrich, jede Farbspur von der Hand eines Mörders gezogen worden war! Wie sie die Vorstellung genossen, dass jeder Fingerabdruck, jeder Daumennagelkratzer von Fingern stammte, die sich um den abgesägten Lauf einer Schrotflinte gekrümmt und den Abzug gedrückt hatten! Wie in ihren Augen jeder rote Farbspritzer zum Blut des Mordopfers wurde, jeder schlammgraue Fleck zum dunklen Abgrund einer Killerseele, jede auf die Leinwand geschleuderte Farbe zum vorweggenommenen Todesschuss! Wie sie eintauchten in den Horror, den Schrecken, das Grauen und die Gedankenwelt eines Wahnsinnigen, die ihrer Meinung nach in diesen Bildern so brutal offen vor ihnen lag wie das Innere einer aufgeschnittenen Leiche auf dem Seziertisch! Wie sie stumm vor den Bildern standen oder aufgeregt miteinander diskutierten und sich gegenseitig auf immer neue schreckliche Details aufmerksam machten – aber vor allem, wie sie sich darum rissen! Wie sie diesen ganzen Mist unbedingt besitzen, wenigstens ein einziges Stück davon ihr Eigen nennen wollten, benebelt von der Magie des Bösen, mit dem sie sich jetzt in ihrer sonst so heilen, hochglanzpolierten, stinkfaden Welt zumindest ein bisschen Nervenkitzel verschaffen wollten!

Vielleicht fanden sie es aber auch nur chic, ein Bild an der Wand hängen zu haben, das von einem Mörder stammte. Eine Art Reliquie mit Gruseleffekt. Jedenfalls wurde die Ausstellung von Thomas' gepinselten, gespachtelten, im Grunde hingekotzten Scheußlichkeiten zum größten Verkaufserfolg in der Geschichte der „Festivalgalerie Amadé" und ihr krönender Schlusspunkt. Obwohl ich absurd viel Geld für die Bilder verlangte, hätte ich doppelt so viele verkaufen können. Und da sage noch jemand, Verbrechen würde sich nicht auszahlen. (Thomas erzählte ich von all dem natürlich nichts, sonst hätte er ja erfahren, dass ich es gewesen war, der ihm seinerzeit die Bilder abgekauft hatte, und diese Enttäuschung wollte ich ihm unbedingt ersparen.)

Übrigens, einer, der gleich drei Bilder kaufte, war Niki.

„Das Zeug ist absolute Scheiße, das weiß ich natürlich", sagte er. „Aber ich kauf's trotzdem. Aus reiner Sentimentalität. Immerhin hätte mich dein verrückter Bruder ja beinahe umgebracht. Dass du ihn davon abgehalten hast, ist mir den Haufen Geld wert."

„Hab ich das?" sagte ich. „Bist du sicher?"

„Also bitte, unter uns Freunden: Das mit der Vergewaltigung von Tanja, das warst doch du, stimmt's?"

Einen Augenblick war ich sprachlos.

„Hä? Spinnst du? Was redest du da? Willst du damit behaupten, ich hätte –"

„Sorry, ich wollte sagen: Du hast doch deinem Bruder diesen De ... De ... DeSowieso ..."

„DeAngelis ..."

„Richtig. Du hast deinem Bruder doch diesen DeAngelis eingeredet. Hast ihn Thomas als Vergewaltiger aufs Aug gedrückt, damit er mich in Ruhe lässt, hab ich Recht?"

„Interessant. Wäre das deine Strategie für die Verteidigung von Thomas gewesen?"

„No comment."

„Detto."

„Okay. Ist auch eine Antwort. Man sieht sich."

Ganz sicher nicht, dachte ich. Nimm die Bilder, häng sie meinetwegen in deinem Puff im Klo an die Wand und dann hol dir vor ihnen einen runter aus lauter Freude darüber, dass du noch am Leben bist, aber mich lass in Zukunft gefälligst in Frieden. Auf einen Freund wie dich kann ich gern verzichten. Und zwar endgültig.

Das gehörte auch zum Schlussstrich, den ich unter diesen Teil meines Lebens zog. Besser gesagt, zu ziehen versuchte. Dass es mir nie wirklich gelingen sollte, konnte ich ja noch nicht wissen.

Da war diese rothaarige Frau, die eines Tages ins Tommi's kam, an die Theke trat, mit Michaela ein paar Worte wechselte und sich dann an den kleinen Tisch neben dem Eingang setzte. Diese rothaarige Frau, die –

Nein, Unsinn! So geht das natürlich nicht. Es ist zum Verrücktwerden! Schon wieder haben mich die Bilder vom Leopoldskroner Weiher aus dem Konzept gebracht. Diese graue Eisfläche, die sich vor meinem inneren Auge ausgebreitet hat, ohne dass ich etwas dagegen tun konnte. Und mitten auf dem Eis dieses rätselhafte Ding, dieses schwarze Wesen, das sich da bewegte, schwach und ruckartig, als würde es mir winken. Bilder, wie hochgespült aus den Tiefen eines längst vergessenen Albtraums. Verwirrend. Beunruhigend. Und da habe ich den Faden völlig verloren.

Ich muss doch ganz anders beginnen: Zuerst muss ich selbstverständlich erzählen, dass ich aus der Galerie, nachdem ich sie fast ein Jahr lang leer stehen lassen hatte, ein Lokal gemacht habe. So eine Mischung aus Café, Bar und Bistro, ein kleines, feines „Genussbeisl", wie ich es für mich nannte.

Auf die Idee hatte mich mein Weinhändler gebracht. (Einer der beiden, die rechtzeitig aus der Château-Pétrus-Geschichte ausgestiegen waren. Er hatte mich in langen Gesprächen davon überzeugt, ein ausgeprägtes Talent für die Gastronomie zu besitzen.) Und weil ich – wieder einmal – ohnehin nichts Besseres vorgehabt hatte, machte ich es einfach.

Ein Schwager des Weinhändlers besaß die gewerberechtlichen Lizenzen und gab gegenüber den Behörden den perfekten Strohmann ab, ohne sich in mein Geschäft einzumischen. Michaela war eine junge, äußerst hübsche arbeitslose Köchin und Kellnerin, die ich im Sommer am Badestrand des Fuschlsees kennengelernt hatte und nicht lange überreden musste mitzumachen, nachdem wir ohnehin schon bald miteinander schliefen. Und ich spielte den „Patron". (Das gefiel mir irgendwie besser als die biedere Bezeichnung „Wirt". Ein letzter Hauch von „upperclass", wenn man so will.)

Ach ja, und weil ich trotz allem auch ein ziemlich sentimentaler Arsch bin, nannte ich mein Lokal „Tommi's".

Es lief hervorragend und machte mir Spaß. Und dass sich keiner der ehemaligen Stammgäste aus den alten Galeriezeiten im Tommi's blicken ließ, als ihnen klar geworden war, dass sie sich jetzt bei mir nicht mehr gratis besaufen konnten, war mir nur recht. Vergiss es. Tempi passati. Mein altes Leben hatte ich abgespült wie schmierige Fettreste von einem Teller. Ich fühlte mich glänzend.

Happy End, wie gesagt. Alles bestens, alles prima. Jahrelang. Bis zu dem Tag, von dem ich eigentlich erzählen will.

Im Grunde ein Tag wie jeder andere, außer dass ich zwei Typen von der Gesundheitspolizei im Haus habe, die meine

Küche auf den Kopf stellen. Sind plötzlich unangemeldet aufgetaucht, haben mir einen Wisch unter die Nase gehalten und erklärt, dass mich irgendwer angezeigt hat, weil er (oder sie) in meinem Lokal eine Ratte gesehen haben will. Und jetzt suchen sie schon seit Stunden in jedem Winkel nach einem Rattennest oder wenigstens ein bisschen Rattenkot. Kümmern sich einen Dreck darum, dass die Bude rammelvoll mit Gästen ist. Mein Problem, sagen sie, und wenn ich nicht kooperieren würde, könnten sie das Lokal auch gleich zusperren lassen. Also, was sollte ich machen? Aber ich weiche ihnen keine Sekunde von der Seite, während sie an allen möglichen und unmöglichen Stellen wie pervertierte Trüffelschweine nach Rattenspuren fahnden.

Michaela ist völlig fertig, Hygiene geht ihr über alles, schließlich ist sie vom Fach. Ich habe ihr gesagt, sie soll sich um die Gäste kümmern und sie mit ihrem Charme beschwichtigen. Michaela kann das, die Leute mögen sie. Reine Routinemaßnahme, diese Kontrolle, soll sie sagen. Und sorry, dass die Küche heute ausnahmsweise geschlossen ist. Dafür gibt es ein Freigetränk für jeden. Irgendwie muss ich ja versuchen, die Situation zu retten. Shit happens.

Ich wüsste natürlich gern, wer mir die Scheiße eingebrockt hat. Aber die zwei Hygieneheinis hüllen sich in Schweigen. Okay, in dieser Stadt gibt es immer wen, der dir deinen Erfolg neidet und dem dann jedes Mittel recht ist, dir zu schaden. Einen Augenblick habe ich sogar Niki in Verdacht. Hat mich ein paar Wochen vorher aus heiterem Himmel angerufen, angeblich im Auftrag eines Klienten. Hat mich gefragt, ob ich ihm das Haus mit meinem Lokal verkaufen möchte. Der alte Kasten sei nämlich ideal für den Umbau in eine Luxusimmobilie. Begehrte Altstadtlage. Unten Büroflächen, darüber teure Appartements und auf dem Dach ein Penthouse. Der Kerl kriegt anscheinend den Hals wirklich nicht voll. Habe natürlich abgelehnt. Aber dass er mir jetzt Ratten unterjubeln würde, um mich weichzuklopfen, traue ich ihm doch nicht zu. Wenn schon, dann würde Koks weitaus besser zu ihm passen. Obwohl, man kann ja nie wissen, was in so einem Hirn vorgeht. Und vielleicht kommt er ja demnächst seelenruhig und mit unschuldigem Grinsen hereinspaziert, um zu sehen, ob er mit seiner Intrige Erfolg hat.

Ich stehe also in meiner Küche und schaue den beiden Spürnasen bei ihrer Arbeit zu, weil ich sicher sein will, dass sie nicht klammheimlich mitgebrachte Rattenkötel ausstreuen, nur um nicht unverrichteter Dinge wieder abziehen zu müssen. Und gleichzeitig schiele ich durch die Durchreiche in den Gastraum, will sehen, ob Niki tatsächlich aufkreuzt oder irgendeine andere verdächtige Gestalt. Und auf einmal – die meisten Gäste sind schon gegangen und das Lokal ist fast leer – sehe ich aus dem Augenwinkel heraus diese Frau zur Tür hereinkomen.

Das Erste, was mir an der Frau auffällt und sofort meinen Puls in die Höhe jagt, ist das Rot ihrer Haare. Das ist nicht irgendein Rot. Das ist ein ganz spezielles Rot. Das ist das Roswitha-Rot.

Sie blickt sich im Raum um, geht zur Theke, redet ein paar Worte mit Michaela, nickt ein paarmal, blickt sich wieder um, setzt sich dann an den Tisch neben der Eingangstür, ruft Michaela noch einmal etwas zu. Wahrscheinlich, was sie trinken möchte. Schade, dass ich ihre Stimme nicht hören kann. Und schade, dass sie nicht lacht, wenigstens einmal kurz auflacht, hell und laut. An ihrem Lachen würde ich sie erkennen.

Aber ihre Haare! Diese rote Flut, die ihr über Augen und Wangen fällt, so dass ihr Gesicht für mich kaum zu sehen ist. Diese verfluchten Haare, die jetzt im Sonnenlicht, das durchs Fenster fällt, leuchten, glühen, aufflammen, an den Spitzen fast zu brennen scheinen.

Schwachsinn, denke ich. Lass dich nicht verrückt machen. Roswitha ist tot. Tot, tot, tot. Und wenn doch nicht? Geh hinaus zu ihr, schau ihr ins Gesicht, rede mit ihr, dann weißt du's. Hervorragende Idee. Und in der Zwischenzeit praktizieren die beiden Typen eine tote Ratte in die Küche, ja? Nichts als ein billiges Ablenkungsmanöver, diese Frau. Die stecken doch alle unter einer Decke.

Kleine Verschwörungstheorie à la Thomas, wie? Lächerlich.

Die Frau ist zufällig ins Lokal hereingeschneit. Zufällig jetzt. Zufällig rothaarig wie Roswitha. Und im Unterschied zu Roswitha ist sie Raucherin. Sitzt an ihrem Tisch, trinkt ihren Kaffee, schreibt irgendwas (wahrscheinlich eine Ansichtskarte, weil sie zufällig eine Touristin ist), schaut zwischendurch zum Fenster hinaus auf die Kaigasse und raucht eine Zigarette nach der anderen. Also bitte, was soll der Schwachsinn!

Als Michaela in die Küche kommt, frage ich sie, worüber sie mit der Frau gesprochen hat.

„Welche Frau?"

„Die Rothaarige neben der Tür."

„Ach, die. Wollte nur wissen, wem das Lokal gehört."

„Und? Hast du's ihr gesagt?"

„Klar. Hätt' ich nicht sollen?"

„Doch, doch. Und weiter?"

„Nichts weiter. Sie hat sich bedankt, an den Tisch gesetzt und einen Kaffee bestellt."

„Aha."

„Warum fragst du? Ist was mit der Frau?"

„Nichts. Gar nichts. Hat mich nur –"

„Ja?"

„Nichts. Ist schon okay."

Die zwei Oberhygieniker machen sich gerade am Tiefkühlschrank zu schaffen. Versuchen, ihn ein Stück von der Wand wegzurücken. Ich bitte Michaela, ein paar Minuten auf die beiden aufzupassen, und gehe hinaus. Jetzt will ich es wissen.

Doch die Frau ist verschwunden. Auf dem Tisch liegen ein paar Münzen. Und im Aschenbecher vier Zigarettenstummel. Einer glüht noch vor sich hin. Die Frau scheint es plötzlich sehr eilig gehabt zu haben. Auch draußen auf der Gasse ist sie nicht zu sehen. Ich warte. Vielleicht ist sie nur auf die Toilette gegangen. Aber sie kommt nicht mehr zurück. Ist tatsächlich fort. Sonderbar, denke ich. Höchst sonderbar.

Kommt ins Tommi's, erkundigt sich danach, wem das Lokal gehört, und macht sich wenig später überstürzt aus dem Staub, als wollte sie eine Begegnung mit mir unbedingt vermeiden. Wirklich nur ein Zufall?

Ein lauter Schrei reißt mich aus meinen Gedanken. Ein gequälter Schrei des Entsetzens. Er kommt aus der Küche. Mit ein paar schnellen Schritten bin ich drin. Michaela lehnt an der Wand, kreidebleich und mit weit aufgerissenen Augen. Die zwei Gesundheitspolizisten stehen zufrieden grinsend neben dem Gefrierschrank, einer hat den Strahl seiner Taschenlampe auf den Boden dahinter gerichtet: Auf den Fliesen liegt eine tote Ratte. Ein vertrockneter, zusammengeschrumpfter Kadaver, eine Rattenmumie mit hochgezogenen Lefzen über gelben, spitzen Zähnen. Ekel erregend.

„Unmöglich", sage ich. „Bei dem Zustand, in dem sich die Ratte befindet, hätte sie schon seit Wochen hier liegen müssen. Und das hätte man gerochen, bitte schön. Verwesungsgestank, verstehen Sie? Im ganzen Lokal hätte man den gerochen. Aber da war nichts, absolut nichts. Fragen Sie doch die Gäste, wenn Sie mir nicht glauben."

„Machen wir schon noch, darauf können Sie sich verlassen", sagt der eine Rattenfänger. „Aber jetzt wird Ihr Lokal auf alle Fälle erst einmal geschlossen, klar? Morgen ist Schluss."

Der andere fotografiert die Rattenmumie in ihrem Versteck und bugsiert sie dann in eine Plastiktüte. Und als sie schließlich mit ihrer Beute das Lokal im Triumphzug verlassen, kriegen es natürlich alle Gäste mit, alle können die Ratte in ihrem Leichensack sehen. Das war's dann, denke ich. Irgendwer hat mich reingelegt, aber ich kann es nicht beweisen. Was für eine Riesenscheiße.

Es ist unglaublich: Keine fünf Minuten später ist das Lokal leer. Als wäre es eine Pestgrube, ergreifen alle die Flucht. Zuerst die Gäste, schweigend und mit betretenen Gesichtern, ein paar mit einem verlegenen Lächeln und einer entschuldigenden Geste zum Abschied.

Und dann Michaela, die mir sagt, dass es ihr schrecklich leid tue, aber dass sie nach diesem Schock unbedingt Abstand brauche. Vom „Tommi's" ebenso wie von mir. Es scheint mir fast so, als hätte sie nur auf eine Gelegenheit wie diese gewartet, um Schluss zu machen. Ich halte sie nicht zurück. Soll sie doch gehen. War ohnehin nicht wichtig für mich. Nett, angenehm, aber ohne Bedeutung. Manche Menschen hinterlassen keine Spuren. Nichts, worüber es sich lohnt, groß nachzudenken. Ist vielleicht sogar am besten. Jedenfalls am angenehmsten. Adieu und viel Glück!

Ich begleite Michaela zum Ausgang und schließe hinter ihr ab. Mein Blick fällt auf den Tisch neben der Tür. Da steht immer noch der volle Aschenbecher. Aus reiner Gewohnheit greife ich nach ihm, um ihn auszuleeren. Als ich den Aschenbecher aufhebe, entdecke ich darunter ein Stück Papier. Einen kleinen, karierten Zettel, herausgerissen aus einem Notizheft. Auf dem Zettel steht bloß ein Wort. Nichts als ein einziges, kurzes Wort, von der rothaarigen Frau mit Kugelschreiber geschrieben, nein, penibel gezeichnet. In fetten, schwungvoll gebogenen Großbuchstaben wie bei einem Graffiti.

Nur ein Wort:

FUCK!

Ein kleines, kariertes Blatt aus einem Notizheft. Noch vor fünf Minuten hätte ich jeden Eid geschworen, dass es schon wieder so ein Fetzen Papier war, so ein beschissener Zettel mit einer beschissenen Nachricht für mich.

Jetzt bin ich plötzlich nicht mehr so sicher. Es kann auch eine Papierserviette gewesen sein. Und was sagt mir, dass es wirklich diese Frau war, die FUCK! darauf gekritzelt hat, und nicht irgendein anderer Gast vor ihr? Spielt mir schon wieder das Gedächtnis einen Streich, bringe ich Erinnerungen durcheinander? Habe ich damals wirklich geglaubt, diese rothaarige Frau könnte Roswitha gewesen sein? Oder rede ich mir das erst heute ein, weil mir wohler wäre bei dem Gedanken, dass Roswitha lebt und es ihr gut geht? Dass ich kein Mörder bin?

Was habe ich damals tatsächlich gedacht? Zeit zum Nachdenken hatte ich genug, hatte ja sonst nichts mehr zu tun, nachdem man mir das Tommi's zugesperrt, abgewürgt hatte. (Das Gebäude habe ich übrigens ein halbes Jahr später für eine enorm hohe Summe verkauft, allerdings nicht an Niki. Heute befindet sich im Erdgeschoß die kleine Filiale einer Supermarktkette.) Also, was habe ich gedacht? Ich weiß es nicht, ich weiß es nicht, ich weiß es nicht, verdammt noch einmal, ich weiß es wirklich nicht!

Die Synapsen in meinem Hirn spielen verrückt. Nichts als Erinnerungsfetzen, die mich nicht weiterbringen.

Flash: Roswitha, die auf mir sitzt und sich lustvoll windet, aufbäumt. Flash: Die kleine Nutte, der ich die Haare vom Kopf reiße. Flash: Blut. Blutrote Haare. Blut. Flash: Thomas vor dem brennenden Cabrio. Flash: Claudia, die wie wahnsinnig Badezimmerfliesen schrubbt. Flash: Das höhnisch grinsende Gesicht Brunos. Flash: Noch einmal Claudia. Hochschwanger und mit einem kleinen Mädchen an der Hand. (Auf dem Alten Markt vor einer halben Ewigkeit. Ja, es geht ihr wunderbar. Hat den Prokuristen von Paps' Baustoffwerk geheiratet.) Flash: Das Bild mit dem Skelett des kleinen Vogels. Flash: Tanja mit geschorenem Kopf in der Intensivstation. Flash: Thomas an meinem Ohr: „Ich finde das Schwein, das ihr das angetan hat! Hilf mir dabei, hilf mir!" Flash: Die vereiste Straße, auf der ich mich mit meinem Wagen drehe und drehe und drehe und in die Mülltonnen krache. Flash: Wieder Eis. Shit! Nun schon wieder der zugefrorene Leopoldskroner Weiher. Schon wieder ich an der Hand meiner Mutter. Aber jetzt bin ich auf einmal kein Kind mehr, bin größer als meine Mutter. Draußen auf der dunklen Eisfläche immer noch dieses Ding, dieses Wesen, das mir zuwinkt.

Flash, Flash, Flash!

Aufhören! Lasst mich in Ruhe. Ich kann nicht mehr. Und ich will auch nicht mehr.

Lasst mich endlich schlafen.

distanzverlust
protokoll 6

mein vater ist tot und ich werde seinen mörder töten.

das ist der neue satz, der von alpha besitz ergriffen hat. der satz, der ihr den einzigen grund liefert, wie bisher weiterzumachen, an zeros bett zu sitzen und so zu tun, als würde sie ihm zuhören: sie ist längst nicht mehr die psychotherapeutin, die um distanz zu ihrem patienten ringt, nein, sie ist die tochter eines ermordeten, die das überlegenheitsgefühl auskosten will, ganz genau zu wissen, dass sie dem wahren mörder ins gesicht schaut, während er sich immer noch in sicherheit wähnt und ahnungslos vor ihr und sich selbst den verfolgten unschuldsengel mit kleinen schönheitsfehlern spielt. und so raffiniert, wie zero seinen bruder dazu gebracht hat, ihren vater zu erschießen, so hinterhältig, gezielt und überlegt, wie er diesen mord eingefädelt hat, ebenso perfekt wird jetzt auch sie ihre tat vollbringen.

alpha weiß schon, wie sie vorgehen wird. sie hat sich schlau gemacht: um mineralmangel auszugleichen, wird vielen patienten über ihre infusion zusätzlich kaliumchlorid zugeführt. nur in ganz geringen mengen, denn eine zu hohe dosis führt unweigerlich zu herzrhythmusstörungen und schließlich zum infarkt. doch im körper des toten ist das kaliumchlorid danach nicht mehr nachweisbar. tod durch herzstillstand, ein alltägliches ereignis im krankenhausalltag.

und deshalb wird auch niemand verdacht schöpfen, wenn sich alpha kaliumchlorid besorgt. vielleicht unter dem harmlosen vorwand, sie wolle nur ausprobieren, ob man mit diesem mittel blattläuse oder sonst irgendein ungeziefer bekämpfen kann. und dann muss sie nur noch den moment abwarten, in dem zero wieder einmal mitten im reden eingeschlafen ist und die ärzte und schwestern mit einem anderen patienten beschäftig sind. dann wird sie mit einem raschen handgriff den infusionsschlauch aus der kanüle in zeros vene ziehen, die tödliche dosis kaliumchlorid injizieren, hinterher den infusionsschlauch wieder einführen – fertig. kein neuer einstich, keine spuren. der perfekte mord.

wirklich mord? für alpha ist es ein akt der gerechtigkeit. in ihren augen hat niemand den tod mehr verdient als dieses ungeziefer, diese ratte, dieser zynische, unmenschliche verbrecher, der nicht nur ihren vater auf dem gewissen hat, sondern auch ihre halbschwester und höchstwahrscheinlich ihre tante. ja, sogar seinen bruder hat zero geopfert, hat ihn durch seine exakt kalkulierte intrige zum mörder gemacht, angetrieben von nichts als feigheit und eiskalter habgier. und tanja? gut, die ist wohl das einzige opfer, mit dem zero nichts zu tun hat.

die verfasserin dieses protokolls hätte natürlich größte skrupel, sich auf diese art zu rächen. und die psychotherapeutin würde selbstverständlich nur einen kranken vor sich sehen und nach den ursachen suchen wollen, den komplexen gründen, die für sein gestörtes verhalten verantwortlich sind. aber mit diesen beiden personen hat alpha nichts mehr zu tun. alpha ist eine andere. alpha ist die frau, die zero töten wird. und danach wird alpha verschwinden. und niemand wird jemals erfahren, was sie getan hat.

24

Seit einiger Zeit habe ich den Eindruck, dass Frau Doktor Freud mir nur mehr äußerst widerwillig zuhört. Entweder findet sie meine Geschichten inzwischen langweilig, oder ich gebe tatsächlich bloß verworrenes Zeug von mir. Manchmal starrt sie mich an, als würde sie mir durch meine Narbe auf der Stirn direkt unter die Schädeldecke schauen wollen. Aber dann ist es doch nur ein völlig abwesender Blick, der mir zeigt, dass sie mit ihren Gedanken ganz woanders ist. Ich frage mich, warum sie überhaupt noch an meinem Bett sitzt, oft stundenlang. Meinen Monolog kann ich auch sehr gut allein führen, wenn er sie nicht mehr interessiert. Oder will sie mir jetzt beim Sterben zuschauen? Danke, dabei brauche ich nun wirklich keine Zuschauer.

Wenn sie das nächste Mal kommt, werde ich ihr sagen, dass sie gleich wieder gehen kann. Schluss mit der Vorstellung. Es gibt nichts mehr zu erzählen. Und nichts zu sehen. Ich wiederhole: Beim Krepieren will ich allein sein. Kein Publikum. Das ist wohl das Mindeste, was man verlangen kann.

Jedes Tier verkriecht sich irgendwo, wenn es spürt, dass es so weit ist. Jeder Hund sucht sich dafür ein Versteck. Jede Ratte darf in ihrem Loch verrecken, ohne dass ihr jemand dabei zusieht, wie ihre Schließmuskeln endgültig erschlaffen und das Leben aus ihr herausrinnt. Allein zu sterben ist das letzte bisschen Würde, das einem am Ende bleibt.

Spätestens seit ich gestern Nacht im Fernsehen eine Reportage über Hinrichtungen mit der Giftspritze gesehen habe, weiß ich, was das Beschämendste, Entwürdigendste für einen Menschen ist: ihn beim Sterben auszustellen, die Umarmung durch den Tod, diesen intimsten Moment, der jedem Menschen ganz allein gehört, ihm und nur ihm, vor den Augen von Gaffern stattfinden zu lassen.

Auf einer Tribüne hinter einem Glasfenster ein Dutzend Zeugen der letzten Atemzüge, und in ihren Blicken diese selbstgefällige Überlegenheit, teilnahmslose, nüchterne Sachlichkeit, gespannte Neugier, eiskalte Verachtung oder hasserfüllte Ungeduld – das ist die wirkliche Strafe, schlimmer, härter als die Schmerzen, die Krämpfe, der Tod durch die Chemikalien, die dem Delinquenten in die Adern gejagt werden. Erst mit dem öffentlichen Sterben nimmt man ihm das letzte Stück Menschlichkeit, das auch ihm zusteht, völlig gleichgültig, welche Schuld er auf sich geladen hat.

Morgen wieder. In Huntsville, Texas. Da ist ein Schwarzer dran. Soll eine Weiße vergewaltigt und mit unzähligen Messerstichen umgebracht haben. Hat immer seine Unschuld beteuert. Fünfzehn Jahre lang. Fünfzehn beschissene Jahre in der Todeszelle. Fünfzehn Jahre Hinrichtung auf Raten. Und jetzt bringt man ihn endgültig um. Zu Recht oder zu Unrecht, kann ich nicht beurteilen. Ist mir auch völlig gleichgültig. Sterben muss jeder einmal. Nur dieser im Rampenlicht des Exekutionsraumes zelebrierte Tod ist Scheiße.

Retten kann den Mann letzten Endes ohnehin nichts. Nicht der Gouverneur, der morgen vielleicht mit einem Aufschub in letzter Minute noch einmal Gott spielen wird. Nicht die Demonstranten vor dem Gefängnis. Und schon gar nicht der weltweite Protest, der durch diese TV-Reportage ausgelöst werden soll. Wenn der Tod kommt, dann kommt er. Ob ein bisschen früher oder später, spielt doch wahrhaftig keine Rolle. Shit happens. Aber ich finde, es reicht, wenn die Welt erst hinterher davon erfährt.

Das alles werde ich Frau Doktor Freud natürlich nicht sagen, sonst verwickelt sie mich am Ende gar noch in eine moralinsaure Diskussion über Sinn oder Unsinn der Todesstrafe. Deshalb werde ich ihr auch nicht erzählen, dass ich mich neuerdings immer öfter so fühle, als würde jetzt ich hingerichtet. Einfach so. Ohne Anklage, ohne Prozess, ohne Schuldspruch, ohne offizielles Todesurteil. Und ohne Möglichkeit zur Berufung, ohne Aussicht auf Begnadigung.

Doch wahrscheinlich habe ich es vor einem halben Jahr nur nicht richtig verstanden. Habe nicht kapiert, dass die Diagnose Krebs in Wirklichkeit ein Schuldspruch gewesen ist. Und die Verordnung der Chemotherapie das Todesurteil. Gefällt von einem Höchstgericht, das im Geheimen tagt und keine Gnade kennt. Einem Richtersenat aus freundlichen, netten Menschen in Ärztekitteln, aus Medizinern, die dem Verurteilten höflich erklären, dass alles gut wird, während sie die Vorbereitungen für sein langsames Sterben einleiten, assistiert von einem lächelnden Exekutionsteam in Schwesterntracht. Hinrichtung in Etappen, ein Chemozyklus nach dem anderen, bis zum vorausberechneten Ende. Aber zwischendurch immer ein paar positive Prognosen, die den Delinquenten beruhigen und ihm Hoffnung machen sollen, so läuft das nämlich.

Auch wenn man es nie zugeben wird, mein Tod ist beschlossene Sache. Unausweichlich. Ich lasse mir nichts mehr vormachen. Ich glaube kein Wort, wenn man mir sagt, es sei eine reine Routinekontrolle gewesen, als man mich heute zum ich weiß nicht wievielten Mal zur Computertomographie in die Röhre geschoben hat, um zu sehen, was mit dem unmittelbar neben meiner Aorta liegenden Lymphknoten los ist.

Da können sie mir noch tausendmal erklären, alles sei bestens, der Knoten würde weiterschrumpfen, würde kleiner werden, ganz wie geplant – irgendwas stimmt damit nicht, das sehe ich doch an den Gesichtern, die sie machen.

Außerdem habe ich mitbekommen, wie sie mich untereinander nennen. Vor fünfzehn Jahren, damals drüben in der Unfallchirurgie, war ich der „Eispatient zweihundertvier". Heute bin ich der „Problemknoten". Also bitte, spart euch euer Beschwichtigungsgefasel, ich weiß Bescheid.

Soll ja bekanntlich schon mal vorkommen, dass so ein Scheißlymphknoten in die Hauptschlagader hineinwuchert, ohne dass man es erkennen kann. Und wenn er dann wieder schrumpft, reißt er plötzlich in der Aorta ein Loch auf. Von einer Sekunde auf die andere. Peng! Und das war's dann.

Oder Metastasen haben angefangen, sich in meine Lunge zu fressen. Oder in mein Gehirn. Dann dauert es eben noch etwas länger. Bis dahin sticht man weiter Nadeln in meine Venen und pumpt mich mit Gift voll, wie man das halt so macht bei einer Hinrichtung. Und dann wird man sehen, was mich früher umbringt. Alles andere ist doch reine Illusion. So what. Nur keine Zuseher bitte. Bitte kein Publikum!

Aber, wie gesagt, das werde ich Frau Doktor Freud nicht erzählen. Werde sie nur ganz höflich bitten, mich nicht mehr zu besuchen. Vielleicht lasse ich mir sogar irgendeine nette Ausrede einfallen, eine höflich Begründung, eine Lüge zum Abschied. Falls sie heute überhaupt noch kommt. Möglicherweise hat sie es sich ja ohnehin schon anders überlegt. Bis jetzt ist sie jedenfalls noch nicht aufgetaucht.

Sehr gut. Kluges Kind.

Endlich muss ich mich nicht mehr dazu zwingen, meine Gedanken unter Kontrolle zu halten. Sollen sie doch kommen, wie sie wollen, die Bilder, ob sie nun zusammenpassen oder nicht. Ich kann mich ohnehin nicht gegen sie wehren. Ebenso wenig, wie ich etwas gegen die Kälte unternehmen kann, die sich in mir festgekrallt hat.

Und sie kommen, die Bilder.
Fiebrige Kälte, fiebrige Bilder.
Eisige Kälte, eisige Bilder.
Eisbilder.
Eis.

Eis, nichts als Eis.
Graues Eis unter einem kalten Himmel.
Und draußen auf dem Eis
dieses schwarze Etwas,
das sich bewegt, das lebt.
Ein Lebewesen, das nicht von der Stelle kommt.

Ein Vogel. Ein kleiner, schwarzer Vogel.
Festgefroren auf dem Eis.
Ein Vogel, der um sein Leben kämpft.
Der seine Flügel hebt, zu flattern versucht,
sie sinken lässt.
Ermattet.
Sie wieder hebt, wieder zu flattern versucht.
Vergeblich.
Sie wieder sinken lässt.
Verzweifelt.
Und wieder und wieder …
Und immer sieht es aus, als würde er mir winken.
Uns winken.
Mir und meiner Mutter,
die mich an der Hand festhält,
damit ich nicht aufs Eis hinauslaufen kann.
Wirklich mir und meiner Mutter?
Mir und – Roswitha!
Idiot, schau gefälligst genau hin.
Shit!
Es ist Tanja.
Tanja, die hinauslaufen will aufs Eis.
Hinaus zu dem Vogel, um ihn zu retten.
Und ich bin es, der sie festhält,
ihren Arm umklammert, sie zurückhalten will.
Weil das Eis zu dünn ist. Viel zu dünn.
Der Vogel flattert. Winkt um Hilfe.
Tanja zieht, zerrt, reißt an meiner Hand,
um sich von meinem Griff zu befreien.
Und ich lasse sie los.
Und Tanja schüttelt ihr Haar, ihr rotes, rotes Haar.
Übermütig. Stolz. Triumphierend.
Schüttelt ihr Haar, wirbelt es durch die Luft.
Und auf einmal fliegt es ihr vom Kopf.
Fliegt in die Luft wie ein großer, roter Vogel.

Und ihr Kopf ist kahl. Völlig kahl.
Und dann läuft sie hinaus aufs Eis.
Und über allem ein kalter Mond.
Ein Mond aus Eis.

Diese Bilder. Diese verfluchten Bilder! Was willst du mir damit sagen, Tanja? Was, Tanja, was?

Ich friere.

25

Nein! Komm' mir nicht so, Tanja! Nicht so, hörst du? Ich lasse mich jetzt nicht auf einmal zum Schuldigen stempeln, zum bösen Kerl, zum Unmenschen, der all das Unglück verursacht hat, die ganze Scheiße, die passiert ist. Dass ich die Wurzel allen Übels bin, darauf soll es doch hinauslaufen, richtig? Mea culpa, soll ich bekennen, mea culpa, mea culpa, mea maxima culpa. Aber diese Rolle akzeptiere ich nicht. Ich weigere mich. Hörst du, Tanja, ich weigere mich!

Natürlich habe ich Fehler gemacht. Haufenweise Fehler. Jeder Mensch macht Fehler, nobody is perfect, so ist nun einmal das Leben. Die entscheidende Frage ist doch, weshalb man etwas falsch macht. Böswillig oder weil man es in diesem Augenblick nicht besser weiß, es sogar für das Richtige hält? Komm' mir deshalb nicht mit Schuld, Tanja. Spiel' dich nicht zur Anklägerin auf. Und schon gar nicht zur Richterin über mich. Auch die Opferrolle steht dir nicht zu. Du hast nämlich mitgemacht, falls du das vergessen haben solltest.

Weißt du, was einer der größten Fehler war, den ich jemals gemacht habe, Tanja? Dass ich dir helfen wollte. Dass ich Mitleid mit dir hatte, damals, als du zu mir in die Galerie gekommen bist und so verzweifelt warst und unbedingt mit mir reden wolltest. Dich richtig ausquatschen, nicht nur kurz am Telefon ein paar Worte wechseln. Dich schon wenige Wochen nach eurer überstürzten Hochzeit bei mir ausheulen, weil du plötzlich nicht mehr sicher warst, ob das mit euch beiden überhaupt eine Zukunft hat, und das nicht nur, weil Thomas einen Kopf kleiner ist als du.

Ich hätte dir sagen sollen, dass du mich gefälligst in Ruhe lassen sollst und mich deine Probleme nicht interessieren. Dass es mir völlig egal ist, ob du mit meinem kleinen Bruder glücklich bist oder nicht. Dass das ganz allein eure Angelegenheit ist und mich einen Dreck kümmert. Ja, einen Dreck! Aber du hast mich so flehend angeschaut mit deinen großen, traurigen, verweinten Augen in deinem blassen, hübschen Gesicht und da bin ich eben weich geworden, ich Idiot.

Okay, mein Fehler, dir einen Spaziergang vorzuschlagen, damit du mir in aller Ruhe erzählen kannst, was dich bedrückt. Mein Fehler, mit dir zum Leopoldskroner Weiher zu fahren, weil es sich in der Natur einfach leichter redet. Mein Fehler, dir dann geduldig zuzuhören, mir stundenlang dein Lamento über Thomas reinzuziehen, über seine Spinnereien, seine unerfüllbaren Träume und seine hoffnungslose Sturheit, die dir erst jetzt so richtig auffallen, dich irritieren, dir auf die Nerven gehen, jeden Tag ein bisschen mehr. Und mein Fehler, dir einreden zu wollen, dass Thomas bald zur Vernunft kommen wird, dass er dich liebt, dass du ihm bitte einfach nur ein bisschen Zeit lassen musst, dass du ihn ja nicht verlassen darfst und dass alles gut wird, ganz bestimmt.

Ja, ein Fehler, ein Riesenfehler, dieser ganze lange Winternachmittag mit dir, unser Spaziergang rund um den zugefrorenen Weiher, unser Gespräch in der kalten, frischen Luft, von der ich hoffte, sie würde deinen Kopf durchlüften – alles nichts als ein ganz beschissener Fehler!

Wenn wir wenigstens gleich zurückgefahren wären, als es dunkel zu werden begann. Meinetwegen hätten wir ja noch in irgendeinem Café weiterreden können. Aber nein, auf einmal hattest du daran überhaupt kein Interesse mehr. Wie ein Kind, das von einer Sekunde auf die nächste von einer anderen Sache in den Bann gezogen wird.

Plötzlich gibt es für dich nichts Wichtigeres als diesen blöden Vogel, den du zufällig entdeckt hast. Hockt mitten auf dem Weiher auf dem Eis und scheint nicht vom Fleck zu kommen. Verletzt oder festgefroren, was weiß ich. Ein bescheuerter Vogel, den die Kälte überrascht hat und der es nicht mehr lange machen wird. Pech gehabt. Kein Grund, deshalb so völlig aus dem Häuschen zu sein, wie du es bist. Kein Grund, diesen Zirkus zu veranstalten, in die Hände zu klatschen, laut zu rufen und vom Ufer aus mit kleinen Steinen nach dem Vogel zu werfen, damit er erschrickt und davonfliegt. Und vor allem kein Grund, auf die Wahnsinnsidee zu kommen, übers Eis zu dem Vogel zu laufen, um ihn zu retten. Aber Grund genug für dich, genau das zu tun. Dich wütend zu wehren, als ich dich festhalte und dir sage, dass das Eis zu dünn ist und du einbrechen wirst. Dich von mir loszureißen, mir noch einen triumphierenden Blick zuzuwerfen und dann hinauszugehen, hinauszuhinken mit deinem schiefen Gang, sieben, acht Schritte vielleicht, bis die Eisdecke unter dir nachgibt, du ein paar Sekunden lang mit beiden Armen durch die Luft ruderst, verzweifelt flatterst wie dieser Vogel, und schließlich im Wasser versinkst.

Hätte ich damals gewusst, ja nur im mindesten geahnt, was alles passieren wird, wenn ich dich aus dem Wasser hole, verflucht noch einmal, ich hätte es mir dreimal überlegt! Alles wäre anders gekommen, hätte ich dich einfach ersaufen lassen! Niemand hat etwas von unserem Ausflug zum Leopoldskroner Weiher gewusst, niemand hat uns gesehen, kein Mensch weit und breit unterwegs an diesem bitterkalten Wintertag. Ich hätte mich ins Auto setzen, nachhause fahren und so tun können, als wäre nichts geschehen. Du wärst einfach verschwunden gewesen, Tanja. Einfach weg. Gut, Thomas hätte natürlich durchgedreht, wäre wieder mit irgendwelchen irrwitzigen Verschwörungstheorien angekommen, aber bestimmt nicht mit dieser beschissenen Vergewaltigungsgeschichte. Und wer weiß, ob man deine Leiche jemals gefunden hätte. Wenn doch, dann wäre vermutlich von einem tragischen Unglück die Rede gewesen. Oder von Selbstmord. Also genau das, was du später ohnehin gemacht hast.

Mein Fehler, ja, Tanja, mein Fehler, dass ich dich nicht deinem Schicksal überlasse, sondern vorsichtig, flach auf dem Bauch liegend, übers knirschende, schwankende Eis zu der Stelle robbe, an der du versunken bist. Mit beiden Händen tief ins Loch hineinlange, nach dir suche, deine Haare zu fassen kriege, deinen Kopf, deine Schultern, dich hochziehe, dabei selber langsam immer tiefer ins eiskalte Wasser absacke, aber es dann doch irgendwie schaffe, dich herauszuziehen und zurück ans Ufer zu bringen. Dass ich dich zum Auto trage, dich auf den Rücksitz lege, froh bin, als du die Augen aufschlägst, hustest, Wasser und Schleim hochwürgst, ausspuckst, zitterst, lebst. Dass ich dich in eine Wolldecke packe, wie ein Irrer mit Vollgas zurück in die Stadt rase, zur Galerie, dich in mein Büro hinauftrage und dort auf die Couch lege, immer noch fest eingewickelt in die Decke.

Ja, und mein Fehler, dass ich mir Sorgen mache, weil du nicht aufhörst zu zittern.

Du zitterst, Tanja. Gott, wie du zitterst! Obwohl ich die Heizung im Büro aufgedreht habe bis zum Anschlag. Und auch ich friere fürchterlich.

Ausziehen, sage ich. Raus aus den nassen Sachen, bevor wir uns noch den Tod holen.

Und dann ziehe ich dich aus, weil du es allein nicht schaffst mit deinen klammen Fingern. Laufe hinunter in die Toilette, komme mit einem Packen Papierhandtücher zurück, reibe damit deinen Körper trocken, schrubbe deine Haut, bis sie rot ist, aber du zitterst immer noch, zitterst und schaust mich an wie ein hilfloses, verwundetes Tier. Und jetzt ziehe auch ich mich aus, sehe zu, dass ich meine völlig durchnässten Klamotten loswerde. Hole dann die Steppdecke aus der Bettzeuglade unter der Couch, die Steppdecke, mit der ich mir immer mein Bett mache, wenn ich die Nacht im Büro verbringe. Breite die Decke über dich, krieche drunter, lege mich zu dir, schlinge meine Arme um dich, halte dich fest, ganz fest, presse meinen Körper an deinen Körper, damit dir warm wird. Halte deinen kleinen, mageren, zitternden Körper, meine Brust an deinen Rücken geschmiegt, halte ihn, ich weiß nicht wie lang, die halbe Nacht, wie mir scheint, halte ihn, bis es endlich so weit ist: endlich wieder warm, endlich kein Zittern mehr.

Warm sollte dir werden, Tanja. Warm, sonst nichts. Nur das

war der Zweck der Übung. Kein Hintergedanke. Keine bösen Absichten. Aber gut, einverstanden: Machen wir einmal nach deinen Spielregeln weiter. Den neuen Regeln, die du eingeführt hast, weil dir die alten auf einmal nicht mehr passen.

Ich bin jetzt also der Böse. Ich bin das miese Schwein. Und weil ich so böse bin, überlege ich krampfhaft, was dir denn noch helfen könnte, dich wieder aufzuwärmen. Vielleicht ein kräftiger Schluck Weinbrand, denke ich. Und mir würde er sicher auch nicht schaden. Also hole ich den Calvados aus meinem Schreibtisch, krieche mit der Flasche wieder zu dir unter die Decke, schiebe meine Hand unter deine Schultern, drehe dich auf den Rücken, hebe deinen Kopf an und flöße dir vorsichtig einen Schluck ein. Du hustest, spuckst aus. Ich versuche es noch einmal. Jetzt klappt es. Du nimmst einen Schluck. Und noch einen. Und noch einen. Dein Körper entspannt sich, du lächelst sogar ein bisschen. Und dann trinken wir beide, leeren fast die halbe Flasche. Es tut dir gut. Ich sehe es. Ich spüre es. Wir liegen ganz ruhig da. Seite an Seite. Und irgendwann schlafen wir ein.

Ja, Tanja, und weil ich so ein verdammt mieses Schwein bin, springe ich nicht sofort von der Couch, als du mich aufweckst, wehre mich nicht, halte dich nicht zurück, als ich deine Hand spüre. Deine warme Hand, die meine Wangen streichelt, meinen Hals, meine Brust, meinen Bauch. Stoße dich nicht weg, als ich deinen Atem auf meiner Haut fühle und die leichte Berührung deiner Lippen. Halte dich nicht davon ab, mich zu küssen, sanft und zärtlich zuerst, und dann immer heftiger, fordernder. Ich bin im ersten Augenblick überrascht, das schon. Aber es stört mich nicht im Geringsten. Nein, ich lasse es zu, ich finde es angenehm, es gefällt mir, ich genieße es. Genieße den zarten Hauch von Calvados in deinem Atem, den Geschmack deines Mundes und deiner Zunge, die gierig nach meiner Zunge sucht.

Und weil ich ein Schwein bin, nicht wahr, nur ein mieses, dreckiges Schwein, kämpfe ich auch nicht gegen meine Erregung an, als du deinen Kopf, deinen Mund über meinen Körper wandern lässt, langsam, Zentimeter für Zentimeter, nach unten zwischen meine Schenkel, wo du mich mit deinen Lippen, deiner Zunge fast bis zum Wahnsinn treibst.

Spätestens jetzt müsste ich nein sagen, so ist es doch, oder? Spätestens jetzt müsste ich dich mit aller Gewalt daran hindern, dich auf mich zu setzen und mich eindringen zu lassen in dich. Spätestens jetzt müsste ich unserem Treiben ein Ende machen, statt wie magisch angezogen auf deine Haare zu starren, auf deine roten Haare, Tanja. Deine Haare, die im Licht der ersten Morgensonne auf einmal über mir glühen. Die zu fliegen scheinen wie ein großer, roter Vogel, während du dich auf mir bewegst, auf und ab, und deinen kleinen mageren Körper windest und deinen Kopf vor und zurück wirfst, vor und zurück, vor und zurück. Und ich in dich hineinstoße wie von Sinnen. Hineinstoße in dich, Tanja. Nein – hineinstoße in diesen Körper. Hineinstoße in diese Fleisch gewordene Obsession mit dem flammend roten Haar. Hineinstoße, voll Hass, voll Gier und voll Lust. Hineinstoße, wütend hineinstoße in diese Frau – von der du nichts weißt, nicht einmal etwas ahnst, die du nichts kennst, die aber immer gemeint war, immer, wenn du geglaubt hast, du wärest gemeint gewesen, von Thomas gemeint, und auch von mir gemeint dieses eine Mal, nicht du, Tanja, so leid es mir tut, aber einmal musst du es ja erfahren, nicht du, sondern sie: Roswitha.

Roswitha, Roswitha, immer nur Roswitha!

Fuck!

Aber ganz ehrlich, Tanja: Hast du auch nur eine Sekunde lang bemerkt oder gar gespürt, dass ich in Gedanken mit Roswitha gevögelt habe, während du mit mir geschlafen hast? Nein. Du hast ja bekommen, was du wolltest. Hast gequiekt und gegrunzt wie ein Ferkel, als du gekommen bist. Warst danach glücklich und zufrieden. Was in mir abgelaufen ist, hat dich doch einen Furz interessiert.

Es hat dich nämlich auch nicht interessiert, was ich dir gesagt habe, als du mich nach dieser Nacht tagelang, wochenlang mit deinen Anrufen genervt hast. Erinnere dich bitte: Jedes Mal habe ich versucht dir klarzumachen, dass es eine einmalige Geschichte gewesen ist, die nie wieder vorkommen darf. Nie, nie wieder! Ein Ausrutscher, für den ich mich entschuldige und den du bitte ganz schnell vergessen sollst. Ein One-Night-Stand als Folge einer unglücklichen Situation, in die wir beide geraten waren, sonst nichts. Dass man Thomas so etwas nicht antun darf, weder du noch ich. Dass ich mit Claudia glücklich bin. Dass ich dich nicht liebe. Sorry. Punkt.

Aber du hast mir ja nicht einmal zugehört. Hast mir die Ohren vollgesülzt. Dass du dich in mich unsterblich verliebt hast. Dass du Thomas für mich sofort verlassen würdest, ein einziges Wort von mir würde genügen. Dass du ohne mich nicht mehr leben kannst. Diesen ganzen aufgeregten, verwirrten Mist eben. Muss ich dir ja nicht erzählen. Oder hast du's vergessen? Willst dich nicht mehr daran erinnern, weil es natürlich viel bequemer ist, wenn jetzt ich das Arschloch bin.

Okay, du hast dann schließlich doch aufgegeben. Bist bei Thomas geblieben. Bist vernünftig geworden, habe ich geglaubt. Wenig später hat mir Thomas gesagt, dass ihr den Kontakt zu mir abbrechen wollt. Euer eigenes Ding machen. Allein. Ohne mich. Schade, aber akzeptiert. Endlich werdet ihr zwei erwachsen, habe ich gedacht. Viel Glück dabei! Das Geld habe ich Thomas trotzdem weiter überwiesen.

Was bei euch in Wirklichkeit gelaufen ist, habe ich ja nicht wissen können. Die ganze Scheiße mit deinen Depressionen. Sag bloß nicht, dass du sie wegen mir bekommen hast. Und dann noch Thomas' irre Idee, du wärst vergewaltigt worden. Oder willst du das jetzt vielleicht auch so hindrehen?

Ich habe die Situation ausgenutzt, ich habe dich vergewaltigt, ja? Ich bin das böse, dreckige Schwein, das dich in deine stumme, tiefe Traurigkeit getrieben hat? In den Selbstmord? Ich bin schuld an deinem Tod, schuld an Brunos Tod, schuld am Tod von Claudias Baby? Schuld daran, dass Thomas zum Mörder wurde? Schuld an allem. Ich, nur ich, ja? Was für eine miese, miese Tour von dir.

Noch einmal: Ja, es war ein Scheißfehler, dass wir miteinander geschlafen haben. Unser Fehler. Dein Fehler. Mein Fehler. Ich will mir gar nicht vorstellen, was passiert wäre, wenn Thomas davon erfahren hätte. Der kleine Bruder, der von seiner Frau mit seinem großen Bruder betrogen wird. Schon das allein hätte er nicht verkraftet, das weiß ich. Thomas war unberechenbar. Ein Risiko. Und erst recht, wenn ich dich vergewaltigt hätte. Vermutlich hätte er dich umgebracht. Vielleicht sich. Ganz sicher mich. Oder hättest du das gewollt, Tanja? Dass er mich umbringt. Ja, hättest du das gewollt?

Glaub mir, ich hatte schon verdammt gute Gründe dafür, diesen Nachmittag, diese Nacht, diesen Fick mit dir sofort in den Keller meiner Seele zu sperren. Hinter einer Tür aus schwerem Panzerstahl einzuschließen im Tresor, in dem damals schon Roswitha lag. Neben meinen toten Eltern.

Und als Thomas dann um jeden Preis deinen Vergewaltiger finden wollte, blieb mir ja gar nichts anderes übrig, als ihn zu belügen. Großer Bruder, kleiner Bruder. Unser altes Scheißspiel, weißt du. Nein, weißt du nicht, woher auch. Egal. Große Lügen, kleine Lügen, tausend Lügen, tausend Geschichten, zum Schluss vielleicht eine zu viel. Ein Fehler zu viel. Ein Toter zu viel. Doch das war reine Notwehr. Und bei dir war es – ich weiß nicht, was es war – jedenfalls nichts, was ich beabsichtigt hatte. Nein, keine Schuld, kein schlechtes Gewissen. Und das lasse ich mir jetzt auch nicht einreden. Nicht von dir, Tanja, hörst du?

Ich lasse mich nicht verurteilen. Lasse mir keine Schuld unterschieben wie einen mumifizierten Rattenkadaver. Von niemandem. Lasst mich endlich in Frieden. Hört auf, mich schon wieder zum Narren zu halten. Steckt sie euch sonst wohin, diese sinnlosen, fiebrigen Szenen in Endlosschleife!

Schon wieder krieche ich über graues Eis. Will zu der Stelle, an der Tanja eingebrochen ist. Meine Bewegungen sind langsam, unendlich langsam. Wie in Zeitlupe. Als ich endlich ankomme, ist es zu spät. Das Loch ist zugefroren. Ich krieche zurück zum

Ufer. Da sind jetzt Steine. Und Felsen. Riesige Felsen. Felsen an einem Fluss. Einer ist rot. Rot von Blut. Auf einem anderen liegt eine tote Ratte. Und neben der Ratte ein Blatt Papier. Ein karierter Zettel, aus einem Notizheft gerissen. Auf dem Zettel stehen drei Worte. Drei Worte in großen Buchstaben. Ich weiß sofort: Es ist eine Nachricht, eine ganz wichtige Botschaft, in der es für mich um alles geht. Um Leben und Tod. Ich möchte sie lesen. Ich will sie lesen. Ich muss sie lesen. Unbedingt. Doch die Buchstaben verschwimmen. Zerfließen wie eine Schrift aus Tinte, über die Wasser rinnt.

Das ist alles. Aber fängt immer wieder von vorn an. Immer wieder, immer wieder.

Es nervt. Langsam werde ich richtig sauer.

26

Zwei, höchstens drei Stunden bleierne Bewusstlosigkeit und absolute Schwärze, länger hält die Wirkung des Schlafmittels nicht mehr an. Eine viel zu kurze Atempause. Danach überschwemmt mich sofort wieder die Bilderflut, und die Kälte kriecht mir durch die Adern. Geschmacksnerven, die verrückt spielen, Gestank, Übelkeit – alles wie gehabt. Ein kleiner Vorgeschmack auf die Hölle gefällig? Aber gern. Wir haben da noch einige hübsche Sachen auf Lager.

Da wäre zum Beispiel die grandiose Musik zum großen Finale. Der unerhörte Sound of Hell, aggressiver als jedes Cembalokonzert von Johann Sebastian Bach, bissiger, ohrenbetäubender als Heavy Metal, unwiderstehlicher als sämtliche von Pavarotti geschmetterte Spitzentöne. Die Summe aller Musik, komprimiert zu einem einzigen Ton, zum absoluten, ultimativen Klang, der alles andere zum Verstummen bringt. Das ewige Requiem, der Gesang der Sirenen, dem man nie mehr entkommt. Das Höllenkonzert, das meine Begleitmusik beim Sterben sein wird. Das große kosmische Hintergrundrauschen seit dem Urknall. White noise: Tinnitus.

Okay, shit happens. Dann eben jetzt auch noch dieses Dauergeräusch in meinen Ohren. So what. Claudia lässt grüßen. Sagt zum Abschied noch einmal „Schatz" zu mir. Ihr berühmtes „Schatz" mit den zehntausend eisigen Zischlauten am Ende, die mich immer frösteln ließen, mir Kälteschauer über den Rücken jagten. „Schatzzzzzz!"

Zischen, Pfeifen, Rauschen. Als ich es das erste Mal wahrnahm, dachte ich, es käme vom Heizkörper in meinem Zimmer. Verstopfter Zulauf, kaputtes Ventil, irgend so etwas. Ich machte eine Krankenschwester darauf aufmerksam und bat sie, dafür zu sorgen, dass der Defekt behoben wird.

„Wissen Sie, dieses Geräusch ist auf die Dauer einfach nicht auszuhalten“, sagte ich.

„Welches Geräusch?“, fragte sie.

„Dieses permanente Zischen. Fällt Ihnen das denn nicht auch auf?“

Sie schloss die Augen, lauschte konzentriert, schüttelte nach ein paar Sekunden den Kopf. „Ich weiß nicht, was Sie meinen. Da ist nichts.“

„Das glaub ich nicht. Es zischt ja fast so laut wie eine Espressomaschine. Das müssen Sie doch hören!“

„Aber ich höre wirklich nichts. Absolut nichts.“

„Drehen Sie doch einmal die Heizung ab.“

Sie tat es. Das Zischen hörte trotzdem nicht auf.

„Okay, Sie können sie wieder aufdrehen. Es muss von etwas anderem kommen.“

„Moment mal.“ Sie ging hinaus und kam mit einer zweiten Krankenschwester zurück. „Hörst du irgendwas?“

„Was soll ich hören?“

„Zischen“, sagte ich. „Ein unerträgliches Zischen.“

Jetzt horchte auch die zweite Schwester angestrengt in den Raum. Ebenfalls ohne Erfolg. „Also ich hab ja normalerweise wirklich gute Ohren, aber ich höre nichts.“

„Kein Zischen?“, fragte ich. „Nicht einmal ein bisschen Rauschen. Oder ein leises Pfeifen?“

„Nein. Nichts. Wirklich nichts.“

„Na, bitte“, sagte die erste Krankenschwester. „Da ist nichts. Kein Geräusch. Hab ich doch gleich gesagt.“

„Ich höre es aber trotzdem“, sagte ich.

„Tja“, erwiderte sie und kontrollierte den Sitz der Infusionsnadel in meiner Vene. „Das wird schon wieder. Denken Sie einfach an etwas anderes.“

„An etwas richtig Schönes“, sagte die zweite Krankenschwester. „Am besten an irgendeine Musik, die Sie besonders mögen.“

„Gute Idee“, sagte ich. „Mach ich.“

So ist das also mit dem Sterben. Metastasen. In die Wirklichkeit frisst sich eine andere Wirklichkeit hinein. Die eine Welt muss einer anderen Welt Platz machen. Und – verfluchte Scheiße – auf dem Weg in diese andere Welt merkst du plötzlich, dass dir die Menschen nicht mehr folgen können.

Was für dich jetzt bestialisch stinkt, duftet für sie immer noch. Wovon dir nun schon beim ersten Bissen, beim ersten Schluck speiübel wird, das schmeckt ihnen nach wie vor. Woran du zweifelst und was dir Angst macht, das bleibt für sie ermutigende Tatsache, der sie beharrlich vertrauen. Sie hören nicht die Geräusche, die du hörst. Sehen nicht die Menschen, Ort und Dinge, die du siehst. Und sie spüren nicht die Kälte, die du spürst. Der Abstand zwischen ihnen und dir, zwischen ihrer Welt und deiner Welt, wird immer größer, dehnt sich wie ein Gummiband, bis es zerreißt.

Ein letztes Mal: Shit happens.

Aber bis es so weit ist, könnt ihr mich alle mal. Ihr habt mir nichts mehr zu sagen und ich euch auch nicht. Ihr würdet es ohnehin nicht verstehen. Und glauben schon gar nicht, so taub und blind, wie ihr für meine Wirklichkeit seid. Nein, es gibt für mich keinen Grund, euch zu erzählen, was ich gerade erlebe. Zu schildern, was um mich herum vorgeht. Zu berichten, was sich sehe.

Doch ich klopfe es weiter in meinen Laptop. Einfach so für mich. Obwohl mir immer öfter die Tastatur vor meinen Augen verschwimmt und ich Krämpfe in den Fingern kriege. Denken und schreiben, solange ich kann, nur das ist für mich noch wichtig. Mir egal, ob es hinterher irgendwer lesen wird. Oder ob man es dann für einen ausgewachsenen Schwachsinn halten wird oder eine Lüge, meine letzte große Lüge. Ich kann nur sagen: Eure ganzen Wahrheiten sind auch nicht besser. Einen Scheißdreck sind sie das.

Hallo, Kollege! Ja, du! Du da im Staatsgefängnis von Huntsville, Texas, du bist gemeint. Hast du es schon hinter dir? Oder musst du noch darauf warten? Oder schnallen sie dich jetzt gerade auf dem Exekutionstisch fest, beide Arme ausgestreckt wie bei einer Kreuzigung? Sind die Zeugen deiner Hinrichtung schon da? Sitzen sie bereits hinter dem großen Fenster, um dir beim Sterben zuzuschauen?

Weißt du, bei mir treffen sie soeben ein. Ich habe zwar darum gebeten, allein sterben zu dürfen, doch diese Bitte wurde mir abgeschlagen. Und jetzt kommen sie. Alle. Ich kann sie sehen. Obwohl da eine Wand ist, kann ich sie sehen.

Sie sind im Nachbarzimmer. Dem Zimmer, in welchem vor gar nicht so langer Zeit ein anderer Krebspatient gestorben ist. Völlig überraschend, hat es geheißen. Also Exekution. Ganz klar: Dies hier ist der Todestrakt.

Sie stehen in Gruppen beisammen und reden miteinander. Gestikulieren, lachen, unterhalten sich blendend. Aber ich kann sie nicht hören. Kein Laut dringt durch die Wand. Eine schalldichte Wand. Eine Wand aus dickem Glas zwischen ihnen und mir. Kein Geräusch, kein Ton, nur das Zischen in meinen Ohren, das immer stärker wird.

Das Zimmer voll Menschen. Eine fröhliche, ausgelassene Gesellschaft. Partystimmung. Als gäbe es etwas zu feiern. Als böte mein bevorstehender Tod einen höchst willkommenen Anlass zur Heiterkeit. Ich will sie nicht sehen. Doch auch wenn ich meine Augen schließe, sehe ich sie. Sie sind einfach da. Alle sind da. Alle.

Roswitha ist da. Tanja ist da. Sogar die kleine polnische Hure ist da. Sie umarmen einander, stecken ihre Köpfe zusammen, haben sich offenbar viel zu erzählen, amüsieren sich köstlich, lachen und schütteln übermütig ihre Haare, ihre roten, roten Haare, lassen sie aufflammen zu einem einzigen, großen Freudenfeuer.

Claudia ist da, hochschwanger, und ihre Ma und ihr Paps. Sie unterhalten sich mit Tommi. Neben ihnen steht Bruno, sagt irgendwas und deutet dabei in meine Richtung. Zeigt auf mich, und für einen kurzen Augenblick wenden mir alle vier ihre Gesichter zu, schauen mich an, neugierig und erstaunt, als hätten sie so etwas wie mich noch nie gesehen. Und plötzlich hat Bruno das Gesicht von Niki. Er grinst, greift in seine Jackentasche und zieht eine tote Ratte heraus.

Mein Weinhändler drängt sich vor, winkt mir zu und geht dann zu einer Gruppe von Männern, meinen Stammgästen aus alten Galeriezeiten. Sie lassen eine Flasche Vogelbeerschnaps kreisen, reichen sie dann weiter an diese Schnarchnase, den Juwelier und seine Frau, die das Schmetterlingscollier meiner Mutter um den Hals trägt. Die beiden geben sie Brigitte Hartmann, die Acryllandschaften pinselnde Millionenbetrügerin, und die reicht sie weiter an die junge Künstlerin mit den gemalten Unterschriften berühmter Dirigenten, und auch von der geht die Flasche weiter. Und weiter und weiter, von Hand zu Hand, von Mund zu Mund, und dann noch eine Flasche und noch eine. Die Schnapsflaschen ziehen munter ihre Runden durch die ganze Ansammlung von Farbenklecksern und Festspielpromis samt ihrer Jägerleinen-Gänseleber-Trüffel-Koks-Entourage. Und alle trinken auf meine Hinrichtung. Auch Claudia. Auch Tommi. Auch Tanja. Auch das Polenmädel. Auch Roswitha.

Wow! Upperclass. Wirklich upperclass.

Und auf einmal ist Schluss damit. Wie auf Kommando drängen alle zur Wand, schieben, rempeln, kämpfen um die besten Plätze in der ersten Reihe. Und jetzt stehen sie da und starren mich an. Bewegungslos wie Schaufensterpuppen. Hass in ihren Augen. Und ihre Münder weit aufgerissen, als würden sie schreien, ganz entsetzlich schreien. Ein einziger, furchtbarer, endloser Schrei. Wütend, gellend – aber für mich ein stummer Schrei. Und deshalb umso erschreckender.

Ich bin richtig froh über die Ärzte und Schwestern, die plötzlich in mein Zimmer kommen, sich rund um mein Bett versammeln und mir die Sicht verstellen: Visite.

Visite um vier Uhr früh? Und von Ärzten, die ich noch nie zuvor gesehen habe? Alles klar. Ich weiß Bescheid. Es ist also so weit. Ich kann mir schon vorstellen, was jetzt geschehen wird. Sie werden –

Musste kurz unterbrechen ... Aber jetzt kann ich wieder weiterschreiben. (Bin allerdings etwas irritiert, ja, sogar ganz gewaltig irritiert, ehrlich gesagt.)

Wie machen sie das bei euch in Huntsville? Da kriegst du doch drei verschiedene Gifte in die Vene gespritzt, soviel ich weiß. Ein Scheißgift nach dem anderen. Zuerst ein Betäubungsmittel, dann das Zeug, das zur Atemlähmung führt, und zuletzt Kaliumchlorid zur Lähmung des Herzmuskels. Betäuben, Ersticken, Herzstillstand, richtig? Und vorher liest man dir noch einmal dein Todesurteil vor. Und irgendwer sagt: „Gott sei deiner Seele gnädig." Das ist der exakte Ablauf. Oder spielt sich das so nur in Hollywoodfilmen ab?

Bei mir haben sie nichts von all dem gemacht. Nichts! Es ist unfassbar. Nicht einmal eine neue Kanüle haben sie mir in die Vene geschoben. Sind bloß um mich herumgestanden in ihren unschuldig weißen Kitteln, haben freundlich gelächelt, haben mich mit einem Stethoskop abgehorcht, haben meinen Puls und meinen Blutdruck gemessen, haben auf Fachchinesisch miteinander geredet und sind dann wieder verschwunden. Doch, ganz zum Schluss hat einer noch ganz unauffällig an meinem Infusionsschlauch die Tropfgeschwindigkeit erhöht und dann zu mir gesagt: „Kein Grund zur Sorge. Alles bestens. Versuchen Sie, ein bisschen zu schlafen." Das war dann auch schon alles.

Was sollte das? Wozu diese erbärmliche Heuchelei? Als ob ich nicht ganz genau wüsste, warum sie zu mir gekommen sind. Ist ja allgemein bekannt, wann Hinrichtungen gewöhnlich stattfinden. Immer um diese Zeit. Immer im Morgengrauen. Und ich habe sie mir doch nicht nur eingebildet, diese sogenannte Visite.

Nein, keine Einbildung. Genauso wenig wie das Zischen, der Gestank, die Kälte. Und die Menschen hinter der gläsernen

Wand. Etwas hat sich allerdings verändert: Sie schreien nicht mehr. Sind zu dunklen, gesichtslosen Gestalten geworden. Zu gespenstischen Schattenwesen, die sich langsam aufzulösen scheinen.

Vielleicht liegt es auch daran, dass die Wand immer weniger durchsichtig wird. Wie Milchglas. Oder als hätte sich im Zimmer nebenan Nebel gebildet und die Scheibe von innen beschlagen. (Wäre nicht erstaunlich bei den Alkoholmengen, die sie da drüben inzwischen ausdünsten müssen. Und tauchten jetzt noch Tommi und Roswitha aus dem Nebel auf – und warum nicht auch noch Claudia und Tanja? – um gemeinsam ein riesiges FUCK! auf die beschlagene Glasfläche zu schmieren – natürlich seitenverkehrt, damit ich es nur ja gut lesen kann –, selbst das würde mich nicht wundern.)

Richtig: Fuck! Mein Menetekel an der Wand. Fuck, Fuck, Fuck! Wenn schon Exekution, dann gefälligst anständig. Mit allem Drum und Dran. Aber nicht einmal das kriegen sie hier ordentlich hin. Lassen mich einfach liegen, als ob überhaupt nichts passieren würde. Fuck!

Was ist los? Aufschub in letzter Sekunde? Einmal noch eine Glückssträhne? Oder wollen sie mich bloß ein bisschen länger quälen, weil sie glauben, dass ich dann doch noch weich werde? Aufgebe, einknicke, zu Kreuze krieche? Aber da täuschen sie sich. Von mir werden sie kein mea culpa hören. Ich scheiße nämlich auf ihre ganzen Indizien. Und auf ihre Zeugen der Anklage scheiße ich erst recht. Ende der Durchsage.

Was treiben die eigentlich dort drüben hinter der Wand? Ich kann sie jetzt überhaupt nicht mehr sehen. Alle weg? Ende der Vorstellung für heute? Nein. Zu früh gefreut. Sie sind noch immer da. Ich spüre sie. Ich spüre ihre Blicke. Ihre alles durchdringenden Blicke. Giftige Blicke, die nach mir greifen mit schlangengleichen Tentakeln und sich an mir festsaugen.

Shit. Ich habe mich geirrt. Das ist kein Nebel im Nachbarzimmer, der die gläserne Wand für mich undurchsichtig macht. Das ist etwas anderes. Jetzt sehe ich es. Klar und deutlich: Es ist

Eis. Eine dicke Eisschicht, die sich auf der Scheibe gebildet hat und die ganze Fläche bedeckt. Eis. Aber nicht drüben, sondern auf meiner Seite. In meinem Zimmer.

Blankes Eis hat die Wand in einen dieser gemeinen Spiegel verwandelt: Jene, die hinter ihm stehen, können mich beobachten, doch für meine Augen bleiben sie unsichtbar. Ich kann nur mich sehen. Nichts als mein Spiegelbild auf Eis.

Eis, Eis, Eis! Hört das denn nie auf? Kann diese elende Kaltfront nicht endlich abziehen? Schon wieder Eispatient? Eispatient zweihundertvier? Nicht mehr der Problemknoten? Oder jetzt auf einmal beides?

Eismetastasen, Eisgeschwüre, Eistumore, die sich überallhin ausbreiten. In meinem Kopf. Auf meiner Haut. Auf meinen Händen. Eiswucherungen, die über meinen Körper hinauswachsen, über meinen Laptop, über mein Bett, über den Boden, über die Wände, über die Zimmerdecke.

Eis, Eis, Eis. Überall spiegelglattes Eis. Eisspiegel. Und überall Gesichter. Überall Köpfe. Nein, überall dieses eine Gesicht. Dieser eine Schädel. Kahl. Bleich. Hässliche rote Narbe auf der Stirn.

Und überall Augen.

Hört endlich auf, mich anzustarren! Verschwindet, verdammt noch einmal! Haut ab! Lasst mich in Ruhe!

Das gilt auch für Sie, Frau Doktor Freud. Was machen Sie überhaupt schon wieder hier? Scheren Sie sich zum Teufel. Und die Ratte können Sie gleich mitnehmen.

Ja! Scheiße! Überall Ratten. Überall tote Ratten auf dem Eis. Steifgefroren. Grindiges Fell. Blutiger Schaum zwischen den spitzen, gelben Zähnen. Böse Augen. Böse, tote Augen.

Überall böse, tote Rattenaugen.

Und Steine. Überall auf dem Eis große, spitze Steine. Und Felsen. Und Blut auf den Steinen. Blut auf den Felsen. Blut auf dem Eis. Frisches Blut. Warmer, süßlicher Blutgeruch. Ströme von Blut. Rotes Blut. Überall rotes Blut.

Blutrotes Eis.

Und Zettel auf dem blutroten Eis. Hunderte, tausende Zettel zwischen Steinen, Rattenkadavern und bösen, toten Augen.

Diese verdammten, kleinen, karierten Papierfetzen.

Und auf jedem dieselbe Nachricht für mich. Dieselben drei Worte. In großen Buchstaben.

Ich muss sie lesen.

Ich will sie lesen.

Jetzt kann ich sie lesen.

Obwohl es hier auf einmal so dunkel ist. Und immer dunkler wird, immer dunkler. Als würde es nie wieder Tag.

Ich kann sie lesen.

Auf jedem Zettel steht – Scheiße! Verfluchte Scheiße, also doch! Ich habe es geahnt! Ich habe es gewusst! Von Anfang an habe ich es gewusst! – Auf jedem Zettel steht –

So what. Ich werde jetzt nämlich ganz einfach aufstehen und hier rausgehen. Hinaus auf das Eis. Das dünne, viel zu dünne Eis, das bei jedem Schritt unter meinen Füßen gefährlich knistert und knackt.

Und dann fort. Weit, weit fort. Bis zur Stille am Ende der Worte, am Ende der Antworten, am Ende der Lügen. Bis zu diesem Rot dort jenseits der schwarzen Kälte. Mich fallen lassen in seine Umarmung. Eintauchen in dieses glühende Rot hinter dem Horizont.

Brennen. Endlich brennen.

Roswitha?

Nein, nicht schon wieder.

Hat das denn nie ein Ende?

Fuck!

distanzverlust
protokoll 7

distanzverlust? gibt es eine noch größere distanz als den tod? kann ein mensch weiter entfernt sein, abwesender, unerreichbarer als dann, wenn er gestorben ist?

zero ist tot. hat sich aus dem staub gemacht. heimlich und feig davongeschlichen. alpha ist zu spät gekommen.

damit ist nun wohl das maximum an distanz hergestellt. für die verfasserin dieses protokolls besteht deshalb auch kein anlass mehr, über sich in der dritten person zu schreiben. sie kann sich von alpha und zero verabschieden. die personen, um die es geht, dürfen wieder sie selbst sein. die kleinschreibung ist ebenfalls nicht mehr nötig.

Als ich heute – nach einer zweitägigen Besuchs- und Nachdenkpause – gegen sieben Uhr früh das Zimmer von Markus S. betrete, ist sein Bett leer. Der diensthabende Arzt informiert mich, dass der Patient in den Morgenstunden völlig überraschend gestorben sei und man den Toten bereits zur Obduktion weggebracht habe, da noch die genaue Todesursache festgestellt werden müsse. Mehr sagt mir der Arzt nicht, und das ist für mich unerträglich.

Der Gedanke, der Mörder meines Vaters könnte friedlich eingeschlafen und dann einfach nicht mehr aufgewacht sein, gefällt mir überhaupt nicht. So einen leichten Tod halte ich für ungerecht. Es wäre, als hätte das Falsche zum Schluss noch einmal über das Richtige triumphiert. Ein Ende ohne Angst und Schmerzen als letzte große Lüge einer verlogenen Existenz – nein, mit dieser Vorstellung könnte ich nicht leben.

Ich muss unbedingt mehr erfahren, muss wissen, wie er gestorben ist. Die Nachtschwester ist noch im Dienstzimmer, trinkt gerade einen Kaffee. Ich setze mich zu ihr und bitte sie, mir irgendetwas über die letzten Stunden des Patienten auf Zimmer 24 zu erzählen.

Sie zögert.

Ich hätte ihn immerhin wochenlang als Psychotherapeutin betreut, sage ich. Als seine Begleiterin und in gewisser Weise seine letzte Vertraute. Also, bitte.

Eigentlich sei es wie immer gewesen, sagt sie. Der Patient habe sein Schlafmittel eingenommen und danach ein paar Stunden geschlafen. Bei ihrem Kontrollbesuch kurz nach Mitternacht sei er aber schon wieder aufrecht in seinem Bett gesessen und habe auf seinem Laptop geschrieben, so wie schon in all den Nächten davor. Eine Stunde später, als sie die Infusion kontrolliert habe, übrigens gemeinsam mit dem Turnusarzt, habe er immer noch getippt. Wieder eine Stunde später ebenfalls. Und so weiter bis in die Morgenstunden. Eben wie immer. Bei ihrem letzten Besuch sei ihr erst aufgefallen, dass er nicht auf den Bildschirm geschaut, sondern wie gebannt die gegenüberliegende Wand seines Zimmers angestarrt habe, während sich seine Finger mit unglaublicher Geschwindigkeit über die Tastatur bewegt hätten. Es habe auf sie gewirkt, als würde er irgendwie unter Zwang schreiben, oder wie ferngesteuert. Als ob ihm die Sätze nur so zuflögen. Auf ihre Frage, wie er sich fühle und ob er sich denn nicht eine Pause gönnen wolle, habe er überhaupt nicht reagiert, habe nur durch sie hindurch weiter auf die Wand gestarrt, so vertieft sei er in seine Gedanken gewesen. Sie habe ihn deshalb auch nicht weiter stören wollen und außerdem sei sie vom Schwesternalarm in ein anderes Zimmer gerufen worden. Keine zwanzig Minuten später habe sie dann doch noch einmal nach dem Patienten gesehen, und da sei er neben seinem Bett auf dem Boden gelegen. Mit dem Gesicht nach unten. Sie habe nichts mehr für ihn tun können. Auch der diensthabende Arzt nicht. Der Tod müsse innerhalb weniger Sekunden eingetreten sein. Mehr könne sie mir leider auch nicht erzählen.

Das war nicht das, was ich hören wollte. Kein Wort über Verzweiflung, Todeskampf oder gar Reue und Bitte um Vergebung angesichts des nahenden Endes. Ich gehe wieder zurück ins

Krankenzimmer. Vielleicht hat die Atmosphäre in diesem Raum ja noch irgendwas gespeichert von der vergangenen Nacht. Und vielleicht kann ich sie dann spüren: die Todesangst und die Qual der letzten Atemzüge.

Ich bin allein im Zimmer. Das Bett ist bereits frisch bezogen, das Fenster steht offen, die Luft ist morgendlich kühl. Nein, kein Rest von Todeshauch, keine Spur einer Seele, die um Verzeihung winselt oder um Gnade.

Ich trete nahe an die Wand gegenüber dem Bett. Taste mit meinen Fingerspitzen darüber. Was könnte er hier gesehen haben? Was außer diesen zwei feinen, kaum erkennbaren Rissen in der hellen Oberfläche? Was, zum Teufel, was?

Ich schaue mich im Zimmer um, bin erstaunt und enttäuscht. Das ist nicht mehr das Zimmer, in dem ich wochenlang dem Mörder meines Vaters zugehört habe. Es ist wieder ein ganz gewöhnliches, nichtssagendes Klassezimmer in einem Spital. Und nicht Schuld und Tod liegen in der Luft, sondern die künstlichen Gerüche scharfer Reinigungs- und Desinfektionsmittel. Wohl zwangsläufig fällt mir dazu Johann Sebastian Bach ein. Sein Konzert für vier Cembali und Orchester würde jetzt vermutlich genau hierher passen. Irgendwann werde ich es mir anhören.

Plötzlich sehe ich den Laptop. Er liegt auf einem Besuchersessel. Wurde beim Aufräumen des Zimmers offenbar übersehen oder vergessen. Ich lege ihn auf den Tisch, setze mich, klappe den Rechner auf, schalte ihn ein, klicke auf die Datei „Markus S./Leben.doc". Ich habe schon so oft darin gelesen, ich habe das Recht dazu. Niemand wird mich daran hindern, jetzt schon gar nicht. Aber es kümmert sich ohnehin nach wie vor kein Mensch darum, was ich hier mache.

Ich will wissen, was er vor seinem Tod geschrieben hat. Vielleicht verschafft es mir ja endlich das, was ich so dringend brauche. Genugtuung. Wenigstens ein bisschen Genugtuung. Ich gehe zum Ende des Textes, zu den letzten Seiten, den letzten Worten eines Mörders.

Hallo, Kollege! Ja, du! Du da im Staatsgefängnis von Huntsville, Texas, du bist gemeint. Hast du es schon hinter dir? Oder musst du noxstx? Oderder schnallen sie dch jetztztztzt gerrde auf dem Exkutionstisch fst beide Arme ausgestrckt wi bei ein Krzigung? sindie zeugen deiner Hnrichtung schondasitzensiberzrrmmm-xklspppp (kkklmnswu <<klftwwää!zzsst kobbbhalggrrwsmtsun))) ?xswhhfls- - stklänsqopchwppp >>>:&püössssst kqquopfturt-facdm xvvnnn. wayqgggwwuussssprrkkkav(&(...

Sonst nichts. Ein unverständlicher Anfang und dann absolut nichts als eine sinnlose Aneinanderreihung von Buchstaben und Zeichen. Seite um Seite. Seine Finger müssen stundenlang auf die Tastatur eingehämmert haben. Völlig unkontrolliert und automatisch. Nein, keine letzten Gedanken, keine letzten Worte, nur noch die Spuren der letzten Zuckungen eines todgeweihten Körpers. Oder die Sprache eines Mörders, der mich im Sterben ein letztes Mal verhöhnt? Ich werde wohl lernen müssen, mit dem Wissen zu leben, um meine Genugtuung betrogen worden zu sein.

Ich schließe das Dokument. Starre auf den Bildschirm. Markus S./Leben.doc. Das ist also alles, was von ihm jetzt noch übrig ist. Die Geschichte einer verlogenen Existenz auf einer Festplatte. Die letzte Spur des Mannes, der meinen Vater ermorden ließ.
Markus S./Leben.doc.

Ich hasse es. Ich will kein Wort mehr davon lesen.
Mir bleibt nur noch eins. Ich gehe auf „Löschen".
Da kommt die übliche Sicherheitsfrage: Wollen Sie Markus S./Leben wirklich endgültig löschen? Nach dem Löschen kann Markus S./Leben unwiderruflich nicht mehr wiederhergestellt werden.
Ein Augenblick der Unsicherheit. Soll ich wirklich –
In diesem Moment kommt die Nachtschwester ins Zimmer und gibt mir ein Stück Papier, einen kleinen, karierten Zettel. Diesen Zettel habe der Tote in der Hand gehalten, sagt sie. Und vielleicht könne ja ich etwas anfangen mit dem, was darauf zu lesen sei.

Es sind nur drei Worte:
TOD DURCH ERFRIEREN.
Wow! Die erste gute Nachricht an diesem Tag, denke ich. Und ich fühle mich gleich besser. Viel, viel besser. Eigentlich fast schon großartig.
Tja, das war's dann wohl, Markus S./Leben.doc.
Ich drücke die Löschtaste.
...
Sorry.
Shit happens.

Ich klappe den Laptop zu. Blicke zum Fenster hinaus. Auf der Baumkrone macht sich zaghaft zartes Grün bemerkbar. Das Licht der Morgensonne kündigt einen strahlenden Frühlingstag an. Endlich ein warmer Tag, der erste seit langem. Ein Tag, der Lust darauf macht, zu leben und alles andere zu vergessen.
Ein Tag, so schön, dass es fast weh tut.

Manfred Koch
HEXENSPIEL
Psychokrimi

168 Seiten, 13,5 x 21,5 cm
€ 19,95
ISBN 978-3-85485-291-9

Ernest Zederbauer
MORD AN DER GRENZE
Krimi

168 Seiten; 13,5 x 21,5 cm
€ 19,99
ISBN 978-3-85485-314-5

Bernd Udo Schwenzfeier
DIE TOTENGRÄBER
Krimi

384 Seiten; 13,5 x 21,5 cm
€ 19,99
ISBN 978-3-85485-317-6

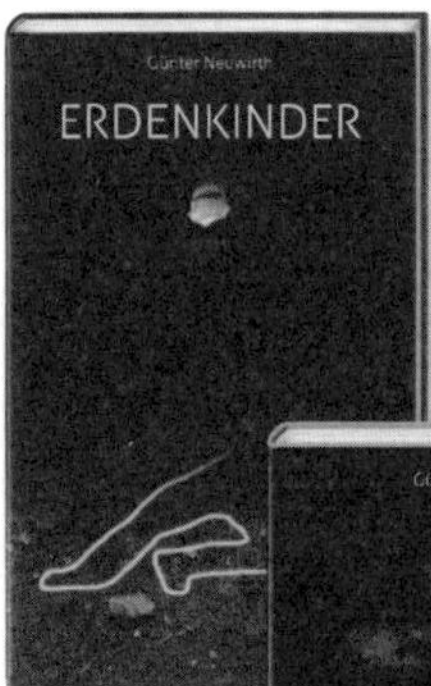

Günter Neuwirth
ERDENKINDER
Krimi

264 Seiten, 13,5 x 21,5 cm
€ 19,99
ISBN 978-3-85485-307-7

Günter Neuwirth
NEUMONDNACHT
Krimi

280 Seiten; 13,5 x 21,5 cm
€ 19,99
ISBN 978-3-85485-326-8

Walter Müller
AUS. AMEN!
Krimi

176 Seiten; 13,5 x 21,5 cm
€ 19,99
ISBN 978-3-85485-299-5

Isabella Trummer
DER SCHREI DES LIPIZZANERS
Inspektor Kammerlanders neuer Fall

312 Seiten, 13,5 x 21,5 cm
€ 19,99
ISBN 978-3-85485-296-4

molden verlag

Spannung pur bei styria

Politkrimi Wirtschaftskrimi Ökokrimi

Claudio Cantele
DAS STILLE GELD
Krimi

176 Seiten, 13,5 x 21,5 cm
€ 19,99
ISBN 978-3-85485-297-1

Claudio Cantele
DAS SCHNELLE GELD
Krimi

176 Seiten, 13,5 x 21,5 cm
€ 19,99
ISBN 978-3-85485-318-3

Claudio Cantele
DAS DUNKLE GELD
Krimi

176 Seiten, 13,5 x 21,5 cm
€ 19,99
ISBN 978-3-85485-298-8

Eva Gründel
DAS LÄCHELN DER MADDALENA
Ein Sizilien-Krimi

352 Seiten, 13,5 x 21,5 cm
€ 19,95
ISBN 978-3-85485-256-8

Eva Gründel
WIE EIN SANDKORN IM WIND
Ein Libyen-Krimi

336 Seiten, 13,5 x 21,5 cm
€ 19,99
ISBN 978-3-85485-267-4

Eva Gründel
TEUFLISCHE WEIHNACHTEN
Ein Neapel-Krimi

352 Seiten, 13,5 x 21,5 cm
€ 19,95
ISBN 978-3-85485-260-5

Alle Informationen zu den Texten und Autoren finden Sie auf www.styriabooks.at

IMPRESSUM

ISBN 978-3-85485-323-7

Bücher aus der Verlagsgruppe Styria gibt es
in jeder Buchhandlung und im Online-Shop
styriabooks.at

Lektorat: Rainer Lendl
Buchgestaltung: Bruno Wegscheider
Covermontage: Manfred Kostal/Pixelstorm, Wien
unter Verwendung eines Photos von iStockphoto/wwing

Druck und Bindung: Druckerei Theiss GmbH
St. Stefan im Lavanttal
7 6 5 4 3 2 1